La Mémoire du fleuve

Christian Dedet

La
Mémoire du fleuve

FRANCE LOISIRS
123, boulevard de Grenelle, Paris

Édition du Club France Loisirs, Paris,
avec l'autorisation des éditions Phébus

ISBN 2-7242-2727-1

à la mémoire de
Marie Isaac, épouse Michonet.

Tout a commencé par une vapeur au-dessus des eaux. Je venais de remarquer ce nuage avec les pensionnaires des curés tandis qu'au réfectoire, ce dimanche-là, en compagnie de frère Mathias, mon père et quelques forestiers faisaient un de ces repas qui leur permettaient d'oublier une semaine de souffrances et d'efforts.

Aucun doute, une très grosse bête se débattait au loin.

– Ce n'est quand même pas une baleine! dit Vinet, la serviette nouée autour du cou.

Non, c'était un éléphant!

Il n'était pas rare, à cette époque, de voir des troupeaux entiers se baigner dans la lagune. Mais les bêtes reprenaient pied. Autant que la distance ait permis d'en juger, celle-ci avait l'air de se dégager avec peine et de replonger comme si elle ne maîtrisait plus sa dérive.

L'éléphant luttait-il, au bord de l'asphyxie, contre un adversaire qui aurait tenté de l'entraîner?

Vinet appelle mon père. Frère Mathias, forte stature et bedaine en avant, arrive à son tour :

– Je ne vois guère qu'un anaconda, dit le missionnaire...

Avis contradictoires sur l'existence africaine de ce

géant dont tout le monde parle mais que bien peu ont vu.

Et pourtant, c'est bien un serpent d'eau... Nous ne tardons pas à comprendre que le reptile, accroché aux fonds de latérite, a ceinturé l'éléphant et s'efforce de l'entraîner.

La partie de bras de fer a duré le reste de la journée. Personne n'a osé mettre une pirogue à flot. L'éléphant a pu éviter la noyade car, à chaque immersion, il gardait la trompe dressée. C'était précisément cette trompe qui, crachant d'incroyables quantités d'eau, avait attiré sur ce point de l'étendue mon attention d'enfant. A chaque fois, le pachyderme touche le fond et reprend l'avantage en forçant l'ennemi des profondeurs à relâcher ses crampons.

Enfin, vers la dixième heure d'un combat incertain, l'éléphant exténué met le cap sur la Mission. Y sent-il son salut? Sur des fonds moins dangereux, il s'apprête à traîner l'anaconda accroché à ses flancs. Soudain à pied sec, il va piétiner ce serpent de quinze mètres dont les écailles sont aujourd'hui conservées à Sainte-Anne; il va le réduire en bouillie... Après de tels efforts, probablement est-il frappé de cécité et ne discerne-t-il plus les humains qui l'observent, ne voit-il plus le hangar aux pirogues dans lequel il va donner de front et qui s'écroule dans un bruit de briques et de parpaings...

A ce point d'un récit dont nous saurons le dénouement tout à l'heure, je n'ai pu m'empêcher de dire à mon compagnon de brousse :

– Pourquoi diable ne pas écrire vos Afriques?
– J'y pense.

Mais celui-ci avait déjà remis le hors-bord en marche et nous filions sur les eaux du Fernan Vaz, au large, précisément, de cette mission Sainte-Anne dont l'église, juchée sur un promontoire, domine les mélancoliques lagunes de l'ancien royaume de Cama.

Deux heures de vrombissement, sous un soleil de poix. Je n'avais soudain d'autre ressource que de revoir l'étrange façon dont j'avais fait connaissance avec ce conteur-né, quelques jours plus tôt...

Je me trouvais en mission sanitaire au Gabon, hors de toute préoccupation d'ordre littéraire. Désirant me renseigner sur certaines ethnies du sud, détentrices du savoir des esclaves et créatrices des masques les plus spontanés, j'avais vu mes interlocuteurs s'interroger : « Les Bapounou... les Mitsogho... il n'y a que Jean Michonet, l'explorateur, qui pourrait vous en parler. »

Plus tard, m'étant procuré une étude sur les mystères du bwiti *, *la société la mieux structurée du pays, ç'avait été pour découvrir, dans l'index des noms cités, celui de Jean Michonet, initié notable de la secte.*

A peu de temps de là, je manifestai le désir de remonter l'Ogooué jusqu'à N'djolé – de le faire en lézardant. « Ah! devait-on me répondre, si Michonet avait encore son fameux rafiot, le Loire*... »*

Enfin, avais-je commencé d'interroger deux consommateurs, au restau-bar du Wharf, sur le commerce de la peau de croco – un commerce à cette époque encore autorisé...

– Il vous faudrait voir le boss, M. Michonet.
– Il s'y intéresse?
– Sur une grande échelle.

Et les deux lascars – qui n'avaient pas l'air de mythomanes – de me suggérer le chiffre annuel de vingt mille peaux.

C'en était trop – beaucoup trop – pour que ma curiosité ne soit piquée au vif. J'avais décidé de tout mettre en œuvre pour rencontrer un personnage annoncé de façon si prometteuse par « Radio Port-Gentil ». Malheureusement, Michonet était en tournée, sur les lacs de la région de Lambaréné, tout à la collecte de ses peaux.

* Les mots africains ou d'argot de la coloniale sont expliqués dans l'index en fin de volume.

Quel ne devait être mon étonnement, un mois s'étant écoulé, en voyant l'homme débarquer. Il tirait de trois pirogues et de caisses en plastique ses dépouilles de « caïmans ». Il ne ressemblait guère à ce que j'attendais. Aucun signe extérieur – hors le fait d'être métis. Agé d'une cinquantaine d'années, de taille moyenne mais athlétique, il avait, sous les paupières lourdes, le regard bleuté de l'ancêtre de Bigorre... Il était réservé. L'eussé-je croisé dans le métro parisien, je ne l'aurais probablement pas remarqué.

Un peu déconcerté, je n'avais pu m'empêcher de lui demander :

– A qui ai-je l'honneur de parler? A l'explorateur, au forestier, au capitaine du *Loire*, au tueur de crocos? A moins que ce ne soit à l'Aventurier tout court?

– Oh, l'Aventurier!... Je suis un homme qui n'est pas parti très gâté. J'ignore s'il existe un club de l'Aventure, maintenant. Ce qui est sûr, c'est que tous ceux que j'ai connus et qui, de près ou de loin, ressemblaient à ce qu'on a coutume d'appeler des « aventuriers » n'avaient pas choisi leur sort. La vie avait choisi pour eux. Ils ne pouvaient s'en sortir qu'en avançant. Leur devise? Il m'a toujours semblé que ce devait être « foutu pour foutu... »

Disant cela, Jean Michonet avait eu un de ces éclats de rire que j'entendais pour la première fois mais que j'allais apprendre à bien connaître. Éclats de rire qui fusent mais qui se nuancent très vite selon l'amusement, l'apitoiement, la dérision. Réaction de connivence pour conclure un récit burlesque? Certes. Réaction de pudeur, aussi, pour atténuer l'effet d'un épisode un peu scabreux ou pour souligner – gaiement – un coup particulièrement crasse de la vie.

Écrire ses Afriques...

Laconique ou évasif, Michonet m'avait répondu « j'y pense ».

Et lorsque je devais revenir au Gabon, l'année suivante, il y eût pensé encore. Seulement...

Seulement – et là, le mot est d'Henry James – la vie est désordre et dispersion, à plus forte raison la plus intense, la plus aventureuse des vies. Pour en démêler le fil, il faut le savoir du romancier – son travail qui est avant tout d'allégement et de simplification. Qu'à cela ne tienne. Nous avions dûment réfléchi, entre temps. Jean Michonet et moi pouvions nous compléter.

Les conversations à l'origine des trois premiers récits ont eu lieu séance tenante, en brousse, parfois à Port-Gentil. La dernière partie a été écrite sous la pression de l'événement. Mais avant de reconstituer cette « histoire vraie », il importe, je pense, de parachever le portrait de mon « héros ».

Je savais dès le début – et l'intéressé me confirme – qu'il descend par sa mère d'un des premiers pionniers de l'ex-Afrique équatoriale française : Jean-Marie Isaac, son grand' père.

Sa grand'mère? Une Myéné du nom d'Ésonguérigo, épousée « à la coutume », repartie quelques années plus tard pour son village avec ses deux enfants, devenue Oguéguéni *– une « étoile » – au cours d'une nuit d'initiation mémorable.*

Dès son jeune âge, l'enfant vit avec son père, un Normand : Marcel Michonet, et avec sa mère, la métisse Marie Isaac, la vie difficile des défricheurs de la forêt. Ces gens sont les héros de l'okoumé, les victimes désignées, aussi, de la malaria ou de la tuberculose.

Nous découvrirons, au fur et à mesure, l'incroyable existence de ce compagnon de rencontre auquel allait me lier, bientôt, une profonde amitié. Sachons seulement qu'en venant de Paris, sur la fin de mon travail, j'étais plongé dans l'appréhension. Comment allais-je retrouver Michonet après l'interdiction de la chasse et l'effondrement de son empire des crocos? Au dixième dessous? Définitivement vaincu?

L'avion atterrit à Libreville. Les micros diffusent leur dernier montage de musique légère. On ouvre les portes et je n'ai pas fait le premier pas dans la fournaise de l'air libre que me voilà rassuré. Jean est à la sortie. Sanglé dans une saharienne blanche. Bagué d'or. L'attaché-case à la main.

– Eh bien, il me semble qu'on s'est refait?
– Ça peut aller...

Et, sur le ton d'un cadre occidental qui s'identifierait à sa firme et déclinerait sa carte :

– Je suis Maison Évolutive.

Je connaîtrai un Michonet « Mobilier de France », à la tête de deux ou trois magasins, métamorphosé en P.-D.G., remplissant les paillotes gabonaises d'un style Louis XV qui, plusieurs saisons, fera fureur, témoignant de cette « Afrique ambiguë » dont ont parlé les spécialistes de l'ethnosociologie.
Ensuite...
Eh bien, ensuite, Jean Michonet a disparu. Comme Oguéguéni, sa grand'mère myéné devenue une « étoile ». L'histoire montrera comment cet homme, saisi dans les affres de la crise, a préféré rejoindre sa légende.

A travers ses aspects rocambolesques, la vie de Jean Michonet paraît exemplaire à plus d'un titre.
Tout d'abord, c'est celle d'un individu qui a su accepter sa condition de métis et construire sa personnalité à partir des deux sources raciales. Ni Blanc ni Noir – mais les deux à la fois. Apaisé, finalement, car n'ayant renié aucune de ses deux origines.
C'est également l'épopée d'un homme formé au creuset des pionniers, témoin de la « détribalisation » de l'Afrique et qui porte un regard d'autant plus significatif sur ses réalités qu'il est exempt de toute prétention idéologique. Ni

colon ni tribun, ni apôtre ni boucanier, l'homme reste le plus souvent conscient de ses contradictions.

Avant de lui donner la parole, je voudrais signaler enfin le double phénomène qui s'est produit au cours de l'élaboration de cet ouvrage.

En ce qui concerne le narrateur, j'ai vu un homme doué au départ d'une intuition et d'un sens de l'observation peu communs – mais plus soucieux d'action – découvrir peu à peu le monde de l'invisible, prendre goût à cette résurrection du temps perdu qui est le propre de l'artiste et du romancier. Très certainement, l'initiation bwiti *le prédisposait à cette métamorphose.*

De mon côté, vivant l'aventure par procuration, la recréant, un transfert s'est opéré, si bien qu'aujourd'hui, je ne puis entendre parler de Marie Isaac – mère du personnage – sans une profonde émotion. Devant sa tombe, à Lambaréné, il m'a semblé que ces pages devaient être dédiées à la mémoire d'un ange.

Mais c'est peut-être le Gabon qui est le plus présent dans l'histoire que l'on va lire. Curieusement, le métis Michonet pourrait apparaître comme un nouveau type de patriote dans ce pays qui, à bien des égards, reste à découvrir. Le voici donc, ce Gabon de forêts et de rivières, dans l'écheveau de ses lianes, dans le clair-obscur de ses torrents et de ses marigots. Parfois, un galop d'apocalypse indique la fuite d'un éléphant pareil à celui qui aurait pu sortir vainqueur du corps à corps avec l'anaconda. Mais la fureur et le silence retrouvent bientôt leurs rôles respectifs – leurs rôles jamais entièrement délimités depuis la nuit des temps.

Jean Michonet a commencé de parler. Dans le montage ultérieur, je me suis senti tenu de respecter le hasard qui l'avait fait débuter par le calvaire des pionniers. Voici donc une remontée de l'Ogooué différente de celles que l'enfant avait pu vivre jusqu'alors – cette remontée du fleuve qui devait décider de toute une vie d'homme.

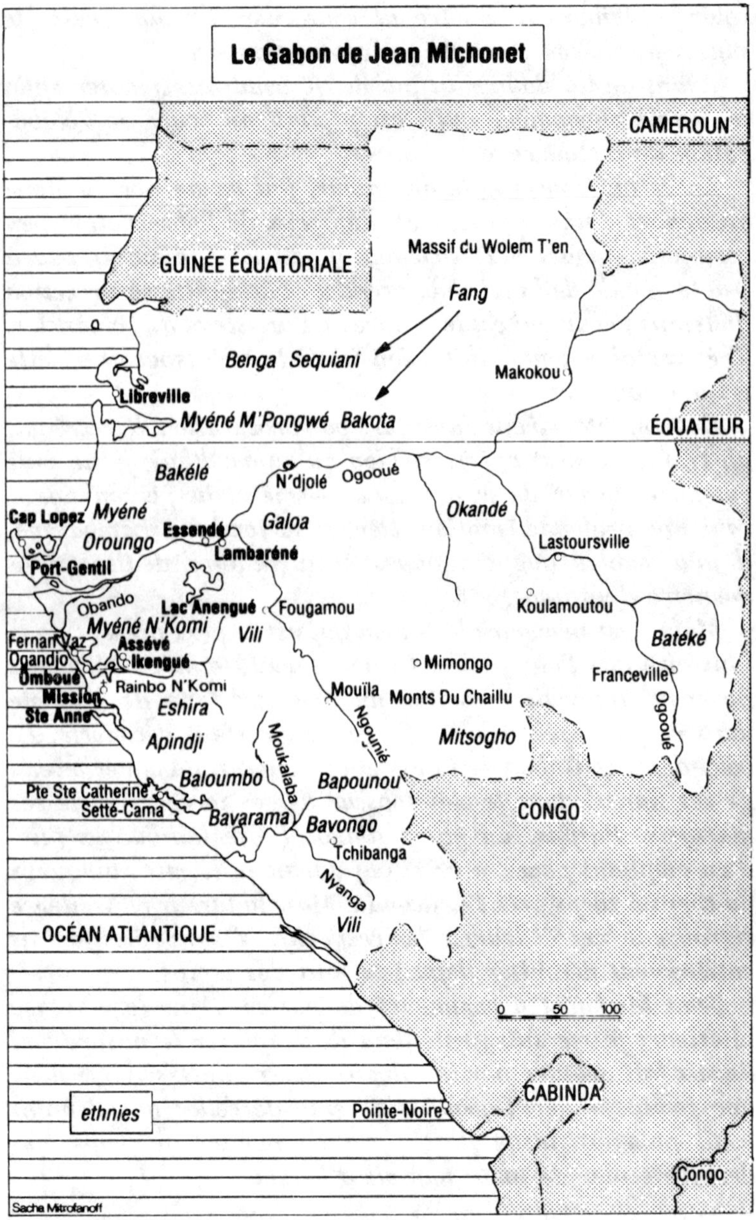

Le Gabon de Jean Michonet
CAMEROUN
GUINÉE ÉQUATORIALE
Massif du Wolem T'en
Fang
Benga Sequiani
Makokou
Libreville
Myéné M'Pongwé Bakota
ÉQUATEUR
Bakélé
N'djolé
Ogooué
Cap Lopez
Myéné
Essendé
Galoa
Okandé
Oroungo
Lambaréné
Lastoursville
Port-Gentil
Obando
Lac Anengué
Fougamou
Koulamoutou
Myéné N'Komi
Vili
Batéké
Fernan Vaz
Assévé
Ogandjo
Ikengué
Mimongo
Omboué
Franceville
Rainbo N'Komi
Mission
Mouïla
Monts Du Chaillu
Ste Anne
Eshira
Ngounié
Moukalaba
Ogooué
Apindji
Mitsogho
Baloumbo
Bapounou
Pte Ste Catherine
Setté-Cama
CONGO
Bavarama
Bavongo
Tchibanga
Nyanga
Vili
OCÉAN ATLANTIQUE
0
50
100
CABINDA
ethnies
Pointe-Noire
Congo
Sacha Mitrofanoff

I

Grand'père Isaac

Le 23 avril 1947, un homme à la silhouette lasse s'embarque dans une pinasse que deux Noirs maintiennent en silence.

L'aigrette n'a pas jeté son cri, le jour se lève à peine – et déjà ce ciel bas de l'équateur, ces eaux sans un reflet.

Il y a quelque chose de poignant dans l'effort que fait cet homme encore relativement jeune pour se hisser à bord. Surtout... qu'on n'essaye pas de lui venir en aide! Hier, Marcel Michonet – mon père – nettoyait rivières et arroyos, il débroussaillait, traçait des routes. Tout juste s'il ne se serait pas mis à l'eau comme n'importe lequel des cent cinquante « rouleurs » que comptait Ikengué. Ikengué... un chantier forestier du Fernan Vaz, la région côtière du Gabon où, quelques années plut tôt, avec Marie Isaac – ma mère – il avait pensé trouver le bonheur et la sécurité.

En ce petit matin, j'embarque avec lui. Nous nous apprêtons à parcourir les lagunes, à sinuer dans un réseau de rivières que d'innombrables voyages nous ont rendu familier, à commencer une énième remontée de l'Ogooué – le fleuve de mon enfance – qui devrait durer quarante-huit heures si la *Conchita*, notre pinasse, file ses six nœuds sans protester, si nul avatar ne nous arrête, si mon père, malgré son état, ne se met en tête de visiter les comptoirs qu'il possède en cours de route.

Deux hommes composent l'équipage. Un Bapounou dans la force de l'âge, Doukaga Valentin, à qui mon père a tout appris de ce qu'est un bateau, et un nouveau boy d'ethnie Mandjabi, Samuel N' Daba, dont on nous a dit le plus grand bien. On nous a assuré en particulier qu'il était « vacciné » contre le vol. Le garçon semble avoir aussi de bonnes habitudes d'hygiène. C'est la première chose qu'a notée mon père dont une des devises est : « Pas de boy qui sente le tigre. » Bref, ce Samuel sera apte à cuisiner si, comme il faut s'y attendre, le voyageur doit rester un certain temps « là-haut ».

Mon père s'est installé à bord. Il aurait l'œil à tout – instruments et machine, provisions de bouche; mais un signe trahit sa fatigue :

– Jean, regarde la bougie avec Doukaga.

– D'accord, Pa'...

Et après inspection :

– Elle est bien sèche. Tu sais, j'ai laissé jusqu'au dernier moment la magnéto dans le fumoir.

– Très bien, petit... Tu commences à t'y connaître.

Le moteur de la *Conchita* tressaute, il accepte de partir. Je ne peux m'empêcher de demander :

– Pa'... tu es bien ?

– Pourquoi ne le serais-je pas ? Cesse de t'en faire. Tu penses bien que Schweitzer va me guérir. Et puis, ajoute-t-il sur un ton qu'il s'efforce de rendre gai : une fois guéri, adieu l'Afrique !

Oui, après son retour de Lambaréné, c'en sera fini de l'Afrique, de sa carrière de forestier. Son passage et le mien sont retenus à bord du *Cap Saint-Jacques*, le seul bateau par lequel il serait possible de se faire rapatrier sous peu. Mon père semble y aspirer. Mais est-il réellement si confiant ?

Je ne peux m'empêcher de remarquer l'extrême pâleur de son visage, lui qui a toujours eu le teint blond. Jusqu'à ses taches de rousseur qui semblent avoir pâli. Le gaillard est un peu voûté, affaissé maintenant sur le banc de l'embarcation. Il a de temps à autre une quinte de toux. Sèche, la toux. Et pourtant, j'ai pris l'habitude de l'entendre, depuis des nuits, derrière la cloison de notre grande case.

Discrètement, presque timidement, mes deux aînés, René – dix-neuf ans – et Jacques – dix-sept ans –, sont venus assister au départ. Ils sont tous deux sur le débarcadère. Leur père, doucement, voudrait les engueuler :

– Eh bien, quoi... Vous n'allez pas rester comme des statues de la désolation ?

Naïfs, les deux garçons répondent :

– Non, Pa'...

Jamais, me semble-t-il, notre mère ne leur a autant manqué.

– Et surtout.. recommande Marcel Michonet à ceux qui vont rester en notre absence, à ceux qui ne gagneront la France qu'après liquidation du chantier, surtout : mangez !

– Oui Pa'.

Connaissant mes frères, sachant la volonté que nous avons de nous en sortir coûte que coûte, je doute de leur sagesse. Chacun va trimer comme quatre. Il est entendu que René doit assurer la bonne marche des coupes, Jacques l'expédition des radeaux déjà prêts. Quant à André, le plus jeune, il a fallu le confier à Améz'Amélie, une tante dévouée de notre défunte mère.

Promu chef d'équipage, je donne l'ordre d'appareiller. En la circonstance, Doukaga roule de gros yeux ébahis. Visiblement, mon père souhaite brusquer les adieux. Il fait un petit signe de la main à mes frères. Ceux-ci, plantés sur le rivage, ont la gorge nouée. Le jour s'est maintenant levé mais le ciel reste plombé. Samuel N'Daba largue les amarres. Doukaga, debout à l'arrière, met barre toute du revers de son pied. Sur l'eau, quelques rides dérisoires. Déjà la pinasse s'éloigne d'Ikengué.

– Papa...

Il ne répond pas. Il ne s'est tout de même pas assoupi, lui qui n'a jamais dormi que quatre à cinq heures par nuit! A quoi songe-t-il en voyant défiler à l'autre extrémité de la lagune la ligne sombre des forêts?

La navigation s'annonce monotone. La *Conchita* est dans une de ses bonnes périodes. Le monocylindre dévide sa litanie sur le miroir des eaux. J'ai emporté le jeu d'échecs : le plus grand plaisir de mon père, sa seule distraction sur les fleuves ou à Ikengué, les jours de trombe d'eau, quand au-dehors on enfonce dans la boue jusqu'aux genoux.

Si près du point de départ, je n'ose lui proposer une partie. Je sens que nous avons tout l'Ogooué devant nous. Je rêve, à mon tour... J'aurais tendance à refuser l'image de ce Marcel Michonet las, amoindri, pour ne penser qu'au pionnier qu'il a été dans ses meilleurs moments. N'a-t-il pas tout créé à Essendé, notre premier chantier, non loin de Lambaréné où nous remontons aujourd'hui? N'a-t-il pas tout créé à nouveau lorsque nous avons quitté l'Ogooué pour aller nous établir à Ikengué, dans le Fernan Vaz – notre prétendu paradis de la Côte?

A Essendé, aussi loin que je remonte, il me semble que mon père n'avait jamais douté de ses forces. En dépit des mauvais coups, des petites ou grandes trahisons, il était alors au maximum de sa foi en l'avenir. Pourtant, à bien des égards, notre départ pour le Sud, notre arrivée sur le Fernan Vaz avait ressemblé à la migration d'une tribu famélique.

Tandis que file la pinasse, je le revois établissant au fil des mois son réseau de rivières, attachant une à une ses billes d'okoumé pour le rassemblement du radeau. Encore, au moment dont je parle, disposait-il de crics pour lever les grumes, de crampons pour les assujettir. Mais lorsqu'il était venu s'établir au Gabon, lorsqu'il avait ouvert ce premier chantier, les moyens d'exploitation étaient aussi rudimentaires que du temps de Grand'père Isaac. Guère mieux, dans les Années Vingt, qu'au tout début du siècle... Mon père me l'a souvent dit et si je l'obligeais à parler, maintenant, il me le confirmerait : à ses débuts, tout – abattage des arbres, tronçonnage, roulage – se faisait à main d'homme.

De ce travail, je connais chaque détail. J'ai souvent vu mon père tendu, anxieux, au coude à coude avec d'humbles garçons qui, sans lui, eussent ignoré jusqu'au principe du levier. A ces garçons à demi nus, il faisait descendre les billes dans les cours d'eau. Il s'agissait ensuite de construire des barrages successifs. Retenue faite, on cassait le barrage et quinze à vingt billes étaient emportées à deux kilomètres de là. A charge pour le forestier tenace, pour sa main-d'œuvre enjouée, blablateuse, de recommencer l'opération dix fois, vingt fois de suite.

J'ai assisté à l'arrivée d'une coupe, après des semaines d'efforts, dans le lac de rassemblement, à la confection des radeaux. Encore restait-il à prendre le courant du fleuve et, pour cela, à traverser le lac. Avant l'ère des remorqueurs, chaque radeau était muni de blocs de pierre que des hommes en pirogue allaient mouiller à une centaine de mètres. Les gens du bord tiraient sur la touline. Un premier bond était fait. On mouillait la pierre un peu plus loin. On tirait à nouveau. On mouillait... on tirait... cela pouvait durer une semaine.

Enfin sur l'Ogooué, le train de radeaux prenait le courant mais il fallait correctement viser. On risquait l'échouage sur les bancs de sable – pis : l'entrée inopinée dans l'embouchure d'un lac de vase – et là, adieu le radeau! six mois d'efforts perdus.

Sur le fleuve, chaque radeau était gouverné par une immense pagaie articulée sur une fourche. Plusieurs hommes faisaient jouer ce bras dans un accompagnement grinçant. Mon père était présent à toute heure sur l'un de ses radeaux. Contrairement à bien des forestiers qui se contentaient d'aller attendre leur contingent à Port-Gentil, il vivait dans une des paillotes édifiées sur le train flottant, une de ces paillotes où ses hommes serraient leur provision de manioc et de tarot.

Je voudrais parler de ces équipées fluviales à mon père... Je voudrais lui dire : « Tu te souviens, lorsque tu as accepté que je t'accompagne pour la première fois? » Flottages de l'okoumé... J'y reviens comme à un des moments de la plus rude intimité que j'ai vécue avec cet homme que je conduis maintenant à l'hôpital de Lambaréné. Comment cette vie de forçat ne l'aurait-elle pas précocement usé? Comment ne paierait-il pas, aujourd'hui, les conséquences de tant d'efforts et de privations?

Au terme du voyage, on utilisait à nouveau blocs de pierre et touline. Ancrés à marée haute, libérés au jusant, les radeaux filaient de quelques kilomètres. Il fallait quatre marées pour traverser la rade. Ainsi, un train flottant parti d'Essendé, s'il ne s'était échoué ni perdu corps et biens, mettait-il un mois pour atteindre Port-Gentil. Des lieux de coupe au port d'embarquement il fallait compter trois mois.

Progression régulière de la pinasse. De toute part les eaux étales. A l'arrière, sous la robuste stature de Doukaga Valentin, le sillage où pour moi se perdent les dernières images, où semble se noyer mon appréhension. Ne suis-je pas trop jeune, à quatorze ans, pour que l'inquiétude ne s'efface à la première distraction?

C'est mon père cette fois qui semble avoir réfléchi et qui rompt le silence :

– Jean... si un malheur devait arriver...

– Pourquoi, un malheur?

– On ne sait ce qui peut se passer... Vinet est mort. Les Dubois qui ont été si bons pour toi viennent de mourir. Regarde ce pauvre Léobald, à l'heure qu'il est... Eh bien, Jean, si tes frères et toi deviez vous trouver dans le besoin, un jour ou l'autre, il faudrait vous adresser à Grand'père Isaac.

Silence de ma part. Mon père me scrute :

– Pourquoi ne réponds-tu pas ?

– Comme ça... Je n'aurais pas envie de m'adresser à lui.

– Il est assez riche pour s'occuper de vous...

Et avec un sarcasme :

– La moitié de Port-Gentil lui appartient !

– Je sais. Dis, Pa'... Pourquoi Grand'père Isaac a renvoyé Grand'mère Ésonguérigo quand Oncle Pierre et maman étaient petits ?

– Ce sont des histoires de l'ancien temps. Ne t'occupe pas de tout ça.

Je hausse les épaules :

– Tu crois donc que je n'ai pas compris ? Jacques et René savent aussi.

Et qu'ai-je compris sinon l'essentiel ? Jean-Marie Isaac, arrivé en Afrique à la fin du siècle dernier, a pris une Noire « à la coutume » – à peine mieux que ce qu'on appelle une « ménagère » maintenant – en la personne d'Ésonguérigo, ma future grand'mère. Ils ont vécu ensemble plusieurs années. Ils ont fait deux petits « mulâtres » – c'est le terme que l'on employait alors. Après quoi Isaac, allant sur ses trente ans, a souhaité passer à des choses plus sérieuses...

J'entends mon père avancer des arguments, essayer pour justifier son beau-père – un beau-père avec qui il n'a jamais eu beaucoup d'affinités, pourtant – de me parler de la mentalité d'alors :

– Tu comprends, ces premiers arrivants ne savaient pas... Il faut se mettre à leur place... Ils avaient des idées un peu biscornues... Les curés eux-mêmes...

Ah! non! Je ne puis écouter ces sornettes, à plus forte raison de la bouche de mon père. Je suis pris par cet étrange sentiment que j'éprouve pour « notre » patriarche. Je crois que je le déteste sans l'avoir beaucoup vu. Et pourtant... quelle fascination! Sa vie, son aventure africaine, je n'en ignore rien! Grand'mère Ésonguérigo en parlait encore. Les vieux conteurs myéné, au village, en avaient fait un chant à épisodes. Pensez donc! Un Européen qui était allé jusqu'à se faire initier dans le *bwiti!* Restés sur cet émerveillement, les uns et les autres s'étaient accommodés ensuite de la trahison d'Isaac au monde noir. Ils l'avaient acceptée avec une candeur immédiate, une sorte de résignation bon-enfant.

Avec moi il n'en va pas de même et j'entends que mon père le sache!

Tandis que mon regard se perd dans le sillage de la pinasse, la légende me revient, augmentée de faits plus précis que je tiens du gendre même du pionnier :

Jean-Marie Isaac a dix-huit ans. Il est sabotier à Bagnères-de-Bigorre, dans cette France que je ne connaîtrai que beaucoup plus tard. Les hivers sont rudes dans les Pyrénées. Combien de sabots ne faut-il pas tourner, à l'époque, pour manger à sa faim? Pour oublier la précarité de son état – parfois ses tiraillements d'estomac! – le jeune artisan lit et relit les récits des colonisateurs, en particulier celui du dernier voyage de Savorgnan de Brazza qui a frappé les imaginations.

Un jour, un voisin connaissant la passion du jeune homme lui apporte un journal de Bordeaux :

– Regarde... Il y a une annonce là-dedans... Un colon du Congo réclame un garçon jeune et résolu pour l'aider dans la mise en valeur...

Isaac n'écoute pas la suite. Il glisse une pièce d'or dans sa ceinture – pièce à laquelle il ne touchera pas –, et en route pour Bordeaux! A pied! Il devait rencontrer sitôt arrivé ce « roi » du Congo : un certain Gaston Rousselot, ancien matelot dont les confidences et les propositions, sur le moment, l'enchantent :

Au cours d'une escale à la côte, le marin s'est laissé entraîner dans une fête de village. Une horde de diablesses nues et peintes s'est jetée sur lui. Quand, saoulé au vin de palme, il est revenu de ses égarements, son bateau était depuis longtemps parti. Que faire? Attendre le prochain passage? Il n'aurait lieu que dans six mois. Rousselot s'était trouvé établi dans le pays sans l'avoir choisi. De cette mésaventure, il ne restait qu'à tirer le moins mauvais parti... Un parti favorisé par les coutumes gabonaises.

En effet, dans ces contrées, la richesse vient des femmes, du travail qu'on peut leur demander. Qu'à cela ne tienne. L'installation de Rousselot étant bien vue par les Myéné, il allait se marier vingt-sept fois et faire de fabuleuses récoltes de café et de coton.

Jean-Marie Isaac sifflote devant pareille audace. Un peu contraint, tout de même, car il a des principes. Mais l'appel de l'Afrique fait taire ces scrupules et il s'embarque, quatre mois plus tard, à bord d'un bateau à roue qui s'appelle précisément l'*Afrique* et qui, en fait d'escales, égrène les noms qui l'ont toujours fait rêver : Dakar, Fernando Po – aujourd'hui Malabo –, Douala, le Golfe de Guinée.

Rousselot était au rendez-vous.

Mais si, à Bordeaux, il avait amadoué un futur associé, c'était un simple travailleur qu'il recevait sur place.

– ... S'pèce d'abruti! se permet-il au premier accrochage.

– On ne m'a jamais parlé de la sorte, s'étonne le jeune sabotier.

Et comme Rousselot prétend lui allouer une paillote semblable à celle d'un manœuvre indigène :

– Ce n'est pas ce qui a été convenu!

– Eh bien, ironise l'ex-matelot devenu potentat, à prendre ou à laisser. Je ne te retiens pas.

Et il part d'un gros rire.

Jean-Marie Isaac s'était embarqué pour la fortune; il venait de tomber dans un piège!

Comment réussira-t-il à sortir de ce piège?

Ce sont les femmes de Rousselot qui vont l'aider. La plus influente ne tarde pas à trouver injuste la conduite de son mari envers le Blanc. C'est une Myéné et, comme beaucoup de gens de sa race, elle ne manque pas de sagesse. Bien sûr, elle n'aurait pas ouvert la bouche devant Rousselot. Mais elle sait ruser. Isaac commence à recevoir du pain, du vin : denrées que lui interdit le tyranneau. Bientôt c'est de la nourriture faite chez Rousselot, que lui apportent les autres femmes en cachette : « Surtout, n'en parle pas... Ne nous dénonce pas – et là, elles ont leur logique à elles : tu es un Blanc, tu as donc besoin de pain et de vin comme les autres Blancs. »

Ce sont ces mêmes femmes qui vont lui conseiller de partir, qui lui fourniront une pirogue pour qu'il puisse se rendre chez Rebella, un chef myéné oroungo vivant dans l'Ogooué maritime, sur l'emplacement où s'édifiera par la suite la ville de Port-Gentil.

En ce temps-là, le site de Port-Gentil portait le nom myéné d'un arbre : Mandji. C'était tout au plus un campement de pêche, un ramas de paillotes sur des savanes inondées. En arrivant, Isaac commence par sauter d'une planche sur l'autre. Et comme il se sent un peu perdu, sur ces marécages du bout du monde, la première chose qu'il demande à Rebella est de le marier.

Oui, tout cela je le sais. Avant même que Grand'père ne me donne d'autres précisions, lorsque je le connaîtrai mieux, cette histoire m'est familière. Ma mère en était obsédée. Elle y revenait sans cesse tandis que je la veillais, les dernières semaines de sa vie, chez le Dr Schweitzer...

Reflet de la lampe-pigeon, le soir dans sa case d'hôpital. Lumière bleue comme si une défense passive avait été imposée en pleine brousse. Tout juste si la malade avait la force de poursuivre son récit.

– Ne parle pas, Maman...

– Mais si, Jean, il faut que tu saches. Ensuite, tu pourras le raconter à tes frères...

Dans la lueur de la flamme de pétrole, dans la touffeur de la nuit équatoriale, je ne voyais plus que ses yeux. La fièvre la rongeait. Et ce que Marie Isaac – ma mère – tenait à m'expliquer, c'est qu'une fois marié « à la coutume » avec Ésonguérigo, Isaac – son propre père – aurait souhaité, dans un premier temps, reconnaître ses deux enfants. Mais Rebella s'y était opposé. Rebella lui-même, redoutant qu'Isaac n'emmène par la suite ces deux enfants myéné en France. Comme tout Myéné, le chef avait l'esprit hanté par les souvenirs de l'esclavage. Il avait toujours peur que ces mariages « à la coutume » ne soient le prétexte à une traite déguisée.

Et probablement Grand'père Isaac avait-il été confronté à des complications insurmontables – comment ne le comprendrais-je pas? Probablement s'était-il lassé? Un été, alors que riche et respecté il rentrait en France, comme chaque année, il avait mis à profit son séjour pour se marier « vraiment ». Il avait épousé une fille de chez lui, une fille de Bigorre – une Blanche.

Ensuite... Eh bien ensuite, il y a eu un enfant Blanc.

Et puis...

Lorsque ma mère et mon oncle Pierre voyaient cette femme, ils l'appelaient « tante ». Mais ils n'osaient jouer avec leur demi-frère. On ne les y invitait guère. Et puis ma mère et mon oncle ont fini par rester au Moyen-Ogooué. Presque complètement. Ils sont devenus presque complètement ce qu'ils étaient pour une demi-part : des Myéné Oroungo. Tout comme Grand'mère Ésonguérigo, partie de son plein gré, après un palabre régulièrement mené. Grand'mère Ésonguérigo redevenue malgré ses bribes de français, malgré ses connaissances de femme semi-occidentalisée, ce qu'elle n'avait jamais cessé d'être tout à fait : une femme Noire soumise à la tribu, une cheftaine du *n'djembé!*

II

Essendé

Il y a toujours du vent au Fernan Vaz. Mon père s'est abrité derrière le rouf. Le déplacement d'air agite les cheveux roux qui, depuis quelques années, se raréfient. Il a les orbites creuses, les joues émaciées.

– Veux-tu que nous jouions aux échecs?

La proposition n'entraîne pas une adhésion immédiate.

– Nous ferons une partie après Omboué, décide-t-il.

Et tandis que se profile au loin la pointe de la mission Sainte-Anne :

– Je serai parti sans dire au revoir à frère Mathias.

Cette constatation m'arrache un cri du cœur :

– Tant pis! Celui-là, je crois que je ne l'aime plus.

Mon père paraît surpris. Je reprends :

– Tu te souviens, il y a deux ou trois ans... le fameux combat de l'éléphant et de l'anaconda? La fin ne m'a pas plu.

Mon père ne peut s'empêcher de sourire :

– Comment ça?

– Quand l'éléphant a gagné; quand aveuglé par la fatigue, il a fait tomber le hangar... Eh bien, frère Mathias est arrivé avec son vieux fusil...

– Il fallait bien l'abattre.

– Non! Une pareille bête aurait dû avoir la vie sauve!

Un silence. Je n'ai jamais admis, en effet, que le missionnaire ait placé deux balles dans le cœur de cet éléphant. L'animal victorieux était venu se reposer chez les curés et les curés l'avaient massacré.

– Tu as raison, reconnaît mon père. Il y avait cependant un réel danger à laisser divaguer ce mastodonte. Et puis, ajoute-t-il légèrement narquois, il avait de belles pointes. Dieu sait si cent kilos d'ivoire, ça va chercher des sommes... Mais, rectifie-t-il aussitôt, crois-moi, Jean. Frère Mathias est un brave homme; il a fait beaucoup de choses dans ce pays. Et puis, de toute façon – désarroi soudain, dans sa voix : tout cela... c'est l'Afrique!

L'Afrique... Je sais bien que personne n'y fait jamais de cadeaux. Ce n'est pas à mon âge, toutefois, qu'on se satisfait de pareilles explications. J'ai connu mon père moins résigné. Refuserait-il aujourd'hui l'affrontement avec les Fang si, d'aventure, un assaut se présentait à nouveau? A Essendé il repoussait seul l'attaque. Seul ou en confiant une arme au factotum Phili Conaté. Il faut que sa santé soit vraiment compromise pour avoir de la sorte entamé son courage.

Et tandis que je le tiens à ma merci, contre la paroi du rouf, tandis qu'il accepte de parler à voix enrouée, comme si j'avais un vieux compte à régler, comme si j'éprouvais le besoin de m'opposer à lui, malgré ma compassion, de le provoquer :

– Et toi, Pa'... J'aimerais bien savoir pourquoi Grand' père ne voulait pas que tu te maries avec maman.

– Comment sais-tu que Grand'père ne voulait pas?

– Comme ça.

Mon père paraît surpris. D'un geste de la main qui lui est familier, il essuie son front moite :

– Il pensait que ça ne marcherait pas.

Et comme s'il hésitait avant de se persuader qu'il me

devait cette explication, qu'il la devait à travers moi à René, à Jacques, demain à André :

– Pour les gens de la génération d'Isaac, les « mulâtres » qu'ils fabriquaient avec des femmes noires ne tiraient pas à conséquence. Il m'a lui-même mis en garde quand je suis allé le trouver : « Enfin Michonet, soyez sérieux. Vous arrivez de France, un jour vous y retournerez... »

Pouvait-on dire cependant que Grand'père Isaac se fût totalement désintéressé de sa fille? Il l'avait envoyée en métropole, une fois grande. Marie Isaac avait passé deux ans chez les sœurs, à Bordeaux. Ces attitudes étaient dictées par des réflexes contradictoires; elles dénotaient d'étranges pudeurs, un fond de culpabilité.

Ce que mon père ne dit pas, ce que je sais néanmoins par les longues conversations qu'il a eues avec Max Léobald, à Ikengué – ce pauvre Léobald, ancien militaire et, hier, son associé –, ce sont les événements, les concours de circonstances qui l'avaient amené lui, Marcel Michonet – le jeune Normand démobilisé – à vouloir partir au lendemain de l'Armistice, à vouloir s'éloigner le plus vite possible de tant de larmes et de tant de sang.

Sévèrement gazé sur les champs de bataille, mon père avait été envoyé en convalescence dans les Landes, la Grande guerre terminée. Là, il révisait tout un système de valeurs. C'était un peu comme s'il ne parvenait à effacer la vision d'êtres humains s'arrachant les entrailles à la baïonnette dentelée. « Après ce par quoi nous sommes passés », l'entendais-je dire à Léobald, vingt ans après...

Vieux briscard, ancien « juteux », celui-ci bourrait sa pipe. Il tirait la première bouffée :

– A la guerre... (Grésillement du tabac...) à la guerre, faut ce qu'il faut.

Ses tentatives pour justifier le conflit, pour défendre l'Armée tournaient court devant le silence de l'ancien compagnon. Et pourtant, mon père était patriote. Mais le destin allait décider pour lui.

Il rencontre sa future épouse au cours du séjour dans le Sud-Ouest. Loin d'être une « négrillonne », pour lui, la jeune fille est au contraire auréolée du prestige colonial qui, dans la région, s'attache au nom d'Isaac. Et puis, à peine sortie de l'enfance, Marie était fort belle – non pas belle : jolie, et douce. Je pense que mon père a dû projeter sur elle son désir d'évasion, ses aspirations à une vie nouvelle. Tous deux se sont alors promis de se revoir.

Malheureusement, la petite pensionnaire des religieuses retournait à Port-Gentil où l'agglomération commençait de naître. A Port-Gentil, avant de revenir au village myéné de Grand'mère Ésonguérigo remariée à un féticheur.

Ce n'était pas la première fois que Marie Isaac passait de la vie européenne à celle de la brousse. Quelques semaines séparaient le pensionnat bordelais du village de l'Ogooué où elle était soudain précipitée plusieurs siècles en arrière.

Prévenir Marcel Michonet? Les jeunes gens ne s'étaient pas suffisamment parlé. Comment eût-elle osé? En proie aux pratiques ancestrales, la tribu avait déjà décidé pour elle dans l'éloignement, sinon dans l'indifférence d'Isaac. Marie, ma future mère, était destinée en bonne et traditionnelle forme à un Pygmée du nord du pays, à un sauvage qui avait convenablement « doté »; un homme qui s'appelait Recongola et qui, sitôt le marché conclu, allait emporter sa femme – disons plutôt sa victime – ficelée comme une bête au fond d'une pirogue.

Ce que ma mère avait enduré, au cours de sa captivité de deux ans, elle n'en souffla mot par la suite. Je crois du reste que mon père avait réussi à lui faire oublier ces misérables souvenirs. Les Pygmées sont considérés comme des ancêtres, dans les races bantoues – un peu comme les Gaulois pour les Français. Imaginerait-on une femme d'aujourd'hui, même « mulâtre », contrainte à une telle régression dans le temps? Une simple anecdote donne une idée de ce qu'était l'arriération, le peu de raffinement des Pygmées à cette époque... Ces gens ont une denture extraordinaire. Plus tard, quand j'aurai une difficulté, au chantier, avec un boulon grippé, j'appellerai n'importe quel représentant de cette communauté : « Dévisse-moi ça ! » Et le gars, avec ses dents, réussira toujours ce qu'aucune clé n'aurait pu faire !

On imagine la douleur, l'angoisse de mon père sans nouvelles de celle qu'il considérait comme sa promise. Il arrive au Gabon : aucune trace de Marie. Il commence par se disputer avec Isaac. Puis, comme il faut survivre, il entre comme commis chez Personnaz & Gardin. Le plus clair de son temps se passe en recherches. Enquête d'autant plus compliquée, d'autant plus désolante qu'Isaac ne sait pas lui-même où diable a pu passer sa fille !

Après bien des démarches, il s'assure enfin la complicité d'une tante de la captive; une tante qui est en train d'accéder à la dignité de sage-femme itinérante. Par Améz' Amélie, il finit par savoir de combien Recongola avait « doté ». Reste à entreprendre l'expédition chez les Pygmées, à renchérir sur la dot initiale.

Ce n'est qu'au bout de ces tractations que mes futurs parents ont pu se marier. Isaac reconnaît sa fille : l'union est alors bénie par les curés. A peu de temps de là, mon père quitte Personnaz. Il va créer son propre chantier sur l'ancien campement d'Essendé, au Moyen-Ogooué.

Grand'père Isaac n'avait pas réussi à imaginer qu'il ait pu exister entre sa fille Marie – la « mulâtresse » – et le jeune colon Marcel Michonet, ce qui paraissait insolite, presque incongru à l'époque : un véritable amour.

Quatre heures de navigation. Nous approchons d'Omboué, chef-lieu du district des lagunes. Là, un vieux Corse du nom d'Orsini règne sur le poste de contrôle. On doit se signaler au passage lorsqu'on monte sur Lambaréné. Les usagers se soumettent volontiers à cette obligation :

c'est le seul moyen d'être recherché en cas de disparition prolongée – et Dieu sait si, à la saison des pluies, le fleuve et ses multiples affluents sont sujets aux crues subites. C'est la seule sauvegarde en cas de tornade sur les forêts inondées, quand la foudre ricoche aux quatre coins d'un ciel devenu d'une noirceur terrifiante.

Pour l'heure, tout est calme au chef-lieu; le Corse, débonnaire. C'est un homme perclus que l'alcool seul conserve.

– Rien pour moi, Michonet?

On a toujours une bouteille de rhum à son intention dans la pinasse. Sait-on jamais... le bonhomme peut être utile. Et puis, on l'aime bien Orsini. Même lorsqu'il pose trop de questions : « Où allez-vous? Qu'allez-vous faire? » Il est la pipelette du Fernan Vaz.

En cette fin de matinée, va-t-il se permettre quelque remarque sur la mine de Michonet, sur son teint de suaire? On serait en droit de s'attendre à une de ses civilités : « Parole, Michonet, tu ne vas pas chez la Quique, tu en reviens! » Fort heureusement Orsini a compris à temps. Il saisit au vol son litron de Négrita et détourne le regard :

– Allez, bon voyage, vous autres du bateau.

La *Conchita* est déjà repartie.

– Où nous arrêterons-nous, Pa'? Tu as pensé, pour la nuit?

– Nous verrons bien.

Cette réponse m'étonne. Malgré la chaleur, sous une bâche que n'agite plus un souffle, midi venant de dégringoler sur les eaux, mon père frissonne. Il a tiré de la soute une veste qui ne lui sert que dans les nuits fraîches. Il tousse... tousse encore et, furtivement, crache par-dessus bord.

Au bout d'une heure je dois me rendre à l'évidence : mon père ne souhaite ni parler, ni participer activement à la vie du bord. Peut-être notre bref échange sur ces vieilles histoires familiales a-t-il remué plus qu'il ne l'aurait fallu ?

Et moi ? J'ai du mal à me détacher de ce passé que nous venons d'évoquer. D'ailleurs, en ce qui me concerne, me rendre à l'hôpital Schweitzer, n'est-ce pas me rapprocher de ma propre source ?

Cet hôpital, j'y suis né le 18 septembre 1932. Il s'agissait en fait des « nouveaux » bâtiments édifiés par le docteur après la Grande guerre. Une de ses « marraines » a accouché ma mère et tout se serait bien passé si je n'étais venu avec la « bilieuse ».

Affolé, le médecin demande :

– Qu'est-ce que cette histoire ?

Ma mère finit par avouer. On l'a fétichée. Profitant de son séjour dans la région, Grand'mère Ésonguérigo l'avait persuadée qu'ayant eu deux garçons, il lui fallait une fille. Grand'mère n'avait pas eu à aller chercher bien loin l'homme de l'art censé « tourner le sexe ». Son second mari, le féticheur Résenzélé – un grand diable d'un mètre quatre-vingts –, était célèbre au Moyen-Ogooué pour ses « irrésistibles ».

J'ai survécu aux décoctions administrées à ma mère. Celle-ci a fini par protester : « Je préfère un garçon normal qu'une fille qui ne serait pas bonne. » N'était-il pas assez compliqué d'être métis ? La « bilieuse » a pris fin et mes premières années se sont écoulées à Essendé où mon père trimait alors avec des associés successifs.

J'ai entendu parler d'un certain Ludo Marchand. Curieux personnage, ce Marchand... A force d'aller avec des « Pahouines » – on ne disait pas les Fang mais les Pahouins, à cette époque –, il avait attrapé une maladie vénérienne et s'était fait rapatrier. Un coup dur, ce départ. Mon père n'a trouvé d'autre solution que de s'entendre avec un certain Quelmette – celui-là même qui a donné son nom à la rivière Kilomètre.

Beaucoup de lieux-dits, au Gabon, portent le nom déformé

d'un exploitant, du premier défricheur qui s'est arrimé là. On trouve une plaine Robin, une plaine Rechelman. Je connais un village nommé Equewa-Chantier de Favin. *Equewa,* en myéné, veut dire « pitié ». Ce n'est pas un hasard. Au début du siècle, le Favin en question a connu d'effroyables malheurs à cet endroit précis.

Mon père relance Essendé avec Quelmette mais, presque aussitôt, il tombe gravement malade.

Empoisonné? Je ne saurais le dire. Il est certain qu'il venait d'être mordu par un serpent. L'accident était assez fréquent dans les campements... Il avait beaucoup plu cette nuit-là. Un naja, entré par le caillebotis du tub, était venu s'enrouler autour de la lampe à pétrole, à l'endroit même où mon père, retour du chantier, avait l'habitude de faire sécher sa ceinture de flanelle.

Sur le moment, il n'a aucun vaccin, pas même d'eau de Javel. Il s'ouvre alors le mollet, il vide le contenu d'une cartouche dans la plaie et il y met le feu. Ce traitement un peu spécial devait lui valoir la vie sauve mais lui laisser une plaie torpide.

En dépit de ces suites, ma mère était persuadée qu'on avait cherché à empoisonner son mari. N'avait-il pas des taches sur la poitrine? Elle faisait le rapprochement avec une affaire récente : l'empoisonnement d'un de nos voisins, Lapasse, qui courait les filles – il en avait deux « à la coutume » – et qui venait de trépasser avec, sur le torse, des taches identiques.

Bien sûr, la situation n'était pas la même. Mon père et ma mère faisaient un ménage uni. Elle savait néanmoins à quoi s'en tenir sur la méchanceté des gens et redoutait un acte de jalousie.

Voyant ces taches rouges, elle se dit : « On a essayé de me l'empoisonner! » Et elle le supplie d'aller se faire soigner en France.

Mon père a beaucoup hésité. Cette séparation lui coûtait. Pour les affaires, il n'avait pas grande confiance en Quelmette. Il s'est décidé tout de même. Pour la première fois, il allait nous confier à la garde du fidèle Phili Conaté.

Est-ce à cause de l'attitude de mon père, est-ce l'effet d'une de ces intuitions dont le garçon est coutumier? Doukaga, notre pinassier, évite de chanter.

Les lagunes succèdent aux lagunes. L'après-midi de ce premier jour de voyage s'écoule sans qu'aucun orage crève. Faut-il le regretter? Il en résulte une sensation d'oppression particulièrement pénible. Je ne sais rien de plus désolant, cependant, que les déluges qui vous attrapent dans le bateau et qui vous pénètrent jusqu'aux os.

Nous atteignons le confluent des trois rivières – l'Agoulé, l'Adelwé, le Poulomié – qui, après s'être détachées de l'Ogooué, viennent se jeter dans les lagunes de la côte en face d'Ogandjo. C'est moi qui décide de l'itinéraire. On dirait que mon père cherche à m'éprouver, à tester ma connaissance du pays. Sur le moment, je ne prête pas assez attention à cet effacement volontaire. Il est vrai que les rives qui défilent, maintenant, sont basses. La *Conchita* n'en finit pas de les longer. On distingue des plages de couleur claire où les N'Komi ont mis leurs filets à sécher. Il arrive que l'on surprenne aussi l'intimité d'un campement de pêche. Puis, à nouveau, la silhouette lointaine, nostalgique, des grands palétuviers.

Encore une journée et nous serons sur les lieux qui ont servi de cadre à mes premières années – ces années au cours desquelles je devais partager les jeux des enfants de la brousse. Je ne parlais que le myéné. Aucune école, dans ces villages reculés, pour ceux qui n'avaient pas l'âge de se rendre à la plantation avec leur mère. On jouait et il n'était pas rare que des filles de douze ans, déjà mariées, viennent se joindre à nous.

Les garçons jouaient à l'*ai-pris*. Cela consistait à plonger dans l'eau boueuse des rivières. Savoir qui toucherait l'autre donnait lieu à des chamailleries sans fin. Les filles pratiquaient le *tiba,* un orchestre peu coûteux. Elles allaient à la baignade à la queue leu leu. Tout en chantant, elles serraient l'eau dans leurs mains. Cet exercice leur permettait de tourner des chants d'amour – ou de précoces obscénités – à l'adresse des garçons. Ceux-ci se moquaient d'elles. Ils répondaient en imitant le pet de l'hippopotame.

A partir du crépuscule commençaient d'autres divertissements. Le plus apprécié dérivait d'une des danses de dédeuillement : l'*okoui.* Il existait encore, à cette époque, un véritable *okoui* dansé par les enfants, l'*assolé,* qui ne nécessitait pas d'initiation. Même si un simple sac tenait lieu de parure, même si le masque se limitait à une planchette hâtivement peinte, les enfants avaient de tels dons que les adultes les regardaient volontiers. Les soirs de lune, les villages ne manquaient pas d'animation.

Mais si l'insouciance des enfants était grande, les conditions climatiques étaient dures, la région d'Essendé malsaine. Dès le coucher du soleil, les moustiques rendaient la vie insupportable et je n'ai pas souvenir d'avoir passé un seul jour sans prendre de sulfate de quinine. J'avalais assez bien le cachet. Il fallait au contraire la croix et la bannière pour décider Jacques, mon aîné. Les villageois disposaient quant à eux d'un remède traditionnel contre le paludisme : la *vonowanga,* un extrait de la feuille de quinquélibat. Mais s'il n'y avait eu que les moustiques...

Plusieurs villages fang avoisinaient Essendé. Nous en avions un à moins de quatre kilomètres du chantier. Les démêlés étaient fréquents. Avec ces Pahouins – le mot, aujourd'hui, n'est certes plus un compliment – il fallait toujours s'attendre au pire.

Depuis la nuit des temps, les proches hameaux appartenaient à l'ethnie de ma grand'mère : les Myéné Oroungo, jadis prédominante sur l'Ogooué et dans le delta du fleuve. Les Fang n'étaient que de nouveaux venus – de semienvahisseurs – pleins de vitalité, mais à la sauvagerie redoutée.

Au contraire, de vastes espaces avaient été spontanément cédés aux Blancs par les Myéné. Lorsqu'un Blanc arrivait, le Myéné disait : « Tu peux t'installer là puisque, avant nous, c'était aux Portugais. » Sur ces dispositions, l'administration coloniale – la « schtrasse » – était passée. Elle ne s'était pas gênée pour tailler à sa guise ; c'est auprès d'elle que mon père avait dû se porter acquéreur de l'exploitation de sa propre épouse.

Essendé...

Au milieu du chantier se dressait un manguier sauvage vieux de cinq cents ans. On disait que les Portugais avaient enterré à son ombre les crânes des prisonniers qui s'étaient révoltés. L'aire centrale était délimitée par deux anciens fossés comblés aux temps modernes. Selon la même légende – qui avait toutes chances d'être véridique –, les Portugais avaient rassemblé là quantité d'esclaves pendant leur longue domination sur le pays.

Sa santé rétablie, mon père revient de France. Bien sûr, en son absence, Quelmette n'a pas été correct. Non seulement il a tiré la couverture à lui, mais il a emporté du matériel qui nous appartenait avant d'aller s'établir à son compte sur le lac Anengué.

Il fallait réorganiser l'exploitation. Mon père s'est alors entendu avec un ancien officier de marine, Tabourin, et tous deux ont décidé d'avancer en direction du lac Gomé. Malheureusement, ce qu'on pourrait appeler un « fait divers » n'allait pas tarder à endeuiller le chantier de ce nouvel associé.

Tabourin avait ramené d'Indochine deux domestiques annamites. Le premier, Pha, astucieux, bon à tout faire.

Le second, Silon, moins évolué que son camarade mais tout aussi méticuleux et propre.

Un jour, mon père poursuit du petit gibier, aux environs d'Essendé, quand il aperçoit plusieurs pirogues remplies de Pahouins emplumés qui descendent la rivière. Ces gens lui paraissent trop excités pour être honnêtes. Il se planque dans les fourrés et que voit-il au passage? Silon et Pha, ligotés parmi les Fang. Ceux-ci venaient de piller chez Tabourin; ils emportaient les domestiques. S'ils étaient contents? C'en était de l'hystérie! Des cris à faire tourner les pirogues! Ils devaient se dire : « Qu'est-ce que ces types? » Des Annamites... Ils n'avaient encore jamais bouffé de ça!

Pas question, pour mon père, de s'attaquer seul à cette horde. Les Fang étaient une centaine. En l'absence de Tabourin, il se rend à Port-Gentil et réclame l'aide administrative.

Les miliciens arrivent. Ils cherchent, s'égarent dans la brousse. Au bout de plusieurs jours ils trouvent Pha déjà mangé, Silon encore vivant, attaché au poteau.

Ce drame de l'anthropophagie ne se perd pas dans la nuit des temps. Il n'est pas exceptionnel. Je conserve à l'heure actuelle un document de l'administrateur d'Oguendjo, daté de la même époque, qui demande des renforts parce que les Pahouins sont en train de « nettoyer » tous les N'Komi du Fernan Vaz.

Panique devant le corps de garde à l'arrivée de ceux que mon père surnomme les « touracos » – les miliciens, aussi bariolés que ce bizarre oiseau... Les Pahouins n'ont cessé de danser et de festoyer depuis cinq jours. Silon ne doit la vie qu'à leur désir de faire durer la fête. A l'arrivée de la troupe, les participants n'avaient pas encore choisi leur morceau : il y avait un petit pinceau et un bol de peinture, sur un banc, avec lesquels le corps de la victime venait d'être « dessiné » comme la carte du bœuf à la boucherie. Côté petits feux, les femmes s'activaient et râpaient déjà l'amande d'odika.

A ce que j'ai su, la répression avait été très dure. Le village coupable détruit, presque tous les participants arrêtés. Silon a pu être libéré mais il avait vu égorger son compagnon, son propre corps ressemblait à un puzzle : on a dû le conduire chez le Dr Schweitzer, à Lambaréné, car on craignait qu'il ne soit devenu fou.

Il arrivait qu'en dépit de leur sauvagerie, la conduite des Pahouins soit franchement comique. Un éclat de rire me vient à l'instant, dans la pinasse...

– Que t'arrive-t-il, demande soudain mon père?

– Je pensais à N'Guéma et N'Dong, les chefs du village fang pour qui tu avais commandé une lampe à pétrole.

Mon père hausse les épaules, comme si ces vieilles blagues ne l'amusaient plus :

– Ils l'avaient commandée tout seuls, ces abrutis!

Ce doit être vrai... Remplis d'admiration pour la pétromax qui éclairait notre case, à Essendé, les deux mauvais coucheurs étaient venus dire à mon père, sur le ton agressif et pleurard habituel, qu'ils désiraient se procurer la même.

– Eh bien, avait répondu mon père, voici le catalogue de la Manufacture d'Armes et Cycles de Saint-Étienne...

Les deux Pahouins s'en vont. Comment ont-ils fait leur compte, une fois seuls? Se sont-ils trompés de numéro en cochant l'image? En lieu et place de pétro-max, six mois plus tard, ils devaient retirer à Lambaréné une machine à hacher la viande.

Quel grabuge autour d'Essendé! Tout juste si les deux chefs ne tenaient Marcel Michonet pour responsable de la méprise. Je me demande même si, malgré la crainte que leur inspirait mon père, ils n'auraient pas été capables d'essayer leur nouvel ustensile sur l'un de mes frères ou sur moi-même à supposer qu'ils aient pu nous capturer en toute sécurité!

– Non, reprend maintenant le malade, tout cela ne m'amuse vraiment plus...

Se sentirait-il incapable de lutter s'il était à nouveau placé devant les mêmes circonstances qu'autrefois? C'est que sur l'Ogooué, nous vivions la réalité de l'anthropophagie. Peu de temps après l' « affaire » Pha et Silon, un autre drame devait toucher la famille de Grand'père à travers un neveu à lui, récemment venu de France et dont la femme – une Blanche – allait être bel et bien mangée.

– Qui était cette femme, Pa'?

– Lucie Isaac. Une cousine à toi, en quelque sorte... Une personne encore jeune qui s'occupait du comptoir de son mari dans la région...

Et mon père raconte, sarcastique, comment cette Lucie Isaac, vers huit heures du matin, alors que tous les travailleurs sont au chantier, voit arriver un jour deux ou trois Pahouins pareils à des acheteurs. Ils veulent de la serge ou quelque cotonnade. Seulement ils ont peur des chiens et demandent que ceux-ci soient attachés.

Nous ne sommes plus sur le Poulomié, tout à coup, mais en ce matin de sinistre mémoire où Lucie Isaac, ne se méfiant pas, attache les molosses. Les types commencent le palabre, cherchent la querelle. L'un d'eux fait la cabriole par-dessus les coupons et se retrouve de l'autre côté de la table... « Non, non, proteste la vendeuse, c'est défendu. » Elle n'a pas fini de parler que d'autres Pahouins accourent et se joignent aux premiers assaillants.

A partir de ce moment, ce qui s'est passé a été terrible. Les Pahouins s'emparent de Lucie Isaac, ils abusent d'elle. Complètement déchaînés, ils la portent sur le billot à poisson. Là, ils l'achèvent à la hache. Les Pahouins partis, il ne reste que la signature de leur crime : une grande flaque de sang au milieu de la cour.

Bien sûr, cette flaque a été la première chose qu'a vue le mari quand les servantes épouvantées sont allées le chercher. Le neveu de Grand'père Isaac fait prévenir le détachement de marine. Mais il fallait des semaines pour rattraper les fuyards. On arrivait à des campements abandonnés. On hésitait entre plusieurs pistes qui se perdaient dans les rivières selon une technique vieille comme l'Afrique.

A force de recherches, le mari désespéré a pu reconnaître un morceau de vêtement devant la case d'un corps de garde. C'était la robe de percale que Lucie portait le jour de son enlèvement.

Les « cols bleus » cernent aussitôt le village. Il ne s'agissait plus de miliciens cette fois, mais d'une unité de la marine qui, au moment où l'on avait fait appel à elle, procédait à des relevés cartographiques au Moyen-Ogooué. Le mari s'avance parmi les hommes. Il jette un coup d'œil dans la pénombre du corps de garde et... horreur! il découvre la tête de sa femme piquée sur un pieu! Une tête fumée, enveloppée de ses longs cheveux, aux yeux qui le regardent fixement. De la tête de Lucie Isaac, les Pahouins avaient fait un fétiche!

Le premier moment de stupeur passé, le détachement de marine a ramassé les villageois pris sur le fait. Toutes les paillotes ont été brûlées. Parmi les criminels, ceux que les deux marmitons des Isaac ont reconnus ont eu droit à un traitement de faveur : les marins ont fait chauffer de l'eau, dans de grandes bassines, et ils les ont ébouillantés.

– Qu'est devenu le mari, Pa'?

– Il a quitté l'Afrique. Il doit être dans la gendarmerie, à Évreux.

Et comme si la fascination des origines le tenait lui aussi, mon père ajoute :

– C'était dur Essendé. Pourtant, j'y ai fait de fameuses sorties de bois!...

Il n'était pas mécontent de son travail, c'est vrai. Je l'ai toujours entendu le dire. Il avait acheté deux kilomètres de rails et s'entendait très bien avec Tabourin. En ce temps-là, un ressortissant italien, Paolasso, venait de se joindre à eux.

– Bref, murmure-t-il avant de s'assoupir, nous étions tombés sur des gens comme il faut.

Je me souviens de Sophie Agnouré, la femme de Paolasso, une métisse comme ma mère. Les deux femmes s'étaient prises d'amitié. Quand mes parents devaient se rendre à Port-Gentil, c'est elle qui nous gardait. Elle nous faisait la lecture. Ne savait-elle pas un grand nombre de contes africains? Nous l'écoutions bouche bée lorsqu'elle contrefaisait la panthère, l'hippopotame, plus encore la tortue dont tout le monde se moque mais qui finit toujours par gagner.

Sophie Agnouré... Je croirais l'entendre d'autant mieux que la nuit va se faire plus dense sur la rivière et les zones lacustres.

Mais soudain la voix de mon père :

– Nous allons être forcés de nous arrêter à Ngweviri...

Ngweviri? Un village sur pilotis où nous devrions arriver d'un instant à l'autre. Nous avons voulu avancer le plus possible, sortir du Fernan Vaz. Résultat : nous n'avons plus le choix quant au refuge de la nuit.

Dans ce qu'il reste de visibilité, les paillotes sont des formes fantomatiques de part et d'autre de la voie d'eau. Aucune pirogue ne sillonne les canaux. Pas une âme sur les tertres ni sur les appontements. Moteur ralenti, nous glissons entre les cases d'un village absolument désert.

Je demande à mon père :

– Où sont partis les gens?

– Regarde-les...

Chaque paillote renferme une moustiquaire et, à peine

avons-nous sauté sur le talus, nous pouvons en voir les occupants. Presque aussitôt je comprends l'attitude de ces ombres. Des moustiques, des myriades de moustiques vibrent au-dessus de la broussaille et des eaux putrides. Ce nuage nous colle au visage, s'agglutine à nos bras. Je comprends pourquoi mon père a eu un ton étrange lorsqu'il a dit : « Nous allons être forcés de coucher à Ngweviri... » En quelques instants nous sommes couverts de piqûres et avons la peau en sang.

Une voix caverneuse indique la paillote du chef : « Làbas, au bord de l'eau... » Atmosphère empuantie de fumée de termitières. Les gens que nous découvrons sont gris sous la mousseline. Le garçon qui a fini par accepter de nous conduire a le visage lisse, les yeux vides. Un petit vieux tassé précocement. Il estime nous avoir suffisamment mis sur la voie et s'évanouit aussitôt dans l'obscurité.

– Installez-vous, suggère le chef sans sortir lui-même du voilage dans lequel il est encagé.

Une paillote vide a l'air disponible à deux pas de la sienne. Mon père me regarde. Il rit piteusement en voyant la resserre que l'on nous destine. Et comme pour s'excuser :

– Que veux-tu, ici, c'est l'enfer!

Je n'ai cessé de m'administrer des claques sur toutes les parties découvertes du corps. A quoi bon? Des insectes comme des aéroplanes plantent leur sagaie au travers de la percale.

– Enfin, reprend mon père, une fois couchés dans notre propre cage, nous pourrons dormir.

Après s'être inondé d'eau de Cologne, il s'est étendu sur sa paillasse. Je l'imite dans la moustiquaire voisine. Doukaga a également droit à un abri. Samuel N'Daba, le boy, a préféré dormir dans la pinasse.

Nuit lugubre. Crapauds. Par moments, dans l'obscurité qui s'est posée sur nous comme un couvercle, un bêlement ressemble à un sanglot. Mon père ne dort pas – pas encore. J'en profite pour lui souffler :

– Tu entends, Pa'...

– Ne t'inquiète pas, ce ne sont que des cabris.

– Pourquoi diable les gens s'accrochent-ils ici ?

– Il y a un *imbouiri*... dit la voix altérée de mon père, un génie qui, plusieurs fois par an, quand les déversoirs des lacs se bouchent et que les eaux fermentent, donne une énorme quantité de poissons aux humains.

Je m'en tiens à cette explication. Les cabris vont bientôt bêler sans interruption mais je sombre dans le sommeil.

Aux premières lueurs de l'aube, les nuées de moustiques se sont quelque peu dissipées. Leur musique est moins soutenue à l'extérieur de la paillote. Pourtant, les cabris que j'aperçois, sur l'aire des maisons proches, ont les oreilles entamées comme par une lèpre, poules et coqs ont une plaie en guise de crête.

– Filons au plus vite, recommande mon père en essayant de réprimer cette toux qui, sur le matin, l'épuise.

Une barbe de deux jours fait paraître son regard plus fiévreux.

– Ce soir, soupire-t-il...

Si nous pouvions remonter l'Obando dans la journée, faire un bout de chemin sur l'Ogooué, Michel, un vieil ami forestier, nous accueillerait dans sa case.

– Et là, ajoute mon père, ce serait le repos. Un lit... un vrai lit...

La *Conchita* repart, dans l'indifférence des villageois de Ngweviri pourtant assurés d'une trêve avec les moustiques jusqu'au prochain crépuscule.

Le moteur deux-temps s'échine sans désemparer. Notre avancée est convenable, l'arrivée prochaine sur le fleuve annoncée par un commencement de courant d'air.

Nous avons joué aux échecs ce matin. Mon père n'avait pas l'air à son affaire. Fatigue ? Fièvre ? J'ai dû tricher pour ne pas gagner trop facilement. L'après-midi il a préféré faire la sieste sur le lit de camp. J'ai dormi quant à moi sur le banc de la pinasse. J'ai dormi jusqu'à ce que le claquement de la bâche, un mouvement plus accentué de l'embarcation, comme si elle rencontrait des vagues, me fassent comprendre que nous étions sur l'Ogooué.

L'ai-je sillonné, ce fleuve, depuis le moment de mon enfance où nos parents nous ont appris, à mes frères et à moi-même, que nous serions de leur prochain voyage à Port-Gentil! Et quel voyage! Il s'agissait pour notre père de reconnaître sa progéniture. Un état civil venait d'être créé pour les individus dans notre situation. A cette date, il n'existait qu'un registre européen, les enfants nés de mère africaine n'ayant droit qu'à un jugement supplétif. Encore n'avions-nous dû d'être baptisés qu'aux bonnes relations que notre père, religieusement marié avec notre mère, entretenait avec les prêtres de la mission. Ceux-ci, par principe, n'étaient guère favorables aux métis. Un mot du père Duval, un mot qu'il accompagnait d'un gros soupir était célèbre à Libreville : « Ce n'est pas un péché d'être noir, mais mulâtre...! »

J'ai cinq ans. Jacques en a sept. René presque neuf. La famille au complet s'embarque au point du jour. Se sont joints à nous Paolasso, qui servira de témoin à son associé, et Phili Conaté, le Sénégalais, qui doit être témoin de race noire.

Cette descente de l'Ogooué était le premier voyage important que j'accomplissais. A son retour de France, mon père avait acheté cette même *Conchita* qui le conduit aujourd'hui vers un autre destin. Une embarcation de onze mètres, jaugeant trois tonnes, dotée d'un monocylindre – ce qui revient à dire que nous étions et sommes encore dans le registre du « toc... toc... » indéfiniment répété par le relief des berges.

Notre arrivée à Port-Gentil, le lendemain soir, a été un événement. Je découvrais l'immense delta, les palétuviers de la presqu'île, tout un monde différent des coins de brousse où j'étais né et où j'avais vécu.

Avec une pinasse, on n'accoste pas comme avec une simple pirogue. Il fallait mouiller à une encâblure. Mon père prend sa femme dans ses bras. Le boy et le pinassier sont chargés des enfants. Mais le boy a posé le pied sur une raie, il bascule et je me retrouve à l'eau. Toute une foule bigarrée s'activait autour du wharf.

Le lendemain, soleil à peine levé, mes frères et moi nous courions déjà les marécages, les savanes environnantes; nous avions découvert le chenal où se tapissaient d'énormes crabes. Tandis que nous rôdions, la chienne Friquette – la pauvre Friquette qui se fera peu après happer en rivière par un serpent d'eau – bondissait autour de nous.

Il y avait quelques rues, à Port-Gentil, des magasins. Une artère principale, la « route cimentée », aboutissait aux douanes. Sur cette « route » se remarquaient les enseignes de plusieurs établissements appartenant à Grand'père. La quincaillerie Isaac. L'épicerie Isaac. La boucherie Isaac. Cette boucherie était un véritable complexe avant l'heure : on y faisait venir de France le bétail sur pied et l'on y débitait boudin et charcuterie. L'ancien souffre-douleur de Rousselot possédait pinasses et remorqueurs; il paraissait à la tête de fort bonnes affaires.

Pourtant, comme lors de ses précédents séjours, mon père ne lui avait pas demandé l'hospitalité. Je ne sais si c'était à cause de la seconde femme? Peut-être, habitué à lutter et à tout obtenir par lui-même, Marcel Michonet ne voulait-il rien devoir à son beau-père? J'ai cru comprendre par la suite que mon père – époux de la fille mulâtre – mettait son point d'honneur à ne rien demander. De son côté, bien qu'empêché par son remariage, le vieil Isaac se vexait que son gendre ne lui demandât rien.

Quoi qu'il en soit, pendant ce séjour, nous avons logé

chez Vinet, un forestier que mon père, quelques mois plus tôt, avait sauvé d'une mort affreuse.

Les mauvais coups, en effet, n'étaient pas rares entre exploitants rivaux. On rencontrait alors des individus qui n'hésitaient pas à tuer. C'est ainsi qu'au cours d'une sortie en brousse, mon père avait découvert ce Vinet assommé, jeté intentionnellement sur un tas de « magnans ». Lorsqu'il avait trouvé le corps, celui-ci était déjà couvert de fourmis carnassières. Il en entrait par les narines, par la bouche. En peu de temps, la cervelle allait être récurée; en moins d'une semaine, il ne serait resté du malheureux qu'un squelette d'une parfaite propreté.

Il s'était établi entre les deux hommes une solide amitié. Chaque fois que mon père se rendait à Port-Gentil, désormais, Vinet lui prêtait une de ses cases, une maison sur pilotis, du plus pur style colonial qui, malheureusement, devait être démolie par la suite.

Il n'y avait pratiquement aucun véhicule automobile, Port-Gentil étant bâti sur son étroite presqu'île. Je me souviens cependant qu'on me prenait la main pour traverser aux carrefours : c'était la ville!

La veille du rendez-vous avec l'administration, on a réussi à nous saisir, mes frères et moi, pour nous faire passer devant le photographe. Nous étions propres et frisés au fer. Un quartier-maître de la marine jouait le rôle de photomaton. Il fallait ensuite que nos parents et les témoins nous conduisent à l'état civil. Là, ce n'eût été qu'une formalité s'il ne s'était trouvé parmi les gratte-papier un Gabonais de l'ethnie de Grand'mère Ésonguérigo. Le Myéné se dit : « Ça y est! Marcel Michonet est en train de voler ses enfants à Marie Isaac! » Ne pouvant falsifier tous les noms, il croit devoir transformer les papiers de Jacques. Mon père et l'administrateur s'en aperçoivent. Ils prennent le parti d'en rire. On ne pouvait tout de même laisser le nom de Marie à un garçon... Après palabre, le vieux Myéné a accepté un compromis : au lieu de Jacques-Marcel, mon frère s'est appelé Jacques-Marie.

Et maintenant mon père voudrait que nous couchions chez Michel.

Curieuse coïncidence! C'est précisément chez cet homme que nous avions été contraints de nous arrêter au retour de ce premier voyage. Quelle nuit mouvementée ç'avait été! « Un bon lit... », répète mon père. Je serais moins confiant. Aurait-il oublié la panthère?

Le retour de la cérémonie s'apparentait pourtant à une fête... Nous avions les caisses d'essence, à bord de la *Conchita,* des provisions de bouche, un certain sentiment de supériorité sur le petit peuple des pirogues que nous doublions à contre-courant du fleuve. Et voilà que le soir tombe comme nous arrivons au confluent des deux Ogooué : le petit bras ou Oréga, dans lequel on s'engage pour aller à Essendé, et le grand Ogooué sur lequel se trouve la ville de Lambaréné. Il s'agit en réalité du même fleuve, partagé par une île longue de plusieurs dizaines de kilomètres.

Pas de projecteur, comme aujourd'hui. Une simple lampe-tempête accrochée à l'étrave. La nuit se refermait et je voyais glisser cette lueur juste au-dessus de l'eau.

Depuis un moment, le pinassier – le même qu'aujourd'hui – est debout à l'arrière. Il se penche sur la bâche. Il scrute l'ombre tandis que mon père s'inquiète :

– Tu y vois?

Il était dangereux, à cette époque, de naviguer de nuit. Près du bord on pouvait se prendre à la végétation. Plus au large on risquait de heurter un hippo.

– Ça peut encore aller.

Puis Doukaga est devenu formel :

– Non, je ne vois plus.

– Arrête donc à Essira. Nous passerons la nuit chez mon ami Michel.

C'était la première fois que j'entendais parler de ce forestier, originaire de Libourne, qui vivait au bord du fleuve et était marié à une Noire que ma mère connaissait.

Michel vient à notre rencontre, une lanterne à la main. Il n'était pas prévenu mais il avait entendu le moteur à travers les palmiers.

– Vous pouvez dormir ici, dit-il aussitôt. Le boy installera des lits pour les enfants.

Un magnifique berger allemand l'accompagnait et sautait sur ses talons.

Mon père regarde la bête :

– Quel beau chien, Michel! J'ai toujours rêvé d'en avoir un comme ça.

Nous arrivons chez nos hôtes qui vivent dans une case en bambou de Chine. Il faisait frais à l'intérieur, l'air circulait et l'empilement des bambous permettait de voir les abords sans être vu.

Ma mère et Danaé Michel commencent par nous laver à grande eau, mes frères et moi. Les hommes retournent au bateau pour l'inventaire de la caisse-popote. Rentrant de Port-Gentil, les forestiers rapportaient des produits de France qui faisaient la joie des pauvres broussards condamnés à l'ordinaire des saloirs. « Vous avez trouvé du camembert? » Tel était le premier cri sur les débarcadères. Aussi, maintenant, notre hôte était-il à la joie de parler du menu avec mon père.

Au bout d'un moment, la conversation des deux hommes, à travers la cloison, en vient à un autre sujet : selon Michel, Essira était infesté de panthères depuis un certain temps. Il ne se passait pas de jour sans que des moutons ne soient emportés. Un Italien, grand chasseur d'éléphants, était venu.

Non seulement il n'avait pas réussi à débarrasser le village du fléau mais c'était lui, au contraire, qui avait eu une épaule arrachée.

Sur ces propos, nous ne tardons pas à passer à table. Plusieurs détails m'ont frappé ce soir-là. Le boy des Michel entrait ou sortait, pour le service, en faisant claquer le portillon de bambou d'une poussée du ventre. Au centre de la table trônait une pétro-max exactement pareille à celle que les Fang envieraient tant à mon père. Il y avait enfin, sur les sofas, des napperons brodés par la maîtresse de maison. Comme toutes les Africaines passées par la mission, Danaé Michel aimait les travaux d'aiguille.

Bref, pendant que les adultes racontaient leurs histoires, je regardais les allées et venues du boy, j'inspectais les lieux... Je n'avais pas fini ma soupe que, tout à coup, une silhouette d'une extraordinaire souplesse apparaît derrière les claires-voies. Un éclair et la bête est dans la pièce : c'est une panthère.

On imagine l'épouvante au milieu du repas! Ma mère pousse un hurlement. En un clin d'œil, tout le monde est juché sur les chaises. La panthère plonge sous la table où se trouve le chien...

La bagarre a commencé illico. Pour si vigoureux qu'ait été le fauve, le berger allemand a quelques ressources. Il résiste. Michel court à sa chambre décrocher le fusil. Il revient, tire sous la table. Dans la mêlée, la pétro-max roule sur le sol, heureusement sans exploser. Et nous voici dans l'obscurité.

Nul n'aurait su dire qui, du chien ou de la panthère, avait reçu les plombs. Au bout de quelques secondes, qui paraissent fort longues, je vois le fauve faire un bond, comme un trait blanc, et il repart comme il était venu.

Le chien poussait des gémissements pitoyables. Il fallait le soigner de toute urgence. Ma mère pleurait en cherchant ses enfants :

– Mes petits... où sont mes petits?

Je sens encore ses mains agripper mon cou. Enfin le boy des Michel arrive avec une autre lampe, Doukaga et notre cuisinier. Les gens du village accourent :

– On a entendu le fusil. Que s'est-il passé?

Mon père se tourne vers Michel :

– A la façon dont je lui ai vu sauter le portillon, ta panthère n'a pas été touchée. Dans ce cas, tu es sûr qu'elle reviendra.

On prend le chien que la bête a labouré de ses griffes mais qu'elle n'a pas eu le temps de mordre, on le passe à la teinture d'iode, les femmes l'emmaillotent. Inouï l'effet de terreur qu'une panthère, même à distance, peut produire sur un chien. En brousse, à la seule odeur, le chien tremble, il est paralysé. N'importe quel chien qui n'a jamais vu de panthère sait ce que c'est : rien qu'à l'odeur, il sait qu'il est foutu.

Les femmes réchauffent donc ce chien complètement choqué. Mon père propose qu'on aille le placer dans la pinasse, avec notre Friquette.

– Non, dit Michel, je le mets dans ma chambre, sous mon lit, et si cette panthère revient, je l'aurai!

Devant cette détermination, plus personne n'insiste. On va chercher une caisse que l'on bourre de fibre de kapok. On y place le berger allemand. Enfin, la caisse sous le lit, les adultes repassent à table tandis que, paupières lourdes, je ne tarde pas à m'endormir.

La suite, j'allais l'apprendre en sursaut au milieu de la nuit.

Mon père a toujours prétendu avoir reconnu l'odeur de la bête. Il aurait dit à son collègue forestier :

– Michel, ta panthère n'est pas loin, je la sens!

Et l'autre :

– Je suis prêt.

Mais notre hôte n'avait pas fini de tapoter son vieux Darne qu'un éclair fait de nouveau sauter la claire-voie. Impossible de tirer. Le fauve est sous le lit, aux prises avec le chien. Quand Michel réagit enfin, la panthère est repartie, dépouille du berger allemand à la gueule!

Le lendemain, quand nous avons fait nos préparatifs, le silence était pesant. Les Michel nous ont accompagnés à la pinasse sans que personne n'ose faire allusion au drame de la nuit. Il a fallu que la *Conchita* s'éloigne, sur l'Orega, pour que mon père finisse par murmurer :

– C'était un si beau chien!

III

Errances

Nous approchons à nouveau d'Essira. Dix ans se sont écoulés depuis cette nuit mémorable. Mais que de changements pour les uns et les autres! Ma mère n'est plus de ce monde. Danaé Michel ne nous accueillera pas non plus : elle est morte de pneumonie, peu de temps après l'année des panthères. Michel vit seul, dans sa case en bambou de Chine, forestier – ou ancien forestier – que l'on dit porté sur la bouteille.

– Ce sont des racontars..., rétorque pudiquement mon père.

Comment ne comprendrait-il pas le désarroi du Libournais, lui qui vit depuis la mort de sa femme dans une grande solitude morale?

Comme il y a dix ans, Doukaga se penche sur la noirceur du fleuve. Autrefois, le garçon se livrait à des simagrées; il lui arrivait de danser tout en barrant. Ce n'est que depuis peu, les curés l'ayant marié à une certaine Valentine, que Doukaga est devenu plus calme, plus pondéré.

– Tu vois encore?

– Plus très bien...

Et comme naguère, la pinasse colle son écho à la berge.

Cette fois, Michel n'a rien entendu. Absent? Indifférent? Mon père ne paraît pas surpris de ne pas voir la dégaine du vieux gamin sur le débarcadère. De ne pas entendre crier en guise de bienvenue : « Et le camembert, ils savent encore le faire, en France? »

Pourtant, la maison en bambou est au fond de l'allée, à peine masquée par les feuilles de bananiers. Il y a de la lumière.

– Michel!

Mon père devrait renouveler son appel. Il manque de souffle. Il manque de gaieté. J'achève de parer la *Conchita* quand le vieux broussard arrive enfin. Le sourire comme autrefois. Mais quelque chose d'irrémédiablement défait dans le visage.

– Alors, les gens du Fernan Vaz?

Il titube légèrement.

– Pourrait aller mieux... réplique mon père en le regardant avec méfiance.

– Tu te souviens, Michonet... les panthères?

Le rire se perd dans un hoquet.

Les deux hommes vont vers la case. Une case délabrée. Bien des bambous endommagés par les intempéries pourrissent sur la façade. Je n'ai aucune peine à reconnaître la pièce du rez-de-chaussée, la salle à manger où avait eu lieu l'intrusion du fauve. Elle paraît à l'abandon et exhale une puissante odeur de moisi. Michel n'aurait-il plus personne chez lui? Qu'est devenu le boy qui bousculait le portillon de son ventre de rachitique? Il y a toujours, sur le sofa, les broderies de la défunte. Que n'avait pas brodé Danaé! Des oreillers, des dessus de lit représentant un couple de colombes. « Mon amour chéri »... « A toi mon cœur »... Ces légendes n'étaient certainement pas celles des nonnes. La maîtresse de maison les avait copiées de la *Redoute* ou du *Jardin des Modes*. Lorsqu'un nouveau patron arrivait de France, on en trouvait la reproduction dans toutes les cases de la brousse.

Pourtant, ce qui tire l'œil maintenant, dans la case de Michel, ce serait moins les canevas de colombes que l'armée de bouteilles vides qui encombrent la véranda.

– Un p'tit quelque chose? demande le solitaire à mon père.

Celui-ci fait la grimace. Se rafraîchir, certes. Manger un morceau. Dormir. Il lui dit sur un ton de reproche :

– C'est pour dormir, surtout, que nous avons frappé chez toi.

– Qu'à cela ne tienne. Je vais vous préparer quand même un petit plat de ma façon.

Apparemment, notre hôte n'a plus de cuisinier. Ce qu'on raconte doit être vrai : l'homme a cessé toute exploitation et se contente de survivre, sur la berge du fleuve, entre son carré de pois chiches, ses bananiers, quelques volailles qu'on entend piailler sous le plancher de la maison.

Nous nous regardons un brin interloqués, mon père et moi, lorsque Michel se dirige vers un panneau où il a piqué une quantité de rondelles de python.

– J'espère que vous aimez le serpent?

Et continuant son raisonnement, sur le ton de qui s'est habitué à parler seul :

– A quoi bon élever des poules? Avec une volaille, je mange pendant deux jours; au contraire, si je l'utilise pour appâter, je prends un python et j'en ai pour trois semaines.

– Bien sûr, répond mon père, le python en sauce, avec des câpres... J'ai connu ça.

En attendant le dîner que notre cuistot prépare en l'améliorant de nos propres victuailles, Michel revient sur la fameuse nuit de la panthère. Sur les hauts cris de ma mère. Sur ceux de Danaé.

– A cette époque, nous ne connaissions pas notre bonheur, soupire-t-il.

Mon père acquiesce. Et soudain une angoisse s'empare de moi, plus forte que je ne l'ai éprouvée depuis le départ d'Ikengué. Elle se fortifie du silence des deux hommes. Elle s'amplifiera dans la nuit pendant que mon père, dans la chambre voisine, essayera d'étouffer sa toux. « A cette époque... » Les mots du vieux Michel, les absences qu'ils désignent ne cessent de résonner en moi, plus fort que les craquements de la forêt dans la maison cernée.

Oui, nous étions heureux au retour de ce premier voyage à Port-Gentil. Nous étions une famille unie.

Sur le chantier d'Essendé, le bois continuait d'affluer. En plus de l'exploitation forestière, mon père avait entrepris des plantations de café, de cacao. Un an après la régularisation de l'état civil, il allait recevoir la visite d'un gros colon de Libreville, Moutarlier. Cet homme venait lui demander de le remplacer pendant le séjour qu'il envisageait d'effectuer en France.

Mon père a-t-il vu un avantage à prendre un chantier aussi important ? Était-il las de la vie quotidienne au Moyen-Ogooué ? L'attitude de ma mère a dû être déterminante. On sentait chez elle le désir de nous éloigner de la région. Pas seulement pour cause d'insécurité. La proximité de sa famille lui pesait ; elle supportait mal la mendicité des siens à l'égard de mon père. Il ne se passait de semaine sans qu'on vienne lui dire : « Il faut faire quelque chose pour ton oncle qui est aveugle », « il faut faire quelque chose pour l'enfant de ta cousine qui est malade », « il faut donner pour le dédeuillement qui va avoir lieu au village ». Et puis, je suis sûr que ma mère en voulait à tous de l'avoir livrée naguère au sinistre Recongola. On avait touché de l'argent, du côté de Grand'mère Esonguérigo. Cela, elle ne l'avait jamais pardonné.

Une fois décidé, le voyage a été rapidement préparé. Ma mère voyait approcher le départ comme une délivrance. Tabourin mènerait les affaires forestières tandis que le père Phili resterait avec sa femme, sénégalaise comme lui, pour récolter le café et pour s'occuper du comptoir.

Nous avons redescendu le fleuve, laissé la pinasse à Port-Gentil. Pour la suite du voyage, nous embarquions sur le *Brazza :* on dînait à bord et, le lendemain, les passagers descendaient à Libreville.

Mon premier contact avec le bateau m'a paru extraordinaire. Je n'avais jamais vu réunis autant de gens si blancs. Nous n'en connaissions qu'une poignée, à Essendé; guère plus à Port-Gentil. Européens plus ou moins bien rasés, chaussés de tennis quand ils se mettaient sur leur trente et un, portant le short kaki qu'on appelait le « favarel »... Ces spécimens mis à part, nous vivions presque exclusivement parmi les Noirs.

Et quel déploiement de luxe, à bord! Les murs de la salle à manger étaient en acajou, l'argenterie brillait sur les tables. Ce qui m'étonnait le plus était de voir des Blancs, serviette sur le bras, s'empresser autour des convives. Je ne rêvais pas : le service était fait par des Blancs! C'était le monde renversé, ce bateau... Je me promettais de faire se tordre, quand je les reverrais, Doukaga Valentin et Mouyoupi Marcel.

Les Moutarlier nous attendent à la Transat. Ils nous conduisent sur leur exploitation distante de la capitale de dix kilomètres.

Là, se trouvent des travailleurs d'ethnies différentes de celles que nous avons connues jusqu'alors. Il y a des Bakélé, nombreux dans la région, des Myéné de Libreville : les M'Pongwé; il y a aussi beaucoup de Fang, mais nous allons nous apercevoir avec satisfaction que ceux-ci n'ont rien de mangeurs d'hommes. Ce sont des Fang beaucoup plus évolués que ceux de l'Ogooué.

Contrairement au reste du pays où les déplacements se

faisaient par voie d'eau, les environs de la capitale étaient parcourus par un grand nombre de camions. Il y en avait plusieurs sur le chantier de Moutarlier : tacots à une roue motrice, à pneus pleins et chaîne tapant à grand bruit sous le châssis. J'allais avoir la malencontreuse idée d'en envoyer un dans le fossé dès notre arrivée...

Il a plu ce jour-là. Je ne sais pourquoi je m'amuse à jeter des cercles de futaille sur la piste. Un camion arrive, il se prend une roue dans le cerceau et, tout doucement, oblique. J'ai déguerpi. Il n'y a fort heureusement pas eu de blessé mais il a fallu une équipe de trente hommes pour remettre le camion d'aplomb.

Les Moutarlier partis, nous étions installés dans leur case luxueusement aménagée. Nous avions une vie beaucoup plus facile qu'à Essendé. Le climat était meilleur. Mon père, bien secondé par un Fang – N'Toutoun Stanislas –, était satisfait de la marche du chantier. Il pouvait compter sur une société voisine, Lucas & Cie, dont les camions – de gros Saurer – venaient prendre livraison du bois. Des communications faciles, même en saison des pluies, nous permettaient une vie citadine : ainsi avons-nous su ce qu'était le cinéma, et peu importe que l'on en fût resté au cinéma muet.

Libreville n'est pas une agglomération beaucoup plus grande que Port-Gentil dans les années qui précèdent la guerre. Les souvenirs du début de la colonisation y sont plus nombreux; du fait de son rôle administratif, la ville joue un autre air. Là, ma mère se sent proche de son enfance, des récits que lui a faits Isaac.

Peu après son arrivée sur le continent Noir, au lendemain de sa visite au chef Rebella, Isaac, de passage à Libreville, avait planté de ses mains les arbres de La Peyrie. Quarante ans plus tard, une de ses enfants métis, trois de ses petits enfants découvraient un parc aux sujets respectables. Quarante ans plus tard... une vie de pionnier, presque une vie d'homme!

Nous aurions continué de nous plaire à Libreville si les Moutarlier, sans crier gare, n'avaient été de retour bien plus tôt que prévu.

Leur absence devait durer deux ans. Quand les gens de la colonie rentraient en métropole, ce n'était jamais pour moins d'un an. La seule traversée Libreville-Bordeaux prenait vingt-huit jours. Les agents commerciaux touchaient leur premier congé au bout de trente-six mois. Pour les curés, c'était tous les dix ans! Mon père avait donc pris ses dispositions pour une assez longue période et voilà qu'au bout de quelques mois, le vieil original rapplique!

– Vous ne vous plaisiez pas, là-bas?

Moutarlier hausse les épaules. Il s'évente du revers de son casque :

– Tu ne reconnaîtrais plus rien, Michonet...

Selon lui, en France, « ça sentait le roussi ».

Ce n'était pas les bruits de guerre qui avaient impressionné le colon. En pionnier incapable d'imaginer pareille gabegie, il avait fui devant les grèves, les occupations d'usines; tout un climat de troubles dont par ici nous n'avions pas la moindre idée.

A croire son épouse, Moutarlier ne tenait pas en place à Besançon. Elle nous racontait à mi-voix qu'il n'avait eu de trêve avant de poser à nouveau les pieds sur le bateau. Une chose était certaine, en tout cas : le couple n'avait plus besoin de nous. Sur le moment, mon père a paru accablé. Une fois encore il fallait repartir.

Fort heureusement, nous avions rencontré à Libreville deux hommes intéressants : Julliard, qui se disait « parisien de Paris », et un administrateur originaire des Landes, Lolé-Laborde, qui venait de faire *« mayoumba »*.

Faire *« mayoumba »?* C'était quitter l'Administration pour se lancer dans les affaires. En procédant ainsi, Lolé et son compère n'agissaient pas à la légère. Ils avaient des commanditaires allemands et s'apprêtaient à monter une usine de pâte à papier à Mondorové, à l'extrémité sud de la presqu'île de Port-Gentil.

« Je connais une variété de parasolier qui vous ferait l'affaire, leur avait dit un jour mon père, le *combo-gombo*... »

Maintenant, Lolé-Laborde demande à voir. Des échantillons circulent. Les Allemands s'enthousiasment pour ce bois extra-léger. Le boum ne va pas tarder sur le parasolier.

Nous retournons à Essendé, malgré la déception de ma mère, et tout de suite, le chantier se transforme. Mon père n'abat plus lui-même : il achète des coupes venues de tous les coins du pays. Le *combo-gombo* était facile à conditionner. On le recevait en billes de deux mètres. Lolé-Laborde nous avait procuré une machine pour le cerclage automatique. Les bottes ainsi formées étaient transportées au débarcadère et nos hommes en faisaient des radeaux qu'ils attachaient avec des lianes.

Grâce à sa faible densité, le *combo-gombo* permettait de recharger à plusieurs reprises sur la première couche. On obtenait des radeaux grande hauteur et c'était chaque fois deux à trois mille mètres cubes qui partaient doucement sur le fleuve, tirés par un remorqueur.

Je n'aurais pas dû repenser à ces temps heureux si je voulais dormir en toute quiétude. La nuit est avancée. Mes paupières brûlent. Demain, je passerai la journée dans une ivresse de fatigue. Peu importe. Dans la case de Michel, mon père respire doucement. Il a dû réussir à prendre le sommeil comme les radeaux, naguère, se plaçaient dans le courant. Il y a réussi, lui. C'est bien là l'essentiel.

Reverrait-il Essendé en songe?

Jamais le chantier n'avait connu une telle animation. Julliard et Lolé-Laborde venaient nous voir. Une délégation d'Allemands, le Zeiss en bandoulière, s'y est aventurée. Le comptoir regorgeait de marchandises. Vraiment, le *combo-gombo* était une trouvaille. Après s'être moqué de mon père, Tabourin y venait et, maintenant, Paolasso parlait de s'y mettre aussi.

Combien de temps cette activité a-t-elle duré? Un an, deux peut-être? Le *combo-gombo* partait pour l'Allemagne. L'usine de Mondorové était en cours de construction. On n'entendait pas encore parler de guerre, du moins dans nos forêts. Pourtant, le moment est venu où les Allemands ont dénoncé les contrats. Non que l'administration coloniale les y eût contraints... De grands bouleversements se passaient chez eux. Toute expédition pour l'Allemagne a été suspendue et l'usine est restée inachevée.

Une fois de plus, mon père devait changer son fusil d'épaule. Cette vie de pionniers, à l'époque, était un perpétuel recommencement. Peut-être ai-je tort de mettre sur le compte de l'Afrique des difficultés qui venaient avant tout d'un monde gravement perturbé? Nous subissions les contre-coups de crises, qu'éloignés de toute information nous aurions été tentés de sous-estimer – voire d'ignorer. Mais l'hostilité de la nature était là. Il fallait tenir compte de l'incurie des uns, des coups bas des autres. Comme toujours, en brousse, après des jours et des mois de touffeur, de fausse sécurité, le malheur vous tombait dessus comme une bête.

Et maintenant? Quel autre malheur est-il tombé sur Marcel Michonet? Qu'a-t-il? Quelle est cette maladie dont j'ai commencé à me demander, hier, dans la pinasse, si elle ne serait pas plus forte que lui? « Jean, si un malheur devait arriver... » Je n'ai peut-être pas suffisamment perçu la menace qu'il y avait sous ces paroles. Lui-même a-t-il suffisamment tenu compte, le mois dernier, de l'avis du Dr Cordier, à Libreville? « Filez sans tarder. Seul un bon sana, en France... » Bien sûr nous devons partir. Nous partirons prochainement. Mais oppressé comme je le suis, cette nuit à Essira, comment ne reverrais-je pas nos déménagements successifs...

Au mois de février 1938, un Lyonnais qui possédait une grosse exploitation au Fernan Vaz est venu nous trouver sur l'Ogooué.

Léobald.

Léobald Max.

Cet homme avait ses affaires dans la région la plus ouverte, la plus accessible du Gabon – région dont, en ce qui me concerne, je n'avais encore jamais entendu parler. Au bord de la faillite, il venait de la part du vieil Isaac. « Mon gendre a gagné gros sur le *combo-gombo,* lui avait dit celui-ci à Port-Gentil, ton affaire peut l'intéresser... »

Mon père a mûrement réfléchi. Il a acheté ce qui lui a paru sauvable dans la succession Léobald et nous avons commencé d'envisager dès lors une nouvelle migration : cette fois vers le Fernan Vaz où allait se passer le plus clair de mon enfance et d'où je suis parti avant-hier pour remonter sur Lambaréné – la maladie de mon père exige – en un de ces chassés-croisés qui sont le lot de notre vie d'errants.

Ma mère accueille avec soulagement la décision. N'y a-t-elle pas encouragé son mari? C'est qu'en revenant de Libreville, elle avait retrouvé les mêmes difficultés avec sa famille, les mêmes dizaines d'oncles et de tantes quémandeurs; elle avait retrouvé, patientes et inchangées, les exigences de Grand'mère Ésonguérigo.

J'ai compris beaucoup plus tard que cette influence des siens, ma mère craignait davantage de l'accepter que de la subir. Il est vrai qu'elle était différente chez elle et au village. Plus d'une fois, là-bas, son comportement m'a surpris. Sa vie de femme mariée à un Européen était entrecoupée parfois de ce que lui dictait la voix du sang. Très probablement était-ce pour cela qu'à ma naissance elle avait accepté de se laisser féticher. Par la suite elle se reprenait et ce double jeu l'exaspérait d'autant plus qu'elle s'y était prêtée.

Quant à l'insécurité, rien ne s'était arrangé non plus

depuis que nous étions revenus de Libreville. En notre absence, un gros malheur avait même failli advenir à la femme de Phili Conaté.

Une robuste femme, pourtant!

Chaque trimestre, le Sénégalais descendait en pirogue à Port-Gentil où, ancien combattant de 14-18, comme mon père, il touchait une petite pension de tirailleur. Un soir que le père Phili était absent, sa femme, Mme O'Saou, entend parler à l'extérieur de sa petite case. Elle pense aussitôt qu'il s'agit d'un jeune garçon du chantier venu pour essayer de lui raconter des histoires et, éventuellement, profiter de l'aubaine.

– Ouvrez la porte!

Mme O'Saou a la quarantaine lourde, elle est très en chair, elle commence le palabre en se trémoussant :

– Vous n'êtes pas mon mari. Je n'ai pas à ouvrir la porte.

D'une façon générale, comme on redoutait les hommes-tigres, dans la brousse, les femmes seules faisaient chauffer chaque soir un récipient d'eau, au milieu de la pièce, afin de ne pas avoir à aller se laver dehors. Mais voilà que de l'autre côté des planches, le visiteur commence à s'impatienter :

– Ouvrez ou je casse la porte!

Là, il ne s'agit plus d'un palabre énamouré. Mme O'Saou comprend qu'un jeune de chez nous, même assez pressé, ne se comporterait pas de cette façon-là. Elle n'a aucune peine à forcer sa voix :

– Eh bien, essayez un peu!

Et, pendant que l'homme-tigre – car c'en est bien un – frappe de grands coups, elle met son feu au maximum, elle prend sa machette; de temps à autre elle va derrière la porte et discute avec son assaillant :

– On le sait ce que vous faites aux femmes, vous autres...

Disant cela, elle a sa marmite à l'œil, une marmite qui commence à ronfler et à bondir.

Enfin, le type achève de fendre les planches et il reçoit immédiatement l'eau bouillante à la volée. En pleine gueule!

Ce n'était vraiment pas la peine de se déguiser comme il l'avait fait, l'homme-tigre, avec sa crinière de lion et ses pattes de panthère, pour pousser d'aussi ridicules hurlements! Il s'est enfui, ses grosses fesses peintes brûlées au troisième degré. Encore Mme O'Saou laissait-elle entendre qu'il n'avait pas dû aller bien loin : elle s'était lancée à sa poursuite et l'avait presque achevé à la machette.

Cette agression de la femme de Phili Conaté s'était bien terminée – du moins pour elle; elle montrait cependant l'incroyable recrudescence de l'insécurité que l'on enregistrait au Moyen-Ogooué.

Recrudescence des hommes-tigres... Ces adeptes d'une secte terrorisaient leurs victimes et avaient pour toute philosophie d'en manger les organes génitaux, pensant ainsi accroître leur énergie vitale.

Le plus redoutable de ces sauvages écumait la région. Il s'appelait Kombé-Niondo. Une gravure le représentant avait paru jusque dans les journaux de France. On le connaissait comme le chef de la secte et il est certain qu'il s'était livré à de véritables tueries avant que l'administration coloniale ne parvienne à le coffrer.

L'Ogooué n'était vraiment plus vivable et, cette fois, nous partions dans le ferme espoir de ne plus revenir.

Mon père se procure un remorqueur et un chaland qui, sur le moment, nous paraissent monstrueux. A y repenser cette nuit, le remorqueur ne faisait pas quarante chevaux, le chaland dix tonnes. Mais il fallait charger la totalité de ce que nous possédions, y compris l'âne que nous allions placer entre les quatre planches du lit de nos parents. Poules et canards s'ébattaient à fond de soute, parmi les matelas. Nous emportions ce qui nous avait suivi de case en paillote et à quoi nous avions fini par tenir comme à un véritable trésor.

Phili Conaté et Mme O'Saou sont du voyage. Cette fois,

la garde d'Essendé va revenir à un cousin de ma mère, un Myéné : M'Bourou Benoît, qui gérera plantation et magasin. Nous pensons ne plus jamais revoir Essendé, et pourtant...

Dans l'immédiat, nous étions à la joie de découvrir le Fernan Vaz.

Si l'on en croit les historiens aujourd'hui, cette région correspondrait à l'ancien royaume de Cama. C'était un pays que ma mère ne connaissait pas plus que nous mais dont elle avait entendu vanter les mérites chez les Myéné, un pays légendaire. L'Ogooué, avec ses arbres resserrés sur la stagnation des eaux, est étouffant; tout vous y guette et vous y oppresse. Le Fernan Vaz devait être au contraire un pays aéré, où il n'y aurait plus de moustiques, où l'on trouverait du poisson comestible toute l'année. Ma mère était persuadée que nous allions habiter le paradis.

Pour l'anthropophagie – il faut bien y revenir –, le problème était paraît-il résolu. L'infanterie de marine avait réduit le Pahouin coupable et les missionnaires pentecôtistes, misant sur la religiosité des Fang, sur leur aptitude à entrer en transes, avaient mis au point une « messe » un peu spéciale mais dont les résultats avaient été probants. En accompagnant mon père à Lambaréné, je ne me doute pas que je vais assister, dès demain, à l'une de ces messes et aux vœux de renoncement qui sont le but de ces étranges cérémonies.

Le chaland est chargé à pic. Le remorqueur souffle sa vapeur au ras de l'eau. Nous avons mis plus de trente heures pour parvenir à l'estuaire et prendre le léger courant qui parcourt les lagunes.

Sur l'Ogooué, nous avons dû nous garder des branches qui eussent balayé le pont. A l'entrée du Fernan Vaz, nous trouvons la clarté du ciel plus vive. On sent déjà le climat différent. Il y a de petites vagues, une brise presque continuelle. Beaucoup d'aigles tournoient : des aigles blancs et des aigles pêcheurs. Nous longeons des îles.

Les lagunes du Fernan Vaz ne sont séparées de l'Océan que par une bande sablonneuse, couverte de savanes, avec des cocotiers mais, surtout, des palmiers. C'est avant tout un paysage d'eaux et, à l'époque, le coup d'œil est d'autant plus saisissant qu'il y a de toutes parts des pirogues à voile blanche. Aujourd'hui encore, lorsque le chanteur myéné parle du Fernan Vaz, il n'a qu'un cri : *« Otambo dionga eliwa z'acoucou »* – « notre lagune est tout entière pirogue à voile ». Dommage que les hors-bord aient remplacé la plupart de ces embarcations et que les lamentins aient disparu, à force de pollution.

Nous avons couché à Omboué. Sur le débarcadère, une foule de pêcheurs vendaient du poisson de mer, d'autres vendaient du poisson d'eau douce. Il y avait tout ce que l'on pouvait rêver et ma mère se félicitait déjà d'avoir incité la famille au départ.

Les permis Léobald que nous avions repris se situaient à une quarantaine de kilomètres au sud d'Omboué, les principaux chantiers étant à Assévé et à Ikengué. Il avait été projeté de produire non seulement de l'okoumé, le fameux bois à contre-plaqué du Gabon, mais une essence qui ne se trouve que dans cette zone, un bois dur, le *zingana,* que personne jusqu'alors n'avait commercialisé. Léobald en avait parlé à mon père lorsqu'il s'était efforcé de le décider.

Agréable surprise à l'arrivée : le campement était déjà en place avec ses cases et ses rangées de paillotes. Le chantier était assez moderne. Il n'existait pas de monte-grumes mais les camions et leur remorque surbaissée étaient pratiques. Enfin la main-d'œuvre restait disponible, Léobald ayant su éviter, dans sa déconfiture, qu'elle ne se disperse.

Nous devions prendre très vite nos habitudes à Ikengué. Après discussion, il avait été convenu que Léobald pourrait rester et travailler avec mon père. Un arrangement qui devait s'avérer bon. Max Léobald était un brave homme, bien que d'humeur imprévisible. Il aimait jouer avec nous, les enfants. Dès que nous nous étions trouvés installés, notre mère avait commencé de nous faire lire et écrire : elle nous montrait le rudiment. J'étais à l'âge où l'on aime fureter, et je m'intéressais à ce qui se passait dans les ateliers, je posais quantité de questions auxquelles Léobald répondait quand il le voulait bien. Il faut dire qu'Ikengué ne manquait pas d'animation!

Cela commençait par un gros tintamarre. Léobald était dès ce moment comme un cheval de course. Il avait une barre de fer au milieu de la cour, qu'il sonnait comme un gong. « Bang... bang... » On ne pouvait pas ne pas entendre. Les hommes arrivaient ensommeillés.

Parfois, mon père lui disait :

– Tu es sûr qu'il est six heures?

– On voit déjà les poils!

Quand on voyait les poils, il était forcément six heures. Je me le tenais pour dit et lorsqu'il m'arrivait de me réveiller trop tôt, sur le matin, je surveillais le duvet de mes avant-bras.

Les types rappliquaient de leurs villages en se frottant les yeux. Les uns avaient la pelle, les autres une machette. On distribuait des haches à ceux qui allaient à la coupe.

Maigre comme un os, l'ancien « juteux » procédait à l'appel. Nous avions près de deux cents hommes sur les divers chantiers, répartis en équipes. Cette fois, grâce à l'argent gagné avec le *combo-gombo,* mon père était lancé dans une grosse exploitation.

Aux dépôts, sur les débarcadères, c'était un va-et-vient incessant. Les hommes souquaient en s'encourageant. Le bruit des cognées ébranlait la forêt. Un géant à peine abattu, un grouillement de torses en sueur, d'un noir bleuté, se faisait tout autour. Des garçons à la formidable musculature hissaient les grumes sur les camions que conduisaient un chauffeur français, Rey et un Marocain, Bounate. Mais le travail le plus pénible n'était pas toujours d'abattre. Il fallait confectionner les radeaux et, en saison sèche, il ne faisait pas chaud, dans l'eau.

Les hommes chantaient pour se donner courage, ils rythmaient leurs efforts. De plus ou moins bonnes plaisanteries avaient cours. Ainsi ai-je vu Éliwawé, un brave garçon qui hésitait à se mettre à l'eau, poussé dans la lagune par Rey. Il se retourne dès qu'il a fini de suffoquer :

– Et si tu as tué quelqu'un ? c'est toi qui paies au commandant ?

Qui, de mon père ou de Léobald, avait mis au point un système d'échafaudage assez ingénieux pour charger les grumes ? Léobald, je pense. L'ancien militaire n'avait su faire ses comptes mais il ne manquait pas d'idées pratiques. Les porteurs montaient sur des palans. On disposait un chargement. Le chauffeur reculait et il suffisait de lever les cales.

Pourtant, Léobald avait oublié un fameux détail en ce qui concernait l'exploitation du *zingana*. Les billes étaient prêtes, il n'y avait plus qu'à passer à la phase de flottage... Et soudain hurlement :

– Michonet, viens voir !

Mon père accourt. Inutile d'attendre la fin de la bordée de jurons. Comment aucun des deux forestiers n'avait-il prévu cela ? Le *zingana* ne flottait pas !

J'ai vu en quelques secondes le visage de mon père vieillir de dix ans. Au silence faisant suite aux premiers cris, je comprenais malgré mon âge qu'une grave déconvenue était dans l'air. J'aurais pleuré de ne pouvoir venir en aide à cet homme que je voyais, jour après jour, se sacrifier pour nous.

Enfin, à mon soulagement, il m'a semblé qu'il reprenait progressivement le dessus. Pour tourner la difficulté, mon père venait de penser une fois encore à son *combo-gombo*. Ce bois avait à peine 300 de densité, contre 1.300 au *zin-*

gana. Il allait en faire des flotteurs et poser le bois dur par-dessus, dûment désaubiéré.

Jamais le montage des radeaux ne m'avait paru quelque chose d'aussi risqué.

La première femme que nous avons connue à Léobald, à notre arrivée, s'appelait Caroline. Peu de temps après il a changé de femme : la nouvelle venue s'est appelée également Caroline. A la troisième nous étions fixés : toutes les femmes de Léobald seraient vouées à ce prénom. L'avantage est qu'on entendait toujours le même cri sur le chantier, quand Léobald avait perdu sa pipe : « Câ..ro..lin'! » Et le cuisinier Barnabé de répondre :

– Elle la pond, M'sié!

Chaque fois que le Lyonnais appelait une de ses femmes, le vieux Barnabé hurlait en écho : « Elle pond, M'sié! » Cette formule était toujours accompagnée du même éclat de rire.

Léobald était dur avec ses travailleurs. Il lui arrivait de les mener à coups de pied – ce qui ennuyait mon père qui n'avait besoin, lui, ni de coups de pied ni de coups de gueule, pour se faire respecter. Il est vrai que Léobald était malade. Il souffrait d'une dysenterie et, normalement, aurait dû se faire soigner en France. Mais comment, avec ses ennuis d'argent? Quand il courait aux toilettes, vingt fois par jour, son humeur s'en ressentait.

A plusieurs reprises, j'aurai vu Léobald se comporter d'une façon que la maladie expliquait sans la rendre excusable pour autant. Ainsi, par exemple, ne pouvait-il supporter la curiosité des braves négros qui venaient le regarder, au moment des repas, avec la Caroline du moment. C'était un peu la carte forcée, pour nous aussi, ces innocents qui s'accoudaient au portillon et qui vous contemplaient en souriant. Il n'entrait dans leur attitude ni insolence ni morgue mais, plutôt, une admiration béate.

Eh bien, Léobald n'aimait pas ça. Pour ne plus avoir à crier : « Foutez le camp! », il avait fait poser des pointes sur la main courante. Les désœuvrés devaient aller plus loin.

Il fallait le voir les jours de paye! Faire le compte rond à deux cents travailleurs était déjà une opération compliquée. On autorisait en plus les hommes à apporter du village, ce jour-là, leurs œufs et leurs légumes, des poules et des régimes de bananes. Mon père avait l'habitude d'acheter tout ce qu'ils apportaient afin d'arrondir leur petit revenu. Il fermait les yeux sur la marchandise. Léobald, au contraire, ne pouvait supporter que les types lui fassent passer le moindre œuf pourri. Il présidait lui-même à l'évaluation :

– Allez, déballe...

Quand la livraison était convenable, il payait sur la base de dix sous l'œuf.

Un jour, à court de monnaie, il dit à un garçon :

– Il me manque dix sous. Repasse dans un moment, je te les donnerai.

L'autre, inquiet ou bébête, se remet dans la file et revient aussitôt.

– Je t'ai dit dans un moment! répète Léobald.

Cinq minutes encore et le garçon est de nouveau là. Cette fois, Léobald prend un œuf et le lui colle sur la figure :

– Les voilà, tes dix sous!

Cette réaction était typique de Léobald. Quand ses amibes le tracassaient, n'importe qui prenait un œuf sur la gueule pour dix sous.

Mon père aimait bien son compagnon. Quand la neurasthénie s'emparait de lui, il essayait de le distraire. Nous l'invitions souvent. L'homme se laissait aller à raconter ses souvenirs de Lyon. Il avait un frère jumeau, en France, dont il languissait beaucoup. Il parlait de ses débuts dans la vie militaire et, lorsque la conversation revenait sur la Grande guerre, sur l'époque des tranchées, le dîner se poursuivait fort tard.

Dès cette époque, nous habitions une bonne case en planches, bien faite, à laquelle nous avions tous travaillé. On accédait par un large escalier à une terrasse qui faisait le tour du bâtiment. Au cours de la construction, notre père nous avait donné, à mes frères et à moi-même, des conseils qui nous ont été fort utiles, plus tard, lorsque les uns ou les autres nous avons bâti nos demeures.

Je l'entends encore :

– Si tu construis trop près du sol, tu ne pourras débroussailler ni empêcher les serpents de gîter. A mi-hauteur, ce seront les cabris qui cogneront de la corne sous le plancher...

Selon lui, au Gabon, il fallait bâtir sur des piliers de deux mètres qui permettent à un homme de circuler. Ainsi était-il possible de tenir l'espace propre et de l'arroser de pétrole afin d'éliminer les « chiques ».

A quelle hauteur a donc bâti Michel, du temps de sa vigueur ? Au cours de la nuit, il me semble que des bêtes répugnantes courent sous la plate-forme. Fausse impression accentuée par l'incertitude de nos lendemains ? Mon père repose cependant. Stupides, ces idées noires qui me traversent. Et pourtant, ceux qui se sont sus vulnérables en brousse, ceux qui s'y sont sentis en état de moindre résistance, un jour, aussi éloignés de tout secours que d'une planète inaccessible, comprendront que j'appréhende les heures qui précèdent l'aube, ces heures où le cri des coqs éclate comme les trompettes de la mort.

Retenir le passé... Revenir à ces jours où non seulement

mon père devait redresser la situation, sur les anciens chantiers Léobald, mais où il a pris de nouveaux permis...

Le *zingana* se vend bien. Pour faire face, il a été fait appel à Vinet, en difficulté chez lui. Notre hôte de Port-Gentil travaille désormais à Ikengué. Le dimanche, les forestiers mangent tous ensemble : bruyante tablée où Léobald se montre parfois d'une gaieté forcée.

Les premiers signes d'inquiétude vont venir d'une cargaison à destination des États-Unis et dont nous sommes sans nouvelles. Dès le début, le *zingana* a eu beaucoup de succès à New York. Les premiers envois ont été payés cash. Que se passe-t-il cette fois ?

Mon père essaie de se renseigner, en vain. Personne n'est en mesure de dire si le bateau est arrivé à bon port. Serait-il devenu prise de guerre ? La situation internationale est déjà si confuse... Une seconde cargaison subit le même sort. Là, l'inquiétude tourne à l'anxiété. Si l'on n'achemine pas nos coupes successives, des radeaux entiers vont pourrir dans le Fernan Vaz...

Un matin enfin la nouvelle éclate : la guerre a été déclarée ! Cette fois la catastrophe n'était plus à notre mesure. Les cargaisons perdues n'étaient que le signe d'un cataclysme plus vaste. Les échafaudages patiemment construits par Léobald et Michonet n'étaient pas seuls à s'effondrer !

D'un seul coup nous apprenons que beaucoup de gens sont mobilisés, que la plupart des chantiers ferment. Mon père est convoqué à Port-Gentil. Léobald également. Restent avec ma mère la femme de Bounate, le boy Mouyoupi Marcel, les Phili Conaté. L'ensemble des travailleurs qu'on ne peut plus payer repart dans les villages.

Au bout de quelques jours, mon père qui avait été réformé peut rentrer à Ikengué. Mais là, le marasme va devenir complet. Il va falloir rendre les tracteurs. Un peu partout, sur les lagunes, les lianes pourrissent, libérant les billards qui partent par le fond. On lutte sans profit des années durant, dans l'exploitation forestière. Si au moment du décollage quelque chose ne va pas, c'en sera définitivement fini.

Nous avons fait un potager et nous récoltons des pommes de terre. Mon père aménage un étang pour avoir du poisson. Le peu de carburant qu'il nous reste est soigneusement stocké car nous projetons d'habiter Port-Gentil où nous serons mieux informés de ce qui se passe.

Et nous partons pour la ville où rien n'est hospitalier. Grand'père Isaac faisait un séjour en France, en compagnie de sa famille blanche, au moment de la déclaration de guerre. Il y restera bloqué et ne reviendra qu'à la fin des hostilités.

Pourtant, ces allées et venues, ces activités dérisoires ne parviennent à donner le change et je crois que c'est à ce moment-là que mon père a senti débuter la maladie qui le taraude aujourd'hui.

Découragement en fin de nuit. Commencerais-je à comprendre certaines choses? Ne serait-ce pas dès cette époque que s'est amorcée l'errance misérable qui doit trouver son aboutissement chez Schweitzer? Nous sommes à Port-Gentil le jour où l'on apprend que la France a capitulé.

Mon père ce soir-là cesse de parler.

– Voilà deux jours que tu ne t'es pas rasé, lui dit sa femme le surlendemain.

Il ne répond rien.

– Tu ne manges plus?

– Non.

Il est resté des jours et des jours sans sortir de sa chambre. Il ressemblait à un homme foudroyé.

– Tout le monde en l'air!

M'étant endormi sur le matin, je n'ai pas entendu les coqs et c'est maintenant mon père qui tambourine à la cloison de bambou. Michel serait-il déjà levé? A l'odeur de moisi de la case s'ajoute, écœurante, celle du réchaud d'alcool à brûler. Je fais effort pour ne pas vomir.

– Il ne me reste qu'à te remercier, Michel, dit mon père quand nous avons terminé un frugal casse-croûte. Et maintenant, Dieu sait quand nous nous reverrons!

Le Libournais a déjà commencé de siroter à jeun. Il vient assister à l'embarquement. Longtemps nous voyons ses bras comme des sémaphores. Enfin il disparaît : un simple point dans la végétation. Un point que la brousse gabonaise ne tardera pas à dévorer.

Monotonie du fleuve. Les images qui se précipitent, dans le sillage de la pinasse, se rattachent à des événements proches. L'école mixte de Port-Gentil, c'est hier...

Je fréquente une école pour la première fois. Pour peu de temps. Celle-ci est tenue par la femme d'un officier de marine bloqué par la guerre à Pointe-Noire. Probablement cette personne trouve les enfants Michonet un brin chamboulés... Nous n'avons jamais connu que l'école de la nature, l'école de la liberté.

Il faut partir à heure fixe, tous les matins. Nous portons un short kaki, une chemisette kaki, des tennis kaki. Nous sommes fringués comme des militaires. La classe finie, nous avons bien sûr toujours les vadrouilles dans la savane, mais nous avons changé de vie.

Mon père essaye de faire un peu de commerce entre Port-Gentil et Omboué. Sans grand succès. A plusieurs reprises, nous n'aurons d'autre ressource que de nous nourrir de manioc. Fort heureusement, une employée de Grand'père qui règne sur l'épicerie Isaac nous viendra en aide : présent, Grand'père lui-même eût-il été aussi généreux?

L'administration coloniale est pétainiste. Ses administrés le sont aussi. Comment pourrait-il en aller autrement? Aucune information n'arrive. Les rares T.S.F. manquent de batteries. De Gaulle serait, dit-on, un Anglais déguisé. Il est vrai que l'irruption de quelques gaullistes ne clarifie guère la situation. Un avion bombarde l'ancien wharf. Quant au curé-doyen de Saint-Louis, on lui rase la barbe pour avoir sonné le tocsin... Ces événements, diversement commentés chez la Quique, ne disent rien de bon à tous nos vieux colons.

Le premier réflexe de mes parents a été de reprendre la pinasse. Nous pensions échapper au désordre et retrouver la quiétude au Fernan Vaz. Douce illusion! Les difficultés commencent avec le carburant. Nous avons une essence si trafiquée, si souvent transvasée, qu'elle est pleine d'impuretés. Je suis chargé de la filtrer avec mon béret. Un peu de compression... un peu d'essence sur la bougie... La *Conchita* accepte de repartir. On imagine le plus souvent que la vie en Afrique est calme, qu'elle est placée sous le signe de l'immobilité. Il n'en est rien. Depuis ma naissance, et jusqu'à cette ultime remontée du fleuve, j'ai vu mes parents se déplacer sans cesse, chercher fébrilement une paix qui ne se trouve nulle part.

– Eh là... d'où venez-vous?

Ce sont les pétainistes qui nous interceptent les premiers. La veille au soir, un sous-marin a été coulé dans le port, plusieurs Européens ont été tués. N'aurions-nous pas participé à cet acte de sabotage?

Les types sont embusqués là : on leur a signalé des terroristes sur la lagune. On parlemente. Enfin ils nous laissent passer.

Un peu plus loin, nous arrivons à une embouchure quand nous voyons des torches qu'on agite dans la nuit.

– Halte!

Mon père se dit : « Cette fois, ce sont les gaullistes. » En effet, des Français comme les autres. A la limite, c'est Marcel Michonet, avec son teint blond et ses yeux clairs, qui eût ressemblé à un Anglais. Selon ces « terroristes », nous ne pouvions continuer sur Omboué : on s'y battait.

Au cours d'une échauffourée, le commandant de la Place était tombé dans un chaland et avait eu une jambe brisée.

– Alors? demande mon père.

– Renoncez à aller plus bas.

– Je vais faire demi-tour.

Et demi-tour, c'était rentrer à Port-Gentil. Ou alors... En prenant vers l'Ogooué il restait Essendé. Essendé où nous nous étions juré de ne plus revenir!

Mon père est complètement découragé. Comme à l'annonce de la capitulation, il s'enfonce dans le mutisme. Ma mère respecte ce silence. Nous les enfants, sentant que des choses graves se passent, n'osons presque plus bouger dans la pinasse. Le moment des repas est particulièrement lugubre. Gros travailleur, mon père s'était toujours bien tenu à table. Il avait l'habitude de dire : « Au travail on fait ce qu'on peut mais à table on se force. » Maintenant il ne se force plus. Quand notre mère dit : « Marcel, il est Midi... », il répond :

– Fais manger les enfants.

Nous sommes devenus des vagabonds.

Nous voici enfin sur la rivière d'Essendé. Nous y arrivons de jour : un moindre mal devant la forêt vierge à laquelle il faut s'attendre. Nous allons devoir abattre l'herbe au coupe-coupe; peut-être ne verrons-nous pas tout de suite la case? Dès qu'on laisse un endroit à l'abandon trois mois, au Gabon, on ne reconnaît plus rien, la végétation recouvre tout.

Pourtant, les abords ont l'air dégagé. On distingue la piste du débarcadère. M'Bourou Benoît aurait-il débroussaillé? Nous n'avons pas sauté du bateau qu'un homme est là avec un fusil. Quelmette, le truand Quelmette! L'ancien collaborateur avec lequel mon père a eu tant de fil à retordre dix ans plus tôt! Quelmette est installé chez nous et il a le toupet de nous mettre en joue.

– Jette le flingue, crie mon père en épaulant illico.

Le fusil de Quelmette s'abaisse. Ce ne devait être qu'une

plaisanterie. La preuve? Voilà que surgit le brave Vinet – Vinet que les autorités ont trouvé trop vieux à la mobilisation.

– Mais qu'est-ce que vous foutez là? s'écrie mon père abasourdi.

– Il y a un troisième type, dit Vinet en riant. On ne savait où aller. A Port-Gentil c'était la pagaille. Alors on a pensé à ta maison et on est venu s'installer ici.

– Eh bien, nous aussi, nous venons nous installer.

Essendé était donc habité. Le premier étonnement passé, et une fois admise la présence de Quelmette, mon père a paru rasséréné : dans l'état où il se trouvait, mieux valait la compagnie de ces hommes que d'être livré à la solitude.

Les trajectoires se confondent.

Aujourd'hui?

Hier? Pour différer les présentes souffrances, je reviens à ce qui a certainement été la plus douloureuse période de notre vie de pionniers. Entre-temps, la navigation sur le Fernan Vaz redevient possible. L'attrait d'Ikengué, de notre installation là-bas est le plus fort. Nous repartons...

Sur place, les Phili Conaté ont fait le nécessaire. Notre case est toujours aussi accueillante. Nous serions à la joie de nous sentir enfin à l'abri si ma mère partageait notre insouciance...

Que se passe-t-il? Elle est souvent abattue. Elle évite de répondre aux questions de mon père. Craindrait-elle de le tourmenter? Nous l'interrogeons parfois :

– Qu'as-tu, Maman?

– Rien. Allez jouer.

Son visage si fin, si clair, paraît assombri. Il nous a semblé qu'elle s'essuyait les yeux en cachette.

– Tu es malade? demande encore mon père.

– Non.

Ce n'est pas une maladie mais, étant donné l'endroit où nous nous trouvons, la guerre et les énormes soucis de la famille, ce peut être pire : elle se trouve enceinte.

Mon père tente aussitôt de la réconforter. Comment se dissimuler néanmoins la gravité de la situation ? Soigner un nouveau-né, avec la pénurie que nous connaissons ? Il n'y aurait même pas de sage-femme pour l'accouchement, à supposer que cette grossesse tardive parvienne à son terme. La venue de celui qui allait être notre frère André s'annonçait sous de bien mauvais auspices.

En ce qui concerne les événements, mêmes incertitudes. La situation était peut-être moins confuse que lorsque nous avions quitté la ville, mais tout aussi angoissante. On savait que la France était perdue. Tôt ou tard les Allemands prendraient l'Afrique. De Gaulle avait parlé, à Londres... Mais fallait-il croire tout ce qu'on colportait ? Nous avions vu quelques gaullistes, à Omboué. Nous savions qu'à Lambaréné, plusieurs dizaines de « touracos » s'étaient entr'égorgés au nom d'un maréchal ou d'un général dont ils n'avaient pas la moindre idée. Le plus clair de l'affaire est que nous en étions à vivre de nos patates douces, de confit de phacochère, et réduits à une inactivité complète.

C'est alors que va réapparaître Lolé-Laborde. L'ex de la « schtrasse » et de l'usine de pâte à papier pour les Allemands. Vers le mois de mars 1941 il débarque d'une pinasse, flanqué de deux troufions. Il se dit commis aux approvisionnements :

– Pour qui, demande mon père, pour les gaullistes ?

– Dans une certaine mesure, avance le nouveau commissaire. Et pour les Alliés par l'intermédiaire du *Timber control.*

Bref, Lolé-Laborde avait gardé le meilleur souvenir du temps du *combo-gombo* et se disait preneur de ce que nous pourrions lui procurer. Il s'agissait surtout de fournir de l'okoumé à ce fameux *Timber control.* Le bois n'était pas payé à sa valeur, mais on devait nous défrayer en totalité.

On nous a donc amené camions et tracteurs. Mieux valait cette occupation que l'oisiveté dans laquelle nous nous serions morfondus. Quant à ma mère, elle supportait mal sa grossesse, elle ne parvenait pas à surmonter sa fatigue.

Avec mes frères et des paysans N'Komi, je chasse le phacochère. Quand nous avons réussi à abattre deux ou trois de ces bêtes, c'est l'abondance à Ikengué. Il faut désosser, faire rôtir la viande. Pour le gras, on fait fondre à la flamme et on verse dans des estagnons de vingt litres. Notre père nous a appris à préparer le jambon. Le reste de notre alimentation viendra de la mélasse de canne à sucre. Nous avons planté du riz et, pour faire fuir les oiseaux, aux limites de la savane, je vais les tirer aux petits plombs. Nous avons ainsi des brochettes pour le repas du soir.

Tel est notre mode de vie quand arrive la date de l'accouchement. Mon père a pu transporter sa femme à Omboué. Un de mes aînés m'annonce que notre mère a mis au monde André. Mais dans les jours qui suivent la délivrance, la fatigue de la patiente ne cesse de croître. Elle ne se remet pas. Un médecin se serait alors aperçu qu'elle était tuberculeuse!

La tuberculose... Bien sûr, la vie difficile que nous avions menée pouvait avoir de graves conséquences sur l'organisme. Où nous avions habité, on pouvait toujours redouter de tomber malade. Jamais, pourtant, un mot aussi abominable n'avait été prononcé. La tuberculose... Je demandai à Jacques, messager involontaire :

– Tu es sûr que le docteur leur a dit ça?

Jacques fait la tête. Il est capable de répéter, non? Bon, bon... la tuberculose... le mot est entré dans notre vie. Il en fait déjà partie quand nos parents reviennent à Ikengué.

Dès lors, nous allons deviner sur le visage de notre mère sa signification profonde. Il est hors de question qu'elle nourrisse le nouveau-né. Nous devons trouver des chèvres qui donneront quoi? un verre de lait chacune? Il faut tirer vingt chèvres pour obtenir un litre. Plus désemparé que jamais, mon père ne parle que de conduire sa femme chez le Dr Schweitzer. Lui seul la sauverait.

– Tu crois que je ne guérirais pas ici, objecte timidement la malade ?

Notre parente Améz'Amélie vient garder l'enfant. Ma mère aurait bien voulu l'amener mais elle s'est laissé représenter combien la chose serait difficile. Elle accepte ce chagrin supplémentaire. Un matin, nous allons tous ensemble à la pinasse. Nous y installons notre mère le plus confortablement possible. Notre père paraît si préoccupé qu'il n'a pas un regard pour nous. René dit qu'il ne servirait à rien de pleurer mais, quand la *Conchita* s'en va, c'est lui qui le premier...

IV

Épreuves

Je reprends conscience du présent.

De l'entrée du grand Ogooué à Lambaréné, ce ne serait qu'une affaire de huit heures si le courant n'était pas trop fort. Mais voilà que mon père lance un contrordre à Doukaga :

– Prends sur l'Orega, Valentin. On va passer à Essendé.

Comment ? Ce matin comme aux jours les plus sombres de la guerre ?

Ce que je craignais est arrivé. Le malade s'est mis en tête de visiter son comptoir avant d'accepter la réclusion à l'hôpital et le départ du Gabon !

– Tu n'es pas trop fatigué, Pa' ?

– J'ai dormi comme un loir chez Michel.

A son teint livide, je doute que tout aille si bien. Mais comment tenir tête à Marcel Michonet ? A plus forte raison quand on est son fils ? Avant le départ, se sentant au plus bas, il lui arrivait de maugréer : « Vivement chez Schweitzer ! » Aujourd'hui il prétendrait traiter ses affaires comme si de rien n'était. Que croire ? A laquelle de ses impulsions se fier ?

Les visions de la nuit, le rappel des derniers jours de

ma mère, la silhouette du vieux Michel sur la berge ont accentué mon inquiétude. Celle-ci devient angoisse. Pour la première fois je me demande si le séjour de mon père à Lambaréné va être aussi décisif que nous nous en sommes tous persuadés. N'aurions-nous pas prononcé le nom du docteur comme une garantie illusoire? L'hôpital Schweitzer... je ne fais qu'y revenir. Ne vais-je pas y vivre un autre cauchemar?

Un mois après le départ de ma mère, j'étais allé prendre le relais à son chevet. On l'avait logée du mieux possible dans un pavillon de tôle qui aurait pu appartenir à un bidonville. Quand on parle de Schweitzer, aujourd'hui, il ne faut jamais perdre de vue qu'il n'y avait rien pour soulager la détresse, au Gabon. Simple pasteur alsacien, Schweitzer avait dû arriver en 1909. Pour lui, les choses de la religion étaient importantes, mais plus urgente lui était apparue la nécessité de soigner les corps. Car c'est inimaginable ce que l'on pouvait voir alors...

Il y avait des quantités de lépreux, défigurés ou amputés; des enfants de mon âge qui sautillaient sur leurs moignons. Un des premiers malheureux que j'ai croisés, en arrivant sur les lieux, a été M'Bonga, un ancien danseur de *bwiti bakowa*. Je l'avais vu bondir comme un inspiré, lorsque j'étais très jeune, au cours de « nuits blanches » à Essendé. J'ai cru en revoyant cet artiste qu'il était assis sur un sac. Pas du tout. Il était assis sur ses testicules. Il était atteint d'éléphantiasis. Mais pour lui, ce n'était pas une maladie. Il avait son idée.

– Que t'arrive-t-il, M'Bonga? lui ai-je demandé.

– Ce sont les panthères et les chimpanzés avec qui j'ai dansé pendant si longtemps qui ont fini par s'enfermer dans mes parties.

Et tapant sur le sac :

– Elles sont toutes là-dedans, ces satanées bestioles!

Inutile de le contredire. D'ailleurs, fauves ou parasites microscopiques, le résultat était le même. M'Bonga ne pouvait se déplacer qu'en charriant ses couilles dans une brouette.

De telles monstruosités étaient courantes et avaient poussé Schweitzer à se dire : « Avant de revenir comme pasteur, je reviendrai en tant que médecin. »

On a fait quantité de critiques sur le « système » Schweitzer. Critiques le plus souvent venues de gens qui n'avaient jamais mis les pieds en Afrique, qui ne savaient pas ce qu'avait pu représenter de construire un hôpital de fortune de ses propres mains...

Ma mère était donc maintenant dans un pavillon de tôle et de torchis pour elle seule. Elle disposait d'une cour où elle avait son feu. Quand je suis arrivé elle m'a dit :

– Tu vois, je suis comme chez moi.

Cette disposition permettait à beaucoup de pensionnaires moins évolués de se sentir dans un vrai village et de ne pas déguerpir à la première saute d'humeur.

Une véranda donne sur la ruelle. Là, ma mère s'assied volontiers dans un fauteuil. Comme tous les autres pavillons, le sien est équipé de moustiquaires. Rats et serpents ne peuvent entrer. De loin, ces baraquements ont l'air tristes – et même assez sinistres... De près, tout y est propre et soigneusement passé à la Javel.

Au cours de ce séjour, ma mère m'a longuement raconté ses débuts dans la vie. C'est là qu'elle revenait sans cesse sur la « répudiation » de Grand'mère Ésonguérigo.

– Repose-toi, Maman.

Sur le moment, ce que mon père appelait de « vieilles histoires » ne me passionnait guère. J'étais plus impressionné par les ravages de la maladie chez celle qui m'avait donné le jour. Devant son état, je me sentais investi d'une mission – mon père ne m'en avait-il pas tacitement chargé ? Les soins du Dr Schweitzer seraient infaillibles, bien sûr. Mais il dépendait de mon application, de ma vigilance, d'y contribuer. Il dépendait de moi de faire reculer les forces du mal et de ramener notre mère à Ikengué parfaitement guérie.

Vers cinq heures, une « marraine » entre pour la piqûre. Qu'y a-t-il dans la seringue ? Sûrement pas d'antibiotique, à cette époque. Ma mère se tourne en souriant. Piqûre faite, Mlle Gertrude plaisante un moment. La présence de ces bénévoles – célibataires et protestantes – était un réconfort pour les six cents malades que comptait l'hôpital. Dans le sillage d'éther que laissait la jupe de la « marraine », rien de dramatique ne pouvait arriver.

Pourtant, ma mère transpirait sous les tôles du pavillon. On entendait de grands craquements dans la fournaise. J'épongeais son front, ses lèvres avec un gant imbibé d'eau.

Née en 1905, elle n'avait que trente-huit ans à Lambaréné. A-t-elle beaucoup souffert au cours de ce séjour ? Elle ne se plaignait jamais en tout cas. J'ai compris par la suite qu'elle s'était certainement sentie glisser lentement dans la mort, ce qui avait dû lui occasionner une souffrance encore plus grande.

Le plus souvent possible ma mère m'éloigne de son chevet. Elle se sait contagieuse ; le docteur a beaucoup insisté là-dessus.

– Va chez ton oncle, au quartier Isaac.

Je vais voir mes cousins, sans grande conviction. A l'hôpital, je dors dans le bureau même de Schweitzer. C'est lui qui en a décidé ainsi. Aussi bien pour m'éviter la contamination que pour avoir à sa disposition un commissionnaire qui sache lire et écrire ; parce que je suis aussi l'enfant de l'hôpital, il a exigé que l'on dresse un petit lit dans son propre appartement.

Le Dr Schweitzer a le regard sévère ; on sent néanmoins une grande bonté en lui. Il porte une bacchante soignée, le cheveu poivre et sel. De ses origines, il garde un fort accent alsacien. Peut-être ne fait-il pas plus d'un mètre soixante-quinze ? Dans la journée, il arpente les allées chaussé de gros sabots. J'entends encore les cailloux rouler sous son pas nerveux.

A ses débuts, Schweitzer faisait tout par lui-même. Maintenant, il est assisté de plusieurs médecins. Il a une équipe de chirurgiens et de sages-femmes. Lui-même se consacre à certains malades et traite surtout les cas relevant du paludisme, de l'amibiase.

Une étiquette rigoureuse préside au déroulement de nos journées. Pour le repas du soir, une première cloche annonce le service des infirmiers indigènes, des malades valides ne disposant d'aucun parent pour les garder. Une demi-heure après, les jeunes médecins, les sages-femmes, les hôtes de marque se réunissent au réfectoire. On ne fournit pas les alcools mais chacun est libre de boire ce qu'il apporte. Le docteur s'installe au piano pour un petit concert que les « marraines » écoutent en extase. Je vois encore au premier rang Mlle Koch, Mlle Gertrude... A huit heures précises le docteur referme le piano, il se lève de son allure d'aristocrate désinvolte et le dîner est servi à ce qu'on appelle « la grand'table ».

C'était toujours à la grand'table que mangeait mon père lorsqu'il venait à l'hôpital; malgré mon jeune âge j'y étais alors admis et j'en étais très fier.

A neuf heures, cérémonie terminée, il n'était pas rare que le docteur effectuât une dernière tournée. Il apportait à manger à certains malades qui le préoccupaient. Puis nous rentrions dans son bureau et, tout en me couchant, je le voyais à sa table, couvrant des pages et des pages d'une écriture rapide.

La première nuit où j'ai dormi chez lui, des coups assez violents ont été frappés à la porte. Je suis réveillé par des bruits de pas et des cris... Ce sont les gardiens, lanternes à la main, qui appellent le docteur. Celui-ci bondit de son lit, le pantalon hâtivement tiré sur la chemise. Un conciliabule... Puis j'entends Schweitzer maugréer :

– Bande de sauvages! Ils ne changeront jamais!

Je suis si impressionné que je fais semblant de dormir. Surtout lorsque je comprends ce qui cause le branle-bas. Un enlèvement! L'enlèvement d'un malade par les Fang! L'incident était assez fréquent et, dans ce cas, Schweitzer décrochait le fusil et se portait lui-même à la tête des poursuivants.

Cette nuit-là, son absence s'est prolongée jusqu'à l'aube. J'ai pu m'assurer que ma mère était indemne : elle reposait en ignorant tout de ce qui venait de se passer dans un pavillon du bord du fleuve. Quand le docteur est enfin rentré – bredouille –, il continuait de ronchonner :

– Ils ne cesseront donc jamais de se bouffer entre eux? Quels sauvages!

Mais il était déjà l'heure de sa première tournée et il fit semblant d'oublier l'incident pour se laver à grande eau, en soufflant comme un buffle, dans le tub attenant.

On comprendra aisément que la vie de l'hôpital, ce que je découvrais, ait pu rivaliser, dans ma conscience d'enfant, avec la sollicitude que je ne cessais de porter à ma mère. Celle-ci déclinait. Je réagissais d'un jour à l'autre en niant la mort. Du reste, l'imaginais-je seulement? En retournant au Fernan Vaz, l'idée ne m'a pas effleuré que j'embrassais cet être cher pour la dernière fois.

Mon père devait me succéder pour la garder à l'hôpital. Il était auprès d'elle lorsqu'elle s'est éteinte. Le désespoir qui a dû être le sien, je n'ose l'imaginer! Ma mère était une femme intelligente et réfléchie à qui il demandait souvent conseil. Malgré leurs origines si différentes, mes parents avaient vécu, vingt ans durant, dans un accord de tous les instants.

Pour ma part, la nouvelle ne m'a pas brisé immédiatement. Je n'ai réalisé la perte que je venais de faire que lorsque j'ai pu me rendre dans l'enclos de Saint-François-Xavier.

Saint-François-Xavier est une église de Lambaréné située sur un petit promontoire. Marie Michonet, ma mère, repose là, sous les palmiers. Quelques années plus tard on enterrera à ses côtés son fils André. Il y avait déjà, au moment de l'ensevelissement, un filleul à elle, sous la dalle, plusieurs membres de la famille Isaac. Lorsqu'on est devant ces tombes, le regard embrasse le cours de l'Ogooué.

Notre présent voyage se poursuit.

Je regarde mon père qui, maintenant, a accepté de s'allonger sous la bâche. Pas un coude de l'Orega, pas un méandre du « petit » Ogooué qui ne lui soient connus, qui ne pourraient lui livrer le secret de quelque radeau perdu.

Mais Marcel Michonet ne songerait-il pas plutôt à tous les devoirs qui lui incombent et dont il s'acquitte si scrupuleusement depuis son veuvage? Il me dit d'une voix faible, impérieuse néanmoins :

– Dès ton retour, pense à faire prendre de l'ipéca à tes frères, nous l'avons oublié le mois dernier.

Je reconnais sa hantise à propos de notre santé, les soins pressants et désordonnés dont il nous gratifie, mes frères et moi, depuis la mort de notre mère.

C'est tout de suite après son retour de Lambaréné qu'il a commencé à s'enticher d'ipéca. Un remède destiné à tout ramoner : les poumons comme la tripe. Avons-nous le teint pâle? Manquons-nous d'appétit? Un demi-siècle plus tard, la scène réveille mon épouvante... Nous sommes alignés, René, Jacques et moi devant la véranda. Notre père a mis à chauffer au soleil une grande cuvette d'eau potable; il arrive avec ses comprimés... Trois pour chacun! « A toi... avale... » Je ne me fais pas trop prier malgré le souvenir cuisant de la dernière cure. René non plus. Vient le tour de Jacques. Là, ce sont toujours les mêmes cris, les mêmes supplications. La drogue enfin absorbée, il faut boire, boire... Je n'arriverai jamais à avaler mes trois litres d'eau! L'écœurement commence, la distension gastrique. Et pourtant, si l'on triche, des accidents mortels ont été signalés. Aurais-je le feu au corps? La débâcle des intestins s'ajoute aux soubresauts de l'estomac. Des sueurs froides m'inondent. J'entends Jacques, affaissé dans les broussailles : « Hé, tenez-moi... Je n'en peux plus! »

Après de pareilles purges, nous demeurions prostrés jusqu'au milieu de l'après-midi. Il fallait que notre père ait été très angoissé à cette époque... Il est vrai qu'il avait commencé à se ressentir de ses lésions de 14-18. Dès avant la mort de sa femme, il s'était mis à tousser. Comprenait-il que la tuberculose pouvait être une complication de son passé de gazé? Devinait-il que c'était par lui, en fait, que sa femme avait été contaminée?

Notre mère morte, le travail est la seule échappatoire possible. Je cube le *zingana*, je fais la trace sur les grumes qui arrivent de la coupe. Nos scieurs de long avancent à raison de trente centimètres à l'heure. Malgré leurs biceps impressionnants, il leur faut deux jours pour fendre une bille à chaque fosse. Surveiller ces travaux d'Hercule, parer à tous les incidents m'épuise. C'est au cours de cette période un peu démente que deux événements vont marquer la transition de ma vie d'enfant à ma vie d'adulte.

Les Dubois sont de riches colons du voisinage. Un jour, le vieil homme dit à mon père :

– Ton cadet sait travailler, il a du cœur à l'ouvrage.

A la fois poli et méfiant, mon père proteste :

– Manquerait plus que ça!

Et comme il faut bien trouver quelque chose à redire, je serais une tête de mule à mes moments.

– En es-tu sûr, rétorque le vieux broussard? Nous parlons souvent de lui, ma femme et moi. Sa mère lui manque, c'est évident. Tu devrais le laisser venir chez nous.

De prime abord, la proposition surprend mon père. Il se tourne vers moi :

– Comment, tu n'es pas bien avec tes frères?

– Bien sûr que si, Pa'.

– Et tu voudrais aller chez les Dubois?

A-t-il fini par admettre que l'affection de Mme Dubois me serait secourable? Ces gens passaient des mois entiers à Port-Gentil. Là-bas je pourrais fréquenter l'école et je retrouverais la chaleur d'un foyer.

Les Dubois possèdent une belle case à quelques kilomètres d'Ikengué. A l'intérieur, quelques bizarreries. Ainsi, la pièce principale est ornée de trois portraits : Pétain, Roosevelt, De Gaulle. L'éclectisme du choix ne trahit que la relativité de l'information.

La chambre à coucher des propriétaires se distingue par un superbe baldaquin au-dessus du lit. Elle est néanmoins encombrée en son milieu d'une cuvette de w.-c. Sur ce trône inattendu, le père Dubois, dont les ennuis intestinaux sont d'un autre genre que ceux de Léobald, passe des heures entières. L'homme a dû abuser de bonne chère par le passé. Il souffre de la goutte, et un boy spécialement dressé le frictionne lorsque ses rhumatismes le tracassent.

Bon vivant malgré les misères de l'âge, Dubois ne cesse de plaisanter. Il joue volontiers avec son singe, Hector, et avec une jeune guenon, Hermine, à qui il a inculqué de fort bonnes manières. Hermine sait se servir d'un mouchoir et, à l'heure des repas, elle se drape dans sa serviette avec beaucoup de dignité.

Un des gags du maître consiste à appeler le boy lorsque ses invités sont à table. Celui-ci, un minuscule Baloumbo, a le nombril protubérant. Dubois appuie sur le nombril et, aussitôt, le cuisinier accourt avec les plats. Il y a en réalité un bouton de sonnette sous la table. L'effet est comique cependant. Le boy Sissou rit d'autant plus que les invités l'applaudissent à tout rompre.

Quand ils ne séjournaient pas au Fernan Vaz, les Dubois habitaient Port-Gentil où ils hébergeaient un neveu.

– D'où viens-tu, me demande le neveu dès qu'il me voit?

– D'Ikengué.

Air méprisant du citadin :

– Où est-ce ?

Il avait un peigne et un bâton de résine avec lesquels, se lorgnant dans la glace, il essayait à tout instant de se décrêper. Malgré ces efforts, le jeune prétentieux avait l'air plus « niaquoué » que les « niaquoués »!

C'est au cours de ce séjour que je vais piquer sur la carte de France les petits drapeaux du Débarquement. Dans la fièvre de l'heure, le père Dubois m'a chargé d'une tâche qu'il n'aurait pas confiée à son neveu : écouter la T.S.F.

Que se serait-il passé si je n'avais pu recharger la batterie aux éoliennes qui tournaient sur la maison ? Si j'avais confondu les drapeaux ? De quel côté eût basculé le Gabon ? Une fois la semaine, Dubois communiquait mes nouvelles au journal de la mission qui, à son tour, les propageait aux quatre coins de la brousse.

Autre exploit lorsque je retourne à la maison : je vais mettre à profit la liberté sans contrôle qui est la mienne pour tenter un premier coup de fusil important.

J'ai douze ans. J'ai tué à ce jour du menu gibier, de vulgaires phacochères. Me revoici à Ikengué. Les scieurs de long chantent et s'échinent à longueur de journée. Plus que jamais les torses luisent comme du cuir.

Un de ces scieurs, un robuste Galoa, essaie de me parler en catimini. Son visage est grave, il s'exprime avec beaucoup de soin.

– Jean, y a un hippo qui fait rien que m'embêter. Hier j'essayais de pêcher et voilà que ce sacré hippopotame m'a pour ainsi dire fait partir. Sans poisson, que vont dire ma femme et mes enfants ?

– Tu es sûr que ton hippo ne finira pas par s'en aller ?

Le Galoa secoue la tête :

– Il se plaît dans le coin. Écoute, Jean, tu devrais me prêter le fusil de ton père.

– Pourquoi ne le lui demandes-tu pas ?

Air épouvanté du scieur : un Blanc, confier un fusil moderne à un Noir ? Je coupe court à ses protestations :

– Écoute, si mon père ne te le prête pas, je ne peux pas non plus. Mais si tu veux, je viens avec toi.

Cette fois, mon interlocuteur a un sourire soulagé. Je demande par acquit de conscience :

– Il est seul ton hippo ?

– Tout seul. Il casse tous les roseaux, il se baigne comme un cochon.

Nous convenons donc, le Galoa et moi, de nous retrouver à la brune. Je décrocherai le fusil de mon père en cachette et j'irai attendre que le Noir gratte au pilotis.

Curieux que ce garçon se soit adressé à moi plutôt qu'à l'un de mes frères. Me suppose-t-il plus intrépide que Jacques ? plus fou que René ? Peut-être, simplement, me sent-il plus proche de lui. Il a tout manigancé : la pirogue, l'heure, la manière d'aborder le pachyderme.

La nuit venue, je me tiens dans ma chambre, le fusil sur les genoux. Le canon brille car il fait clair de lune. Les risques de l'entreprise m'apparaissent peu à peu. En premier lieu, l'interdit bravé... Que dirait mon père s'il savait que je cours les marigots avec son arme et que je m'attaque à un aussi gros gibier ? Je lui ai souhaité bonsoir, tout à l'heure, avec un sentiment de culpabilité. En second lieu, je commence à redouter l'hippo. Où le tirer ? Au cou, m'a dit le Galoa. Au tendre de la gorge. Inutile de cogner aux os de la caboche. Et si, blessé, le monstre engloutit pirogue et occupants ?

Il est trop tard pour se dédire mais, en attendant le signal de mon compagnon, je repasse cent histoires d'hippopotames. Comment, aux dires de Grand'père Isaac, des troupeaux réussissaient à élargir des rivières à force de s'y baigner. Je me rappelle soudain les craintes de mon père lorsque nous naviguions de nuit sur l'Oréga. Plus encore surgit la vieille énigme : comment pouvait-on tuer ces bêtes, aux temps anciens, lorsque le fusil n'existait pas ?

La peau est réfractaire à toute sagaie – aussi inviolable qu'un bouclier. On ne peut piéger un hippo comme on piège les éléphants : le comportement de ces drôles d'animaux ne s'y prête pas. Dès qu'il arrive dans un campement, déjouant toutes les ruses, son premier travail est d'éteindre les feux en chiant copieusement dessus. La bouse d'un hippo... il faut voir ! On dirait que ça part d'un gigantesque arrosoir !

Inutile de chercher non plus à entraîner un obèse aussi futé dans un cul-de-basse-fosse. Aux temps anciens, l'hippo était réputé imprenable.

Ces pensées commençaient à accroître mon inquiétude et c'est avec soulagement que j'allais entendre enfin gratter sous la maison. Onze heures. Le Galoa se tient dans l'ombre. Je distingue ses dents, ses prunelles :

– Jean...

– Ça va, j'ai ce qu'il faut.

Je montre l'arme, les trois cartouches à balle. J'enjambe aussitôt la fenêtre et je saute des pilotis. Nous marchons dans le reflet de la lune qui permet de distinguer le sentier, les contours de la végétation, l'horizon bientôt élargi.

Le Galoa a tiré sur la berge la pirogue-moustique. On appelle ainsi une pirogue légère avec laquelle le factotum du camp va chercher le courrier à Omboué. Il va falloir faire très attention au recul du fusil. Comment ne repenserais-je pas, tout à coup, à la mort que j'ai frôlée, un an plus tôt, sur une pirogue pourtant plus stable...

J'avais voulu tirer un croco pour voir si j'en étais capable. Cette expérience n'avait valu qu'une minime blessure à la sale bête mais j'avais fait feu debout : le fort recul de l'arme m'avait jeté à l'eau. J'ai connu l'immersion qui glace d'horreur... Je ne sais comment j'ai réussi à remonter dans l'embarcation avant que le croco n'ait glissé vers moi. Le hasard avait voulu que la coque nous sépare. Serais-je tombé de l'autre côté, il refermait sur mes jambes une gueule plus féroce que toutes les scies d'Ikengué!

Le Galoa n'a pas connu cette mésaventure. Il paraît très calme. Je ne peux faire moins que lui. Il m'installe au milieu de l'esquif, me recommande de tirer assis, dans le sens de la marche. Lui va pagayer à l'arrière. L'eau est d'une immobilité complète. Le silence à peine crevé par les crapauds, à longs intervalles. Il fait lourd. L'électricité empêche de respirer librement.

Le Galoa veille à enfoncer la rame sans frapper du plat, il la retire sans laisser égoutter, comme s'il s'agissait d'aller surprendre un lamantin. A un moment il ralentit, me touche l'épaule. Nous distinguons une masse claire, sur l'eau phosphorescente. A quelle distance en sommes-nous? Vingt mètres? La pirogue paraît freinée. Des froissements d'eau commencent de se faire entendre, un début d'ébrouement cacophonique. La forme claire est devenue grosse caboche d'hippopotame. Quand celui-ci prend pied, on distingue ses rondeurs et, du fait de la lune, le monstre paraît blanc.

– Tire... me souffle le Galoa.

C'est un rêve, un étrange rêve. Je ne sais quels mécanismes vont déclencher mes actes. Serrer le pontet, effleurer la détente... Des recommandations me reviennent. Inutile d'écraser du métal sur l'os du crâne. Plus dangereux encore sur un flanc blafard bombé comme la coque d'une baleinière. J'essaie de trouver la gorge de cet animal d'ivoire.

Sous le coup de tonnerre, les quatre coins du marécage ont paru s'entrechoquer. La pirogue-moustique a bondi. Elle n'a pas tourné cependant. Le Galoa et moi sommes assis à la même place. Devant nous, un ébrouement plus brutal s'est produit, un râle énorme a jeté une masse d'eau pareille à un geyser. Sitôt après cette inondation, plus rien. Aurais-je mortellement atteint le pachyderme? Serait-il descendu sous les eaux en expirant? Mon compagnon paraît le croire.

– Il est mort! me dit-il.

Et il pousse un cri de joie. Nous attendons dix secondes. Dix secondes de silence total. Les crapauds de la terre sont trop éloignés pour que nous les entendions crever leurs tambours. Nous n'entendons plus rien sur les eaux phosphorescentes. Et soudain...

Le choc nous a paralysés. Un grand choc sous la pirogue. Celle-ci se fend en deux, nous nous sentons soulevés, projetés comme au cours d'un tamponnement. C'est le bain avec l'afflux de visions à vous faire suffoquer : souvenir du croco, du claquement de sa mâchoire, souvenir de Boussanga coupé en deux... Boussanga, un manœuvre de mon père, happé en rivière par un hippo craintif. On avait retrouvé la tête et le tronc d'un côté, les deux jambes de l'autre.

Ce qui va me sauver est le conseil que m'a donné le Galoa tout à l'heure. En cas de retournement, ne jamais nager en surface. L'hippo épouvanté repère les ombres qui passent entre le ciel et lui. Il referme sa gueule sur ce qu'il aperçoit à contre-clarté. Le seul moyen de s'en tirer est de plonger.

Je plonge donc, ce qui m'est d'autant plus facile que je n'ai pas lâché le fusil. Je nage sur une quarantaine de mètres au fond de l'eau. Enfin de la vase sous mes pieds. Le Galoa a eu le même réflexe. Nous nous retrouvons à sec, définitivement tirés d'affaire. Là-bas, au milieu du marécage, l'abruti s'acharne sur la pirogue : c'est ce qui nous a sauvés!

Il fallait rentrer à la maison. Je ne fais aucun reproche au Galoa; il ne me reproche rien non plus. Simplement, nous évitons de parler. Il n'y a pas de quoi être farauds! Sur le chemin du retour, le garçon trouve un prétexte et il disparaît avant que nous n'atteignions les premières paillotes d'Ikengué. Moi, j'ai raccroché le fusil de mon père où je l'avais pris. Je n'ai même pas eu l'idée de l'essuyer. L'émotion, la fatigue étaient trop fortes. Je me suis couché sans enlever mon short ni ma chemise.

Le lendemain, on parlait bruyamment dans la cour quand j'ai ouvert les yeux. Doukaga Valentin qui faisait l'appel des scieurs de long, à six heures, disait à mon père :

– On a trouvé un hippopotame crevé au débarcadère. L'eau est pleine de sang. Mais la pirogue du courrier, je sais pas où elle est passée, cette sacrée pirogue... Je me demande quelle idée a pris à cet hippopotame de venir se battre avec la pirogue du courrier !

J'entends ce discours et je me dis : « Ça y est, j'ai eu mon hippo ! » J'étais content, dans mon for intérieur, mais qu'allait donner l'enquête et que me dirait-on pour le bateau cassé ?

Mon père n'a pas manqué de voir son fusil couvert de moisissures. Il a bien compris aussi, à voir la vase sur mon lit, l'état de mes vêtements, à quoi j'avais passé la nuit.

– Tu aurais pu mourir, m'a-t-il dit.

Je ne pouvais nier. Je m'attendais à ce que la perte de la pirogue fasse un drame mais il ne m'a rien reproché.

La guerre est finie. C'est alors que, sentant son état s'aggraver, mon père a commencé à parler de « rentrer ». Un retour à la mère patrie – du moins pour lui – auquel nous toucherons, le moment venu, si le *Cap Saint-Jacques* apparaît autrement qu'en vaisseau-fantôme.

Nos passages sont retenus pour le mois prochain. On dit cependant que cet unique bateau doit rapatrier en priorité les ressortissants de Dakar et d'Abidjan ; ceux de Pointe-Noire et de Port-Gentil seraient pour la seconde fournée.

Si l'on ne peut encore s'en aller facilement, il y a par contre de nombreux arrivants, au Gabon. On dit que l'économie du pays va redémarrer. On demande des conseillers territoriaux. Déjà Goundjou Paul est sur les rangs ; on parle de Sousatte et de Jean-Hilaire Aubame.

Ce que nos forestiers appellent « la politique » semble avoir fait son apparition chez nous.

Il est vrai que l'exploitation repart. Agé de dix-huit ans, Jacques vient de rouvrir les chantiers d'Ikengué. Non loin de là, à Assévé, René a repris un ancien permis Léobald. Certaines essences sont à nouveau très demandées. Mais pour mon père, une époque touche à son terme. Il vient d'apprendre que Léobald a mis fin à ses jours!

Plusieurs causes auraient pu être invoquées pour expliquer ce geste. L'ancien associé de mon père était, comme je l'ai dit, instable et volontiers mélancolique. Malheureux en affaires, toutes ses entreprises s'étaient soldées par un échec. Ancien militaire, il n'avait jamais quitté « sa » guerre. Ce qui l'a achevé, pourtant, aura été une nouvelle fortuite : pendant l'Occupation, son frère jumeau était mort à Lyon.

Apprenant cela après coup, Léobald veut se rendre en France. Mais comment lâcher le petit emploi de comptable auquel les événements l'ont réduit? On ne sait ce qui s'est passé dans sa tête. Un soir, il fait une grande bringue au Gentil-hôtel, dans la meilleure tradition des anciens pionniers et, à l'aube, il se brûle la cervelle.

La Caroline du moment est revenue au Fernan Vaz; elle nous a dit :

– Y' a M. Léobald qui est mort.

Voilà comment, à notre tour, nous avons appris ce drame.

Jacques et René avaient remis les camions en marche. De nouveaux exploitants s'installaient : les Thomas non loin d'Ikengué, le rusé Kléber qui sera mon principal concurrent lorsque j'ouvrirai, quelques années plus tard, mon propre chantier. Dubois parlait de revenir à la forêt, lui aussi, mais en 1946 va se produire une nouvelle coupe sombre. Mme Dubois tombe malade. Elle a une grosseur à la poitrine. On ne peut la soigner à Libreville et elle meurt rapidement. Quinze jours plus tard, ce sera le tour de son mari. Le père Dubois était resté sans boire et sans s'alimenter. Il s'était laissé mourir. Sans sa femme, il ne se sentait plus le goût ni la force de vivre.

Les Dubois enterrés, Max Léobald s'étant fait sauter la cervelle, c'était vraiment toute une époque révolue. Et comme s'il y avait un lien entre ces divers événements, il me semble que c'est alors que mon père a senti s'aggraver les symptômes de sa propre maladie.

Je le voyais en nage, cherchant à s'asseoir après le moindre effort.

– Veux-tu que je te fasse des ventouses?

Son premier mouvement était de refuser avec colère. Une fois rentré du chantier, il acceptait si je réitérais la proposition. Bien sûr, il ne voulait pas me décevoir. J'étais assez enfant pour croire que je guérirais sa tuberculose avec quatre ventouses. Il ne voulait m'enlever nulle illusion. Pourtant, il y avait plus que le désir de ménager ma naïveté dans son attitude. Dépourvu de tout, lisant les recettes des petits journaux européens, écoutant les conseils du féticheur, il mettait une confiance désespérée en n'importe quoi.

Une des consolations de mon père, ces derniers temps, aura été de voir combien mes frères et moi-même avions appris à travailler. Je sais qu'il a dit à Lolé-Laborde, au cours de leur dernière entrevue :

– S'il m'arrive quelque chose, ils se débrouilleront. Ils savent sortir le bois.

Et en effet, nous avons une vie bien remplie. Je vais cuber les radeaux de quatre heures du matin à midi. Je suis complètement brûlé par le soleil. Mes frères transportent les billes avec le gros Matford. Un jour, notre père doit se fâcher : il est midi passé et Jacques dit à René :

– Continuons, nous mangerons après...

– Vous êtes fous! Vous allez vous tuer si vous prenez les choses comme ça!

Et de se lancer une fois de plus dans des projets qui changeraient notre vie de fond en comble. Dès que nous en aurions la possibilité, nous nous procurerions four et frigidaire, c'en serait fini des ragoûts réchauffés à la gamelle. Je le revois un peu hagard, dégoûté de toute nourriture, me disant néanmoins sur un ton sans réplique :

– La santé, mon petit Jean, la santé c'est avant tout se bien tenir à table.

– Je mange, Pa'... Tu vois bien que je mange...

A d'autres moments, notre père se persuadait qu'avant que le bateau nous rapatrie, nous aurions le temps de négocier plusieurs radeaux. Auquel cas nous aurions pas mal d'argent et, selon toute vraisemblance, nous ne nous adapterions que mieux en France.

Je devais partir avec lui, ainsi que le dernier-né : André. Si tout allait bien, les deux aînés essaieraient de maintenir l'exploitation au Gabon. Pour lui, sa décision était irrévocable : il voulait quitter cette Afrique qu'il avait tant aimée et où il avait tant souffert. Il parlait du *Cap Saint-Jacques*, de la métropole, comme de l'Arche et de la Terre promise.

V

La fin de l'enfance

Voilà dans quel esprit – et dans quel état – nous avons paré la *Conchita* et montons sur l'hôpital de Lambaréné avec pour équipage Doukaga et le nouveau boy Samuel N'Daba.

Maintenant, ce troisième jour de voyage devrait arriver à son terme si l'après-midi tout entier n'avait été un crépuscule interminable. Soudain, les éclairs vrillent la nuée sombre. Ils paraissent jaillir de la masse des eaux. Fulgurants candélabres. Ébranlements dont la décharge, en quelques secondes, concasse la pénombre. L'eau se met à voler. L'eau chaude, l'eau fouettante à la surface du sinistre Ogooué.

Où sont les rives? Je ne reconnais plus mon fleuve! Il disparaît dans un incessant soulèvement de cloques. Il pleut... Il pleut et ce que je crois être la masse des forêts boit ce ciel liquide comme boirait une gigantesque éponge.

Nous pataugeons au fond de la pinasse. C'est pour le coup qu'il faudrait demander à Doukaga, ruisselant : « Vois-tu encore? » Le plus sec étant la langue, je l'agite pour faire remarquer à mon père :

– Fameuse idée d'être montés par l'Oréga! Nous pourrions être à l'abri chez Schweitzer, à cette heure!

Un peu honteux de son erreur, ou trop fatigué, celui-ci ne répond pas. J'ai aussitôt le regret de m'être montré peu charitable envers lui. D'ailleurs, au bout d'une heure, la trombe s'épuise. Le fleuve semble avoir bu l'excédent du ciel. Jusqu'à quand ? Mais voici la rivière d'Essendé. L'obscurité n'est pas si épaisse que nous ne distinguions le coude dans la berge, les arbres noirs. Cent fois, par le passé, nous nous y sommes repérés.

M'Bourou Benoît...

Où trouver le cousin de ma mère dans cette végétation exacerbée ? Il était vraiment urgent de venir compter des boîtes de conserve !

Je tire une salve, dès le débarcadère. M'Bourou arrive, éberlué.

– C'est vous M'sié ? Par c'foutu temps de chien ?

Et le cousin de gémir à plusieurs reprises :

– Seigneu' Jésus !

M'Bourou s'inquiète aussitôt de la case que nous allons trouver. Il s'agite, se désespère. Il est vrai qu'à l'intérieur de notre ancienne habitation les murs sont enduits d'une mousse visqueuse. Les portes des chambres grincent tant le bois est gonflé. Mon père réunit ses dernières forces pour faire tomber d'un coup de pied les champignons qui ont poussé sur le châlit.

– Ça ira, coupe-t-il en réponse aux doléances du factotum, je vais me reposer.

Et dans la chaleur gluante, il répète :

– Laissez-moi, dans moins d'une heure je serai sur pied et nous pourrons nous occuper du comptoir.

Seul avec moi, M'Bourou me fait part de sa stupéfaction :

– M'sié Marcel, il a reçu la lune sur la tête ?

– Non, Benoît ; il est bien fatigué, il faut comprendre.

Le cousin me fait signe qu'il comprend, en effet. Essendé

n'a jamais porté bonheur à personne. D'ailleurs, ce qui le préoccupe, ce soir, c'est la messe qu'organise une mission pentecôtiste venue, depuis un an, évangéliser les alentours. Il serait dans les intentions du pasteur de raffermir la foi, bien sûr; plus encore de combattre chez les Fang un sursaut des anciennes coutumes...

– Tu vois ce que je veux dire...

Le souffle suspendu, je demande à M'Bourou :

– Parce que tu crois qu'ils mangent encore?

Et M'Bourou gêné :

– Moins qu'avant, c'est sûr. Moins qu'avant...

Mais certains Fang seraient encore dans le péché. Il faudrait les aider. N'Guéma par exemple, le vieux chef avec qui nous avions eu si souvent maille à partir, autrefois... N'Guéma ne serait-il pas soupçonné d'avoir dévoré sa belle-mère? Ce serait justement ce que les Pentecôtistes aimeraient bien savoir.

M'Bourou n'a pas fini de parler que la tentation me prend :

– Et si je venais avec toi... Y aurait-il danger?

– Non... je ne crois pas. A la messe il y a les missionnaires, tous les villages sont réunis.

M'Bourou conclut, mélangeant probablement sa propre intuition et le vocabulaire qu'il tient de la mission :

– Quand le Fang a confessé son péché, il ne rechute jamais tout de suite.

Et soudain plus mystérieux :

– L'esprit de Dieu le tient, tu comprends?

C'est bon, mon père ayant fini par s'endormir, nous voici dans la brousse, le cousin et moi. Nous voici sur l'un des anciens campements fang sans tam-tams ni grands feux. Non, ce n'est pas une fête, moins encore les prémices d'une de ces « nuits blanches » dont nous recevions le vacarme, naguère, au travers de la forêt menaçante. A peine quelques torches aux quatre coins de l'aire. Une centaine de paires d'yeux écarquillés, convergeant vers la chaire d'où le pasteur doit lancer exhortations et anathèmes. Déjà une certaine ferveur parcourt cette assistance. Inutile précaution – j'en rougirais maintenant –, j'ai emporté sous ma chemise le Browning certainement moins efficace, en cas de nécessité, que ne le serait cet « esprit de Dieu » dont parlait M'Bourou tout à l'heure.

Appréhension excusable? Mon enfance a tremblé sous la menace. Le drame de Lucie Isaac, l'agression de Mme O'Saou ont été peu de choses en comparaison de l'attaque du chantier telle que je l'avais vécue.

Je devais avoir cinq ans. Toute la nuit, les Pahouins ont assailli le camp retranché où mon père et Phili Conaté faisaient un feu d'enfer. Les flammèches, les sagaies que brandissaient en hurlant nos travailleurs : voilà qui m'est resté gravé dans la mémoire. Et la vision d'horreur le lendemain devant tant de paillotes incendiées... Nous avions à déplorer plusieurs blessés. Une de nos femmes, coulée d'entrailles déjà couverte de fourmis, avait été tronçonnée à la branche de palmier!

Même victorieux, mon père ne restait jamais sur une humiliation vis-à-vis de N'Guéma et de son compère. Peu après cette nuit cauchemardesque, il se rend en tapinois au premier village fang. Phili Conaté est à ses côtés. Les deux hommes placent quelques bâtons de dynamite au bon endroit, un détonateur à distance. La nuit venue, le village est en feu. Nous entendions les vociférations, les cris d'épouvante; nous apercevions d'Essendé les reflets dans le ciel. A la suite de quoi les Fang étaient convenus que Michonet possédait le « fétiche terrible » et nous n'avions plus jamais eu à nous plaindre d'eux.

Mais voici que l'étrange messe a commencé. Tout en croyant entendre les hurlements sortis du village en feu, j'ai vu les fidèles rameutés par intimidation d'abord, par goût du surnaturel peut-être davantage, prier et chanter. Nous nous tenions un peu à l'écart, M'Bourou Benoît et moi. M'Bourou serait ému par les cantiques. Au refrain

Père céleste... qu'entonne l'assistance, des larmes coulent de ses yeux. Son émotion n'est en rien comparable cependant à celle de robustes Pahouins qui, sur le moment, paraissent avoir tout oublié. Des enfants s'ébattent sans que leurs mères ne songent à les rattraper. Plusieurs d'entre elles sont déjà en transe et saisies de convulsions. C'est alors que le Pentecôtiste dirait : « Ça y est, l'esprit de Dieu leur est monté dessus ! »

Et comme le participant, parvenu à cet ébranlement nerveux, devient très malléable, il suffit de l'inciter à la confession.

– Père céleste, n'ai-je pas mangé l'homme ? demande un Pahouin en état de suggestion avancé...

– Si, si... chante le chœur des femmes.

– Combien de fois, questionnent les acolytes ?

Les cantiques sont beaux, les voix profondes, le rythme arracherait n'importe quel aveu. Et N'Guéma, sa belle-mère ? L'homme résiste, il pleure mais résiste. N'Guéma est un roublard aux cheveux blancs. Ce n'est pas en une seule messe qu'on lui fera crier, comme l'innocent qui sort du rang, maintenant, et se plante devant la chaire :

– Oui, j'ai mangé l'homme !

– Combien de fois, reprennent en chœur les acolytes pentecôtistes ?

– Je ne sais plus, répond le pénitent aux joues luisantes de pleurs. J'ai mangé l'homme plus d'une fois.

Et soudain parti à toutes jambes – est-ce le repentir ou un surcroît de ferveur ? –, il va droit au fumoir. Rapporterait-il les restes d'un être humain ?

Il revient avec des bouteilles. Deux ou trois fioles qu'il avait soigneusement planquées et d'où, normalement, il aurait puisé des mois durant le plus clair de ses forces si n'était intervenue cette cérémonie. Des fioles de graisse humaine !

Les cantiques redoublent : « Oui, j'ai mangé l'homme... Non, je ne mangerai plus l'homme... »

Avant que la cérémonie des vœux ne se soit achevée, j'ai cru comprendre à quoi avait tenu par le passé notre relative tranquillité au Fernan Vaz. Là-bas, il y avait deux décennies que les Pentecôtistes avaient fait mieux que le commando de marine. Les Pahouins ne mangeaient plus l'homme. L'esprit de Dieu leur était monté dessus!

La messe pour anthropophages repentis à laquelle je viens d'assister m'a certes bouleversé. Pas au point qu'un remords ne me saisisse sur le chemin du retour :

– Je me demande si j'ai bien fait de laisser mon père seul...

Le cousin de ma mère ne prête guère attention à cette remarque. Il se sent beaucoup plus concerné par la nouvelle mentalité de ses dangereux voisins.

Au fur et à mesure que nous approchons d'Essendé, mon anxiété s'accroît. Je ne parviens pas à m'intéresser au bavardage de M'Bourou. C'est en courant presque que je traverse l'ancien chantier inondé. Et sur le seuil de la chambre que vois-je?

J'en avais le pressentiment!

Mon père dans la lueur de la torche. Mon père blanc comme la mort. Une large coulée sombre a souillé sa chemise.

– Papa, qu'as-tu!

Le malheureux fait un effort pour se redresser. D'un geste d'impuissance il désigne sa bouche, le flot brunâtre qui s'est coagulé.

A mon cri, M'Bourou est accouru :

– M'sié Marcel...

Et ses traits se figent aussitôt :

– Le vampire! Seigneu', c'est le vampire!

Je suis suffisamment accablé pour refuser les superstitions qui courent la brousse et dont M'Bourou Benoît se ferait soudain le colporteur inattendu. Je brutalise quelque peu notre parent :

– Si tu es là pour dire des bêtises, fous le camp!

Le vieux garçon ne se le fait pas répéter; il détale et je reviens à mon père, brusquement résolu :

– Tu te rends compte à quoi nous a conduits ta lubie d'inventaire?

Le malade articule :

– Je crois que j'ai vomi une gorgée de sang.

– Une gorgée?... Assez lambiné! Nous allons filer immédiatement!

– Il fait nuit.

– Tant pis. La pinasse est prête; dans moins de quatre heures nous serons chez Schweitzer.

Le voyage se termine sans incidents. Avant que le jour se lève, nous accostons devant les pavillons de l'hôpital. Mon principal souci a été le comportement du malade qui, le plus souvent prostré, n'a pas recommencé de vomir. En serait-il quitte avec cette alerte?

Instant où le moteur de la pinasse s'est tu... Quel silence à la surface du fleuve! Notre remontée de l'Ogooué s'achève; elle a duré trois jours et quatre nuits. Je suis à bout de forces, mais qu'est mon épuisement en comparaison de ce que doit éprouver mon père?

Je monte sur la berge avec l'intention de me rendre au bureau pour demander ce que nous devons faire. L'ombre est encore dense et j'ai pris la lampe-tempête. En me dirigeant vers les bâtiments, j'ai peur de rencontrer les chiens. J'aperçois enfin Mlle Emma, la « marraine » qui a accouché ma mère lorsque je suis venu au monde.

– Qui êtes-vous?

– Le fils Michonet. Je vous conduis mon père.

– Où est-il?

– Dans la pinasse. Il faut que je sache où l'emmener car, comme vous le verrez, il est vraiment très fatigué.

– Bon, me répond Mlle Emma, on va le mettre au Pavillon B.

Je vais aussitôt chercher mon père mais celui-ci ne parvient pas à enjamber l'accotoir; il n'arrive pas à monter sur le talus. Il faut que Doukaga et moi le soutenions pour qu'il avance jusqu'à l'hôpital.

Enfin arrivé au pavillon, mon père s'assied sur le lit. Il se plaint des reins. Schweitzer vient l'examiner. Il lui donne quelques remèdes et, comme lors du séjour de ma mère, on me dresse un lit de camp dans le bureau même du docteur.

Le lendemain, mon père avait jauni; il avait encore mal aux reins. Quelques forces lui étaient revenues, cependant, et il n'a pas tardé à me persuader qu'une fois sous traitement, à l'hôpital, il ne pourrait que remonter la pente. Son idée était de me renvoyer au Fernan Vaz aussitôt que possible :

– Tes frères ont besoin de toi... Songe à André : la tante Améz'Amélie est bien gentille, mais que connaît-elle à notre façon de vivre ?

– Bon, je vais retourner à Ikengué.

– C'est ça, dès demain.

– Mais Pa', demain c'est dimanche...

– Tu veux peut-être aller voir ton oncle Pierre et ses enfants, au Quartier Isaac ?

– Oui, et de toute façon, il faut que j'attende lundi, tu le sais bien, pour tes papiers et pour le bon d'essence.

En réalité, je voulais aller à la messe le lendemain matin. Je trouvais magnifique Saint-François-Xavier. Je voulais me recueillir devant la pierre qui porte inscrit : *« Ici repose Marie Michonet, dans la paix du Seigneur. »* Si près de sa sépulture, il me semblait revoir ma mère et le sourire confiant dont elle ne s'était jamais départie dans l'adversité.

Samedi soir. Je dîne donc à la grand'table. Pour la seconde nuit je préfère veiller mon père. Au matin,

Schweitzer me fait appeler : il a près de deux cents lettres écrites de sa main, sur son bureau. Il souhaiterait que je cachette et aille porter le tout au bateau. Il faut dire qu'à cette époque, la célébrité du docteur est déjà immense, des dons pour l'hôpital affluent des quatre coins du monde. Je m'acquitte de la tâche et file enfin avec la pinasse à l'autre extrémité de Lambaréné.

Mon oncle ne savait pas que son beau-frère était malade.

– Je vais aller le voir, propose-t-il aussitôt.

Et découvrant ma mine affamée :

– Tu mangeras bien quelque chose?

Aux cris des volailles, j'imaginai l'oncle Isaac en train d'évoluer dans son poulailler. Il parlait aux pondeuses; à celles qui s'agitaient, il adressait des réprimandes. Ainsi allais-je avoir quelques œufs, tout chauds, à gober de fort bon appétit.

Une fois rassasié, je confie à mon oncle :

– Je voudrais aller à la messe, maintenant, de l'autre côté de l'Ogooué.

– Eh bien, j'appelle tes cousins; pendant que vous serez là-bas je me rendrai au chevet de Marcel.

C'est alors qu'allait se produire un incident que ni les uns, ni les autres, quelques mois plus tôt, n'aurions réussi à imaginer.

Je suis parti avec mes deux cousins. Avons-nous l'air prétentieux? Pouvoir disposer à notre âge d'une pinasse comme la *Conchita* n'est tout de même pas ordinaire. Nous commençons à nous promener tous les trois en ce dimanche matin... C'est l'époque où, inondations terminées, il reste encore de larges flaques de boue dans Lambaréné; la ville paraît plus jaune que brune avec ces traînées sales et toute cette eau un peu partout.

Je marche au milieu du boulevard et nous nous amusons,

mes cousins et moi, du curieux bric-à-brac que vendent les femmes, au pied des fromagers, quand nous croisons un Européen accompagné de son épouse. Sortant de ma brousse, je ne risque pas de connaître ces personnages. Je crois même que mes cousins de Lambaréné ne les connaissent pas non plus. Tout à coup l'Européen m'interpelle :

– Tu ne peux pas saluer ?

– Saluer qui ?

– Ton commandant !

– Vous êtes le commandant ?

Le type vexé :

– Parfaitement, *ton* commandant !

Je réponds alors devant mes cousins :

– Je n'ai pas l'âge d'avoir un commandant ; vous êtes peut-être celui de mon père ?

Rire de tous les gosses attroupés. Se sentant la cible des moqueries, le type fonce vers moi :

– Je t'ordonne d'enlever ton chapeau !

Il m'attrape par la chemise mais, au même instant, j'ai ramassé de la boue et je lui en jette une poignée à la figure.

C'était le nouveau chef du département, un certain Lalande, frais émoulu de métropole, qui faisait déjà son numéro colonialiste !

Voilà que la femme s'interpose dans tous ses falbalas :

– Qu'est-ce que ce voyou ?

Moi, pof... Elle n'a pas fini de s'indigner que je la couvre d'éclaboussures. Tant pis pour la jolie jupe. Et nous filons aussitôt, nous les gosses... Mes cousins étaient effrayés. Je ne me sentais pas tranquille non plus mais je me disais : « On verra bien... »

A l'église, le père Fauret qui m'avait fait le catéchisme lors des séjours de la famille à Lambaréné et qui deviendra plus tard évêque de Pointe-Noire, célèbre la sainte messe. L'assistance est nombreuse, fervente. Des coulées de soleil posent des taches rouges ou bleues sur les visages des choristes. J'oublierais l'incident... Pourtant, le prêtre n'est pas encore à l'offertoire qu'un mouvement se produit à l'entrée. On entend un début d'altercation. Ce sont les « touracos » qui débarquent, sept miliciens d'ethnie akélé, avec sergent et adjudant : toute cette escouade pour arrêter le gamin que je suis!

Le père Fauret interrompt aussitôt la messe. Debout sur les marches de l'autel, il signifie aux miliciens qu'ils n'ont pas à pénétrer dans un lieu de culte. Ces pauvres « touracos » ne comprennent plus rien. Ils roulent des yeux affolés dans ma direction : « Comment, un petit de Blanc et voilà que le Blanc l'arrête? »

La messe terminée, le groupe est à la sortie. Impossible de me dérober. Je m'avance alors vers les sbires et je leur dis :

– Je vais voir votre commandant, mais à une condition : vous ne me touchez pas.

Aucun d'entre eux n'a mis la main sur moi et c'est de mon plein gré que j'ai gravi l'escalier du chef du département. Pendant ce temps, mes cousins s'étaient rendus au Quartier Isaac, le téléphone tam-tam avait fonctionné...

– Pouviez pas l'attacher? s'écrie Lalande en me voyant monter.

– Mais c'est un petit de Blanc! On n'a pas le droit d'attacher le petit d'un Blanc!

Lalande se tourne vers moi :

– Tu es gabonais? me demande-t-il (je crois même qu'il a dit « congolais »).

– Je suis gabonais, et je suis aussi citoyen français.

– C'est bon, on va te mettre en état d'arrestation et, puisque ton père est à Lambaréné, il viendra lui-même s'expliquer.

Un adjoint du grand chef, dans le bureau, un vieux de

la « schtrasse » plus aguerri, essayait depuis un moment de raisonner son patron :

– Vous vous embarquez dans une histoire. Après tout, vous étiez en civil, ce gosse ne pouvait pas savoir...

Et l'autre, embêté et hargneux :

– Il aurait dû donner l'exemple à tous les gosses Noirs. Où allons-nous si les enfants que nos compatriotes font avec des négresses se comportent comme ça?

On n'avait jamais inventé pareil pataquès dans nos régions à part!

Et voilà qu'une heure après mon « arrestation », les délégations arrivent sous la fenêtre. Aussi bien des Eshira que des Galoa, des Oroungo et même quelques représentants de la communauté fang. Il y a là le vieux Fanguinovéni, les Joctane. Toutes les huiles traditionnelles que compte Lambaréné!

– Monsieur Lalande, vous voyez bien que ce n'est qu'un enfant...

– Enfant ou pas, je maintiens!

Bruit de pétarade : le père Fauret à moto. Le prélat supplie, Lalande maintient encore. Enfin, comme midi a depuis longtemps sonné, arrive le Dr Schweitzer. Schweitzer en personne. Je ne sais ce qu'il a pu dire au chef de département... Cinq minutes après son irruption, les « touracos » me rendaient la liberté.

Cette stupide affaire m'ayant éloigné de l'hôpital plus que je ne l'aurais voulu, je m'inquiétais du sort de mon père. Fort heureusement, son état s'était amélioré. Les remèdes avaient dû commencer de lui dégager les reins et ce que le docteur avait appelé une hémoptisie ne s'était pas reproduit. Aucun doute, le malade guérirait.

Le lendemain, apparemment reposé, rasé de près malgré

son extrême faiblesse, mon père me remet un chèque sur la Société du Haut-Ogooué.

Je lui apporte quinze mille francs en espèces, pour le temps qu'il restera à l'hôpital – une somme qui se volatilisera quelques jours plus tard avec le trop propre et trop bien « vacciné » Samuel N'Daba.

En principe, je devais revenir chercher le convalescent dans moins d'un mois puisque le départ du *Cap Saint-Jacques* – si départ il y avait – était fixé à la fin mai. Et maintenant, pour satisfaire mon père, je vais repartir sans tarder, je vais retrouver mes frères. Tout au plus m'arrêterai-je en cours de route à Inongwayilé, sur le bas Ogooué, pour faire un inventaire avec le vieux Raïta, gérant d'un second comptoir que nous possédons là.

J'allais mettre le moteur en marche quand le Dr Schweitzer me demande au débarcadère. Pourrais-je transporter la femme d'un pasteur et son bébé ? Mme Philip – tel était son nom – avait accouché à l'hôpital et elle s'apprêtait à rejoindre son mari à M'Gomo, la plus ancienne mission protestante du Gabon.

J'ai été heureux de pouvoir rendre service au docteur; flatté qu'on me confie cette jeune femme et le bébé. Nous avons effectué le trajet Lambaréné-M'Gomo en moins de quatre heures et je me rappelle la joie des Philip lorsque le nouveau-né est entré dans leur maison.

En un instant les enfants de l'école sont accourus. On leur avait appris un vieux Noël protestant : *« Mon beau sapin, roi des forêts... »*

Quant au gérant Raïta, il ne m'était pas inconnu. Il m'était arrivé de faire halte chez lui en compagnie de mon père à qui il vouait une admiration sans bornes. Cet homme pouvait avoir soixante-dix ans, il restait vif et d'une activité débordante. Il avait des cheveux blancs, fins et crêpelés comme des vermicelles. Il portait des lunettes à monture plaqué-or : sa principale richesse. Jeune, Raïta avait servi dans les territoires britanniques : il y avait acquis une formation parfaite. Mon père disait toujours : « Il ne manque pas un point. » Sa maison était d'une grande propreté. Chaque fois que nous nous arrêtions à Inongwayilé nous avions droit à une nappe blanche, à un drap sur chaque lit tout aussi impeccable et blanc.

Raïta aimait recevoir des Européens. Il possédait un livre d'or qu'avaient signé d'anciens voyageurs, commerçants ou savants – et parmi eux Brazza.

Je m'apprêtais donc à passer la nuit chez cet homme et à être reçu avec le cérémonial d'usage quand, tout à coup, nous entendons des cris :

– Restez dans la pinasse! Ne descendez pas à terre!

Bizarre, dans un endroit si calme! Doukaga n'a pas fini de mettre en panne que les avertissements reprennent :

– Surtout, restez au large, vous descendrez demain!

C'étaient des villageois, juchés sur la terrasse du magasin, et Raïta lui-même, les mains en porte-voix, qui nous prévenaient d'un danger.

Nous n'allions par tarder à apprendre en effet qu'un buffle blessé était sur les lieux et terrorisait ces braves gens. Que pouvaient-ils faire contre un de ces animaux ivres de vengeance, alors qu'ils ne disposaient que de sagaies, au mieux d'une inoffensive pétoire?

Le village entier avait choisi de se réfugier chez Raïta dont la case était posée sur de solides pilotis. Ainsi cinquante à soixante personnes campaient-elles là, depuis plusieurs jours. Les réfugiés pleuraient, se lamentaient. Ils pissaient et déféquaient de la galerie. Mis à part l'aspect dramatique de la situation, ce n'était pas la moindre calamité pour le pauvre homme, si soigneux de ses affaires, qui se demandait combien de temps le siège allait durer.

J'ai eu maintes fois par la suite l'occasion de constater combien le buffle est un adversaire dangereux. Il ne faut le tirer qu'en respectant des règles bien précises. En particulier, ne jamais suivre un buffle à couvert. J'ai vu des inconscients s'engager en forêt à la suite d'une bête qu'ils croyaient touchée à mort. Camouflé et silencieux, le buffle essaiera toujours de faire volte-face. Il vous déboulera tout à coup sur le flanc. L'inconscient qui s'est laissé prendre de la sorte n'a plus qu'à recommander son âme à Dieu; c'est terrible, la vengeance d'un buffle!

Celui d'Inongwayilé avait été blessé à l'épaule par un chasseur maladroit. Il avait foncé sur les paillotes, tué sur le coup une vieille femme et, dans le village, il ne lui restait plus grand-chose à saccager.

Le lendemain, quand le jour se lève, j'aperçois l'animal de la pinasse. Il est debout devant le bateau, apparition de sinistre présage. Couvert d'écume, de sang rutilant, il a peine à s'appuyer sur sa patte fracassée. L'œil est petit et furibard. Il nous fixe... A n'en pas douter, il épie la première tentative de débarquement. C'est ce qu'ont compris les villageois, chez Raïta, qui, aux premières lueurs de l'aube, ont cessé leur remue-ménage. Il y a soudain un silence angoissant.

J'ai fort heureusement le calibre 12 dans la *Conchita.* La chasse.. ce sera toujours pareil par la suite : j'y serai amené par nécessité. Je ne fais aucun geste brusque, dans le bateau. Je vise de douze à quinze mètres, je tire au cou... Une balle a suffi : le buffle a vomi du sang et s'est lourdement abattu.

Ç'allait être alors une explosion de joie! Soixante réfugiés dégringolent aussitôt des pilotis de Raïta. Ils se portent à notre rencontre. Nous allons être accueillis comme des libérateurs, les deux de la pinasse! Sans compter qu'un buffle est une fameuse provision de viande pour la population d'un village. Le plus content était certainement Raïta lui-même, à qui il ne restait plus qu'à faire nettoyer ses abords.

Pendant que les voisins s'activent aux préparatifs de la fête, j'ai tenu à ce que l'inventaire du comptoir soit mené sans délai. Rien de plus facile : Raïta est l'ordre même. Mission accomplie, j'aurais voulu repartir pour Omboué :

c'était compter sans l'hospitalité du vieil homme. Comment, lui qui me faisait déjà un lit impeccable? Comment, lui qui m'avait déjà cuisiné ce qu'on pouvait trouver de meilleur à Inongwayilé? Comme lors de mes passages avec mon père, il allait me préparer la tisane de cacialata.

Pendant que j'étais attablé, une serviette immaculée autour du cou, Raïta allait et venait en se morigénant :

– Et je ne te reçois pas bien... Et ton père ne sera pas d'accord avec moi...

Il fallait se signaler, je l'ai dit, dans un sens comme dans l'autre, lorsqu'on passait le poste d'Omboué. Je suis sur le point de m'acquitter de cette formalité, au terme du voyage, quand le gardien Orsini me dit :

– Attends, Michonet... Je dois avoir quelque chose pour toi.

Et il ajoute sans me regarder :

– Un télégramme.

Le bonhomme farfouille dans sa cabane. Va-t-il me le donner, enfin, ce télégramme! Je l'arrache presque de ses mains... Le message émane de l'hôpital Schweitzer et m'annonce que Marcel Michonnet – mon père – est entre la vie et la mort.

C'était le 5 mai.

Là, tout venait de changer. Malgré sa maladie et sa faiblesse, malgré l'état dans lequel je l'avais vu au moment de son hémoptisie, à Essendé, jamais je ne m'étais représenté mon père mort. Marcel Michonet n'avait peut-être plus le « fétiche terrible », mais de là à le voir à l'état de cadavre... Maintenant ce télégramme changeait tout. La voix compatissante du Corse, ressassant une banalité, achevait de m'écraser.

Je ne voyais que du noir devant moi. Qu'allais-je faire? Que deviendraient mes frères? Quand notre mère était morte, même si son absence avait été durement ressentie, il restait encore un de nos deux parents. Il nous en restait un. Maintenant, nous n'aurions plus personne.

Ce n'était qu'une affaire de quelques heures pour effectuer le trajet Omboué-Ikengué avec la *Conchita*. J'ai accompli ce parcours dans une impression de solitude et d'irréalité complète. Je ne cessais d'avancer dans le noir. A de brefs intervalles je sortais de cet état. C'était alors un cri :

– Papa, ne meurs pas... Ne nous quitte pas!

Le vent de la lagune dispersait ces paroles inutiles.

Jacques m'accueille à l'arrivée. On dirait qu'il se doute de quelque chose. Lorsque l'un de nous se déplaçait, d'habitude, nous ne venions jamais nous attendre; nous étions plus insouciants. Nous nous aimions, entre frères; il était rare cependant que nous en fassions la démonstration.

Jacques arrive, cette fois, raisonnable et affectueux :

– Comment va papa?

– Papa...

Je lui tends le télégramme. Il n'a qu'une réaction :

– Je pars tout de suite. La pinasse a de l'essence?

Elle en a. Sitôt la nouvelle apprise, j'avais fait le plein, ne sachant, dans mon épouvante, si j'allais remonter sur Lambaréné ou chercher un premier réconfort à Ikengué.

Nous avons essayé de nous masquer la réalité, avant que Jacques ne reparte. Peut-être l'oncle Pierre avait-il exagéré? Peut-être voulait-il que je revienne plus tôt que prévu?

Ignorant tout, René se trouvait aux coupes et André, le petit dernier, continuait de jouer avec ses pauvres jouets.

Jacques devait arriver le surlendemain à Lambaréné – mais ce serait pour l'enterrement. Notre père était mort la veille. Samuel N'Daba avait filé avec l'argent. Jacques a pu tout régler, néanmoins. Il est allé chercher Grand'père Isaac, à Port-Gentil. Celui-ci a donné divers conseils pour les affaires, il s'est chargé des formalités administratives. Quelques familles africaines étaient présentes, du côté de

Grand'mère Ésonguérigo; il y avait beaucoup de connaissances de l'oncle Pierre; beaucoup d'amis de Lambaréné, aux obsèques.

Depuis cette date, Marcel Michonet repose aux côtés de Marie Isaac, sa femme, dans le petit clos de Saint-François-Xavier.

Son devoir filial accompli, Jacques est revenu à Ikengué. Arrivé à deux heures de l'après-midi, il avait voyagé sans interruption et il me faisait le récit des derniers moments.

Nous devions avertir René. Un des camions était là : sans qu'aucun de nous n'ait le permis, nous conduisions depuis longtemps. Pourtant, au lieu de monter dans le Chevrolet, nous sommes partis à pied.

A l'aller, j'ai pris André sur mes épaules – André qu'élèverait bientôt Mme Pirobe, une employée de l'épicerie Isaac. Nous avons fait les neuf ou dix kilomètres qui séparaient les deux chantiers. En arrivant, nous trouvons René qui en est à la pause et qui va s'attabler devant une tasse de thé. En nous apercevant de loin, celui-ci comprend tout. Nous avons fait encore neuf ou dix kilomètres, au retour et, cette fois, c'est Jacques qui portait le petit dans ses bras.

Une fois à la maison, nous sommes tous passés à la salle d'eau sans nous être donné le mot. Nous nous lavions en silence. Dans la soirée il a bien fallu examiner la situation, évoquer un plan d'avenir. C'est alors que cette situation a commencé de nous apparaître comme elle était : une véritable débâcle.

Un conseil de famille a été désigné. Nous avions pour tuteur M. Delbreil, brave homme à qui mon père, lorsqu'il s'était senti malade, avait cédé des parts de l'affaire Léobald. Il y avait aussi, dans ce conseil, Mme Pirobe, qui s'occupait d'André : une personne haute en couleurs, ne manquant ni de bonté ni de jactance. Fort heureusement, Jacques était en âge d'être émancipé.

Nous allions essayer de sortir du bois, une fois encore.

Lutter. Et nous luttions, déjà : nous étions comme des bêtes quand, du jour au lendemain, René s'est mis à cracher le sang.

Horreur de ce premier crachat vermeil!

Immédiatement, je me revois, tenant notre père dans mes bras, lors de sa première hémoptisie à Essendé, notre père qui allait mourir!

René ne pouvait continuer à travailler et nous devions nous rendre à l'évidence : il devait partir pour Libreville. La débâcle s'accélérait!

Au point où nous en étions, je n'ai pas été surpris, trois mois plus tard, lorsque Jacques, appelé au conseil de révision, a été reconnu tuberculeux à son tour. Celui-ci allait bénéficier de l'Aide française aux colonies. On l'a dirigé aussitôt sur un sanatorium de Brazzaville. Dans les jours précédant son départ, il a rassemblé quelques objets auxquels il tenait dans un coffret de bois qu'il avait fait lui-même et qui fermait avec un petit cadenas.

– Il paraît que je serai bien traité, là-bas.

Son courage m'empêchait de pleurer. Voyant mon désarroi, il a fait tourner la clé nerveusement, au bout de sa chaînette, avant d'ajouter :

– Je suis sûr de revenir bientôt.

Et effectivement, Jacques a pu guérir complètement. Par la suite il a été placé en convalescence chez Mme Pirobe qui venait d'acheter une petite maison dans les Landes. Il n'en a malheureusement pas été de même pour René. Notre aîné devait mourir en 1951 à l'hôpital Pellegrin de Bordeaux.

J'étais seul désormais à Port-Gentil. Nous avions été dans l'obligation de vendre tout ce que nous possédions au Fernan Vaz. Nous avions bien, mes frères et moi, des droits sur une maison, en Normandie. Mais une sœur de notre père, mariée à un député et habitant Paris, se l'était appropriée. Qu'étions-nous pour elle sinon des mulâtres qu'elle ne voulait pas connaître? J'avais toujours entendu mon père se plaindre de cette sœur. Quant aux députés, il n'en pensait rien de bon. Sans faire le détail, il les traitait de « pourris » et d' « enfoirés ». Je ne voulais rien devoir à ces gens-là !

Aucune envie, pourtant, d'aller croupir à l'orphelinat de Brazzaville ! Ma santé, devenue robuste par la suite, n'était pas florissante. Les années que nous venions de traverser, la guerre et ses privations : tout cela m'avait marqué. Pourtant, à quatorze ans, j'avais une terrible envie de m'en sortir, une furieuse volonté de survivre !

Que faire ? Commander un chantier, comme j'avais pu le faire avec la présence et l'appui de mes deux aînés ? Il n'y fallait songer.

Un jour, un administrateur qui avait entendu parler de moi me fait appeler. C'était le moment où de grosses sociétés, récemment débarquées ou relancées, cherchaient de la main d'œuvre à cor et à cri.

– Parles-tu myéné ?

– Bien sûr, comme les gosses du village.

– Bapounou ?

– Bien sûr, avec Doukaga Valentin.

– Eshira ?...

Oui, je parlais à peu près tous les idiomes qui pouvaient être nécessaires pour circuler aux profondeurs du Gabon.

Eh bien, on avait du travail, pour moi. Recruter des types dans les coins les plus reculés. « Recruter »... ce mot n'était probablement qu'un euphémisme. Mais avais-je l'âge et la possibilité de m'interroger sur ce trafic d'hommes ?

J'ai accepté, sans trop savoir de quoi il s'agissait, et c'est alors, véritablement, qu'a commencé ma vie dans la forêt.

VI

Vers le Sud

Sur le débarcadère d'Omboué, le jeune Michonet reconnaît le cri des pêcheurs, la lumière blafarde qui monte de la lagune, la chaleur moite. Des pirogues accostent, chargées de poisson, de régimes de bananes, de caisses et de sacs :

Non, rien n'a changé. Je revois notre arrivée familiale au Fernan Vaz, lorsque j'étais enfant. Même grouillement indolent, mêmes relents d'huile et de saumure. A peine rescapés de l'enfer d'Essendé, nous avions découvert un pays qui devait être le nôtre et où, pourtant, la mort était au rendez-vous.

Maintenant, je m'efforce d'oublier le sourire d'espoir qu'avait ma pauvre mère en respirant pour la première fois la brise de l'Océan. Je refuse l'épouvantable désarroi de mon ultime voyage à Lambaréné. Je me persuade qu'effacer ce souvenir n'est pas un péché – moins encore un abandon. Ce pourrait être au contraire une marque de fidélité à la mémoire de mon père. Lui présent, ne me demanderait-il pas de lutter et de vivre? C'est ce que je fais en embarquant avec mes compagnons dans une nouvelle pinasse. Une pinasse que Marcel Michonet, décidément, n'aura pas connue.

Lagunes de l'extrême Sud. Il était rare que l'on ait motif de s'y rendre. Pour certains travailleurs, au chantier, c'était un domaine mystérieux; très probablement y situaient-ils le séjour d'un *imbouiri.* Le démon! Pourtant, ces lagunes ne me changent guère des horizons familiers. Depuis l'équateur, la côte gabonaise reste identique à elle-même. Et si les aides-pinassiers n'ont plus envie de chanter *« Otambo dionga eliwa z'acoucou... »*, c'est tout simplement parce que les pirogues et les voiles ont progressivement disparu.

Nous naviguons depuis des heures. En cette saison, le ciel couvert donne au plan d'eau une couleur d'argent. Parfois des étendues noyées bien au-delà des rives ressemblent à d'immenses lacs qui miroitent dans le lointain. La forêt n'en est pas moins présente. A l'entrée du Rainbo N'Komi, nous pouvons suivre la double ligne noire qui, avant la nuit, se resserrera sur nous.

Il n'y a pas huit jours, j'étais encore dans le bureau de mes commanditaires à Port-Gentil. Deux gros exploitants partagés entre un scrupule sur mes possibilités – scrupule vite apaisé – et leur besoin de recruter à tout prix.

L'un d'eux dit avoir connu mon père. C'est tout juste s'il ne présente pas la confiance qu'il me témoigne comme un acte de charité. Peu importe. Il est convenu que je vais me rendre en premier lieu chez les Eshira. On a déjà prospecté dans leurs plaines relativement accessibles. A moi de voir sur place si les contingents autorisés par l'administration peuvent être dépassés, si les possibilités locales permettent de nouveaux prélèvements. Le vieux Padre en doute. Le Gabon est chichement peuplé. La traite, il n'y a pas si longtemps, a vidé des régions entières.

– Et si je ne trouve rien aux Eshira?

Ces Messieurs ne répondent pas. Je peux suivre toutefois

le déplacement d'un index prudent sur la carte murale : « Plus au Sud... »

L'index a dépassé l'image des lagunes que je quitte à l'instant. Il a suivi le tracé de ce même Rainbo N'Komi où je m'engage avec mes compagnons. Il a hésité après Mandji et la plaine des Eshira. Mouïla ? Non... L'index glisse vers l'ouest, décrit une courbe qui nous porte vers des reliefs accentués, vers le cours supposé de la rivière Moukalaba.

Je ne puis cacher ma stupéfaction :

– En pays bavongo ?

Padre et Deroy sont formels. Seul le Bavongo reste corvéable à merci. Seul le Bavongo devrait permettre de tourner la loi en toute impunité.

– A la rigueur, on déclarera vingt types si tu en ramènes cent...

Encore faut-il l'atteindre, ce satané pays ! Je vais devoir m'enfoncer dans des zones de la forêt équatoriale où nul Européen n'a jamais pénétré, dont il n'existe même pas de relevé. Les conditions, il est vrai, sont alléchantes. Mon jeune âge, mon dénuement font que j'aurais tendance à les trouver plus parlantes que les dangers de l'expédition. Je récapitule sans parvenir tout à fait à y croire. Trois cent mille francs par tête, tous frais payés. S'il le faut, possibilité de « doter ». Bonus alors de cent cinquante mille francs par femme. Pour les couples déjà constitués – et pour peu que le garçon soit particulièrement solide – on peut arriver à cinq cent mille. Les chantiers manquent cruellement de bras. A moi de composer mon équipe, de décider du nombre de recrues. De toute manière, je n'en rapporterai jamais assez.

L'estuaire du fleuve a rétréci. Sur chacune des berges, la forêt se referme. Je m'efforce de ne pas penser aux menaces qu'elle contient et, pour quelques heures encore, je revois les étapes qui m'ont amené là. Un point m'a paru essentiel pour la réussite du projet : décider Doukaga Valentin.

L'ancien pinassier est resté à Ikengué après la mort de mon père. C'est aujourd'hui un homme d'environ trente-cinq ans. Il est expérimenté. Je m'entends lui demander :

– Que penses-tu de ce voyage ?

Doukaga réfléchit :

– Tu es déjà un bon fusil, répond-il comme s'il s'agissait d'aller faire un tour en brousse à proximité du chantier.

Il n'ajoute pas : « Tu es l'enfant de Marcel. » Je comprends néanmoins que sa fidélité m'est acquise.

Son aide me sera un précieux atout. Si l'on considère que les Bavongo ont toujours été vassalisés et vendus par leurs voisins, Doukaga tient à la fois du maître et de l'esclave. Bapounou par son père, il est bavongo par sa mère. Je crois comprendre que le village de Tsinguépaga, non loin de la frontière congolaise, au sud du pays, ne lui est pas inconnu. Sa mère appartenait à la même tribu que le chef actuel Moundouli. Doukaga est persuadé que nous y recruterons avec un maximum de chances. La population est si arriérée...

Un second point a dû être précisé. Qui choisir pour nous accompagner ? Deux aides-pinassiers, bien sûr, qui se chargeront des cantines. Nous retenons Pambo-Mori et Moussa-Youlou : ils sont robustes et dévoués. Inutile d'engager davantage de monde. Guides et porteurs seront fournis en cours de route. A une exception près – et là Doukaga insiste : nous devons emmener sa propre épouse.

Je m'étonne :

– Une femme avec nous ?

– C'est tout à fait souhaitable, continue Doukaga. Pour un groupe comme le nôtre, disposer d'une femme produira le meilleur effet partout où nous passerons. On ne nous prendra pas pour des gens de rien.

L'ancien pinassier répond de sa conjointe. Elle sait marcher. Il souligne combien elle peut nous être utile, au jour le jour, pour laver mon linge et piler le millet. J'accepte donc que nous emmenions Valentine.

Au fait... Je ne me suis jamais demandé d'où lui venait ce prénom. De ce qu'elle est femme de Valentin? Peut-être. La réciproque existait aussi. Naguère, lorsqu'ils mariaient un garçon, les curés pouvaient lui donner le prénom correspondant à celui de la jeune fille. Il suffisait que celle-ci ait fréquenté la mission la première ou qu'elle ait été baptisée avant lui.

Il est temps de réunir le matériel, les provisions. Nous avons décidé de partir dès les premiers jours de la saison sèche. La *Conchita* n'a pas survécu aux règlements judiciaires. Je dispose néanmoins d'une autre pinasse que mon père avait mise en chantier et que j'ai terminée moi-même avec le menuisier. Elle est équipée d'un moteur cinq chevaux. Nous allons l'utiliser de rivière en rivière, d'affluent en affluent jusqu'au pays eshira. Il faudra la mouiller en lieu sûr, je déposerai la magnéto dans un fumoir de village, pour lui éviter l'humidité. Après, nous irons à pied. Nous marcherons aussi longtemps que les nécessités du recrutement l'imposeront. J'irai aussi loin qu'il faudra pour échapper à la sombre perspective de l'orphelinat de Brazzaville. Réussir... Ce n'est pas seulement un pari de la volonté, pour moi; c'est une obligation vitale!

J'ai omis de baptiser le bateau. Tant pis. Ce sera la pinasse sans nom. Cela me paraît logique puisque l'équipée, quant à elle, pourrait tourner au « voyage sans retour ».

Nous naviguons depuis deux jours sur le Rainbo N'Komi. Le fleuve est grossi par les récentes pluies. Il a un assez fort courant. Des remous parfois imprévisibles l'agitent. Comme son nom l'indique, il traverse la terre d'origine des N'Komi. Un peuple dont je devrais me sentir proche : N'Komi et Oroungo – l'ethnie de ma grand'mère – sont, avec les M'Pongwé de Libreville, les principales composantes du groupe myéné.

Le soir, un premier village nous accueille. Son chef traditionnel : Soutza. L'homme a le visage boursouflé, comme grêlé de petite vérole. Après quelques minutes de conversation, je n'ignore plus qu'il est lointain métis de Blanc portugais. Il m'exhibe d'anciens livres qu'il retire d'un coffre. Certains sont manuscrits, d'autres rédigés sur parchemin. Bien sûr, le chef n'a pas la moindre idée du contenu de ces ouvrages. Je lui dis faire route pour les Eshira et il a l'air surpris :

– Ces gens-là nous rabattaient le Bavongo, au temps de mon père et du vivant du père de mon père. Mais pour eux-mêmes, à quoi avaient-ils droit?

Devant mon air prudent, le vieux Soutza a un haussement d'épaules. Il rit à petits coups discrets. Seules nos tribus myéné s'arrogeaient le droit de contact direct avec l'acquéreur portugais. L'Eshira, comme le Bapounou, n'était qu'un simple intermédiaire. Il est vrai que par les temps qui courent...

Soutza a un soupir. Enfin, même si tout le monde a tendance à se mélanger à la ville, il se fait un devoir de m'informer. Selon lui, je ne tarderai pas à m'apercevoir qu'il y a plusieurs sortes d'Eshira. Il y a ceux dont le territoire est contigu au Rainbo N'Komi, encore appelés « Eshira de l'eau » : les plus proches de nous, les plus évolués – ceux-là mêmes qui nous vendaient les Bavongo comme les Bapounou, de leur côté, vendaient les Mitsogho. Il y a les Eshira du Tendou, qui peuplent les monts du Chaillu, que l'on trouve à l'intérieur du pays, de Fougamou à la rive de Lambaréné. Quant à ceux du bassin de la N'gounié, principal affluent de l'Ogooué, ils vivent dans des plaines pauvres... Soutza rit franchement en prononçant leur nom. Les Eshira de Camba! *Camba* veut dire « frustré », « qui n'a pas eu son dû ». Cette fois, le bonhomme se renverse, il rit son saoul.

– Ce sont les laissés-pour-compte!

Mis à part son regret un peu obsessionnel de temps révolus, Soutza n'est certainement pas un mauvais bougre. Son accueil nous permet de nous reposer avant les dures étapes qui nous attendent. Et puis, cet interlocuteur ne m'est pas inutile. Il m'aide à comprendre l'importance de certains particularismes. Ceux-ci auraient de quoi laisser rêveur. De quelles subtilités sont donc tissés les rapports entre ethnies pourtant voisines et qui, à l'origine – groupe myéné comme groupe méria – se rattachent toutes à la vieille souche bantoue!

Le lendemain, nous continuons la remontée du fleuve sans difficultés véritables. Le courant demeure assez fort. La pinasse progresse avec régularité. En fin d'après-midi, un violent orage crève alors que nous venons d'entrer dans un nouvel affluent. Serait-ce la dernière trombe avant des jours meilleurs? Depuis quelques heures, l'air saturé d'électricité était devenu irrespirable. La nuit se fait d'un bord à l'autre du couvercle de plomb. Les illuminations se succèdent à intervalles de plus en plus rapprochés. De fortes déflagrations roulent contre les berges, s'y prolongent. Il n'est pas rare que l'onde sonore de l'une paraisse choquer l'interminable vibration de la précédente. L'eau ne tarde pas à gicler. Elle bouillonne. On ne distingue plus rien à l'intérieur de l'embarcation. Il faut protéger la machine, écoper à tour de bras. Nous réussissons à accoster. Il était temps... Dans la nuit, alors même que la tornade a pris fin, le niveau des eaux va monter avec une stupéfiante rapidité. Deux mètres. Trois mètres. Fort heureusement, la pinasse est arrimée. Le câble tient. Quand nous repartirons, le lendemain matin, il faudra prendre garde aux branches qui dérivent, à une quantité invraisemblable de bois mort que le courant emporte.

Les jours suivants, les eaux sont d'un jaune opaque : de la boue délayée, de la vase. Nous glissons de coulées de soleil en zones d'ombre. L'accalmie aurait-elle suscité des apparitions? Sur chaque berge, aplatis sur de minuscules îlots, collés à même les troncs, des crocodiles semblent nous regarder sans nous voir. Ce ne sont pas de gros crocos : seulement du gavial. Mieux vaut tout de même éviter de les frôler. Mes hommes sont intarissables en fait d'histoires de pagaies sectionnées d'un seul déclic de mâchoire. Aux plaisanteries un peu engluées de Moussa-Youlou et de Pamba-Mori, je suppose que l'un d'eux a dû avoir la surprise, un jour ou l'autre, de retirer de l'eau un moignon d'aviron et de comprendre soudain qu'à dix centimètres près, la main partait avec le reste.

L'aspect de la forêt a changé. Est-ce parce que la rivière a débordé? Des compagnies de canards sauvages, de nombreux échassiers, des serpentaires en quête de petits reptiles caquettent, soufflent, crient entre les arbres inondés.

Effacées les traces de ce qui est probablement le dernier cataclysme avant le changement de saison, nous continuons d'éprouver un sentiment d'isolement grandissant. Cette impression se renforce dans des forêts dont l'épaisse texture emmure la rivière. Des branches élevées pendent des plantes sarmenteuses, des paquets de végétaux parasites. Les lianes arborescentes tombent et reprennent racines en touchant terre. J'ai connu bien des forêts depuis celles qui m'ont vu naître, au Moyen-Ogooué. Jamais la flore équatoriale, moite et suintante, ne m'a paru aussi inquiétante.

Il est vrai qu'après la lune des pluies, beaucoup d'arbres sont encore couverts de fleurs. J'ignore le nom de spécimens aussi variés, mais il y a des sortes de flamboyants pourpres ou orangés, de grosses corolles écloses dans des fouillis, de petits lis écarlates qui pointent hors de leur enveloppe racornie.

Au milieu de la journée, l'odeur de toutes ces fleurs est absorbée par la touffeur de l'air. Un silence absolu peut s'établir soudain. L'effort régulier du moteur cinq chevaux rend plus dérisoire notre présence en pareils lieux. Significatif que Doukaga n'ose chanter. Couchés sur la banquette, les aides-pinassiers ont sombré dans la torpeur. Seule Valentine, assise sous le rouf, ne fait montre d'aucune appréhension. Aux hommes de repérer la route, d'apprécier les dangers. Cela ne la concerne pas. Elle rit et s'anime, cependant, au curieux tapage qui commence le soir venu. A cette heure, la voix discordante des oiseaux, les stridences du touraco s'accompagnent d'une agitation qui fait craquer les branches. On devine des combats et des chutes : toute une population de mandrills, de singes verts, cascade hors de portée.

Les débuts de matinée ont fraîchi. Nous laissons la Doubanga pour entrer dans une rivière qu'on appelle la Foubou. *Foubou,* en eshira, désigne l'hippopotame. Nous voici prévenus des rencontres que nous risquons de faire. En effet, les hippos ne manquent pas dans ce dernier cours d'eau. Nous côtoyons plusieurs troupeaux. Ils appartiennent cependant à une variété peu encombrante. Rien de commun avec le monstre que j'ai tué, quelques années plus tôt, en empruntant le fusil paternel. Aucun de ces pachydermes ne doit arriver à une tonne. Ils sont revêtus d'un cuir d'apparence plus tendre, franchement rosâtre par endroits. Des bébés hippos? On serait tenté d'aller leur talquer les fesses! Mais non. Ce sont de vieilles bêtes, quoique de format réduit. D'ailleurs nous ne tardons pas à avoir de plus graves sujets de préoccupation.

Où sont les affluents gonflés en une nuit aux proportions d'un fleuve? Nous naviguons sur une voie d'eau amaigrie, semée de trous dans lesquels les poissons se sont réfugiés avant leur proche agonie. Tout paraît indiquer que nous arrivons au terme du voyage en pinasse. Il va falloir changer de moyen de locomotion. Nous allons de minuscule lagune en minuscule lagune. Par moments, l'avancée du bateau est entravée par la masse des nénuphars qui forme de larges tapis à la surface des eaux stagnantes. Il faut alors trancher à la machette. Moussa-Youlou et Pamba-Mori assurent une lente progression à la perche.

Entrés depuis longtemps en pays eshira, nous devrions rencontrer des villages. Soutza m'a parlé de l'un d'eux : Niambipanga, précisément sur la Foubou. L'aurions-nous dépassé sans le voir ? Je m'interroge à ce sujet quand Doukaga repère un chenal creusé à main d'homme dans les roseaux. Un débarcadère apparaît, pris dans la vase. Un gaillard est sur la berge :

– D'où venez-vous ?

– Du Fernan Vaz.

La provenance indiquée n'éveille rien de très précis chez mon interlocuteur. Je le regarde plus attentivement. Il a pour tout vêtement un short usagé, en partie recouvert d'un morceau de pagne. Deux bracelets de cuivre protègent ses avant-bras des morsures de serpent et, autour du cou, il porte une petite corde en poil d'éléphant à laquelle sont attachés ses gris-gris.

L'Eshira reprend :

– Vous venez voir le chef de canton ?

– Exactement.

Et comme j'en sais le nom grâce à Soutza :

– Je voudrais voir le chef Mandja.

– C'est pourquoi ?

– Nous voudrions coucher au village avant de poursuivre notre voyage.

– Très bien, je vais le prévenir.

Le type a disparu. Je peux l'imaginer parmi les lascars qui, généralement, font du zèle auprès d'un chef.

Quand j'en ai fini avec les soins de la pinasse, le moment vient d'aller me présenter. Comment procéder ? Mon père m'a toujours dit que, dans un village inconnu, comme dans la brousse, il n'était jamais recommandé d'aller seul. Doukaga va m'accompagner. On m'a également donné l'exemple de la politesse qui veut que l'on n'ait pas l'air d'arriver en force. Nous laissons les armes dans le bateau.

Une piste sinue à travers les roseaux. Nous sommes gagnés peu à peu par l'écœurante odeur du manioc roui. Complètement dissimulé jusqu'alors, le village apparaît tout à coup – aussi important que le laissait prévoir le nombre de pirogues cachées derrière le débarcadère et le hangar aux réparations.

Niambipanga compte en effet une centaine de cases coiffées de tuiles de paille. Le corps de garde, bâti sur un léger promontoire, permet à qui l'occupe d'avoir la totalité des allées dans son champ visuel. Mandja et les hommes de son entourage nous regardent-ils approcher ? Le contraire me surprendrait ! Comme nous ne sommes plus qu'à quelques pas, l'homme du débarcadère réapparaît et nous fait signe d'approcher. Le chef Mandja est au fond de la salle, à contre-jour, élégamment assis sur son *m'boloko.*

Si j'en juge par le cheveu entièrement blanc, le chef des « Eshira de l'eau » doit avoir un certain âge. Le visage est fin, néanmoins, d'aspect juvénile. Vu la différence de générations, le chef me reçoit assis. On peut lui supposer pourtant une belle stature. Comme le guetteur du débarcadère, il porte un simple short mais, drapé là-dessus, du pagne qui prend attache autour du cou. Et pas n'importe quel pagne. Un luxueux double-face, orné de galon rouge à la manière des Myéné de l'Ogooué maritime.

Mandja tire doucement sur le tuyau de son narguilé. Avant que nous n'arrivions, il devait fumer le *liamba* en toute quiétude dans l'attente du repas du soir. Les moustiques n'entament en aucune façon la sérénité que lui procure le chanvre. Il est vrai qu'un feu de termitières brûle au fond du corps de garde : une femme entre furtivement, de temps à autre, et jette sur la flamme une poignée de citronnelle.

On nous a fait prendre place sur deux sièges de bois, Doukaga et moi. Mandja n'est pas de ces chefs à qui on adresse directement la parole. Un courtisan fait part de ses observations avant de répéter à son oreille les propos du visiteur. Comme je l'ai souvent remarqué, en milieu africain l'âge du Blanc est assez mal perçu. Guère mieux celui du métis et son degré de métissage. Au reste, je participe à la vie active, malgré mes quatorze ans; manifestement, c'est moi qui dirige l'équipée. Mandja ne s'attarde donc pas à ma jeunesse supposée, il serait plutôt curieux de ma petite taille.

Doukaga répond :

– Il n'est pas grand mais il est robuste. Ce sont ses qualités types.

Mandja opine en connaisseur. « Qualités types... » Comme beaucoup de Noirs, Doukaga possède un certain nombre de formules administratives qui – miracle! – sont immédiatement comprises dans la brousse la plus reculée. Au tour des hommes de Mandja d'expliquer à leur maître les mobiles de mon voyage.

Je suis un Blanc. Je voudrais me rendre à l'intérieur du pays pour recruter. Aurait-on encore de la main-d'œuvre dans les plaines avoisinantes? Un silence suit cette déclaration. Une lueur brillerait dans l'œil de l'ancien intermédiaire. Je vois pourtant le doute se dessiner sur son visage. La « schtrasse » a ratissé depuis longtemps le chiffre fatidique. Les rabatteurs de la Société des Plantations et Palmeraies de l'Ogooué – la S.P.P.O. – sont passés par là. Au dire de Mandja, de lourdes sanctions frappent les clandestins.

Je me doutais de cette réponse. Je peux en venir maintenant à ce qui me paraît utile: accepterait-on de me faciliter la traversée des Eshira afin que j'aille prospecter plus loin? Il me faudrait cinq ou six porteurs. De toute façon, Doukaga l'a dit, je ne collecte pas l'impôt. Je suis un Blanc du commerce, un Blanc du *muteti*. Je ne prends pas l'argent, j'en donne.

Ces bonnes dispositions semblent entraîner l'adhésion de Mandja. Avant deux jours j'aurai les porteurs nécessaires. Il me donnera, par-dessus le marché, trois moutons.

Tant qu'il a fallu régler ces délicats problèmes, j'ai laissé à Doukaga le soin de traduire. Affaires conclues, je peux parler eshira et surprendre Mandja en lui révélant que j'ai, moi aussi, des origines noires.

– Les Myéné... J'ai eu beaucoup d'amis chez les Myéné...

Il me cite alors des hommes qu'il a connus, qui ont été des chefs réputés dans la région du Fernan Vaz. Le chef Eboulia. Le chef Rengondo. Mandja reprend sur un ton indéfinissable :

– Il est vrai que nos véritables chefs sont maintenant les Blancs.

Et comme s'il craignait d'être pris en défaut sur ses propres « qualités types », il s'adresse à moi sans porte-parole pour la partie du palabre qu'on appelle « l'étalage des richesses ».

Mandja est propriétaire de vingt-sept femmes. J'acquiesce avec la considération qui convient. Ce soir, quand elles rentreront du travail, au coucher du soleil, il me les présentera. J'acquiesce encore. Il possède de vastes plantations qui produisent l'arachide en grande quantité. Pris par l'énumération, Mandja ne se propose plus seulement de nous héberger. A la nuit, il va faire apprêter un grand repas. Et puisque je ne suis pas véritablement un Blanc... Un soupçon me vient tout à coup! Qu'a-t-il voulu dire en ajoutant : « Pour une fois, on respectera la tradition ? »

Rien de fâcheux. Rien, en tout cas, de ce qu'une sotte appréhension m'a fait passer par la tête. Les viandes ont un goût « normal ». D'ailleurs, j'aurais dû savoir que l'Eshira n'a jamais été suspect d'anthropophagie. Le repas s'achève. Le corps de garde – qui est aussi la maison des hommes – a servi de décor au banquet. Les torches de résine craquent en finissant de se consumer. Dans une zone obscure, un musicien tire des sons profonds de la cithare.

Je crois comprendre enfin les paroles du chef. La tradition... Un comparse vient d'introduire dans la salle, à la queue leu leu, les vingt-sept femmes de Mandja. Juste ciel! Je dois en choisir deux! Il me les offre pour la durée de mon séjour à Niambipanga!

Probablement me serais-je moins affolé, à cette perspective, si à ce moment de ma vie je possédais une quelconque expérience des femmes. Or je suis vierge. Assez farouche, même – et d'autant plus que nos parents nous ont élevés de façon plutôt puritaine, mes frères et moi, en dépit des promiscuités de l'Afrique. Jamais, par exemple, mon père n'a donné dans les plaisanteries salaces qu'on entend sur les chantiers. On aimait bien le pauvre Léobald, à la maison; on n'approuvait pas son inconduite. Quant à moi, si je n'ignore rien des réalités de la vie, je ne me sentirais aucune complaisance pour les chienneries qui sont le lot du monde adulte.

Et pourtant... Doukaga m'a prévenu dès le départ :

– Il arrivera, à certains endroits, que l'on t'offre une femme.

J'ai compris sans qu'il ait eu besoin d'insister combien il serait malvenu de refuser. Me voilà pris au piège. Ah, j'ai voulu courir la brousse!... Trop tard pour reculer. Mais laquelle choisir parmi les vingt-sept épouses du chef des Eshira?

Sur un signe de Mandja, on les a poussées vers moi. Jeunes concubines et femmes de peine, toutes vêtues d'une pièce de pagne que rien ne distingue de celle des villageoises. La plupart baissent les yeux. Deux ou trois, plus avisées, regardent l'étranger qui, avant de partir, remerciera probablement l'élue – ou les deux élues – avec une fiole de « kiki ». Avoir à choisir seul, devant ce bataillon... La chose m'eût été moins pénible si Mandja m'avait demandé :

– Laquelle te convient?

Au bout de quelques instants où j'aurais voulu m'enfouir

sous terre, je finis par remarquer une petite fille de douze ou treize ans qui aurait tendance à se cacher derrière le fessier rebondi d'une de ses compagnes. De temps à autre, le visage apparaît, tendu par la curiosité. Il disparaît presque aussitôt derrière la croupe de l'aînée. Je suis touché par la beauté, par le charme de la petite. Je serais plus rassuré encore par son très jeune âge. Au moins, avec celle-ci... A deux ans près nous pouvions jouer à *tiba* au fond de la rivière! Sa peau luit avec des reflets de miel. Son corps est à peine enveloppé d'un morceau de cotonnade qui s'enroule très haut sur sa taille gracile. Les cheveux tirés en arrière laissent à découvert un visage d'un bel ovale dans lequel des yeux ravissants – des yeux de guib – vous regardent avec une fixité craintive. Une douzaine de minces tresses particulièrement serrées se terminent sur le sommet du crâne en petites queues de rat maintenues par des perles.

Ai-je commencé à manifester de l'intérêt pour cette gosse? Si mon regard s'attarde, le choix ne va-t-il pas être considéré acquis? Au même instant, je perçois un malaise. Mandja, si maître de lui malgré les flots de vin de palme, est devenu nerveux. Il a un rire de crécelle. Il adresse à la troupe une réprimande qui ne s'imposait pas. Le gros fessier n'aurait-il pas suffisamment caché la fillette? Un instinct m'avertit... Ce doit être la dernière épousée. Bien sûr, si je tiens à elle, on me l'offre. La tradition ne comporte aucune dérogation. Mais quelle erreur n'aurais-je pas commise pour la suite du voyage! Demain, aurai-je de bons porteurs? Mandja m'accueillera-t-il avec le même empressement lorsque, flanqué de mes recrues, je serai sur le chemin du retour? Se sera-t-il scrupuleusement acquitté du gardiennage de la pinasse?

En me mettant au fait de la coutume, Doukaga a ajouté :

– Si tu veux faire plaisir au chef, prends toujours la *n'condé*.

Reste à la repérer, cette fameuse *n'condé!*

On appelle ainsi, chez les Eshira – et le terme, comme

la fonction, est à peu près identique chez les Myéné –, l'épouse la plus expérimentée, celle qui a obtenu au fil des ans la confiance pleine et entière du maître de maison. Elle dirige les travailleuses. Souvent cheftaine du *n'djembé* – l'union secrète des femmes –, elle conseille son mari quand celui-ci baigne dans la perplexité. Est-il chef de village? Elle l'aide à rendre ses jugements. Se sent-il malade? C'est à elle seule qu'il avouera sa fluxion de poitrine ou sa constipation. Ce rôle est d'autant mieux assumé que les élans de la chair sont en général calmés entre eux. Enfin, si la *n'condé* ne va plus à la plantation, elle n'a rien perdu, le plus souvent, de l'encolure adéquate.

Oui... mais où est-elle, ce soir? J'ai déjà renoncé à la petite fille. Je cherche désespérément la poulinière de tout repos. Les convives présents se poussent du coude. Mandja observe. N'en pouvant plus, je me résouds à désigner très vite – presque au hasard – deux honnêtes tâcheronnes.

La *n'condé* était-elle du lot? Mandja, en tout cas, est parti d'un rire soulagé. Il me donne une claque sur l'avant-bras. Nous voici frères de sang et, ce qui est mieux encore, il ne semble pas envisager la cérémonie des incisions dont je me passerai moi-même volontiers.

Aussitôt désignées, les deux femmes sont sorties du rang sans parvenir à cacher à leurs co-épouses un petit mouvement d'amour-propre. Sans un mot elles quittent la salle et se dirigent vers la case que l'on m'a affectée pour la durée de mon séjour.

Je crois que j'ai eu la main heureuse. En allant les rejoindre, dans la nuit, je m'aperçois que l'une d'elles a allumé un feu particulièrement efficace contre les moustiques. L'autre prépare déjà une bassine d'eau chaude. Mon appréhension tombe quelque peu. Je me dis qu'au fond, seul maître dans ma case, je n'ai qu'à utiliser leurs services domestiques et rester sur la plus extrême réserve pour le reste. Et si l'une d'elles, malgré tout, essaie de forniquer? La riposte est prête : je l'expédie chez Pamba-Mori!

Je n'aurai pas à prendre cette peine. La femme préposée à l'eau chaude a commencé de me déshabiller avec beaucoup de pudeur. Elle me lave de la poussière des savanes, des cernes de sueur dont je suis couvert. A peine ose-t-elle chantonner en me massant la plante des pieds avec un onguent à base d'huile de palme. Je résiste moins. Le bien-être m'envahit. Je me rassure quant aux intentions de ces humbles servantes sur d'éventuelles menées que la morale réprouve. Reste une autre crainte.

Une crainte qui m'est venue tout à l'heure en voyant cette case grande ouverte. Bien faites – peut-être même plus soignées que nos cases myéné –, celles des Eshira ont l'inconvénient de ne pas avoir de portes. Je devrais savoir qu'un fou ne tente pas d'assassiner un étranger tous les soirs. Qu'une hyène n'entre au village que si l'on y a conservé un défunt trop longtemps. Pour la panthère, il faut l'appât d'un chien. C'est égal... Je suis encore assez froussard. Depuis la mort de mon père, je dors avec le Browning qu'il m'a légué à portée de la main.

Une idée germe alors dans ma cervelle. Rassurante. D'après la disposition des lieux, une des deux femmes va s'étendre entre ma couche et l'entrée. A supposer qu'une panthère fasse irruption, elle tombera obligatoirement sur l'odorante créature. En se faisant manger la première, la malheureuse – Dieu ait son âme – me donnera le temps de me réveiller et de sauter sur le fusil!

Ainsi mis en confiance, j'ai dormi profondément. Il n'y aura pas d'alerte cette nuit-là. Aucun coup dur. J'ouvre les yeux : il fait grand jour. Un relent de fumée indique que l'une des épouses de Mandja est déjà attelée aux corvées ménagères. L'autre repose sur sa natte. Elle n'est ni égorgée ni déchiquetée mais couchée sur le flanc, un poing sous le menton, contemplative et silencieuse comme un sphinx femelle. Les soins qu'elle m'a prodigués, la veille, me rappellent la façon dont ma mère nous débarbouillait, mes frères et moi, aux étapes de nos voyages sur l'Ogooué. Et tout d'un coup j'ai un peu honte de mes pensées de la nuit, d'avoir considéré cette pauvre fille comme de la chair à panthère. Il y a longtemps que personne ne m'a regardé avec autant de tendresse.

Mandja m'avait demandé quarante-huit heures de délai. Au soir du second jour, il a tenu parole : les six porteurs sont désignés. Ils sont assez grands, bien bâtis comme la plupart des Eshira.

Ainsi que j'ai pu en juger dès ce premier voyage, ce peuple chez qui on ne trouve que peu de pêcheurs est particulièrement doué pour l'agriculture. Les Eshira ont des ressources variées, leurs plantations sont mieux tenues que celles des Myéné. Ce sont de bons éleveurs. A cette dernière qualité, nous devons d'emmener avec nous les trois moutons promis.

Hier, pendant que je faisais déménager la pinasse, Doukaga et sa femme ont veillé à l'intendance. Ils ont fait provision d'huile de palme, de farine de manioc, de viande boucanée. Nous emportons également de l'arachide bouillie. En contrepartie, Mandja accepte un coupon de pagne. Je lui offre une machette neuve, un peu d'argent pour les porteurs. Pour ses femmes, deux fioles de « kiki » : un sent-bon aussi apprécié dans la brousse qu'à Port-Gentil. Enfin, le chef ne peut cacher sa satisfaction quand je lui tends quelques têtes de tabac.

Les porteurs sont prêts. Leur technique est simple : deux par deux, avec une perche passée dans les poignées, ils enlèvent mes cantines; ces fameuses cantines où j'ai serré tout ce que je possède. Munitions. Argent. Casseroles. En route donc! Mais je n'ai pas cru si bien dire : c'est par une véritable route que nous quittons Niambipanga.

La piste a été dégagée. Elle a deux mètres de large. Le sol en est presque régulier. Il est rare que le pied bute sur une racine. Surpris de trouver une voie aussi propre au cœur de la forêt, je demande à mes porteurs si la « schtrasse » y veille particulièrement. La « schtrasse »? Pourquoi s'intéresserait-elle à cette piste? Nous allons vers la plaine des Eshira. C'est la route du chef. Entretenue de sa seule autorité. Nous allons suivre son tracé jusqu'à la fin du jour, après quoi elle s'interrompt sans raison apparente.

En pénétrant plus avant dans la forêt, je comprends l'étonnement de mes Eshira lorsque je leur ai parlé de l'administration. Il est évident qu'ici l'influence de l'homme blanc s'est arrêtée, que lois et règlements tels que nous les entendons n'ont jamais pesé le moindre poids devant une autre loi et d'autres règlements : ceux qu'impose la nature. Nous sommes en forêt dense. Nous ne verrons plus aucun chantier européen, actif ou abandonné, comme cela aurait pu nous arriver dans la zone des N'Komi. Plus trace d'anciens brûlis – moins encore de village : les seules empreintes de la vie sont celles des animaux.

Ces empreintes sont d'autant plus visibles que le gibier peut circuler librement dans ces forêts de haute futaie. Plus de lianes ni de végétation parasite pour entraver la course. C'est le domaine du buffle dont nous avons plusieurs fois repéré le sabot, les bouses à peine sèches. Les fumées d'antilopes sont également très nombreuses. Il n'est pas rare enfin que l'on devine les cinq bourrelets de la panthère : chacun surmonté de la pointe d'une griffe.

Vers cinq heures, l'ombre nous arrête. Nous voici dans l'obligation de faire un premier bivouac. A onze, on ne manque pas de bras pour entretenir le feu. la journée a été suffocante. Maintenant il ferait presque froid. Pamba-Mori et Moussa-Youlou ont mis à mort un de nos moutons. Ils jettent les entrailles dans les flammes pour ne pas attirer de cynhyènes. Je les entends rire lorsqu'une guirlande de boyaux continue de bouger sur le brasier.

De mon côté, j'abats quelques pintades pour les hommes, à deux pas du campement. Inutile de tirer un plus gros gibier : nous n'aurions ni le temps de le dépecer, ni la possibilité de l'emporter. Ce n'est qu'à proximité des localités, quand nous en serons les hôtes, que je chasserai vraiment. Rien ne fait plus plaisir à une collectivité rurale que l'abattage d'un buffle. Ou alors, quand nous serons à court, je tirerai du phacochère en savane, des antilopes. Bouquinda, un des chasseurs de mon père, m'a appris à les imiter à la perfection.

En fait d'appels, il va falloir que je m'accoutume à certains bruits, ce premier soir. Il y en a de véritablement étranges. Avec l'obscurité, perdrix et pintades se sont tues. Ce ne sont pas les cris du touraco qui me surprendront. Cet oiseau du matin a quelques foucades sur le coup de onze heures du soir. Je connais son « cop-cop... » monotone, ferrailleux. Ce qui m'intrigue plutôt, en début de soirée – et qui semble dénoter la proximité d'une rivière ou d'un marigot –, c'est un roulement plusieurs fois répété. « Ro-Rôô... Ron. » Des crapauds? L'organe est beaucoup plus fort. « Ro-Rôô... » Monstrueusement fort. L'animal doit être pourtant de taille réduite. Et soudain je retrouve une vieille inquiétude. Une obscure frayeur qui me vient de l'enfance. C'est le cri d'une macreuse que les Myéné appellent *Maboulatongo.*

Quand l'enfant ne voulait pas dormir, à Essendé, on menaçait :

– Maboulatongo arrive!

Maboulatongo : le tapeur de bois.

Alors l'enfant apeuré :

– Quoi... Il va me mettre dans son grand sac?

A l'heure du *Maboulatongo,* il n'y avait plus de désobéissance possible. Plus aucun jeune loustic ne traînait hors des cases.

Ce soir, je ne crains ni le tapeur de bois ni son grand sac. C'est le souvenir qui me rend triste. La précarité de ma vie. L'incertitude du lendemain. Peut-être, après cette première journée de marche, ne suis-je pas suffisamment aguerri.

Je me réveille au milieu de la nuit. Par acquit de conscience, j'ai voulu vérifier les feux. Le principal foyer continue d'aller bon train. L'Eshira qui l'entretient ne joue pourtant pas avec son petit bâton. Il est recroquevillé sur lui-même.

– Qu'as-tu ?

Le garçon me roule des yeux hagards :

– Tu n'as pas entendu ?

Aucun bruit de galop. Pas même un craquement. Mais à moyenne distance l'espèce de meuglement court, à gueule fermée, qui ressemble au râle d'un homme malade.

– L'*ogouri,* murmure le porteur.

Oui, c'est l'antilope noire, l'antilope de nuit.

– Eh bien, quoi ? Tu ne l'entends pas pour la première fois ?

L'Eshira fait signe que non. Il lui arrive de coucher en forêt. Il n'en garde pas moins l'air traqué.

– Quand on entend l'*ogouri,* c'est un signe de mort.

Et comme s'il psalmodiait :

– A Niambipanga, on dit que quelqu'un va mourir.

– Idiot ! Si tes villageois allaient en forêt plus souvent, la nuit, ils feraient moins d'histoires.

L'Eshira en convient. A Niambipanga, on ne trépasse pas tous les soirs. Mais, comme l'antilope noire lance à nouveau son « Moû... » haletant, l'infortuné recommence :

– Il y a sûrement un mort.

Trop fatigué, je renonce à faire partager mon rudiment de logique.

Avec la clarté du jour, le brave garçon a fort heureusement oublié ses alarmes.

Forêt et savane alternées... Nous marchons à l'africaine. Le voudrions-nous, l'étroitesse de la piste ne permettrait pas à deux hommes d'aller côte à côte. Celui qui ouvre la marche est obligatoirement l'homme au bâton. Il tâte négligemment devant ses pas. Il est le détecteur de serpents. Certains s'acquittent mieux de cette tâche que les autres; ils ont le bâton plus sensible.

Pour moi, je me sens charge d'âme envers ces pauvres types que mon besoin de réussir à tout prix entraîne si loin de leurs cases, expose si loin de leurs familles. Ils ont une confiance absolue en moi. Je suis donc aux aguets. Mais, en cas de coup dur, quels seraient mes pouvoirs?

Un buffle peut surgir à tout instant. Rien ne dit que nous ne nous égarons pas, qu'au plus épais d'un taillis, nous ne lâchons pas la bonne piste et n'empruntons pas par mégarde celle d'une bête. Je redoute surtout le buffle piégé qui a réussi à casser le filin. En principe, les Eshira sont bons chasseurs, ils piègent correctement. Il peut arriver, pourtant, qu'un fil de fer soit insuffisant, qu'un animal devenu fou arrache tout, quitte à se sectionner la patte.

Quel que soit ce danger, je ne peux me permettre d'aller en permanence avec le fusil chargé. Une chute, une branche accrochant la détente, ce serait le risque que le coup parte seul. Un accident qui pardonne rarement, en brousse. A supposer qu'un de mes hommes soit touché, ce serait brusquement l'inversion du puissant et fragile rapport qui m'unit à eux. Sinon le massacre, du moins la fin de l'expédition. Quant à la mort, en ce qui me concerne, je ne me la représente pas. Je sais seulement une chose : mon père et ma mère sont partis; s'il m'arrivait le même sort, qui s'en apercevrait?

Ce même soir, nous atteignons le fond de la plaine des Eshira. Il va s'agir de se faire héberger dans un nouveau village, de palabrer avec un nouveau chef. Bénéficierons-nous partout d'un accueil comparable à celui de Mandja? Mes porteurs en doutent. Surtout lorsque je les questionne sur un certain Luembi.

– Qui est ce Luembi?

– Oh, un tout petit chef sans envergure, me répond le garçon que tracassait dans la nuit le cri de l'*ogouri*.

– Accueillant?

– Pftt...

Le garçon fait le geste de chasser une mouche. Et comme s'il craignait de m'avoir inquiété :

– De toute façon, il sera forcé de te recevoir.

– En quel honneur?

– Mandja lui a envoyé la bouche.

« Envoyé la bouche? » Ah oui... La transmission de la parole – de bouche à oreille. Comment pouvais-je ignorer que la chose s'appelât de la sorte? Mais ce que j'ignorerai longtemps, c'est par quel procédé Mandja a fait cheminer la consigne vers son subordonné.

– Et si Luembi n'obéit pas?

– Impossible.

– Comment, impossible?

– Mandja lui ferait porter les cannes.

Au ton de mes Eshira, je comprends que la vieille coutume de l'envoi des cannes, de suzerain à vassal, se pratique toujours dans cette ethnie.

Faire porter la canne... Cela revient à dire à l'insoumis : « Tu vois, ma canne est maintenant chez toi. Je ne peux plus m'appuyer dessus. Elle me manque terriblement. » S'il n'est pas le plus fort, celui qui a manqué s'arrangera pour faire retour de ce symbole dans les meilleurs délais. Il y a des chefs couards ou à l'autorité contestée qui peuvent envoyer jusqu'à cinq et six cannes dans le naufrage de leur prestige. Le plus souvent, pour un rapport supérieur-subordonné normal, deux cannes suffisent. Au-delà, ce serait la porte ouverte à de véritables tueries intertribales.

Sur ces explications, nous arrivons à Bindelli. Un bien sale village que celui de Luembi. On n'a pas l'air d'y rouler sur l'or. Les paillotes sont négligées. Le chef ne marque aucun empressement à notre égard.

– Je viens de la part du chef de canton.

La recommandation n'a pas l'air de le rendre plus enthousiaste. Cette carne aurait-elle pouvoir de faire capoter mon expédition? Je suis un peu rassuré quand le petit chef commence à ergoter :

– En ce moment, nous sommes dans la disette.

Et comme s'il trouvait l'inspiration :

– La récolte d'arachides n'a pas été bonne. Les femmes n'ont pas pu aller à la plantation. Nous n'avons pas eu la chance de prendre de gibier.

– Ça va, interrompt Doukaga, on ne te demande rien. Il nous reste un mouton et, de toute façon, mon patron a un fusil, regarde : il peut tuer un buffle comme rien avec ça.

Luembi m'adresse un coup d'œil soupçonneux. Je suppose qu'il compare mentalement le poids d'un buffle et celui des cannes de Mandja. Que va-t-il sortir de son esprit obtus? L'affrontement? S'il a pour tout guerrier les deux ou trois sbires qui l'accompagnent, la chose paraît exclue. Luembi est relativement jeune. Petit et râblé, avec une bonne musculature. Le faciès est d'un paysan attardé.

Il a fini de peser le pour et le contre; pourtant :

– Que vous faut-il?

– Une case pour dormir, et partir de chez toi le plus rapidement possible.

Le rustre encaisse le compliment sans la moindre gêne. J'en profite pour ajouter :

– Il me faut changer de porteurs. Les hommes que tu vois appartiennent à Mandja. Demain ils doivent repartir chez eux.

– Je n'ai personne.

– Tu trouveras bien une demi-douzaine de types si tu veux gagner un peu d'argent.

– Tu as du tabac ?

– On verra ça. Il me faut des gars costauds, qui connaissent parfaitement le chemin jusqu'à Sangala.

Le chef Luembi ne dit ni oui ni non. Le ton sur lequel il a demandé : « Tu vas chez Makalouba ? » me laisse supposer que la cause est entendue. Bons ou moins bons, j'aurai mes porteurs. Pourvu qu'il ne choisisse pas des estropiés.

Dans l'immédiat, Luembi nous a fait conduire à une case où j'ai peine à tenir avec Doukaga et Valentine. Si c'est là ce qu'on offre aux hôtes de passage à Bindelli ! Il est vrai que les concitoyens du chef ne sont pas mieux lotis. Doukaga cherche les « chiques » dans tous les coins. Être venu ici et se faire manger par les punaises ! Un chef, ça ? L'ancien pinassier est furieux. Un enfant trouvé, oui. Un minable dont on ne sait même pas d'où il sort. D'ailleurs, quand un chef n'a que trois femmes...

Pour ma part, je ne songerais pas à formuler le même grief. Un homme qui a si peu de femmes ne peut se permettre d'en offrir. Tranquille de ce côté-là !

La nuit est venue. Doukaga a fini de protester. Il s'est enroulé dans son pagne. Je dors avec le treillis de chasse qui me protège du soleil dans la journée, du froid sur le matin. Valentine ronfle déjà comme un moteur deux-temps. Mais quel est ce bruit discret à l'entrée de la case ?

– Dis donc, Blanc...

Je relâche le Browning sur lequel ma main s'était refermée. Luembi – car c'est de nouveau lui – n'a pas l'air agressif. Soucieux plutôt.

– C'est vrai que tu recrutes ?

– Qui t'a dit ça ?

– Les hommes de Mandja. Parce que...

Le rustaud baisse un peu plus la voix :

– Parce que j'ai un neveu qui me cherche des poux dans la tête. Si tu veux l'emmener...

Un instant la colère m'étrangle. Je suis sur le point de lancer un retentissant « Espèce de salaud! » Non mais... pour qui me prend-il? Pour un trafiquant d'esclaves? Je me contiens cependant. Si je n'ai en aucune façon l'intention de me procurer ma première recrue de la sorte, il n'est pas nécessaire, non plus, que je me mette l'ignoble Luembi à dos. Un prétexte me permet de décliner l'offre. Je me doute, pourtant, que le neveu risque de se trouver au nombre des porteurs, demain. Le cas échéant, je saurai le renvoyer comme une canne, après usage. En tout cas, cette proposition inattendue me fait toucher du doigt ce qui était, il n'y a pas si longtemps, une des causes véritables de la traite.

Bien sûr, la traite a correspondu avant tout au phénomène de l'offre. Elle s'est prodigieusement développée, au contact de l'homme blanc, lorsque l'Africain a découvert l'argent, la signification de l'argent et, surtout, a pris goût au tafia. La traite moderne a donné lieu à un brassage assez complexe qui, de l'intérieur du pays, aboutissait à la côte. Ainsi, un malheureux livré dans l'île de São Tomé, au large de Port-Gentil, avait changé cinq ou six fois de mains avant de parvenir à destination. Il pouvait avoir été capturé, au départ, par un acte guerrier. Il pouvait s'être laissé prendre à un de ces « pièges à sel » dont mes ancêtres Oroungo, dans l'Ogooué maritime, savaient fort bien faire usage. Toutes sortes d'apports ont existé dans le commerce des esclaves. Mais un fort contingent – et non le moindre – a été fourni de tout temps par le régime matriarcal des successions. Ce régime qui veut que le neveu hérite de l'oncle, dans la plupart des ethnies gabonaises.

Le neveu de Luembi était-il soupçonné d'être un peu trop pressé, de tramer de noirs complots? Avait-il essayé de prendre avec une femme du chef quelque avance d'hoirie? Celui-ci retrouvait le vieux réflexe qui, naguère, avait fait tomber bien des héritiers présomptifs dans le guet-apens.

Le lendemain, certainement à cause de ma fin de non-recevoir, c'est un homme profondément découragé, abattu – un homme soumis et résigné – qui va me souhaiter bonne route. Un pauvre type, à y mieux regarder, ne sachant à qui se fier ni à quels esprits se vouer. Le regard absent, comme si un breuvage imparable, déjà, le mordait aux entrailles... Je me demande aujourd'hui, un peu tardivement, si je n'aurais pas dû essayer de comprendre, faire un effort pour discerner ce qu'il y avait de pitoyable dans sa proposition. Mais, sur le moment, je suis trop pressé d'arriver au Bavongo. Je n'ai qu'une hantise : atteindre cette zone franche avant la fin juillet.

Une fois encore la colonne s'ébranle. Pendant deux grandes journées nous allons marcher dans des savanes et dans de petites vallées semées de blocs de latérite. Les risques de mauvaises rencontres diminuent. La monotonie du parcours, la chaleur pesante des après-midi font qu'on se sentirait porté aux souvenirs. La façon dont Luembi n'eût pas hésité à se débarrasser de son neveu me rappelle le cas d'un cousin de ma propre mère, à peine plus âgé qu'elle... En avais-je entendu parler, à Essendé!

Le cousin – il devait avoir alors dix-sept ou dix-huit ans – était parti comme simple pagayeur de son oncle, un sacré trafiquant. Une fois dans l'île de São Tomé, les hommes de main du Blanc le ramassent au même titre que la future chiourme.

– Eh, mon oncle... A l'aide! Ils sont fous... Mon oncle, voilà qu'ils me prennent avec les autres!

Et le vieux :

– Oui, oui... ils sont complètement fous! Je vais dire deux mots à leur patron, attends un peu!

Vous pensez... L'oncle avait déjà touché le prix. Il pourrait dormir désormais sur ses quatre oreilles – les deux que l'on voit, et celles qui détectent les menaces occultes.

Persistance de l'esclavage, au début du siècle... Chassés-croisés de la dépendance et de la possession... Je revois Ignanéré, ancien esclave de ma mère lorsque celle-ci était enfant. C'était un Mitsogho d'âge fort avancé, un homme de bonne éducation, d'un dévouement sans bornes. Je l'ai connu à Port-Gentil alors qu'il était depuis longtemps affranchi, alors qu'il menait une vie en grande partie autonome dans le cadre des affaires Isaac. On nous recommandait d'être très polis avec lui, de respecter ses cheveux blancs. *Ignanéré,* en myéné? « Au nom du Père et du Fils! »

Longues journées de marche. Petites blessures répétées des jambes aux broussailles, pieds en sang. J'assure la couverture de la colonne, mon fusil sous le bras.

En comparaison de l'accueil ambigu que nous venons de recevoir chez le petit chef de Bindelli, le contact avec Makalouba va être beaucoup plus serein. Le séjour dans son village de Sangala une cure de repos. Makalouba est l'égal de Mandja. Makalouba est la dernière autorité d'importance chez les Eshira. Sur son territoire nous sommes encore en région fréquentée; j'allais dire en pays civilisé. Après, ce sera la plongée dans l'inconnu.

Makalouba... Le bonhomme est vieux comme Hérode – mais combien débonnaire! Je voudrais donner une idée de ce chef imposant, haut en couleur, qui va nous héberger avec une générosité immédiate : probablement un des hommes les plus réfléchis que j'aie rencontrés au cours de mes voyages. Pour cela, il faut se représenter un colosse satisfait de ses trois cents livres, plus charnu que gras, auquel son peuple voue une dévotion proportionnée à son poids. Sa peau est lisse, d'un grain foncé. Lorsqu'il parle, les mots paraissent émaner de monstrueuses entrailles. Devise-t-il avec ses visiteurs, sur le terre-plein du corps de garde? Son rire est sonore et, quand Makalouba s'amuse, il tape sur ses cuisses avec une violence de battoir.

Rien de coincé ni de soupçonneux si l'on aborde la question femmes. Au fait, combien en a-t-il? Onze? Le premier jour, il en appelle une, gracieuse, de petite taille, avec des seins... Jamais vu pareille paire de seins! J'ignore quel traitement a subi la gamine... Les pointes sont comme des poires. Elle a les deux tétons vernis.

– Emmène-la, me recommande le propriétaire en administrant à la fillette une petite claque sur les fesses, moi je suis trop vieux pour elle.

Les courtisans présents pouffent avec admiration. Doukaga m'a poussé du coude. S'il parvient à déjouer la vigilance de Valentine, je ne serai pas embarrassé longtemps du cadeau. Mais Makalouba n'est pas seulement un chef jovial; nous allons nous rendre compte qu'il est un excellent administrateur.

Le village de Sangala est d'une propreté méticuleuse. J'aurai rarement l'occasion d'observer une localité qui ait l'air aussi prospère. Ses cases sont bâties sur une sorte de relèvement de collines. Elles dominent un paysage de savanes que les troupeaux de buffles parcourent aux heures fraîches. A perte de vue, les manguiers sont soigneusement taillés. Ce n'est certes pas aujourd'hui où les petits politiciens ont remplacé les chefs traditionnels, que l'on verrait des villages tenus comme l'était Sangala.

Il me semble que la raison qui me vaut instantanément la sympathie et l'estime de Makalouba est que je me déplace à pied. Le dernier Européen que l'on ait vu dans les parages, il y a deux saisons sèches, se faisait porter en tipoye. Bête et casqué, cet administrateur s'appelait Lamothe. Il n'a rien trouvé de mieux que de tirer un buffle sans descendre du tipoye. Il l'a bien sûr raté. Mais le cornupède a foncé dans la litière. Lamothe a été protégé. Pas les porteurs, qui ont eu deux des leurs tués. Depuis, à Sangala, la réputation de l'homme blanc est entièrement à reprendre.

Arriver à pied a donc été pour moi un bon point. Autre avantage : pouvoir me prévaloir de l'amitié de Mandja. Je parle eshira avec Makalouba. Enfin, le privilège du métis n'est-il pas de jouer sur le registre noir, quand l'autre laisse à désirer ? Cette dernière particularité me fait trouver normal qu'on me demande trois jours de délai avant de pourvoir à mes besoins de route. J'apprends très vite qu'on a de graves préoccupations à Sangala. Makalouba est un juge traditionnel réputé. Le lendemain même de notre arrivée doit être évoquée une affaire qui tient le village en haleine depuis plusieurs semaines, et qui promet de faire date dans les annales de la justice coutumière.

Il s'agit d'une femme qui demande le divorce pour sa fille. Celle-ci a été gravement lésée par son mari : il lui aurait « volé le ventre ». A coup sûr la fille va devenir stérile. Ce devrait être un motif de divorce sans restitution de dot.

Quant aux mobiles du gendre, ils demeurent obscurs. En s'emparant de la garniture menstruelle de sa femme, a-t-il voulu féticher pour devenir un chasseur émérite ? S'est-il servi des chiffons ensanglantés pour faire échec à un meilleur chasseur que lui ? Le gibier, on le sait, a horreur des menstrues des humaines. Le procès commence dès demain.

J'ai beau déplorer le contretemps, je dois avouer que l'affaire m'intrigue. Sans me passionner comme Doukaga et Valentine, j'en ai parlé franchement avec eux. En tant que chasseurs, nous les hommes excuserions volontiers le gendre. Valentine, elle, penche du côté des femmes. Elle est sûre que la victime ne pourra plus avoir d'enfants. Faute de connaissances suffisantes, je ne peux la contredire. Mais que va-t-il sortir de la sagesse du chef? Un divorce sans restitution de dot... ce n'est pas une petite affaire! Quant à nous, gens du voyage, ces trois jours de repos auront un avantage. Égratignures, enflures, ampoules forcées : la pause sera la bienvenue. Les dernières journées de marche ont été un calvaire.

Le palabre a lieu devant la grande case du *m'bandja*. La foule est déjà compacte. Foule de campagnes, villages tout entiers réunis. Dès le lever du soleil, les assesseurs de Makalouba, les avocats des familles sont présents. On a apporté les cannes. Makalouba ne se fait pas attendre : il porte pour la circonstance un boubou auquel le soleil gabonais a retiré toute couleur.

Les plaignants ouvrent le débat. A chaque exposé, un roulement de tam-tam souligne l'importance des faits. Il objective ce que le préjudice a eu de dévastateur. L'assistance retient son souffle. Quand l'avocat de la défense intervient, le balai à palabre change de mains. A l'occasion, ce bouquet de queues de buffles peut servir de chasse-mouches.

La matinée s'est écoulée en ressassements du grief initial : le « vol du ventre » quand, soudain, la batterie retentit sur un fait nouveau. La défense a fait valoir une circonstance inédite. Et si l'homme avait voulu punir sa femme d'une négligence répétée? Il semblerait prouvé, en effet, que celle-ci ne prenait aucune précaution avec les miroirs lorsque le mari allait chasser.

Un murmure parcourt aussitôt l'assemblée. L'émotion est partagée par Doukaga – et même par Valentine. Car enfin, que ce soit croyance fondée ou superstition, personne n'irait chasser sans que sa femme ait préalablement retourné la glace. Nul n'ignore que les yeux du gibier sont au fond des miroirs.

Makalouba a renversé le bâton de silence. D'un seul coup la défense marque trois points.

La troisième journée apporte un coup de théâtre. Les

défenseurs n'ont plus réussi à faire tracer la moindre barre. Qui plus est, au milieu d'une plaidoirie, la mère de la victime pousse un cri perçant, elle tournoie sur elle-même. Les membres raidis, les yeux révulsés, elle s'abat sur le sol.

L'assistance accueille cette manifestation dans un silence respectueux. Makalouba lui-même en paraît ébranlé. La suspension de séance est demandée. Aux deux extrémités de la place, sous les manguiers, les deux parties délibèrent. Il fait une chaleur accablante. L'énorme face du chef ruisselle. Mais, aux gosses qui lui apportent la calebasse de bière, il oppose un geste noble. Pas maintenant! Makalouba m'a prévenu des particularités de la justice. La bouche commence par l'accessoire. Ce n'est qu'après que l'essentiel arrive. Il y a un dicton pour cela : « Le verbe est étrange, il enfante sa mère. »

Vieil arbitre de la chicane, il se méfie pourtant. Et si la représentation de la mère n'était pas une expression spontanée? Et si le souffle des défunts n'était pour rien dans ses soubresauts?

Pour tromper mon impatience, je vais tirer quelques phacochères aux environs. Au retour, je rencontre Doukaga Valentin :

– J'ai parlé avec Makalouba en ton absence, me dit-il, fier de son initiative.

– Ah?

– Il commence à avoir son idée. Il m'a dit : « Demain, je tranche. »

Effectivement, le procès va se terminer le lendemain. Makalouba tranche le palabre à midi. Son verdict donne en grande partie raison à la plaignante. Celle-ci reprend sa fille sans avoir à restituer de dot. En contrepartie, elle doit tirer d'embarras l'homme qui demeure son gendre.

Comment?

Par un dédommagement de valeur vénale à peu près nulle : une autre fille à elle, célibataire et âgée – donc vraisemblablement stérile. Une fille qui, du fait de sa maturité, saura mieux que la cadette s'acquitter de ses devoirs d'épouse envers un mari chasseur.

Des Eshira au Bavongo.

Ne pas chanter victoire trop tôt. Il nous reste à accomplir plusieurs étapes considérables. Jusqu'à maintenant, la prise en charge par Mandja résolvait tous les problèmes. Celle de Makalouba aurait une valeur identique. Ici pourtant, les conditions géographiques changent. Le tissu humain comporte de gigantesques vides. Qu'en sera-t-il une fois que nous serons engagés dans les monts du Tendou?

Au dire de Doukaga, c'en sera fini des ponts de lianes sur les rivières. Rien ne sera plus organisé. Il est aisé de s'en rendre compte dès que nous avons traversé la Doubigui. Pas un chasseur isolé. Aucune plantation. Le gué franchi, nous allons prendre un nouveau bain : trois jours de forêt intégrale.

En nous donnant son viatique, Makalouba s'est montré particulièrement soucieux de ses concitoyens. Des porteurs? Il n'y voyait aucune objection morale. Des obstacles pratiques, plutôt. Une fois que ses hommes nous auraient conduits, comment, seuls et sans armes, pourraient-ils revenir? Pour le rassurer, je lui ai proposé de garder l'équipe avec moi jusqu'à notre retour groupé.

Nous sommes dans la deuxième quinzaine de juillet. Saison bien avancée, donc. Aurais-je perdu trop de temps? Je regarde avec une certaine crainte un vent sec et chaud lever sur les plaines Peigni des tourbillons de poussière jaune. Appréhension liée aux contraintes du temps, incertitudes sur la pénétration du pays, sur les possibilités réelles du recrutement : ces préoccupations n'atténuent en rien les souffrances plus immédiates qui nous atteignent.

Chaleur, en premier lieu. Chaleur bien vite intolérable

lorsqu'il faut traverser une savane où le passant est littéralement rôti dans la lueur torride. Insectes, aussi. Il en vibre des nuées dans la broussaille où l'on s'exténue. Leur acharnement peut rendre fou. Et puis il faut compter avec l'enflure des pieds... Plus d'une fois, en voyant marcher mes compagnons, il m'arrive d'envier leur épaisse corne plantaire plus résistante que le cuir.

Le soir à l'étape, il arrive que Doukaga me ménage une surprise. Il suffit pour cela que le terrain comporte un peu de glaise. Nous avons dans nos bagages un petit estagnon de dix-huit litres de farine. Accroupi comme un sky-terrier, le factotum creuse un trou. Il chauffe une heure au bois sec. Quand le four est prêt, il y enferme la pâte qu'il a préparée la veille avec, pour levain, un peu de vin de palme.

Ce pain d'une grande finesse ne fait aucune envie aux Eshira qui lui préfèrent leur manioc. Ces garçons ont une telle habitude de se nourrir de la sorte que, lorsqu'ils transpirent, leur corps dégage une odeur de manioc roui.

Pour moi, le pain de blé accompagne de façon inespérée le produit des coups de fusil qu'il m'arrive de donner en cours de route.

A un moment, les heures chaudes vont nous paraître trop pénibles. Une idée me vient :

– Si nous marchions de nuit ?

– Marcher le jour, marcher la nuit... C'est impossible, remarque Doukaga.

Assise sur un bloc de latérite, les mains sur les genoux, Valentine attend.

– Je ne te dis pas que nous marcherons tout le temps. On peut continuer plus tard et se reposer l'après-midi.

– Comme ça, d'accord, admet Doukaga.

Les Eshira sont beaucoup plus réservés. Bien sûr, porter à la fraîche leur serait moins pénible. Mais... le *m'bongo?*

Doukaga les rassure. Le lion s'entend parfois; on le voit rarement. Doukaga tape sur la crosse de mon fusil :

– De toute façon, avec ça... vous ne croyez pas qu'on tue même un lion ?

Nous marchons jusqu'à onze heures, le premier soir. Plus avant à la seconde tentative. Du coup, le bâton de l'ouvreur est devenu aussi indispensable qu'une canne d'aveugle. Il est plus agréable de cheminer de la sorte, bien sûr. Nos pas en paraissent plus légers, irréels même. Pourtant, la prévention des Eshira va se révéler fondée. Non pas à cause du *m'bongo* – nous n'en entendrons aucun, tout au plus le hululement de quelque horde de cynhyènes – mais devant le risque accru de nous perdre. Lorsqu'une rivière nous arrête, ce n'est pas dans l'obscurité que l'on peut en apprécier la profondeur.

Ces divers inconvénients vont se doubler d'une mauvaise économie de nos journées. A se fatiguer la nuit, on a tendance à traîner le lendemain matin. Nous revenons bientôt à l'horaire initial.

Quatrième journée de la traversée des plaines Peigni. Une rencontre dont je me souviendrai longtemps. Une vision qui ne cessera de me hanter. Une des grandes émotions de ma vie de broussard.

Les hommes bavardent doucement, en colonne par un. Il est possible qu'un porteur parle seul – allez savoir, sous le soleil ! Une chanson rythmée indolemment naît ou s'éteint, parfois. Mais à un moment, le petit crissement des poignées de cantines, sur les perches de bois, décroît. Que se passe-t-il ?

– Regarde, Jean...

A vent debout, nous avons vue sur une coulée de plaine d'une belle couleur paille. Là-bas, de nombreux buffles paissent sans le moindre signe d'inquiétude. Combien sont-ils ? Je n'ai jamais vu pareil rassemblement.

– C'est le grand troupeau... affirme un des porteurs.

– Quel « grand troupeau »?

– Celui du buffle blanc.

Allons donc! Un buffle blanc! Ces types sont impayables... Mais l'Eshira insiste :

– Ce troupeau est connu depuis longtemps. Mon père l'a vu un jour.

Tant d'insistance commence à me troubler.

– Il a raison remarque Doukaga : regarde là-bas...

– Oui oui, *M'sié* : regarde.

Et effectivement, je l'aperçois, loin parmi son peuple, le vieux mâle phénomène. Un buffle de bonne taille, couvert d'une épaisse laine claire.

– C'est un esprit très fort, commente maintenant le chœur des garçons de Sangala. Il a les yeux rouges.

Encouragé par ce renfort, le premier Eshira précise :

– Mon père a vu ses yeux : ils sont tout rouges.

Décidément, l'affaire se corse!

– Que comptes-tu faire? me demande Doukaga Valentin.

Il est vrai que le troupeau occupe beaucoup de place. Il va falloir prendre une décision. Nous risquerons-nous à le traverser? Faudra-t-il faire en sorte que l'escadron détale?

J'ai commencé d'observer le buffle si réputé. Extraordinaire en effet, cette robe! Pas question de voir les yeux, d'ici. Mais je comprends tout à coup... Il doit s'agir d'un albinos!

Il y a – ou plutôt il y avait – des humains albinos, au Gabon. Pourquoi n'existerait-il pas un animal de la sorte? Cette particularité faisait périr des innocents dans les sacrifices humains, naguère; pourquoi n'aurait-elle pas valu à la bête exceptionnelle de passer pour un *imbouiri?*

A l'évidence, l'albinos n'a jamais été tiré.

– Quand il l'a vu, raconte l'Eshira, mon père a eu trop peur.

Cette crainte explique la prolifération du troupeau au fil des décennies.

Tandis que nos gens se sont soigneusement planqués, je

progresse à plat ventre dans la broussaille, coude à coude avec Doukaga Valentin. Le vent continue de nous favoriser. Après quelques instants de ruses, nous ne sommes plus qu'à une centaine de mètres du troupeau. Je m'applique à compter. Dix, vingt, trente bêtes. En quadrillant la savane, je continue l'estimation. Huitième dizaine. En fignolant, on arriverait à quatre-vingt-sept. Encore ne suis-je pas sûr que d'autres bêtes ne se confondent au loin avec des rochers de latérite. Quatre-vingt-sept buffles dans la quiétude d'un troupeau qui ne sait pas que la mort peut foudroyer son chef!

Le foudroyer?

J'ai de la chevrotine à sept plombs. L'albinos dépasse d'une épaule la plupart de ses compagnons. Le poil clair fait un véritable capitonnage sur le frontal borné. A un moment, comme s'il se doutait de quelque chose, il se retourne dans notre direction. C'est un buffle de savane. Le doigt sur le pontet de l'arme, j'en demeure pétrifié.

Je m'interroge. Différence entre le buffle de forêt et le buffle de savane? Moins la taille que la morphologie. Le premier porte haut pour passer à travers les fourrés. Son armure est incurvée pour accompagner les branches. Il a la vue basse. Au contraire, le buffle de savane a l'œil vif. Il pète feu et flamme. Vous a-t-il jeté au sol? Il fauche bas. Très bas. Au condamné de rentrer sous terre s'il veut commuer la peine de mort en une sanction moins lourde.

Cette menace me rappelle à la réalité.

De face, comme il s'est présenté tout à l'heure, un buffle renifleur est à tirer à la base du cou. Je goûte l'ivresse du chasseur qui sent au bout de son fusil la pièce exceptionnelle, le spécimen auquel il ne s'est jamais mesuré. Horrible tentation! J'entends le commentaire des Eshira : « Jamais personne n'a pu vaincre le buffle blanc! » Serais-je donc seul à oser? Aurais-je le désir d'impressionner ces êtres primitifs, de passer pour un véritable dieu?

Mon doigt effleure plus vite la détente. Une simple caresse... Il n'en faudrait pas plus pour que le sol se mette à trembler. Moins sous la détonation que sous le sursaut de quatre-vingt-sept buffles. Très rapidement quatre-vingt-sept moins un. Quatre-vingt-six bêtes s'enlevant d'une seule embardée, martelant la savane, la retournant comme un champ de labour tandis qu'une troupe de pique-bœufs éclaterait vers le ciel.

Tout cela, je le vois!

Doukaga me regarde avec intensité. Au ras de l'herbe, il susurre :

– Tu vas le tuer?

Sa voix tremble. Sa bouche a un rictus. Serait-il plongé dans une admiration béate pour son maître, après une mise à mort aussi inhabituelle? Serait-il plus malade que comblé si, après deux coups de feu, la bête au pelage blanc s'écroulait dans son sang?

Malade... Je crains de le devenir moi aussi, en tuant l'albinos. Et pas seulement à cause du mauvais sort que ne manquerait pas de me jeter – de jeter sur nos têtes à tous – l'*imbouiri* qu'il contient. Je crains plus encore de me retrouver seul dans un monde d'où j'aurais extirpé la légende du vieux buffle invincible.

Et pour mes hommes, donc!

Je ne sais si j'ai pensé à eux tout de suite. Si, au contraire, le souci de mes humbles Eshira est resté inconscient. Problablement auraient-ils bondi d'admiration devant le massacre. Se seraient-ils fait une raison devant l'évidence. Ils auraient dit au village : « Ce n'était qu'un buffle comme les autres. Un peu plus gros que les autres, rien de plus. » Quelle tristesse, pourtant; quel vide tout à coup de ne plus pouvoir trembler à l'idée de l'animal fabuleux!

J'ai posé le fusil devant moi.

– Tu ne tires pas?

– Non, je ne tire pas.

Il me semble que Doukaga comprend. Il a dû ressentir

comme moi ces instants où la vie et la mort se jouaient à chances égales. Il doit être soulagé malgré lui de penser qu'il continuera d'exister, dans les plaines Peigni, un troupeau qui ne s'affaiblit pas.

Nous voici de retour auprès du groupe. Les Eshira ont attendu à couvert d'un bouquet d'épineux. En notre absence, ils ont retenu leur souffle. Ils devaient redouter le tremblement de terre. Le redouter et l'espérer à la fois. Comprendront-ils pour quelle raison j'ai gracié l'albinos? Ne vont-ils pas interpréter cette bizarre amitié comme une reculade?

Eh bien, qu'ils interprètent! Rien à en foutre, moi! Au premier qui parle de se faire laver la tête! D'ailleurs, assez lambiné! Le plus clair, maintenant, c'est qu'il va falloir contourner le troupeau!

Nous voudrions nous arrêter vers six heures mais nous ne trouvons pas de rivière. L'épisode des buffles nous a beaucoup retardés.

– *M'sié*, je connais un ancien campement... suggère un des porteurs.

– Où est-il?

– Pas loin.

J'ai souvent entendu le refrain. Avec ces diables d'Eshira, « Pas loin » peut vouloir dire à une heure comme à une journée.

– De toute façon, nous n'avons pas le choix, remarque Doukaga en prenant le risque de braver ma mauvaise humeur.

Va pour l'ancien campement! Son existence me paraît douteuse dans cette région. Mais puisque le zigoto est sûr de ce qu'il avance. Et puisque Doukaga lui fait confiance...

Il n'avait pas fabulé, heureusement. Nous n'avons eu qu'à traverser deux ou trois savanes coupées de séquences de forêt. Douze kilomètres au plus. Les huttes sont là. Bien réelles, mais abandonnées.

Qui a pu avoir un jour la bonne idée de venir chasser par là ? Fourbus, nous n'arrivons pas à apprécier notre bonheur. Sur un fond sablonneux, court une rivière aux eaux pures, couleur de vin blanc et de lapis-lazuli. Ce pourrait être la halte rêvée !

Mais que se passe-t-il ? Je n'ai pas fini de déballer la caisse-popote que j'entends un grand cri. Je vois sortir Doukaga d'une hutte comme un forcené. Au même instant, sans avoir à l'interroger, je comprends aussitôt... Et je pousse le même cri... Les puces m'ont attaqué moi aussi ! J'en suis mangé ! Le campement était pourri !

Sans nous être concertés, nous nous précipitons dans la rivière.

Tandis que nous cheminons piteusement, Doukaga ne décolère pas. La mésaventure n'a pas arraché une plainte à Valentine. Attaquée comme les autres, elle trouve la force de sourire des grognements de son mari. « Si je tenais l'enfant de putain qui a laissé ses chiens... » Il suffit en effet d'apporter trois puces dans un campement, en brousse, pour qu'avec la saison sèche le coin en soit littéralement infesté.

L'abattement est le plus fort. Venue la désillusion, notre fatigue s'est subitement accrue. Je soulève à grand-peine mes pieds ensanglantés. Lorsqu'on est dans cet état, la seule solution est de continuer à marcher.

L'homme de tête a allumé la lampe-tempête. Les porteurs commencent à être exténués. Je m'en rends compte à leur silence, plus encore au manque de sûreté de leur pas. Eux qui en temps ordinaire enlèvent leur charge en se jouant, dans les passes difficiles, en sont maintenant à buter aux racines. Parfois l'un d'eux s'affaisse dans l'obscurité. Aucun de ces garçons ne songerait à se plaindre, cependant. Plus tard, repensant à ce voyage, il m'arrivera de me demander ce qui les poussait à accomplir cette tâche.

Certes, je donnais quelques sous aux chefs, pour le portage. Ces quelques sous devaient alimenter une cagnote villageoise. Mais qu'en voyaient-ils, eux? Eux, les trimards... Eux, les esclaves de la perche... La plupart de ces porteurs auront toujours agi pour me faire plaisir; j'étais venu chez eux : ils se devaient de me rendre service.

Soudain un bruit sourd. Un bris de verre. C'est le porteur de lumière, en tête, qui a fait une chute. Fort heureusement, la flamme s'est noyée sans que le réservoir explose. Mais l'homme a écrasé la lampe. En cercle, tandis qu'il se relève, nous évaluons le dommage. Il est définitif : sur deux lampes-tempête, il ne nous en reste qu'une.

De temps à autre, Pamba-Mori ou Doukaga Valentin prennent la perche à la place d'un porteur. Pendant quelques centaines de mètres, l'homme peut souffler. L'amour-propre, la conscience professionnelle sont les plus forts : l'Eshira reprend son poste sans tarder et nous continuons d'avancer, pareils à une troupe de fantômes.

Poussé par la volonté de réussir, je ne me suis guère interrogé, jusqu'à maintenant, sur les chances réelles de l'aventure. Étaient-elles suffisantes? N'aurais-je pas dû refuser de partir? Un doute affreux s'insinue en moi. Un doute qui n'attendait que cette occasion pour se manifester.

Recruter... Il est dans de beaux draps, le jeune recruteur! Je n'ai pas encore touché mon premier Bavongo. A supposer que je parvienne à décider du monde, le chemin du retour sera tout aussi dangereux; davantage, même : n'aurai-je pas alors une bande de zèbres à pousser?

La nuit accroît l'accablement. La nuit donne mauvaise conscience. Les conditions me reviennent : 300 000 par tête, tous frais payés. Mais que valent Padre et Deroy, en comparaison des souffrances de mes porteurs? Allons, les yeux me brûlent... Aurais-je la fièvre? A plusieurs reprises, ces derniers jours, j'ai négligé de prendre mon comprimé de quinacrine. Je ne sens plus mes pieds... Quand enfin, un bruit d'eau... Approcherions-nous d'une rivière?

Un murmure de satisfaction parcourt la colonne. C'est un peu comme si tout le monde sortait d'un mauvais songe. La rumeur se précise entre les arbres; au bouillonnement, on peut deviner des chutes.

Plus difficile le terrain que nous devons affronter maintenant. Nous entrons dans les zones montagneuses du Tendou et devons gravir des pentes où il est particulièrement malaisé de hisser la cargaison. A la montée il faut s'accrocher aux basses branches. Lorsqu'on dévale, ce serait en position assis. C'est là de la grande forêt : quarante mètres sous voûte. Je ne cesse de découvrir des essences dont la plupart sont inconnues pour moi. Parmi les hôtes de ces forêts : le moabi, ou baillonella, le douka dont les fûts peuvent atteindre jusqu'à trois mètres de diamètre à la base. Des singes peuplent les branches de ces géants. Nous pourrions être exposés à des attaques de panthères mais, tout au long de la traversée, nous n'en entendrons aucune.

En savane, nous cherchions les rivières avec soin. Impossible, après une journée de sueur et d'efforts, d'établir un campement dépourvu d'eau courante. Il fallait compter avec Valentine qui, en bonne Gabonaise, entendait continuer de se laver le derrière trois fois par jour. Ici, ce serait plutôt l'abondance qui ferait obstacle. De temps à autre, à travers bois, on entend le bouillonnement d'un torrent. Il n'est pas rare que notre avancée soit interrompue par des rapides venus de la montagne. Jusqu'à ce dernier, que nous abordons sans affolement immédiat. « Moukalaba... » murmurent les porteurs.

Moukalaba?

Je sursaute. Serait-ce le rapide sur le tracé duquel s'attardait l'index du père Padre, à Port-Gentil? Cette rivière Moukalaba si mal connue, au-delà de laquelle s'ouvrirait le pays sans contrôle et sans lois? Tout coïncide. Aspect de la contrée. Nombre de jours de marche. Assertions des porteurs. Mais une fois prononcé ce nom fatidique, un problème surgit. Énorme quand on l'examine de plus près. Comment allons-nous traverser?

Il y a beau temps que nous ne trouvons plus de ponts de lianes dans le clair-obscur des rivières. Ces facilités dénotaient la présence de l'homme : elles ont disparu avec l'influence de la dernière chefferie. Encore ne connaissions-nous notre bonheur lorsque le passage à gué était possible. Rien de tel maintenant. La Moukalaba est large d'environ quinze mètres. Les rapides en sont violents. A la vue des récifs noirs, tranchants, on perdrait toute envie de jouer à l'équilibriste. Seule solution : coucher un arbre par le travers. Mais avec quel instrument?

A tour de rôle nous attaquons un douka à la machette. Un travail qui, sans accident, doit nous mobiliser une journée entière. Moussa-Youlou, Pamba-Mori sont recrus de fatigue. L'arbre craque et se tord enfin. Va-t-il s'abattre? Les cordes tirent. C'est compter sans l'épaisseur de la forêt : solidaire de ses congénères, l'arbre refuse de basculer.

Le lendemain nous recommençons. Un deuxième arbre reste encore accroché.

A nouveau le découragement. Avoir déployé tant d'efforts, avoir enduré de tels dangers et échouer si près du pays bavongo! Me voilà brusquement hanté par le destin de mon père, par le sort de tant de pionniers que j'ai vus à l'œuvre, mon enfance durant. Favin et Paolasso. Léobald... Léobald Max – et même de plus malins, comme le père Dubois... C'était leur lot à tous : l'échec après s'être décarcassé; la maladie ou la mort – toujours tout près du but. L'éternelle loi de l'Afrique.

Évoquer mon père, une de ses époques les plus significatives, m'amène à penser par la même occasion au bois *combo-gombo*. N'ai-je pas repéré un certain nombre de parasoliers au bord de la Moukalaba? Léger comme est ce bois, si nous en faisions un radeau, ce serait de l'insubmersible... Doukaga ne dit pas non. Mais comment faire traverser un aussi fort courant au radeau? En l'arrimant à un filin, parbleu! En fabriquant notre propre bac!

Du cordage? Nous en avons. Il suffirait de jeter une ancre. On essaye plusieurs fois, avec un gros instrument. La prise n'est jamais bonne. Au bout d'un moment, je vois Doukaga lever les yeux... Il regarde les arbres dont les branches maîtresses font une voûte au-dessus des rapides.

– Par là-haut...

Je me demande tout d'abord si Doukaga n'est pas devenu fou. Presque aussitôt je comprends son idée : il faudrait un grimpeur, un bon grimpeur. Mais quelle tête brûlée accepterait de se lancer dans pareille voltige?

Doukaga appelle les Eshira :

– Est-ce que l'un d'entre vous grimpe bien?

Les rires et les claques désignent un porteur.

– Eh bien, poursuit Doukaga, si tu es un vrai singe, tu vas le faire voir.

L'Eshira enlève son pagne. Il s'élance sur les aspérités du tronc. Il vole de branche en branche. Je n'ai le temps ni de m'inquiéter ni de fermer les yeux : il a déjà sauté dans un arbre de la rive opposée; il en dégringole et nous lui jetons le filin.

Le radeau lui-même réassuré par plusieurs attaches, il va s'agir pour chacun de nous de braver le courant. Cramponnés au filin, les pieds rivés à l'esquif que le rapide ne peut engloutir mais qu'il fait jaillir comme un bouchon, mes hommes, un à un, traversent la Moukalaba. Avant-dernier à passer, je suis solidement attaché. Dressé contre la colonne d'eau, je parviens à garder le haut du corps et le fusil au sec. Vient le tour de Pamba-Mori, dernier otage de la rive que nous venons de quitter. Ce devrait être une formalité, vu l'adresse du garçon et le fait que le transbordement du groupe, cantines comprises, s'est déroulé sans incident.

Ce devrait... Mais notre compagnon pousse un hurlement à vous glacer le sang. Le plancher de *combo-gombo* lui a filé entre les jambes et, le corps plus qu'à demi immergé, il reste accroché au filin. Réunis sur la berge, nous assistons impuissants à la lutte de Pamba contre la trombe d'eau. Tiendra-t-il? Les doigts du malheureux se déchirent; il ne lâche pas prise.

Quelques minutes passent, partagées entre la vision du garçon en perdition et celle des chutes qui, moins de cinquante mètres en aval, menacent de le fracasser.

Enfin, après s'être concentré, Pamba-Mori parvient à se rétablir. Il crochète du talon et, dans un dernier effort, il accomplit les quelques mètres qui le séparent de nos poignes toutes prêtes.

Ainsi, au bout de trois jours, avons-nous réussi à traverser la Moukalaba : les uns et les autres sommes sains et saufs.

Sains et saufs... mais bientôt affamés. Nous avons été si préoccupés devant cette rivière, nous avons perdu tellement de temps, que nos stocks sont tombés au plus bas.

Non seulement l'estagnon de farine est fini, mais nous n'avons plus de manioc ni d'arachides pour les porteurs. Il m'est toujours possible de chasser, bien sûr. Outre que nous n'avons aucun intérêt à ralentir encore notre marche, les uns et les autres nous sommes fatigués des viandes fortes.

Un après-midi, dans un sous-bois, je surprends deux loutres accouplées. Je n'en suis qu'à un mètre et elles ne m'entendent même pas. Les loutres ont l'amour vigoureux. Fin des ébats. Nous mangeons de la loutre.

Je tue également un serval. Après avoir dépecé ce petit félin, j'aurais une hésitation. Les Eshira sont connaisseurs. Ils insistent :

– Goûtez donc, *M'sié*... C'est très bon.

Je mange du serval.

Vivement des légumes, des beignets de manioc. Du riz, surtout...

J'ai dû abandonner ma dernière paire de sandales. Avec du drap déchiré, je m'enveloppe les pieds d'une espèce de chaussette russe. Le soir, à l'étape, c'est une véritable pourriture. Par chance, nous n'avons eu à déplorer jusqu'à présent ni maladie grave ni accident.

A force de parcourir des territoires escarpés, nous sommes en altitude. Les nuits sont de plus en plus fraîches. Glaciales, même. Cela fait bien huit jours que nous n'avons vu âme qui vive. Le guide assure qu'un village ne devrait plus être loin. Qu'en sait-il ? Ma boussole a souvent suppléé son flair défaillant. De son propre aveu, il ne s'était jamais aventuré si loin.

Un soir, enfin, nous atteignons une petite rivière où – surprise! – la main de l'homme paraît avoir œuvré. Un minuscule pont fait de quelques troncs ficelés. Le village était-il donc si proche ?

Nous avons commencé d'entendre des voix à travers la futaie. Nous sommes bientôt au centre d'une conversation. Mais, mystère, nous ne voyons personne! Il s'agit d'un phénomène acoustique de la forêt gabonaise : les interlocuteurs peuvent se trouver à cent mètres. Ainsi entend-on dans les rêves. Cela ferait peur après des jours et des jours d'isolement complet. Réentendre la voix humaine. La menace des hommes, après celle des bêtes ?

Plus que la crainte pourtant, une certitude me fait battre le cœur; une certitude qui tient en grande partie à la conversation surprise. Nous sommes loqueteux et affamés mais nous touchons au but : les gens que j'entends parlent bavongo!

VII

La vie secrète de Tsinguépaga

Curieux voyage!

Les gens parlent bavongo... Pourtant, l'endroit où nous venons d'arriver n'est pas un village. Nouvelle frayeur tout à coup : et si, à force de se dérober, le pays bavongo n'existait pas?

Quand les premiers naturels sont revenus de leur étonnement à la vue d'un Blanc, nous obtenons quelques renseignements :

– Vous êtes au campement de M. Marcel Mongo!

Au ton respectueux, je suppose que le personnage règne sur la région vierge jusqu'à la ville accessible, elle, et dûment administrée de Mouïla. Qui plus est, il me semble que son nom ne m'est pas inconnu.

De plus en plus bizarre!

Marcel Mongo... Doukaga m'aide à me rappeler :

– Ton grand'père Isaac... Un jour, à Port-Gentil, ton grand'père Isaac a flanqué à la porte un employé qui barbotait dans la caisse. C'était un Bapounou.

– Les Bapounou sont vaccinés contre le vol.

– Certains; pas tous.

Et, traversé d'une lueur :

– Je parie que c'était cet individu-là.

Par quel tour de passe-passe la canaille se fait-elle donner du « Monsieur » à l'européenne? Comment diable est-ce ma première rencontre après trois semaines de terres inconnues? Venir au Bavongo et y trouver M. Marcel, comme dans n'importe quel « quartier » de Port-Gentil!

Doukaga ne tarde pas à être catégorique. L'autre ignore que nous savons. J'ai du reste l'habitude, partout où je passe, de ne livrer que mon prénom. Plus prudent, en cas d'enquête de la « schtrasse ». Donc, en me voyant, M. Marcel peut se croire à mille lieues de la maison Isaac.

Il nous demande aussitôt :

– Comment êtes-vous venus vous perdre chez ces nègres dégénérés?

Pour avoir mis la férule sur quelques centaines de Bavongo, le Bapounou s'exprime comme le plus ridicule des petits Blancs. Il se désigne lui-même à la troisième personne : « M. Marcel a dit », « M. Marcel a fait ». Je le regarde sans répondre. Il est plus bistre que noir. Un moment s'écoule. Ridicule mais flairant le piège, il se ravise :

– Que voulez-vous au juste?

– Recruter.

– Ici?

– En principe je vais chez Moundouli.

Et jetant un appât :

– Peut-être pourrions-nous parler un peu?

Businessman à qui l'on vient proposer des affaires, encore des affaires, M. Marcel est secoué d'un rire prometteur. Il est court sur pattes. En le dévisageant, je me rends compte qu'il a le blanc des yeux tout à fait jaune. Entamé par la cirrhose? Mangé par le palud?

Et comme nous sommes au fait :

– J'ai une quantité d'abrutis qui travaillent pour moi,

je leur fais piéger le buffle! (Rire de ventre :) Ils m'en attrapent, des buffles; ils m'en attrapent!

En effet, au bout de quelques jours, je saurai en quoi consiste ce travail. Plus encore, je découvrirai le mode de rémunération. M. Marcel fait piéger, dépecer et mettre au fumoir un buffle de cinq cents kilos pour mille cinq cents francs. Encore ce prix fait-il obligation au Bavongo de charrier les quartiers de viande dans des sacs jusqu'à la ville de Mouïla. Ce n'est que là, à six jours de marche, que M. Marcel aboule son aumône. Quant à lui, il a une échoppe au marché, où il débite au prix fort.

En me fournissant ces explications, le crapaud tressaute de satisfaction. Dommage qu'il ait des ennuis de santé : la vie pourrait être belle. Quant à ces miséreux de Bavongo, que feraient-ils sans lui? Sans son organisation? Les mêmes paysans qui charrient la viande à l'aller transportent des sacs de riz au retour. Déjà roulés, ils s'en reviennent au campement en portant sur leurs épaules de quoi se faire exploiter une seconde fois.

Mais le bonhomme a-t-il trop parlé? Craint-il de s'être livré? Un remords :

– Surtout, ne leur expliquez pas!

Et devant mon silence persistant :

– N'allez surtout pas leur dire que le sac de riz coûte moins cher à Mouïla!

Sois tranquille, Mongo, je ne vendrai pas la mèche; je te réserve mieux... Un petit arrangement dont la venue d'un quémandeur va me donner l'idée.

Pendant que je parlais avec ce caïd de forêt vierge, un homme s'est présenté à l'entrée de la case – une case aux murs talochés, comme celle de Makalouba, mais couverts d'images de *Cinémonde* et de publications porno.

– Que veux-tu encore, Touki?

– Il faut que M. Marcel m'aide à doter.

Bon père du village, Mongo acquiesce. Je vais être témoin de sa toute-puissance. Sans lui, pas un jeune de son fief ne serait fichu de prendre femme. Ça ne vaut pourtant pas cher, une femme bavongo... Un sac de riz. Deux, si la fille est à peu près correcte. Mais que veut la famille dans ce cas précis?

– Une machette.

– Diable! Une machette!

Le crapaud a un sifflement stupéfait :

– Tu te rends compte du prix que ça représente?

Clin d'œil dans ma direction :

– N'est-ce pas, monsieur Jean, ça va chercher au moins dix mille, une bonne machette qui abat toute seule des arbres?

Le Bavongo ne saurait contester.

– Ça va chercher au moins quinze mille, reprend l'honnête commerçant. Et toi, qu'as-tu pour payer M. Marcel Mongo? Rien, tu n'as rien du tout.

– Je peux travailler.

– Travailler? Il faudrait que tu travailles des lunes et des lunes pour rembourser une machette comme celle-là.

C'est ce que fera le garçon. C'est ce que font déjà des dizaines et des dizaines de jeunes Bavongo à qui le père Crapaud a consenti l'avance nécessaire pour doter. Encore ce Touki doit-il s'estimer heureux. En allant chercher un outil convenable, M. Marcel lui met la puce à l'oreille quant à la valeur de la dot. Il pourrait demander les deux filles de la maison pour une somme aussi importante.

– Regarde : c'est *boudigou,* du fer – du bon fer incassable. La femme que tu prends, crois-tu qu'elle est en fer? Une femme se fatigue et vieillit. Mais une machette comme ça, combien de générations aura-t-elle servi, combien de plantations aura-t-elle abattues avant d'être bonne à jeter?

Devant de telles pratiques, je n'ai aucune peine à persuader Doukaga de jouer un bon tour au négrier.

– Si je devais vivre ici, je ne supporterais pas ce genre de traitements, dit mon compagnon de voyage.

Il constate :

– Au fond, le Bapounou vient dans ce pays faire le Blanc !

Le Bapounou... Et lui, Doukaga, ne l'est-il pas à demi ? Il est vrai que l'ethnie de la mère est toujours primordiale. Plus d'une fois, je verrai vibrer en priorité, chez lui, la fibre bavongo. Quant à médire du Blanc...

J'ai mis à profit les contacts que nous avons eus, chez Mandja, pour m'informer des méthodes et conditions du recrutement officiel. Aux Eshira, par exemple, l'administration embauche pour deux ans. En bonne et due forme. Le garçon déplacé reçoit un carnet. Patron ou contremaître européens lui donnent chaque mois un « timbre-pécule ». Au bout du temps réglementaire, le comptable de la subdivision tamponne le carnet, verse la somme totalisée et réachemine le travailleur vers sa région d'origine.

Le système ne manque pas d'ingéniosité. En principe, il pourrait être garant d'un certain équilibre. Il n'est pas inhumain au point qu'on a prétendu par la suite. Rien de comparable, en tout cas, à ce qu'impose à sa bande de paumés le tyranneau Marcel Mongo.

Nous commençons donc un véritable travail de sape. Doukaga a retrouvé sans difficultés la langue de son enfance ; les contacts lui sont d'autant plus aisés. Nous découvrons à quel point le pays tout entier est en coupe réglée. M. Marcel a trouvé mieux que l'esclavage. Ses nègres sont libres mais ne peuvent lui échapper : ils sont endettés à vie !

Il n'est pas rare qu'un garçon nous réponde : « Je lui dois encore dix mille – ou quinze mille – de quand j'ai doté. » Mais, comme le campement sait déjà que je recrute, on commence à venir me trouver :

– Est-ce que tu peux me prendre ?

– Oui, je peux te prendre. Il faut simplement que j'en parle à M. Marcel Mongo.

L'autre s'est effrayé, au début. Il a cru que j'allais engager les types contre restitution de ce qu'il avait réellement donné : une machette, un sac de riz, trois fioles de « kiki ». C'était bidon, bien sûr, les cents et les mille que lui devaient ces pauvres gens. Une fiole de « kiki » ne valait pas cent sous, à Port-Gentil. Il la leur avait fourguée pour cent francs. Un sac de riz valait cent francs, à Mouïla. Il le leur avait compté au centuple. Pour éviter d'anéantir le partenaire – après tout, il risque de m'être utile au retour –, je lui dis :

– Non... Tu estimes que ce garçon te doit dix mille, je te le reprends à dix mille.

L'autre commence aussitôt son calcul. Il y a vingt jeunes Bavongo qui rêvent de partir avec moi... Vingt jeunes mariés qui souhaitent emmener femme et enfants au loin... M. Marcel s'embrouille dans ses comptes. Peut-être se doute-t-il aussi – Doukaga est si bavard – que je suis le petit-fils de M. Isaac ? Il doit juger plus prudent que je reparte satisfait.

Au bout de quelques jours, ce sont dix-neuf garçons que j'ai affranchis – tous volontaires et bien taillés. Presque autant de femmes. Mes premières recrues ! Père crapaud, soulagé, compte et recompte sa liasse de billets. Moi, je ris en douce. J'ai d'ores et déjà multiplié la mise par vingt, par trente – et j'ai fait des heureux !

Il ne resterait plus que trois jours de marche, au dire de Doukaga, pour atteindre Tsinguépaga. Trois jours pour pénétrer au cœur du pays qui était jadis celui de sa famille maternelle. A son dernier séjour, Moundouli était un chef dans la force de l'âge. Que va-t-il retrouver ? Qu'allons-nous découvrir en ces lieux que la marche de l'histoire et le progrès ont si totalement oubliés ? Moundouli est-il encore vivant ?

Trois jours. Trois jours minimum a dit mon compagnon. Mais les jeunes Bavongo pris en charge chez Marcel Mongo nous sont déjà une aide. Ils soulagent les porteurs. Ils repèrent sans hésiter l'entrée de pistes qui se dissimulent dans l'inextricable de la jungle. Au soir du second jour, Doukaga reconnaît les abords de Tsinguépaga. Le village est là, enveloppé de bananeraies. Contrairement à ce qui s'est passé, lors de nos autres arrivées, aucun bruit ne sort de la localité, aucune voix ne porte à distance.

Étrange...

Nous approchons encore. Pas le moindre cabot pour nous agresser. Le village aurait-il périclité au fil des ans? La vie est bruyante d'habitude, aux heures qui avoisinent le crépuscule. Appels, rires frénétiques, essais de tam-tams de la jeunesse frimeuse... Et là, tout d'un coup, rien!

Une fois sur les lieux, nous constatons que le village est vide. Ou plutôt qu'il a été déserté car, à l'aspect des paillotes, la vie devait l'animer quelques heures plus tôt. Il reste sur place des ustensiles familiers, des jouets d'enfants. Où sont donc partis les administrés de Moundouli? Pourquoi diable ont-ils fui?

Moussa-Youlou va nous fournir la réponse. En inspectant le corps de garde, il débusque un vieillard terrorisé, véritable loque humaine qu'il pousse devant nous.

Doukaga s'interpose :

– Eh là... ne lui fais pas de mal!

Et s'adressant à l'octogénaire :

– Tu n'as rien à craindre. Où sont passés les autres?

Le vieillard reste muet.

Je demande à Doukaga :

– Crois-tu que notre signalement leur a été donné?

– Les Bavongo sont craintifs...

Peuple trop convoité, ils ont l'habitude de s'éparpiller en brousse à la première alerte. Ils ne laissent sur place qu'un témoin comme celui-ci, non commercialisable car trop vieux, assez faible pour tourner de l'œil avant même qu'on le torture, sacrifiable sans regrets, le cas échéant, car sa vie est faite.

– Écoute, reprend mon compagnon à l'adresse de l'ancêtre, je suis de ce village comme toi. Le Blanc que tu vois là ne vient pas faire du mal, il a de l'argent à donner, il vient pour le *muteti*.

L'autre paraît se rassurer. Il ne reconnaît pas celui qu'il a dû voir partir tout enfant mais, entre Bavongo... Et puis, je ne suis pas menaçant. Le témoin devrait se décider à rappeler sa communauté...

Il hésite quelques instants devant le *n'kendo*. La main décharnée tremble comme une feuille. Ce ne serait pas le moment que ses forces le trahissent! Enfin les premiers coups de maillet sur le gong. Il doit sonner selon un code. Très probablement des relais vont répercuter le message. Le village va revenir.

Mon anxiété n'excède pas une heure. Arrivent tout d'abord quelques dizaines de femmes et d'enfants entièrement nus. Après ces éclaireurs, plusieurs centaines d'hommes et de femmes un peu moins nus. Enfin, avec plus de solennité, le groupe qui entoure le chef – un chef en la personne de qui Doukaga reconnaît Moundouli.

A cet instant précis, j'ai accompli mon parcours. Me voici au terme de l'aventure. Après le faux village de M. Marcel, voici ce pays bavongo en lequel j'ai tant espéré et qui devrait être pour moi le gage de la réussite et de la liberté!

Difficile, tout à coup, de ne pas me montrer ému. Une déception? Quoi... Les gens de Tsinguépaga, le fameux vivier à main-d'œuvre que je suis venu chercher si loin, ce ne serait que cette cohorte? Curieusement accoutré, Moundouli! Sur un pagne déchiré, il porte une veste de gendarme mobile. Sur le haut du crâne, un képi à la rifla. Et de nous expliquer aussitôt qu'il a été flic chez un administrateur de Mouïla pendant près de dix ans!

Ce chef m'apparaîtra tout autre dans ses attributions traditionnelles. Il aura une autre allure, ceint de raphia et armé de sa canne et de sa sagaie. Comment ne pas noter cependant ces mélis-mélos africains, ces ambiguïtés en des contrées que, pour toutes sortes de raisons, j'aurais pu croire vierges?

Je ne me doute pas, en voyant rappliquer ces êtres nus, ces vieillards, ces infirmes, que le village de Tsinguépaga aura un rôle si important au cours de mes trois voyages successifs, que j'y nouerai des liens aussi étroits; surtout que je suis sur le point d'y faire une des découvertes capitales de ma vie : celle du *bwiti*.

Tout se passe très vite. Grâce à Doukaga, nous sommes accueillis. On fait place également à mes porteurs eshira, à mes premières recrues, à leurs femmes, à la marmaille que nous traînons depuis le fief de Marcel Mongo. Sur la promesse de quelques buffles, Moundouli se fait fort de résoudre nos autres problèmes de subsistance. Et il est vrai qu'au cours des six semaines que nous allons passer au village, nous ne manquerons ni d'œufs, ni de mouton, ni de patates douces.

Le soir même, Moundouli me fait choisir une case – plus exactement il m'attribue la plus spacieuse dont il dispose : celle où, en temps ordinaire, les villageois mettent à sécher leurs calebasses. C'est une case soigneusement blanchie, dépourvue de fenêtres, qui porte sur les parois des gravures de léopards.

En contrepartie de ces services, il aurait l'air de tenir à une chose :

– S'il te plaît, ne va pas chez les autres chefs de la contrée.

– Pourquoi irais-je? On est très bien ici.

Soucieux, il précise :

– Tu peux leur rendre visite, mais, s'ils te demandent de rester, tu leur dis que c'est moi qui te loge.

J'avais l'intention de prospecter à Ilengui, à Combanou. C'est du reste à cause de sa position centrale, face à un assez grand réservoir de populations, que Doukaga et moi avons choisi Tsinguépaga comme base. Qu'à cela ne tienne! Je déclinerai toute autre invitation, en particulier à Marumba où, depuis la mort de leur père, s'est établi un frère de Moundouli.

Une histoire de famille, probablement. Une histoire à laquelle, pour l'instant, je ne prête qu'une importance relative.

Recruter...

Bien sûr, la chose sera possible. Beaucoup de jeunes ne demandent qu'à partir. Moundouli s'en porte garant quand je lui explique en quoi – même pour les clandestins – consistent garanties et salaires. Il me facilitera la besogne en « donnant la bouche » à tout son monde. Sous huitaine toutefois, car le travail aux plantations bat son plein.

Dans cette attente, je cours les environs, je chasse, j'observe les Bavongo. A l'époque dont je parle, ceux-ci sont encore un peuple nu. Il doit l'être resté, je suppose, en certains endroits de brousse, malgré la construction d'une base aérienne, aujourd'hui, à Mouïla.

Pauvreté et arriération... Il m'arrive de rencontrer des détresses cruelles : gens perclus, aveugles, éléphantiasiques.

Beaucoup d'hommes ont néanmoins une constitution solide. Ils sont tassés mais pas courtauds. Je ne peux m'empêcher de repérer quelques spécimens que leur musculature destine à faire de bons coupeurs. Ces hommes sont particulièrement foncés de peau.

Les femmes, elles, sont souvent abîmées par les travaux des champs. Ce sont les jeunes filles qui vont entièrement nues. Les plus habillées ont quelques perles sur le pubis; parfois une ou deux rangées de minuscules coquillages. « Se marier », en bavongo, c'est « recevoir le pagne ». La cérémonie passée, beaucoup réservent ce vêtement aux grandes circonstances et préfèrent continuer de vaquer sans s'embarrasser de chiffons.

J'ai remarqué une parure assez originale sur les épouses de Moundouli. De son temps de policier à la ville, le chef a rapporté quantité de médailles-contributions : ce qu'on appelle des *didaï*. Chacun de ces jetons est un reçu d'impôt. Les femmes du chef en portent un certain nombre sous forme de colliers.

Bien sûr, je ne peux échapper aux politesses de tradition. Moundouli m'a choisi deux parentes à lui – deux gamines aussi nues que la paume de la main.

Comment lui expliquer que j'ai pris l'habitude d'être lavé et enduit de beurre de karité par des femmes d'âge mûr? L'idée d'être bichonné par ces gamines me gêne. Pas question de refuser, pourtant : ce sont les nièces de mon hôte. Je vais remédier à leur nudité intégrale en leur offrant le pagne. Les petites sont ravies. Pour moi, c'est l'assurance de ne plus les voir traîner comme de vraies sauvages dans la case.

Pauvre, le village de Tsinguépaga. Pauvre mais propre et digne. Je l'ai dit, les cases sont petites, dépourvues de fenêtres de peur de la panthère. Cette mesure manque de logique. Pourquoi une éventuelle panthère ne passerait-elle pas par la porte? Je ne suis pas venu chercher la logique. Je remarque plutôt une coutume qui donne sa physionomie particulière à la campagne environnante.

On a l'habitude, par ici, de déplumer les arbres. Seule, la houppe demeure. Plus elle se dessine haut, meilleure sera la réputation des hommes d'une famille, d'une tribu. C'est un exercice périlleux... Un test d'adresse et de courage pour le garçon qui convoite une fille. Il arrive qu'un arbre soit émondé à une hauteur vertigineuse : l'histoire ne dit pas si la dot s'en est trouvée réduite d'autant.

Au jour le jour, je me familiarise avec la vie des Bavongo, avec leurs peines et leurs joies, leurs superstitions. Non seulement on va m'informer mais, bien souvent, je serai pris à témoin et c'est fou ce que j'entendrai comme histoires de vampires.

Un souvenir que j'aurais voulu éviter...

Je ne tarde pas à repérer, à proximité du village, des sagaies fichées dans le sol, des sagaies pleines de sang.

Qui est venu arroser la pointe dans la nuit ? L'explication ne varie pas. Le vampire. Le dédoublement maléfique d'un ennemi qui, à la même heure, faisait semblant de dormir dans son lit.

Pareille croyance engendre une stratégie de fausses nouvelles et de conjurations. Ainsi, un pêcheur me confie ne jamais aller sur son marigot sans annoncer à tout venant qu'il dispose de quatre sagaies. En réalité, il en emporte cinq. Si le vampire attaque, celui-ci se croira quitte avec les quatre premières. Le pêcheur pourra le frapper de la cinquième.

Il est facile de sourire, comme je l'ai fait, au début, de toutes ces croyances. Quelles folies ne viennent à l'esprit, pourtant, quand on vit dans ces forêts pleines de hurlements, où des lueurs inexpliquées – ni foudre ni feux follets – traversent les nuits chaudes.

Je vais être aussi le témoin, à Tsinguépaga, d'un certain nombre de prodiges ; prodiges auxquels je ne trouverai aucune explication rationnelle. Ceux-ci, je dois le dire, seront dus pour la plupart aux talents de « bwitiste » de Moundouli lui-même.

On commence à me dire, en effet, que le chef est doué de certains pouvoirs. « Il peut faire tomber une branche en la montrant du doigt. » Sourire incrédule qui n'entame en rien la foi de mon interlocuteur : il a vu ça cent fois.

Je veux en avoir le cœur net et je pose la question à Moundouli.

– Oui, cela m'est possible, répond le chef modestement.

Il ajoute :

– Je peux abattre un singe sans fusil. Mais, pour réaliser ces choses, il me faut beaucoup de concentration. Cela ne peut avoir lieu qu'après une nuit *bwiti*.

Je n'ose insister – ni poser de question sur ces fameuses nuits. Perplexe, cependant, je serais tenté de me demander si j'ai devant moi le notable de carnaval ou un autre homme, plus secret, investi de pouvoirs surnaturels. La réponse va m'être donnée un beau matin.

Éprouvé par une chasse, j'ai tenu à me coucher de bonne heure. Un coup de fièvre, les moustiques... dans ma torpeur, j'entendais néanmoins un tapage inaccoutumé au corps de garde. J'en ai déduit que Moundouli et ses gens buvaient sec. Le lendemain, celui-ci est en grande condition, encore électrisé par les diverses drogues qu'il a dû ingérer. Il me dit tout de go :

– Veux-tu que je fasse tomber une branche?

– J'en serais très curieux.

Nous allons à deux pas du village, au pied d'un baobab en partie fossilisé. Il y en a plusieurs semblables, dans une savane qui débute là. C'est moi qui ai choisi l'arbre. Rien n'a pu être préparé. Doukaga Valentin, quelques Bavongo assistent à la tentative au même titre que moi.

Moundouli se place devant l'arbre. A cinquante mètres environ. Il pointe l'index. Totalement immobile, il désigne la branche. Quelques secondes s'écoulent. Les observateurs retiennent leur souffle. Brusquement un déclic, là-haut, un rebondissement de bois sec : la branche visée par Moundouli est tombée devant nous.

Intrigué par cette réussite, je félicite le chef et lui dis combien je souhaiterais le voir renouveler son exploit : abattre un singe à distance, par exemple, comme il m'a confié être capable de le faire.

Là, l'opération doit être plus délicate. Moundouli se fait prier avant de répondre à notre attente. Il a copieusement bu, certes. Il ne se sent quand même pas dans l'état que confère la racine d'*iboga*. Enfin, il veut bien essayer.

Nous entrons en forêt. Bon nombre de babouins vadrouillent, des singes verts encore peu agités car nous sommes aux heures fraîches de la matinée. Moundouli s'arrête à distance. Il pointe à nouveau l'index. Rien ne se passe. Les singes continuent leur manège. La pause de l'homme devient hiératique, le doigt impératif comme une arme. C'est alors qu'un babouin paraît se figer sur une haute branche. Se sent-il visé? Est-il saisi par un fluide? Ainsi agirait sur lui la présence d'un python. Mais nul python n'est à l'affût. Seul le chef, sous l'arbre, d'une immobilité parfaite. La petite bête elle aussi ne bouge pied ni patte. Quelques minutes pleines, presque douloureuses... Quelques minutes incertaines... Comme paralysé, le babouin semble perdre l'équilibre. Ses membres raidis sont incapables de le rétablir. Il bascule dans le vide et, sans un couinement, il s'écrase à nos pieds avec un bruit de noix.

Tels sont les premiers prodiges que j'ai vus à Tsinguépaga. Initié dans le *bwiti*, plus tard, il m'arrivera de percer bien des secrets –, quand ce ne sera pas, tout simplement, d'éventer quelque supercherie. J'avoue cependant que certaines manifestations ont gardé leur mystère et, en particulier, je n'ai pu découvrir à ce jour par quel procédé Moundouli, lors de mon premier voyage, faisait si bien tomber les singes en les montrant du doigt.

« Bwitiste » distingué, mon hôte n'insistait pas sur ses prouesses. A peine accomplies, il affectait de les avoir oubliées. Mais je n'ai que trop parlé de *bwiti* sans fournir d'explication. Moundouli ne va pas tarder à me dire :

– Si tu veux recruter, il faut faire venir beaucoup de monde, il faut donner un grand *bwiti*.

Alors, qu'est-ce que le *bwiti?* Une initiation? Une sorcellerie? Une soirée de danses et d'orgie?

En réalité, le *bwiti* est ces trois choses à la fois. Plus exactement, le mot est ambivalent; il désigne une série de rites, de fêtes, ainsi qu'un enseignement ésotérique dont certains de ses adeptes affirment qu'il est une « religion ». Né au sud du pays, dans les ethnies pauvres des Mitsogho, ayant investi les maîtres après avoir été l'apanage des esclaves, le rite s'est répandu – bien souvent abâtardi et diversifié – jusqu'à engendrer la société secrète masculine la plus spécifique du Gabon.

J'aurai l'occasion de décrire des phénomènes singuliers, de dissocier le *bwiti* de bien de ses avatars contemporains. Dans l'immédiat, commençons par la fête. Le chef vient de commander une « nuit blanche » qui va coïncider avec la fin de ses travaux des champs.

« Nuit blanche » : une façon de faire parler de la secte, d'attirer du monde dans un cercle d'influence dont le noyau, lui, demeure caché aux regards du profane. L'initié a une expression pour désigner ces danses périodiques ouvertes au tout venant. Cela s'appelle « laver le *bwiti* ». Au cours de mon séjour, assuré de me voir payer les danseurs et fournir très largement la bière locale, Moundouli organisera plusieurs de ces manifestations à l'issue desquelles j'engagerai chaque fois une dizaine de jeunes paysans.

Mais voici le moment de « laver le *bwiti* ». La nouvelle a été répandue deux jours durant par de sourdes déclarations sur le bois creux. Elle a cheminé au loin, à travers les arbres. Maintenant, les membres de la secte sont à table et je constate avec stupéfaction ce que cette vingtaine d'hommes de puissante carrure a déjà pu engloutir. Il ne reste rien des phacochères qui, depuis des heures, rôtissaient sur les broches. Des chiens se disputent les derniers os. Un sort identique a été fait aux montagnes de tarots que les femmes ont apportés dans des plats aussi larges que des auges à cochons. Ces messieurs, bien abreuvés de vin de palme, achèvent leur ripaille en suçant la canne à sucre.

Un doute me prend : lestés comme ils sont, vont-ils pouvoir marcher ? Le moment serait venu de la première tournée à la case des ancêtres – ce qu'on appelle le « salut » au *m'bandja.* Une ronde qu'ils accomplissent, tout de même, avec de méritoires déhanchements. Une ronde soutenue, fort heureusement, à grands renforts de tam-tams. Après quoi les gros mangeurs recouvrent un peu d'agilité et, au même rythme, ils s'enfoncent dans la brousse.

Ce qui se tient là-bas, au secret d'une clairière, s'appelle en toute simplicité « la conférence ». On y débat de vérités sur l'existence – loin, bien sûr, de la curiosité des femmes. Car les femmes sont exclues de tout ce qui revêt signification au *bwiti.* Seuls profanes admis dans le nid de brousse où la secte délibère, quelques jeunes gens continuent d'alimenter les chercheurs en calebasses d'alcool de palme. Un concert d'éructations, de vociférations, d'onomatopées animales dénote l'importance des travaux.

Au fond, ayant franchi bien des degrés, je peux le dire aujourd'hui. Une seule chose compte au *bwiti.* Une seule chose est sérieuse. C'est le rite d'initiation. La connaissance que l'initié, cette nuit-là, sera capable d'acquérir. La révélation qui fera de lui un être différent. Le reste n'est que mascarade, dérision le plus souvent voulue –, ou alors un spectacle tel celui que je vais découvrir avec saisissement.

Pendant que les membres de la confrérie délibéraient en brousse, le village s'est rempli d'une population inhabituelle. Habitants d'Ilengui, de Marumba... La « tombée » des environs. Tous racolés par le tam-tam, par l'invite lancinante. On reflue autour du corps de garde où brûlent de grosses torches de résine. Au terre-plein, un conteur est en action. Il dévide depuis des heures la légende de *bwiti.* En Mitsogho, le culte oblige! Mais voilà que le brouhaha s'apaise : les membres de la secte, tous travaux accomplis, s'en reviennent lentement.

J'ai beau avoir assisté à des scènes de dédeuillement, à l'*élombo,* aux danses de l'*okoui :* un frisson me parcourt l'échine. D'un seul battement, dix tam-tams ont fracassé l'ombre. Le rythme devient lourd. Angoissant. Il commande l'avancée des silhouettes enveloppées de raphia. Ces silhouettes se transforment, se dotent en approchant de faciès impénétrables. Masques au front étroit. Masques au nez interminable. Masques aux yeux d'un vide scrutateur. Masques *« ekekek ».* Une fois les croque-mitaines dans la lueur des torches, ils prennent une couleur lunaire et la fibre végétale cascade sur leurs épaules comme une toison d'or.

Tout d'abord, l'effroi a mordu aux viscères. Le premier mouvement passé, la foule réagit. On se libère en hurlant à couvert des batteurs. Rien ne paraît devoir arrêter les monstres dissimulés derrière leurs planches aux incisions cruelles. Ils tapent du pied en avançant. Ils tirent à droite. Ils tirent à gauche. Chorégraphie préétablie? Certes pas. Un esprit retors penserait aux effets du vin de palme. Lorsqu'ils font un faux pas, les cris d'un bord éclatent. Au faux pas suivant, ce sont les cris du bord opposé. On jurerait l'errance d'un bateau ivre que des déments feraient courir lof pour lof.

Voici enfin l'intérieur du corps de garde. Pendant que la secte masquée a fait le tour du mât au crâne, le tour des torches, le roulement des tambours a redoublé. Assourdissante, la vibration des troncs creux! D'immenses feux crachent et crépitent. Les premiers danseurs issus de la foule commencent leurs contorsions. La plus périlleuse consiste à enjamber les flammes, à les traverser comme si le sujet exorbité, ruisselant, hors de lui n'en sentait plus la morsure. Il arrive qu'un pagne de raphia prenne feu; il arrive qu'un voltigeur s'en trouve profondément brûlé et se roule sur le sol. Les cris de la victime se perdent dans le vacarme général.

Telle est la première soirée *bwiti* à laquelle je vais assister au pays bavongo. Bien que je ne discerne pas encore les figures de la danse, je suis pris par la frénésie collective, la sauvage beauté du spectacle, l'épouvante délicieuse, aussi, à la vue du ballet fantastique des ombres sur le mur.

Et pourtant... Ce n'est que le prélude. La véritable fête redouble à quatre heures du matin – disons au chant des coqs. Les meilleurs danseurs traditionnels ont attendu ce signal. Ils continuaient de manger, réservés et méprisants. Certains dormaient pour ménager les forces qu'ils vont jeter dans la bataille, maintenant, avec la recrudescence insoutenable des tam-tams.

Heures où le battage fuse des quatre points cardinaux. Heures où le village tout entier brûle comme un gigantesque fétu de paille dans des centaines de pupilles dilatées.

Doukaga en a vu d'autres. Pendant que je participe au cérémonial en néophyte, il tient l'éventuelle recrue à l'œil. Sur le matin, alors que les danseurs gisent dans un décor chaviré, il est grave comme un pape.

– J'ai travaillé pour toi, me dit-il.

En effet, voyait-il un péquenot emprunté, dans la nuit, un prétendant éconduit, un jeune trop exubérant, il le prenait à part.

– Sais-tu qui offre le *bwiti*?

– Le Blanc qui est ici.

– Oui, c'est lui qui offre tout. La bière. Les danseurs... Il engage même des gens. Tu ne veux pas partir?

Le péquenot, l'amoureux éconduit, le jeune qui aimerait doter sont aussitôt candidats. Sûr qu'ils aimeraient voir le « progrès » et se faire le « pécule ». Aux premières lueurs de l'aube, mon recrutement est fait. J'aurai ainsi, à l'issue de chaque « nuit blanche », dix ou douze partants que je chapitre à la suite de mon agent, par acquit de conscience :

– C'est bien vrai, tu vas me suivre?

Pendant que je vérifie les vocations, Doukaga évalue et précise les « qualités types ». Il ne s'arrête pas aux apparences. Il ne se décourage pas des effets de la nuit. Ni les langues pâteuses, ni les yeux cernés ne le rebutent. Il sait reconnaître ceux qui ont marché au *liamba* et qui sont encore sous influence. Il inspecte les dents. Il fait tourner le candidat. Il examine la colonne vertébrale. Il fait jaillir le biceps.

Un clin d'œil dans ma direction :

– Tu peux le prendre. Quand il aura fait le boulot six mois, ce sera un bon coupeur.

Doukaga sait également ne pas se bercer d'optimisme. Il évalue le déchet :

– Ce gars de Combanou...

Il hoche la tête :

– Il a dit qu'il viendrait mais quand on partira, ne l'attends pas.

– Comment le sais-tu?

– C'est mon affaire.

– Et le costaud d'Ilengui?

– Celui-là, comptes-y. Il a trop envie de doter.

Doter... Le maître-mot, toujours. La préoccupation essentielle des jeunes. Malgré mes préventions, j'ai dû adopter les théories de Doukaga Valentin. Celles-ci veulent que la « fesse », déjà reine du monde, comme chacun sait, mène également les chantiers. Et il est certain que tout se simplifie lorsque je dis à un indécis :

– Tu as envie d'une femme? Tu as une femme en vue?

– Oh oui, *M'sié*.

– Très bien. Montre-la moi.

Si la fille a l'air à peu près propre, Doukaga fait le nécessaire avec la famille. Je dis alors au garçon :

– Ça y est, on te l'a prise.

Et devant les débordements du gamin :

– Attention... Tu regardes mais tu ne touches pas. Tu ne l'auras qu'une fois arrivé au chantier.

Ai-je un doute sur une recrue ? Un colosse n'a-t-il pas reparu au bout de quelques jours ? Doukaga remet les choses à leur juste place :

– Ne t'en fais pas. La fille est jolie. Si tu l'amènes, il suivra comme un petit chien.

En six semaines, je vais enrôler de cette manière – ou à quelques variantes près – environ cent cinquante personnes. Cent cinquante recrues de lendemains de *bwiti*. Ou plutôt de la nuit car il faut l'obscurité pour qu'un garçon se risque à me parler. Si quelque connaissance le voyait, ne saurait-on pas qu'il agite des projets de départ ? Aussitôt cancans, jalousies, malveillances. Les mauvaises langues auraient le temps de se délier, les *maleficas* d'agir.

Accord conclu, mes adeptes disparaissent aussitôt. Ils s'évanouissent au petit jour comme une souris disparaîtrait dans la citrouille. Je ne dois les revoir, en principe, qu'au matin du départ. Inutile de m'en soucier. Ils sauront le jour. La veille, Moundouli fera « donner la bouche ». Tout le monde, alors, sortira de l'anonymat.

Oui... inutile de m'inquiéter. Ils viendront au tout dernier moment, quand le féticheur, pris au dépourvu, n'aura plus le temps de concocter. Inutile... Mais en es-tu bien sûr, Doukaga ? Après avoir douté du pays bavongo, il faut que je me morfonde à l'idée que le séjour tire à sa fin et que mon effectif demeure fictif. Il faut que je me demande si je ne vais pas me trouver seul au moment de lever le camp. Seul avec Doukaga et avec Valentine. Seul avec nos porteurs et les femmes achetées.

Ne me suis-je pas contenté de vagues promesses ? Et si ce n'était pas la nuit qui avait absorbé mes prétendues recrues, si c'était le masque *« ekekek »* qui les avait engloutis ?

Un matin, je décide d'aller demander conseil au chef, dans la quiétude retrouvée du corps de garde, au sujet des variations possibles de mon effectif.

Devant Moundouli, pourtant, je n'ose me plaindre. C'est lui qui, de nous deux, paraît le plus accablé. Quelle mauvaise nouvelle l'a visité? Quelle ombre obscurcit son front?

– Je suis encore en butte aux mauvais procédés de mon frère, m'avoue-t-il.

– Celui de Marumba?

– Lui-même, hélas.

Me voici contraint, par politesse plus que par curiosité, d'entrer dans cette méchante affaire de famille que j'ai subodorée le premier jour. Parler soulage le chef – un excellent homme, au demeurant.

Son cadet est jaloux de lui, de son établissement de Tsinguépaga, de son prestige de « bwitiste ». Je me serais douté de ces mobiles. Ce que je n'eusse été capable d'imaginer, pourtant, tient à la manière dont le frère exprime son animosité – il n'y a pas d'autre mot!

Doué lui-même de certains pouvoirs, il fétiche à sa guise. Le plus courant de ses dédoublements, le plus nocif, aussi, le fait entrer dans la peau d'un gorille. « Un gorille?... » Mon étonnement tire un sourire désabusé au chef. C'est bien sous cette forme que le frère cadet bafoue l'aîné. Il poursuit ses femmes. Il les attaque à la plantation.

J'essaye d'objecter que des gorilles sans aucun rapport avec le petit chef de Marumba fréquentent la région. Ils seraient assez nombreux, m'ont dit des chasseurs.

Moundouli secoue la tête. Je suis bien jeune. Lui, sa religion est faite. Ce n'est pas d'hier que ses femmes sont agressées. Ah! le mauvais frère peut se vanter d'avoir entamé sa réputation! Déjà deux femmes ne se sentaient plus en sécurité et ont demandé à quitter la case du chef. Elles s'en sont retournées dans leurs familles; quelle honte!

Moundouli s'interroge douloureusement :

– Que veux-tu que je fasse? De toute façon, c'est mon frère; je ne peux ni le piéger ni le faire mettre à mort.

Il y aurait une solution, pourtant, susceptible de rétablir l'équilibre des forces, de restaurer un prestige défaillant. Combattre le frère sur le terrain même où il agit. Parler aux imaginations en le surpassant au *bwiti.* Pour cela...

Je saisis l'allusion. Qu'attend de moi Moundouli? Que je l'aide à réunir une fois encore les danseurs, que je fournisse une fois encore les alcools?

Mon accord obtenu, le chef ne peut cacher son soulagement. Il y a longtemps qu'il projetait un grand coup. Intervenir à l'occasion d'une « nuit blanche ». Supplanter les masques, les avaleurs de feu. Démontrer à tous sa parfaite maîtrise de la part du *bwiti* qui touche à la prestidigitation.

Ne m'a-t-il pas parlé déjà d'un certain nombre de tours, qu'il était capable d'accomplir, et qui laissaient loin le phénomène de l'abattage du singe et celui de la branche sectionnée?

Ici, les événements vont se précipiter.

Le mois de septembre est déjà là. Doukaga Valentin me laisse entendre que si nous voulons être de retour au Fernan Vaz avant la saison des pluies, il est grand temps de rassembler notre armada. Vingt sujets enlevés à M. Marcel. Cent cinquante racolés à Tsinguépaga... En quelques jours, pourtant, deux ou trois épisodes extraordinaires prennent le pas sur nos préparatifs et vont donner à ce voyage une coloration tragique.

Tout d'abord la « nuit blanche » que s'est réservée le chef. Elle va être le premier maillon dans l'enchaînement des faits.

Tout commence comme une banale soirée, j'allais dire

comme d'habitude, tant le village est devenu coutumier de ces fêtes bruyantes.

Pour ma part, je me lasserais de leur côté répétitif. Le seul plaisir que j'y prends est de voir l'une des deux gamines que m'a données le chef se lancer dans le cercle torse nu. La petite a vraiment le génie de la danse. On jurerait que la danse l'habite et lui fouette le sang. Il faut la voir se déhancher, féline et souple, se lancer sans retenue dans le saut du bonheur.

Mais la première partie de la soirée à son terme, Moundouli réclame le silence. Plus exactement il l'obtient dès qu'il paraît – et c'est déjà miraculeux, cette brusque cessation d'un vacarme de fin du monde. Le fond du corps de garde a été dégagé comme une scène. Les flammes marquent une limite symbolique. Voici une première apparition...

Dans un murmure stupéfait, Moundouli fait surgir deux Européens. L'homme et la femme. Les visages sont d'une expression parfaite. Détenait-il des otages ? Je comprends qu'il s'agit de masques blancs, de simples masques blancs mais de remarquable facture.

Seconde apparition. Moundouli « sort » un fantôme des ténèbres du *m'bandja*. Gloussements d'effroi. Le fantôme produit d'autant plus d'effet qu'il est couvert de taches de feu. Là, je dois dire qu'une connivence me mettra, dès le lendemain, au courant du procédé. J'apprendrai que les prestidigitateurs mitsogho, pour le tour classique du fantôme, utilisent un arbre tendre. Un arbre dans lequel ils plantent des piquants de fromager. Emplis d'une fibre aussi sèche que l'étoupe, ces piquants brûlent en nappe et donnent une flamme bleue.

Troisième apparition. Un paquebot qui traverse la scène. Parfaitement imité lui aussi. Hublots éclairés. Là aussi, le fromager a fourni le matériau à illusions. Mais ce qui est le plus surprenant, c'est le pouvoir d'imiter ce que nul de ces montagnards n'a jamais observé de sa vie. A moins que le bateau ne parle à l'inconscient? Jadis, l'esclavage n'était nommé que par allusion, chez les Bavongo. C'était « le grand bateau ». Par lui, on partait dans un monde inconnu. D'où la rumeur terrorisée qui accompagne le tour.

Chacune de ces séquences n'en appelait qu'à l'adresse, à la dextérité. Celles qui vont suivre mettent en jeu le corps humain. Elles nient la souffrance et laissent supposer la connaissance de drogues insensibilisantes.

Ainsi, par exemple, un homme est conduit devant le chef. En le voyant, celui-ci profère quelques plaisanteries puis, mettant à profit son apathie apparente, il lui soulève le nez, introduit une méchante corde dans les fosses nasales et, à la surprise générale, la fait ressortir par la bouche. Ce n'est pas tout. Moundouli fait coulisser la corde, il s'y suspend. L'assujettissant ensuite à une chevillette de bambou, il en tire des ronflements de panthère, parfaitement imités, qui paraissent sortir de la gorge du patient.

Succès complet.

Mais rien n'a encore égalé l'effet du dernier tour de Moundouli, tour dont il va être à la fois l'auteur et le sujet.

Le chef a retiré la peau de léopard dont il s'était jusqu'alors ceint les reins. Comme un diable d'une boîte, le sexe jaillit aussitôt. Et quel sexe!... Il est de la longueur d'un bras!

La violence des tam-tams décuple. Moundouli se concentre. Il force. Le membre grossit encore. Le corps entier du chef, douloureusement tendu, paraît sur le point d'éclater. De grosses veines violacées sont apparues sur son front inondé de sueur. Le cœur va-t-il se rompre? Moundouli succomberait-il à une attaque d'apoplexie?

Titubant comme un aveugle, il se dirige vers une des torches de résine. La verge se déploie. Des médecins à qui je raconterai l'épisode, par la suite, me diront : « crise de priapisme ». Comment expliquer pourtant le déclenchement à volonté, le fait que Moundouli se contrôle au point d'enrouler sa verge à la manière d'une trompe?

Car – stupeur de l'assistance – elle s'enroule autour de la torche. Dernier effort de Moundouli – à se tuer : il soulève celle-ci. Les hurlements redoublent. Moundouli est sorti en emportant le feu!

N'importe quelle personne douée d'un entendement normal aurait pu penser qu'après une semblable prouesse l'autorité du chef allait se trouver rétablie.

Il n'en est rien. Je n'ai pas eu le temps d'aller le féliciter, le lendemain, que des cris de douleur, des lamentations emplissent le village.

Valentine se précipite. Nous nous portons tous au devant du cortège. Il s'agit d'une épouse du chef qui vient d'être agressée. Une fois de plus!

Les femmes sarclaient l'arachide, à la plantation. Elles avaient allumé de petits feux pour cuire des bananes, comme elles font d'habitude. Elles étaient tranquilles et devaient plaisanter de façon fort salace – en souvenir, certainement, de la scène de la veille. Soudain, un gorille est arrivé. Quand Mousounda – une Mitsogho d'origine – s'est relevée, elle s'est trouvée face à face avec lui. Le gorille lui a labouré le dos. Il l'a mordue à l'épaule; avant de s'enfuir, il lui a même à demi arraché un sein. C'est dans ce piteux état qu'on ramène la malheureuse.

Moundouli ne veut pas voir Mousounda. Que les autres femmes la soignent! Il est littéralement effondré. Selon lui, son frère a eu vent de la prouesse et n'a pu la supporter :

– Je te l'ai dit, il veut me mettre plus bas que terre; il ne rêve que de revenir à Tsinguépaga, le village de nos ancêtres.

J'aurais tendance à raisonner encore en étranger à ce drame :

– Écoute, je vais chasser les quatre ou cinq gorilles qui infestent ton secteur. Après, on en reparlera...

– N'en fais rien, implore Moundouli. Il n'a pas cherché à la tuer. Il a voulu qu'elle reparte chez elle, au Mitsogho.

Puis après avoir réfléchi :

– Il est vrai que je suis fatigué de ces attaques perpétuelles. Si vous rencontrez un gorille, Doukaga et toi, et s'il ne vous fait rien, ne le tirez pas. Au contraire, s'il vous attaque, tuez-le. Cela ne regardera que vous. Tu es un Blanc. Personne ne pourra m'accuser d'avoir détruit mon frère.

Ainsi convenu.

Je m'apprête à aller abattre quelques phacochères, comme je fais souvent, pour nourrir le village, quand une nouvelle information arrive au corps de garde. C'est l'annonce d'un deuil à Ilengui. Le vieux N'Dinga, chef de moindre importance que Moundouli, mais son égal au *bwiti*, est mort.

N'Dinga a spécifié de son vivant :

– Je ne veux pas être porté.

Ambition légitime. Au Bavongo, chez les Mitsogho surtout, seul le commun des mortels est conduit au cimetière accroché à une perche. Au rang de N'Dinga, le cadavre s'y rend par ses propres moyens. Mais qui, en la circonstance, a le pouvoir de faire « marcher le mort »? Moundouli. Personne d'autre. Le voilà donc obligé d'oublier ses soucis et de se rendre à Ilengui, toutes affaires cessantes.

Ces obsèques m'intriguent. Un mort qui marche... L'idée me poursuit tout au long de ma journée de chasse. J'y pense pendant la nuit. Là-bas, sous l'autorité de Moundouli, un sacré *bwiti* doit ronfler! J'y pense d'autant plus que, lorsque j'étais enfant, mon grand'père Isaac m'a raconté un épisode semblable. Il y avait lui-même assisté au cours de ses voyages de jeunesse dans les pas de Du

Chaillu. Sur le moment, j'ai cru qu'il se moquait de moi, ou qu'il fabulait, comme tant de voyageurs.

Dès le matin, ma décision est prise. Je vais faire les dix kilomètres et essayer d'assister à l'ultime « marche » de N'Dinga.

J'arrive.

Je vois N'Dinga couché sur une natte.

Il est bien mort : l'odeur le dit assez. Avec le soleil qui donne, la puanteur va croître. Hier, pendant que Moundouli préparait le *bwiti,* on a creusé un trou à moins de cent mètres du village. Deux torches brûlent dans la case. Un musicien tire sur la cithare à six cordes. Plusieurs autres jouent du *hombré,* une harpe particulièrement sonore.

Je ne sais qui a décrété l'heure de la « marche ». Depuis un moment, nombre de tam-tams se manifestent. Moundouli a hésité avant de m'autoriser à rester. Ma présence ne gênerait-elle pas les opérations? Je le rassure. Je ne dresserai aucun obstacle par mon esprit. Signal donné, une centaine d'hommes accourus ont commencé de tendre les bras dans la direction du défunt.

Observons maintenant ce qui va se passer.

Les tam-tams se déchaînent. Les hommes présents font le geste d'attirer le mort. Rien ne se produit. Si je n'avais promis au chef ma participation morale, ce serait la désillusion. Peut-être même ricanerais-je.

Le vacarme ne faiblit pas. Il se discipline pourtant. Il épouse un rythme de métronome. Les hommes halent toujours. Ils ne se lassent pas. Au contraire. La foi les habite de plus en plus.

Dix minutes. Un quart d'heure. Rien encore.

Mais soudain, ai-je rêvé?.. Le mort a remué. Suis-je devenu fou?... Le mort, raide comme une planche, a eu le mouvement d'une planche que le flot soulève!

Je demeure ébahi. Le rythme des tam-tams? Un moteur de camion à bielle fêlée. Mais au centuple. Le geste des hommes? Toujours de tirer. D'attirer. Ils reculent pas à pas. Au fur et à mesure, le cadavre se redresse!

A ce point de mon récit, je dois certifier qu'aucun fil visible ou invisible n'entre en jeu. Aucun artifice ne peut être invoqué. Le cadavre est libre de tout soutien, de toute attache. C'est par ses propres moyens qu'il se met sur pied. Disons plutôt par la volonté de tous les hommes présents, par l'insistance même de leurs gestes hallucinants.

On m'a souvent demandé par la suite, au Gabon :

– Vous qui avez vu le phénomène du « mort qui marche », à quoi l'attribuez-vous?

Je crois sincèrement à une grande force spirituelle. A l'union des volontés tendues comme un fluide électrique. Il faut dire que, dès le début, Moundouli a éliminé pas mal de monde. Je n'ai dû mon admission qu'à la promesse de participer. Quand la cérémonie sera terminée, je ressentirai une immense fatigue. Je serai au bord de la perte de connaissance. Le phénomène doit mettre en jeu, je le suppose, la totalité des ressources de l'individu.

Mais revenons à N'Dinga.

Il marche.

Les tam-tams le soutiennent. J'ai pu constater à plusieurs reprises que dès que le rythme faiblissait, le cadavre avait tendance à s'affaisser. Très vite les hommes halent, la batterie repart... Quand le cadavre avance, ce n'est jamais par des pas. Il semble porté par une vague. Le faciès est horrible. Les membres – bras et jambes – ne bougent pas. Et pourtant... les cent mètres sont pratiquement couverts. Il est vrai que depuis que N'Dinga a quitté sa natte, une grosse heure a dû s'écouler.

Au bord de la fosse maintenant.

Les batteurs exténués vont-ils s'interrompre? Le cadavre va-t-il s'effondrer?

Le son redouble. Le cadavre hésite. Il tournoie audessus du trou. Il est sur le point de piquer du nez. Ce n'est pas ainsi, pourtant, qu'il doit tomber. Moundouli en a décidé autrement. Encore une ruée de tam-tams. N'Dinga est enfin dos à la fosse. Moundouli fait un signe. Aussitôt le silence.

N'Dinga est tombé à la renverse dans sa dernière demeure.

Je ne sais comment j'ai pu rentrer à Tsinguépaga. Sur le plan physique comme sur le plan nerveux, je me sentais « vidé ».

De retour dans ma case, je dors l'après-midi. Je dors la nuit complète. Moundouli est plus exténué encore. Quand je le reverrai, il n'aura pas recouvré l'usage normal de la parole.

Décidément, ce séjour aura été fertile en émotions! Des singes qui tombent! Un mort qui marche! Les jours suivants, c'est pour échapper à ces histoires un brin rocambolesques que je me raccroche à mes activités de chasse.

La région est giboyeuse. Les phacochères abondent. Pourtant, en croyant m'éloigner du village, un matin, je reviens plus que jamais à ses intrigues, à son drame secret.

Nous sommes dans une forêt développée sur anciens brûlis, Doukaga Valentin et moi. Après de brèves recherches, nous avons la chance de tomber sur un passage de phacos. Le troupeau est nombreux. Mais son approche laborieuse. Il faut ramper en terrain broussailleux et farci de scorpions. Qu'importe. Je tire dans le tas et touche un gros cochon. Un second ne peut s'enfuir sans que je le replombe. Et nous voilà perplexes, à trois lieues du village, avec ces pièces de gibier que nous ne pouvons ramener.

– On les met à l'eau? propose Doukaga.

Immergée, une carcasse de phaco se conserve vingt-quatre heures : le temps qu'on vienne la chercher.

Nous repérons donc un marigot, dans un bois de parasoliers. Y charrier les deux bêtes, les dépecer va nous absorber. A un moment, pour aider Doukaga, je suis obligé de monter sur un tronc couché au travers de la berge. Je lève les yeux... Et c'est alors que j'aperçois un énorme gorille! Un gorille d'une noirceur affreuse dans le feuillage pâle!

Le gorille arrive sur nous à toute vitesse. Parti de vingt mètres, il accomplit la distance en quelques projections, de branche à branche. Je n'ai pas le temps de réfléchir : j'arme et je tire. A quatre mètres, le gorille prend la décharge en pleine poitrine. Trop atteint pour venir tordre le canon du fusil, il oblique. Il court sur sa gauche en hurlant. Il va s'abattre contre un arbre à une vingtaine d'enjambées.

Tout s'est passé si vite que je n'ai pas eu la notion du danger. C'est après seulement que la suée de peur m'inonde. Doukaga n'a pris conscience de ce qui se passait qu'au bruit de la détonation. Nous nous regardons. Là-bas, dans les feuilles, le grand singe continue de râler. Il pleure. Il mord l'écorce.

– Tu vas voir?

Doukaga fait signe que non. Aucune envie moi non plus d'aller l'achever. En ce qui nous concerne, nous sommes saufs. Si le gorille n'est pas touché à mort, il filera. Peut-être guérira-t-il de sa blessure. Si oui, tant mieux pour lui. J'en doute cependant. Et je me sens accablé.

J'ai été contraint de tuer trois gorilles dans ma vie. Jamais je n'ai pu éviter un arrière-goût de meurtre. C'est ce que j'éprouve pour la première fois. Pas un instant, pourtant, ne me revient à l'esprit la conversation avec le chef. Pour si étrange que cela paraisse, je ne repense à aucun moment à sa fameuse histoire. Il ne nous reste qu'à lever le camp – ce que nous faisons en repassant par des forêts basses, par des plantations de manioc abandonnées depuis deux ou trois ans, en ne nous arrêtant qu'à une vieille case qui tombe en ruine.

Valentin a préparé de quoi nous restaurer. Je mange

sans appétit. Le soir, j'apprends par les gens qui sont allés chercher les phacochères que le gorille est mort. Nouveau coup de cafard. Cette fois, je vais en parler à Moundouli et c'est alors seulement que sa réaction m'alarme.

– Tu as bien fait, me dit-il après avoir écouté mon récit. Ce gorille vous attaquait. J'espère, quand même, que ce n'était pas celui que l'âme de mon frère avait choisi d'habiter.

Le chef essaie de se persuader :

– Mon frère s'en prend à mes femmes, d'habitude. Pas à des Blancs.

Un doute plane, cependant. Malgré ses efforts, Moundouli ne parvient pas à me le dissimuler. Et si c'était ce gorille-là ? Il ne serait pas impossible que le frère irascible ait voulu atteindre son aîné à travers l'hôte que je suis.

Moins d'une heure plus tard, je vois arriver Doukaga, l'air inquiet.

– Il se passe des choses au village.

– A quel sujet ?

– Le frère du chef. Tu sais, celui de Marumba.

Un pressentiment me visite :

– Oui... et alors ?

– Des gens de là-bas ont apporté une mauvaise nouvelle...

Allons, bon !... L'anxiété me gagne... Le cadet de Moundouli aurait eu un malaise. Il allait très bien le matin-même. Il était devant sa case, occupé à nettoyer des lianes. Il envoie un enfant chercher une braise pour allumer sa pipe et, quand le gosse est de retour, celui-ci le trouve affalé sur son banc. Il est sans connaissance. Il râle et il bave du sang.

Selon Doukaga, les messagers n'ont pas été capables de dire s'il serait mort ou s'il vivrait encore.

A ce récit, je suis tenté de me précipiter vers le corps

de garde. Je revois la blessure à la poitrine. La bête affalée sur un tronc... Ces analogies font plus que me troubler. Doukaga me retient :

– Le chef part tout de suite. Ne va pas le voir. Il est très affecté. Il m'a simplement dit de te demander à quelle heure tu avais tiré sur le gorille.

– Autant que j'en aie une idée, il pouvait être entre dix et onze.

Doukaga s'assombrit :

– Embêtant, ça.

Le frère de Moundouli a été terrassé à la même heure!

A partir de ce moment, je commence à attendre les nouvelles de Marumba dans l'état qu'on devine. Pourvu que le parent de notre hôte réchappe de son malaise! La journée va me paraître interminable. J'ai l'impression d'être entré dans une histoire de fous. Je voudrais en sortir... En vain. L'écheveau se noue autour de moi. Ne serais-je pas devenu fou moi-même?

Nuit d'incertitude et d'angoisse. Je réalise que je me suis trop laissé prendre à la vie secrète de Tsinguépaga, à ce climat très spécial du Bavongo.

Si rien de dramatique ne se passe, dans les heures qui viennent, je vais battre le rappel de mes recrues et nous partirons dès que possible.

Au matin, me voilà fixé. Deux hommes reviennent de Marumba. Sans Moundouli. Notre ami est resté là-bas. Les hommes viennent chercher ses épouses.

Un instant je m'accroche à un espoir : ils n'ont pas dit aux femmes que le frère était mort. Doukaga me détrompe. C'est bien de deuil qu'il s'agit. Pour les pleureuses, il suffira de les mettre au courant à l'arrivée. Trop tôt, elles se rouleraient par terre et il n'y aurait plus moyen de les faire avancer.

Aucune échappatoire donc. Ainsi se dénoue l'histoire du gorille fétiché. Ainsi fallait-il que je quitte ce pays sur un drame qui aurait pu longtemps me tourmenter.

S'il ne l'a pas fait, au-delà du choc initial, c'est à la compréhension, à l'amitié de Moundouli que je vais le devoir. Malgré ses obligations funèbres, le chef revient à Tsinguépaga. Il me dit :

– Voilà. D'un côté tu as tué mon frère. Il était bien dans le gorille. Il a succombé au même coup de fusil. Là, il n'y a pas de doute. D'un autre côté, je ne peux pas t'en vouloir. En le tuant, tu m'as rendu service. Ce que tu as fait, c'est moi, un jour ou l'autre, qui aurais eu à le faire.

« En ce qui te concerne, sois en paix. Mon frère a voulu ce qui lui est arrivé. Aller jusqu'à attaquer un Blanc! Mon invité! Tu te rends compte? Tu arrives jusqu'ici grâce à Doukaga dont la mère était presque une parente à moi. Et non seulement il ne vient pas te voir, il n'assiste à aucun de nos *bwiti,* mais il se jette sauvagement sur toi...

On ne pouvait me donner plus équitablement l'absolution.

Il y a eu, peu après, le transfert des veuves d'un village à l'autre. Il fallait que ces femmes couchent par terre, dans une case spéciale, pendant les cinq jours de l'*otanie.* Selon la coutume, on leur déferait ensuite les cheveux et elles devraient pleurer toutes les nuits, à quatre heures du matin, pendant la durée d'une lune.

La *n'condé* commence par un souvenir, une historiette, le récit d'un exploit du mari défunt. Toutes les autres rajoutent un détail, une enjolivure et elles se tordent de douleur. Gare à l'insouciante dont le simulacre de pleurs serait surpris. Il y a une façon imparable de retourner le récipient, entre femmes, pour montrer qu'il est sec.

J'ai donné un gage de compréhension, moi aussi, en laissant de mon propre mouvement aux six femmes de Marumba la maison aux calebasses. Pour les deux dernières nuits, je couche chez le ménage Valentin. Nous allons quitter Tsinguépaga, ce village où j'ai passé des semaines si pleines. Le moment en est venu : à cause du temps mais aussi, je m'en persuade à tort, à cause de l'« affaire ».

Septembre est arrivé. A bien des indices on perçoit la grande mutation. Le souffle de la nuit couvre d'un voile humide les collines moins sèches; le vent soulève parfois une poussière rouge sur l'aire du corps de garde. J'aperçois entre les branches des cailcédrats géants un ciel de plus en plus bas. Dernier matin, très tôt...

La veille, Moundouli a « donné la bouche ». Incroyable! Elles sont toutes là, mes recrues! Doukaga fait l'appel et le compte est bon. Cent soixante-dix jeunes paysans, les femmes dotées – et même sept enfants qui se poussent entre les jambes de leurs mères.

Les gars sont venus comme ils seraient allés pêcher : nus. Un petit cache-sexe de cuir. Une cordelette autour des parties. Bras ballants et les mains libres, les plus chargés ont sur l'épaule un bout de filet dans lequel ils portent leur amulette.

De toutes les cases, on est sorti pour regarder les partants. La surprise se peint sur beaucoup de visages : ainsi les secrets étaient-ils bien gardés.

A toutes ces créatures candidement livrées, rassemblées devant le corps de garde, le chef va adresser le discours d'adieu.

Visiblement ému, Moundouli frappe trois ou quatre coups de *n'kendo*. Les curieux et la troupe font silence. Moundouli s'avance devant les rangs des recrues. Il leur dit en substance :

– Vous partez pour un pays lointain. Vous allez travailler au loin. Je demande à chacun une chose. N'oubliez pas que vous avez quitté ce village. N'oubliez pas que vous y avez laissé des êtres chers. N'oubliez jamais que vous faites partie d'une seule et même famille.

Un sanglot couvre la voix qui reprend :

– Moi, votre vieux chef Moundouli, moi qui vous ai vus

naître, pour la plupart, je vous demande de ne pas voler, de ne jamais faire le mal où vous irez. Travaillez. Respectez votre maître. Et qu'un jour vous puissiez revenir vivre ici!

Pendant que Moundouli parlait, plusieurs habitants n'ont pu retenir leurs larmes. Peut-être voyaient-ils partir un fils, un frère, un cousin?

Moundouli sonne encore le *n'kendo.* Il fait avancer mes recrues et, le pouce enduit de kaolin, il trace un trait sur le front de chacun, jusqu'au dernier. Cette opération terminée, il appelle un certain nombre de garçons. Les plus sérieux. Les plus expérimentés. Ceux qui pendant le voyage seront les guides, les conseillers de leurs camarades. Un à un, il les prend par les mains, il leur souffle dessus et il dit :

– Que le voyage soit bon pour vous, que le retour vous soit très bon.

Voilà. C'est fini. La colonne s'est déjà mise en marche. Comme personne ne parle, le silence est absolu. Aucun sifflet, aucune plaisanterie ne trouble ce moment vraiment poignant où une troupe nombreuse quitte le pays natal, certains peut-être pour n'y plus revenir.

VIII

Naissance d'Assévé

Voyage initiatique?

Si Jean Michonet ne l'appelle pas de la sorte, l'homme est aujourd'hui conscient de s'être forgé là, à l'école sans pitié de l'exploration et du recrutement. Double école qui l'aura vu passer de l'enfance à l'âge adulte.

Vu, *ou* fait *passer? Michonet n'emploie lui-même le mot d'initiation que lorsqu'il parle de son entrée dans le* bwiti *– et cette entrée, esquissée dès le premier voyage, deviendra effective au cours des deux expéditions qu'il entreprendra entre quinze et dix-huit ans.*

Car le jeune explorateur-trafiquant a écumé à trois reprises le pays bavongo. Ayant établi sa réputation, ne déclarant que dix recrues lorsqu'il en ramenait cent, ce sont de puissantes sociétés, maintenant, qui lui réclament des bras.

Il s'agit chaque fois de susciter des « volontaires ». Mais le garçon ne se tient pas quitte envers eux. La première nuit il regarde ces gens, sans rien sur eux et qui, parfois, grelottent. Connaissant le personnage – et quelle que soit l'ambiguïté de sa situation –, je ne doute pas que la fraternité ne l'ait emporté sur la cupidité. Il serait tenté de distribuer les couvertures dont il dispose... Mais Doukaga intervient : « Tu es trop près du Bavongo. Si tu leur donnes quelque chose, ils vont aussitôt disparaître. » La troupe fait des feux et l'on se serre autour dans une odeur de fauverie.

Dès le départ, Valentine a séparé le groupe des femmes de celui des hommes. Il n'est pas dit que deux jeunes, à l'occasion, ne parviennent à prendre quelque avance... Le plus souvent, la femme de Doukaga les a à l'œil. On ne badine pas avec la vertu de ses ouailles. Et le jeune Michonet, comment considère-t-il son petit monde?

Ambiguïté... certes! Lui pose-t-on la question, aujourd'hui, l'homme se défend d'avoir été un des derniers marchands d'esclaves. Il était recruteur, un point c'est tout. Il dit toujours : « Quand je faisais du recrutement pour les compagnies forestières... » Et quelle qu'ait été l'apparence, il a raison d'insister sur les formes de ce professionnalisme. « Doter » *n'a jamais voulu dire acheter.* « Placer » *n'a jamais voulu dire « vendre ». Aurait-on traité de négriers les honnêtes courtières qui, en ces années, dans nos villes dites « civilisées », trafiquaient sur les gens de maison et tenaient « bureau de placement » ? Le travail de Michonet, c'était un peu cela, avec beaucoup de risques en plus. Écoutons-le exprimer ses sentiments de jeune homme en cette première nuit :*

« Il m'arrive de regarder mes recrues à la lueur du feu. Les garçons sont d'une naïveté désarmante. Pour avoir plus chaud, certains ont posé la tête sur les bûches, au risque de se brûler le cuir chevelu. Je ne pense pas aux hectares d'exploitation que chacun d'eux va me rapporter. Je suis ému – presque épouvanté – à l'idée que je vais devoir nourrir, protéger un mois durant ces primitifs endormis. Que deviendront-ils dans leur nouvelle vie? » Avant de reprendre le récit de son incroyable équipée, Michonet a une formule qui, sur le moment, éclaire tout un pan de sa vie :

« On me les a confiés dans le même état que s'ils venaient de sortir du ventre de leur mère. »

Et le retour du Bavongo? On imagine les mêmes dangers

qu'à l'aller, décuplés par le nombre d'innocents à pousser devant soi, leur survenue brutale et, chaque fois, la sueur, la boue, la pluie, le soleil, les branches dans la figure, les moustiques, les abeilles agressives. En toile de fond, la forêt énigmatique et dévorante. Une certitude pourtant, à l'issue de ce premier voyage :

Je sais que je n'irai pas à l'orphelinat de Brazzaville. C'est fini, cette crainte irraisonnée qui était peut-être, au départ, le seul motif qui m'ait poussé dans l'aventure; cette ultime terreur d'enfance m'a quitté. La réussite ou l'échec m'en dispenseront, l'une comme l'autre. Mais comment penserais-je à l'échec, maintenant que chaque pas me rapproche de la zone d'influence de Mandja? J'oublierais volontiers que pour remplir mon contrat, je vais devoir livrer la main-d'œuvre à Padre et à Deroy sur leurs exploitations de l'Ogooué... Autrement dit faire couvrir à mes malheureux, en sens inverse maintenant, la distance que j'ai si facilement parcourue par voie d'eau...

Deux solutions me paraissent possibles.

Charger mes gens dans la pinasse, par groupes de vingt, et procéder à des navettes. Mais combien de mois durerait le transbordement? Il y aurait la possibilité de faire monter la colonne sur Lambaréné à pied. Plusieurs semaines également – à supposer que les pluies cataclysmiques ne nous embourbent sur les pistes de l'intérieur d'une façon tragique.

Je ne devais résoudre ce dilemme qu'une fois parvenu chez Mandja, décidant alors de laisser ma fortune – cette horde fumante sous les rosées matinales, ces torses lustrés comme du cuivre – dans le hangar aux pirogues, sous la garde de Doukaga, de Valentine, pendant qu'accompagné de Moussa-Youlou et de Pamba-Mori, je me rendais moi-même en pinasse à Omboué. Là, je télégraphiai à mes commanditaires d'envoyer sans tarder – et le plus loin possible – un remorqueur et son chaland. Ainsi n'avais-je plus à transborder la troupe que sur une distance réduite.

Dans l'immédiat, je suis à la joie de revoir le chef des Eshira de l'eau qui, en mon absence, a mis de côté plusieurs dizaines de moutons et qui a veillé sur mon embarcation comme sur la prunelle de ses yeux.

Je la revois avec émotion, cette pinasse « sans nom ». Rien ne garantissait que je la retrouverais en bon état de marche, au milieu du rio. Rien ne garantissait que je serais moi-même sain et sauf – bien que terriblement amaigri –, aussi invulnérable que se l'imaginent mes recrues.

Je monte à bord et passe l'inspection. Tout va bien. Le peu d'eau qui a filtré par la bague d'étambot a été écopé au fur et à mesure par le chef. Je vais chercher la magnéto chez la vieille femme qui l'a soigneusement tenue au sec dans son fumoir. Un point délicat : il va falloir caler le piston au point mort, serrer le boulon de l'entraîneur... Pamba-Mori cherche la pièce et ne la trouve pas. Il me dit :

– Je l'ai peut-être oubliée dans la case où j'ai dormi.

Si ce boulon est perdu, nous allons être contraints d'en tailler un autre dans du bois. Ennuyeux, ça... Mais pas au point de m'empêcher de savourer mon contentement. Tandis que Pamba s'est rendu au village, je suis seul sur ce bras de la Foubou. Au diable le boulon... Je suis adulte et la vie m'appartient.

Il doit être cinq heures. La rivière vibre à contre-jour. Partout des reflets de jade. J'ose siffloter en attendant que Pamba-Mori revienne en godillant sur le chenal. En faisant monter la rivière, la saison des pluies a noyé tous les chemins d'accès. D'où l'impression d'isolement que j'éprouve. Je sifflote et ne puis m'empêcher de réfléchir : en remorquant des pirogues, je pourrais profiter du courant qui s'accentue non loin d'ici... J'y rêve quand soudain...

Un léger bruit à fleur d'eau. « Pfutt... » Je n'ai pas prêté attention au point de distinguer s'il s'agit d'un oiseau, d'un serpent. Cela a-t-il fusé dans mon rêve?

« Pfutt... » Le chuintement a repris. J'examine cette fois son point de provenance. L'ancien sentier de la berge est submergé de feuilles mortes, de vase noire. Malgré mille trouées de soleil, ce serait plutôt lugubre! Je ne vois pourtant rien sur l'eau, rien au travers des roseaux. Mais n'ai-je pas eu le tort de regarder un peu bas? Tout à coup je comprends... Je ne vois pas la tête mais je discerne le corps d'un énorme serpent glissant sur un tronc comme sur une poulie. Sans la moindre hâte. D'un mouvement régulier. Cela coule comme un énorme cable charnu qui n'en finirait pas de se mettre à l'eau. Et puis, en une fraction de seconde, je vois des bulles à la surface de la rivière, de grosses bulles qui tracent un itinéraire en direction... en direction de la pinasse! Le « Pfutt... » a correspondu au moment où la tête s'immergeait. Et maintenant, au fur et à mesure que les bulles avancent, le corps n'en finit plus de coulisser sur la berge : un tronc de chair vivant – terriblement vivant – sur un tronc d'arbre mort!

Affolé, je me pose une question : « Un python ou un anaconda? » Un python n'atteindrait jamais de pareilles proportions. Un python n'aurait pas ces cercles d'écailles plus claires que des taches de soleil. Les pythons se laissent choir des arbres mais ne descendent jamais à l'eau... Il ne peut s'agir que d'un anaconda! Alors la terreur m'a inondé. Cela m'a pris au ventre avec, dans le naufrage de moi-même, un terrible sentiment d'injustice. Avoir fait tout ce que j'avais fait, tenir la réussite, l'argent et, de la façon la plus inattendue, la plus révoltante, se faire bouffer par un anaconda!

Une fraction de seconde suffit pour que je réalise. « Il arrive tout droit sur le bateau! » Inutile de placer le moindre espoir dans le retour de Pamba-Mori. Face à un anaconda, de quel secours me serait-il? Il ne serait pas plus armé que moi.

N'y avait-il pas de quoi pisser dans le froc et ne même pas sentir cette chaleur ignoble entre mes guibolles flageolantes? Je me répétais : « Cette saloperie de bête va franchir le rebord et tu n'auras même pas la possibilité de hurler... » Il fallait trouver quelque chose de toute urgence, dans la pinasse...

Mes yeux tombent alors sur une hachette, une dérisoire hachette rouillée qui était restée sous le banc. Je m'en empare. Avec sa gueule de petites proportions par rapport à un corps démesuré, mais qui se dilate jusqu'à avaler un buffle, l'anaconda me bouffera, probable. Ce ne sera pas faute, en tout cas, d'avoir essayé de lui trancher le col dès qu'il se hissera sur le plat-bord du bateau. Me maîtriser d'ici là... Être sûr de mon bras, si je ne peux l'être de mes sphincters... Pisser et chier, on s'y laisserait prendre à moins... Mon seul espoir, si minime qu'il soit, devrait résider dans la force et la rapidité du coup de hache, dans la précision avec laquelle je tenterai de trancher la tête lorsque celle-ci passera sur le plat-bord comme sur un billot.

Il ne me reste plus grand temps, les bulles ont avancé. Elles continuent de se diriger vers le bateau où je suis la proie désignée, déjà glacée... Je m'attends à voir sortir le ridicule périscope, à voir onduler à sa suite, de plus en plus épais, le corps monstrueux. Là-bas, sur la rive opposée, le tronc de chair continue de se dérouler sur celui de l'arbre mort.

Je ne sais si je suis en mesure d'effectuer ce dérisoire calcul mental, sur le moment... La rivière ayant trente mètres de large, la pinasse étant mouillée par le milieu, c'est près de quinze mètres que doit mesurer l'anaconda. Disons bien quinze mètres car ce n'est qu'une fois les bulles à hauteur du bateau que je vois tomber la queue, ultime et lourd paquet finissant par s'immerger à son tour.

« Par où la bête va-t-elle attaquer? Directement, en grimpant au plus près? Va-t-elle voir la hache et contourner mon refuge? » Glacé – et néanmoins pourvu de toutes mes facultés d'attention –, le bras tendu à se rompre, je guette... Rien ne se passe... Je regarde en tous sens... Et soudain un peu de chaleur me revient, une progressive et bienheureuse dilatation...

La sensation a précédé toute raison car je ne suis pas sauf pour autant... Les bulles ont disparu sous le bateau, mais rien ne prouve que le hideux adversaire ne va pas attaquer de bâbord.

Ahuri, je vois l'avancée des bulles reprendre de ce côté, se diriger vers l'autre rive. Incroyable! Le corps entier de l'anaconda va glisser sous la pinasse. Le corps entier va filer sous mes pieds. Cette fois, je vois la tête entière, légèrement surélevée qui, en tout mépris – plus vraisemblablement en toute ignorance –, laisse derrière elle embarcation et occupant. La chaleur bienheureuse qui a commencé de circuler m'investit désormais. Je perçois à nouveau le rythme de mon cœur. Sauvé? Je n'ose encore y croire. Ces bulles qui, à la surface de l'eau, signent ma délivrance, il suffirait d'un cri pour qu'elles se suspendent, pour qu'elles se dirigent à nouveau vers ici.

L'anaconda venait de passer sous mes pieds sans se douter un instant que l'ombre traversée était celle d'un bateau, ni que celui-ci portait sa charge de chair fraîche!

Je me suis interrogé, par la suite, quant à savoir si mon sifflement, au début, perdu sur la rivière comme un bonheur léger, n'avait intrigué le serpent assoupi et n'avait été cause de sa mise à l'eau. Il est plus vraisemblable que celui-ci avait envie de changer de site et que je ne venais de me trouver sur son passage que par le plus grand des hasards – ce hasard qui, en Afrique, peut indifféremment vous tuer ou vous faire participer aux mystères de la nature.

L'anaconda n'a pas fini de disparaître dans les roseaux que j'entends la perche de Pamba-Mori cogner contre le flanc de sa pirogue. Ainsi annoncé de loin, le garçon arrive en compagnie de Moussa-Youlou et de deux Eshira. Il a retrouvé le boulon et, fier comme Artaban, il rit à gorge déployée.

Je suis encore plus heureux que lui. La vue des coupe-coupe que portent les Eshira achève de me rassurer. Je raconte brièvement ma mésaventure à ces compagnons de dernière heure et, sur un ton de reproche moqueur :

– Pour un pays où, paraît-il, on ne connaîtrait pas ce genre de serpents...

– Comment, des *m'boumba?*

Les braves garçons étaient formels : le coin en était rempli. Au dire de leurs anciens, on en voyait d'énormes.

– Mais on prétend dans mon dictionnaire qu'il n'y a pas de *m'boumba* au Gabon. Il n'y aurait même pas de boas. Seulement des pythons.

Cette fois, les Eshira étaient hilares. A leur tour d'imiter Pamba-Mori et de rire en découvrant les amygdales. Ils m'ont demandé d'une seule voix :

– Est-ce que les Blancs savent de quoi ils parlent?

Sauvé des eaux et de l'anaconda – non sans quelques nuits hantées de cauchemars –, ma pinasse en état de marche, je m'apprêtais à partir pour Omboué et je maudissais par avance la monotonie des lagunes, cette grosse semaine obligatoirement perdue, quand un second événement – heureux celui-là – devait modifier mes prévisions.

Un bruit régulier, répercuté d'arbre en arbre à moins de deux heures du village de Mandja, sur la Foubou...

Étrange!

Cela ressemblait au halètement d'un remorqueur! Mais à quelle distance? Et pour quelle mission, en ces régions limites des forêts exploitées?

C'est au village Orobivouaqué, situé au point où la Foubou se jette dans la Doubanga, que je devais être tiré de ma perplexité.

Le halètement n'a cessé de croître. En attendant d'un instant à l'autre l'apparition du bateau, je me renseigne auprès des N'Komi à qui j'avais l'intention de louer des pirogues. L'un d'eux se dit l'homme de la S.P.P.O.

Plus incroyable encore!

– Et que vient-elle faire ici, ta société?

– De l'okoumé.

Selon le bonhomme, le développement de palmeraies avait été abandonné et l'on ne jurait plus que par le bois chez les Blancs. Le N'Komi était formel : il attendait une cargaison de rail d'Échoville. C'était même cette cargaison qu'apportait de la région de l'Ogooué le remorqueur *Douze-Noirs* sur son chaland... Le N'Komi n'a pas fini de parler qu'à ce seul mot d'Ogooué, je viens de me faire une petite idée.

J'attends donc sur ce qui tient lieu de débarcadère. Il est onze heures du matin. L'écho, porté par les arbres de kilomètre en kilomètre, finit par se matérialiser et je vois enfin, au coude de la rivière, ce « gros » remorqueur – un 40 CV de l'époque – et son chaland couvert de rail empilé. Le capitaine – ou ce qui en tient lieu – saute à terre et commence à râler :

– Comment? on ne lui a pas apporté son vin de palme?

J'ai le regret de devoir dire que ce parfait abruti était un Myéné, sale de surcroît, déguenillé.

Il me regarde avec appréhension, se demandant si je suis un adulte et ce que diable je viens donc faire là. Un contrôleur de la Société? La terreur d'être mouchardé lui donne l'air encore plus abruti – ce dont je profite pour l'attaquer sur ce qui m'intéresse :

– Dis-moi... J'ai des gens à emmener chez Padre et Deroy. Est-ce que tu peux me les charger au retour?

Le type dans tous ses états :

– Oh, je n'en sais rien, moi. Il faut que j'en parle à mon patron. Je me ferais engueuler, moi...

J'avais le choix entre un palabre probablement interminable, sans garantie de succès ou, étant donné l'étrange personnalité du « capitaine », l'agression pure et simple. Et, comme je connais le règlement et l'obligation pour tout bateau de cet ordre d'un livret de navigation à jour :

– Ton livre de bord, où est-il?

Soudain tremblant, le pauvre diable va farfouiller dans la cabine. J'ouvre le document :

– Tu as quitté tel jour...

L'analphabète me regarde avec stupeur. Aucun doute : je me comprends avec celui qui a écrit dans son livre!

– Comment, tu n'es ici qu'aujourd'hui?

Pour le coup, ma victime balbutie une histoire à dormir debout. Peu m'importe d'entendre justifier ou non un « trou » de quatre jours. Je prends mon stylo à bille et j'écris dans le livret, sur toute la largeur de la page :

« Je soussigné Michonet Jean, recrutant pour la Maison Padre, profite que le bateau *« Douze-Noirs »* de la S.P.P.O. est arrivé ce jour à Orobivouaqué, ils sont à l'arrêt, ils ont personne pour le déchargement, profite des hommes recrutés pour vider le bateau et, en compensation, me ramener au retour. »

J'écris tout ça. Crac... Je signe! Je dis au type :

– Maintenant, tu es forcé de faire comme c'est marqué là. Je vais chercher mes deux cents gars et nous te sortirons toute cette ferraille...

– Comment, vous me déchargez le rail?

– Parfaitement. Tu n'auras même qu'à te tourner les pouces.

Le type n'en revenait pas. Je le vois consulter le pilote, le graisseur. Le pilote imitant un conciliabule de Blancs :

– Eh bien, cher âmi... comme ça on va être débarrassés dès ce soir. On pourra repartir dès demain...

Il devait avoir laissé sa péronnelle sur l'Ogooué, celui-là. Et l'autre, à qui il devait tarder tout autant de revoir sa femme :

– Oui, oui, comme ça on remonte dès demain...

Le pitaine se serait tâté encore :

– Et qui c'est qui risque de se faire engueuler?

Il répétait maladivement :

– Qui c'est qui va se faire engueuler?

Mais tout de même... Il ne pouvait pas ne pas comprendre l'avantage qu'il retirerait si je faisais décharger ses cent tonnes de rail. Seul, il aurait dû recruter sur place. Et recruter, ici... Les N'Komi sont des Myéné : tous marins, pagayeurs, mécanos à l'occasion. Ils connaissent parfaitement les rivières et sont capables de naviguer plusieurs nuits sans dormir. Mais aucun n'aime le travail de force : le Myéné est rarement « gros bras ».

Alors, le capitaine, je lui simplifiais bigrement la tâche. La cause était entendue. Tout en faisant semblant de ne pas comprendre le myéné, je riais intérieurement des arguments du pilote prétentieux :

– De toute façon, il a écrit dans le livre, et ce Livre, c'est quelque chose...

Arrangement acquis, je laisse sur place mes vingt premiers garçons – ils vont commencer la manutention sans délai – et je retourne à Niambipanga. C'est une véritable bénédiction, l'arrivée de ce remorqueur et de son chaland; j'en ai le cœur transporté de joie.

Au village, il faut convaincre ceux qui ne veulent pas s'avancer sans leur promise : je ferai une dizaine d'aller et retour en une seule nuit. D'autres, trop pressés, au contraire, manquent de faire tourner la pinasse. Ils n'ont jamais rien vu, ces idiots de montagnards! A peine autorisés à monter, ils se lancent dans l'embarcation comme un seul homme. Et vlan!... Les voilà tous cul sur la rembarde. Une dizaine ont manqué de se noyer. Au contingent suivant, je vais les faire asseoir un à un, pour l'équilibre du bateau.

Agréable surprise à l'arrivée : Le *Douze-Noirs* est presque entièrement déchargé. Le premier contingent a fait merveille, chaque groupe de quatre Bavongo enlevant un rail comme s'il s'agissait d'une allumette. Le « capitaine » n'en croit pas ses yeux. Il ne pourra pas dire que je l'ai roulé, celui-là! Ce sera une circonstance atténuante, à l'arrivée, en cas de litige avec la S.P.P.O.

Tout mon petit monde est enfin parqué sur le chaland. Tout mon petit monde assis sur les planches, dans un brouhaha de parlotes et de caquètements.

Il me semble avoir joué un bon tour à la vie, un tour merveilleusement réussi.

Je m'en convaincs dans la pinasse, le lendemain, suivant le train au ralenti. Le remorqueur crache sa fumée sur les eaux limoneuses du Rainbo N'Komi et j'aperçois le plateau, à contre-jour, sur lequel deux cents têtes noires, apesanties de sommeil, progressent doucement vers les pays du Nord.

Que dire du succès de curiosité, chez Padre et Deroy, lorsque j'allais débarquer, quelques jours plus tard, avec ma troupe à bon port?

Comment, à moi seul, avoir ramené tant de monde? Deux cents hommes, dix-sept femmes, sept ou huit enfants... J'ai cru que les vieux roublards allaient avoir le coup de lune! J'ai cru que ces dignes propriétaires allaient danser l'*okoui* comme n'importe quel cabri indigène saoulé au vin de palme!

L'avenir de leurs exploitations était assuré. Ils allaient

pouvoir se lancer dans le programme des grands travaux qu'ils n'avaient pu entreprendre jusque-là, faute de bras. Et c'était moi, Michonet, moi, un métis de quinze ans, qui leur permettais cela!

J'aurais pu monnayer l'effet produit. J'aurais pu tirer meilleur parti de cette arrivée qui, par la force des choses, par la loi du nombre, tournait au grand spectacle. En fait, j'avais été défrayé par avance – et au-delà de toutes sommes engagées. L'acquisition de mon propre chantier serait bientôt assurée pour le jour où je serais émancipé. Une chose, surtout, me comblait d'aise et d'orgueil, à l'issue de ce voyage...

Padre et Deroy ne m'appelaient plus Jeannot, ni le « gosse de Michonet », moins encore – sous-entendu – le « négrillon de ce pauvre Michonet ». Ils me suppliaient de rester quelques mois parmi eux afin d'acclimater les travailleurs bavongo, afin de veiller à ce qu'ils roulent eux-mêmes les tuiles de paille de leurs futurs villages.

Pleins d'égards et de respect, devant contremaîtres et petits Blancs, Padre et Deroy ne m'appelaient que M. Michonet.

Les deux voyages suivants auront leur happy end : *le mariage de Pamba-Mori, bientôt celui de Moussa-Youlou, les solides compagnons de la première heure, trouvant chacun femme bavongo à son goût.*

Un drame pourtant – ce qui, partout ailleurs qu'en Afrique, aurait pu passer pour un drame : Doukaga Valentin, au dernier voyage, peut-être influencé par les facilités locales, par son aisance matérielle, ne va-t-il pas décider de prendre femme une seconde fois ?

Malgré mon inexpérience en ce domaine, je suis resté coi lorsque Doukaga m'a fait part de ses projets.

– Mais... Valentine ? n'ai-je pu m'empêcher de balbutier.

Je revoyais les péripéties, les innombrables difficultés que nous avions affrontées en compagnie de cette robuste femme. Silencieuse ou gaie, toujours confiante, la Valentine de Valentin s'était à ce point identifiée à notre épopée que je n'imaginais pas qu'une désaffection de Doukaga à son égard devînt jamais possible. Je ne pouvais me les représenter l'un sans l'autre. De plus, l'usage domestique que nous en avions en commun, le soutien moral de sa présence, l'affection que nous lui portions ensemble en avaient fait pour moi, dans la tendresse de mon âge et le vide où je me trouvais, à la fois une amie et une mère. Je la revoyais, souriante comme une grosse madone noire, au fond de la pinasse, tandis que le fusil à la main, je surveillais les frondaisons. Je la revoyais de corvée d'eau, dès la halte, chantonnant en allumant le feu. Combien de fois, la nuit, était-elle venue arranger ma moustiquaire ? Combien de fois avait-elle cherché les « chiques » entre mes orteils moulus ?

Maintenant, ce saligaud de Doukaga, épaissi par la prospérité, probablement émoustillé par une gamine à peine pubère, allait lui porter ce mauvais coup !

J'essayai de dissuader le factotum. Réponse :

– Elle ne manquera de rien.

Et avec un sourire satisfait :

– Avec l'argent que tu m'as donné, je pourrais en nourrir beaucoup plus !

Décidément, Doukaga et moi n'avions plus les mêmes conceptions. Il trouvait parfaitement normal de devenir bigame. Je n'avais plus qu'à guetter dès lors, avec frayeur, la façon dont Valentine accuserait le coup.

Un jour la fille en question arrive. C'est une jeune bavongo à la croupe d'élan, aux nichons à craquer. Ni plus ni moins sotte que la moyenne de ses compatriotes. Ni plus ni moins arriérée. Je la détestais déjà, cette créature de malheur. Je n'aurais voulu en rien être mêlé aux tractations familiales et je n'osais regarder Valentine. Un de ces soirs, ne risquait-on pas de trouver l'une des deux femmes raide morte? Je ne pouvais m'empêcher de souhaiter que la survivante soit la plus expérimentée... A moins que pour éviter rixe ou récrimination, tant que nous n'aurions pas quitté le pays, la petite ne dépérisse que peu à peu, au rythme de décoctions bien dosées – ce qui, eu égard à mon affection pour Valentine, me paraissait un moindre mal sinon une manœuvre tout à fait légitime.

Eh bien, à ma grande surprise, rien ne s'est passé. Valentine a accueilli l'intruse sans même sourciller. Doukaga l'avait-il convenablement prévenue? L'explication avait-elle été sincère de part et d'autre?

J'ai fini par rassembler mon courage et j'ai demandé à ma mère adoptive :

– Alors, la nouvelle, comment la trouves-tu?

– Elle est dure à l'ouvrage. Regarde : les plats sont récurés, le linge bien lavé.

Sur cet hommage rendu aux mérites de la co-épouse, Valentine a paru satisfaite. Je me le suis tenu pour dit et n'ai plus mis le nez dans les affaires de la maison Doukaga. Valentine était-elle contente ou résignée? Qu'est-ce qui avait pu éviter le drame? La soumission atavique de la femme africaine aux décisions du mari ou le soulagement de la première épousée, assurée désormais de pouvoir faire trimer une co-épouse à sa place?

Créer mon propre chantier, j'y avais toujours pensé comme à l'aboutissement de mes efforts si j'étais victorieux, peut-être même comme à une revanche sur la défaite paternelle. Et voilà qu'à dix-huit ans, dûment émancipé, j'allais le réaliser, ce rêve! Mais dans quelle solitude!

Mon plus jeune frère, André, était dans les Landes où on le soignait. René, l'aîné, n'allait pas tarder à mourir. Jacques était au sana de Brazzaville. Quant aux permis de notre père, à Ikengué, ils n'avaient pu être renouvelés – et pour cause! Pinasses et camions avaient été abandonnés à une multitude de créanciers dans la succession des « Mineurs Michonet ».

Fort heureusement, maintenant, disposais-je à titre personnel d'un solide compte à la S.P.P.O. et allais-je pouvoir porter mon choix sur une concession sise à Assévé, non loin de notre ancien permis – disons à une dizaine de kilomètres au sud-est.

Là, je venais de repérer deux mille cinq cents hectares absolument vierges, non seulement fournis en okoumé mais en acajou, noyer, sipo, sapelli... toutes essences parfaitement exploitables et flottables.

D'Ikengué au lieu-dit Assévé, la route actuelle s'élève jusqu'à atteindre une zone de plateaux couverts de forêt dense et de savane alternées. On est en plein pays N'Komi. Cette route existait à l'époque, ou plutôt il en existait l'ébauche qu'avaient tracée Jacques et nos anciens voisins. Lorsque je posai ma demande, ce tronçon était encore bon : il suffisait de remblayer.

Avant toute chose, cependant, je devais reconnaître l'emplacement du futur chantier, trouver la clairière propice, tracer le sillon qui délimiterait la nouvelle cité du bois.

Au cours de cette investigation, j'avais sur les talons un jeune garçon qui avait tenu à me suivre lors de mon dernier voyage. Moussavou, que j'avais rebaptisé Tom. Il m'avait été confié par le bon Moundouli, lequel avait jugé utile que ce parent à lui me serve et découvre le « progrès ». Initié dans le *bwiti,* Tom venait de jouer un rôle non négligeable dans ma propre initiation et, en bien des domaines, il était apte à me donner des conseils.

Pendant que nous arpentions les environs, quelques travailleurs spécialement choisis et que j'avais gardés pour moi en fonction de leur force, de leur bonne condition physique, suivaient dans un silence magique les mouvements que nous dictait la boussole. Pour nous abriter, en attendant de mettre quinze hommes à bâtir de provisoires paillotes, nous déployions parfois la bâche de la pinasse. Et voilà qu'une nuit, en cette saison difficile, une tornade se lève...

Il y avait un grand moment déjà qu'on entendait un souffle au fond des bois. Tout à coup, la bâche est soulevée comme du papier à cigarette, emportée. Surpris sans toit, nous grelottons sous une pluie glaciale.

Au lever du jour, nous nous sommes mis en quête de cette fameuse bâche. Nous l'avons retrouvée à plusieurs kilomètres : elle avait traversé la savane et était venue se prendre dans les branches d'un arbre. Elle ondulait maintenant, ving-cinq mètres au-dessus de nos têtes. Pour la récupérer, il n'y avait plus qu'à abattre l'arbre.

Je ne sais si j'ai vu un présage dans le fait que la bâche folle soit venue s'arrêter là, si ce sont les impératifs de la prospection qui l'ont véritablement commandé. Quoi qu'il en soit, nous avons posé le premier campement à cette lisière, exactement où était venu se prendre le cerf-volant.

Mais quelle fatigue, quel désenchantement à vaincre pour imaginer un chantier prospère sur ce qui, présentement, n'était qu'un bourbier!

En ce qui concerne la main-d'œuvre, il y avait longtemps que je pensais à ma propre installation et, si j'avais servi du mieux possible mes commanditaires, je n'avais pas manqué, au cours des deux dernières expéditions, de repérer les meilleures recrues, de les mettre soigneusement à part. Ainsi, ceux dont la robustesse s'imposait – ceux pour qui Doukaga, après avoir palpé la consistance du biceps, tirait la calme conclusion : « un bon coupeur » – étaient-ils laissés sur place sous divers prétextes. Il était entendu que je les emmènerais le moment venu. Joie de ces braves Bavongo lorsque j'étais effectivement revenu au pays! Je pouvais compter de la sorte sur une centaine d'entre eux.

Je dois avouer aussi qu'afin d'augmenter mes effectifs, j'avais imaginé un stratagème dont ma connaissance des mœurs locales m'avait prouvé l'efficacité. En ramenant une trentaine de femmes en surnombre, je pouvais espérer attirer les célibataires des chantiers voisins...

Des chantiers voisins, ou des chantiers rivaux?

Car je constatais qu'en réalité, si une certaine solidarité de façade pouvait jouer, entre forestiers européens, le petit jeu de la débine allait bon train, plus redoutable, me semblait-il, car beaucoup plus perfide, que les dangers que j'avais bravés dans la forêt.

Voyant mon installation avec jalousie, dépités par ma jeunesse, peut-être aussi par ce qui, à mon âge, pouvait passer pour de la forfanterie, certains ne me pardonnaient pas et avaient commencé de faire courir des bruits.

– Michonet?... il ne tiendra pas six mois...

Un de mes travailleurs est même venu me demander :

– C'est vrai que tu ne vas plus nous payer?

– Qui t'a raconté ça?

– Un homme.

Le démarcheur d'un concurrent, à n'en pas douter. A peine avais-je fait mon premier radeau qu'une information alarmiste circulait : « Il ne saura pas le vendre... »

Piqué au vif, j'allai voir le père Kléber, vieux matois sans scrupule que je soupçonnais d'être à l'origine de la rumeur :

– Mon radeau est déjà à Port-Gentil, M. Kléber. On me l'a payé rubis sur ongle.

– Eh bien, j'en suis heureux, avait répliqué le Gascon. Des radeaux impayés, il ne manquerait plus que ça, avec tout le mal qu'on se donne!

Puis, jovial :

– Tu réussiras, petiot... Tu réussiras!

A l'inverse, si le père Kléber se fâchait et prétendait que des hommes de chez lui, en quête de cuisse, avaient trouvé leur affaire à Assévé, je minimisais aussitôt :

– La cuisse... qu'y pouvons-nous, M. Kléber ? Essayez de reprendre vos types, je ne demande pas mieux.

En moins d'un an, avec une marge suffisante en femmes, je réussirai à doubler mon effectif au détriment de mes détracteurs. Ce n'est pas faute qu'il y ait eu certains jours d'orageuses explications, des cris et des menaces... Kléber est sorti de sa réserve, il a menacé de mettre le feu au chantier... Rien ne s'est produit cependant. Tout au plus un de mes gros-bras a-t-il été passé à tabac par les petits chefs du clan rival, au détour d'un sentier.

Aujourd'hui, connaissant mieux la vie, étant devenu plus méfiant, je m'étonne que rien ne me soit arrivé. Un coup de feu claque si vite, en brousse... Il est suivi d'un tel silence... En fait, je crois que les Européens qui eussent eu quelque raison de me faire la peau n'étaient finalement que de grandes gueules. On a parlé d'exécutions sommaires, naguère, dans le monde de la forêt. En réalité, lorsqu'un gêneur se trouvait précipité d'un radeau, le patron était rarement dans le coup. Ce n'était le plus souvent qu'un sous-fifre irascible, un contremaître saoul qui avait largué la forte tête à la fosse aux crocos.

Je n'aurais voulu justifier en aucune façon les mauvaises langues mais il va m'arriver au début de rester deux mois, parfois trois mois sans parvenir à payer mes hommes.

J'ai dû tout acheter : matériel et camions. Créer Assévé, c'est la création d'un monde et, pendant quelque temps, les débours sans rentrées me feront me ronger d'inquiétude.

En ces circonstances, mes Bavongo sont admirables. Ils ont chacun leur femme et, du moment qu'il y a de quoi manger, on ne se tracasse guère du reste. L'économat il est vrai n'a jamais manqué de rien. Manioc, riz, fumoir de première qualité... Enfin, beaucoup mieux qu'au cours de mes pérégrinations, je vais me rendre compte que le Bavongo est d'une étrange composition. Travailleur? Quand il veut. Mes hommes ont-ils un *bwiti* à préparer? Je n'ai soudain plus personne. Plus question de « Jeannot » ni du patron. Je pouvais tenter de les secouer... « Si tu ne viens pas aujourd'hui, je te coupe la journée en bas » – en clair : « Je te fais sauter la paye »... Mes types gloussaient bien gentiment. Du moment qu'ils avaient un porc-épic dans leur piège, de quoi se distraire à la veillée...

A l'époque dont je parle, le Bavongo n'a aucun besoin. S'il n'a pas de quoi acheter de pétrole, il va se fabriquer une torche, voilà tout. Travailler est pour lui une occupation fortuite à laquelle il ne se livre que pour vous rendre service. Il considère que c'est une gentillesse qu'il fait à « Jeannot », au maître – et si Jeannot ou le maître se fâche, eh bien tant pis, ça ne changera pas grand-chose.

Un Bavongo ne vous contrariait pas, il ne répliquait jamais : il s'éclipsait... Bien doué, alors, qui eût réussi à le débusquer! J'ai failli tuer accidentellement l'un d'eux qui, pour éviter la besogne, s'était si bien camouflé que je l'avais pris pour un gorille.

Il n'y avait pas de Caterpillar en ces débuts. Il fallait dessoucher à la pelle, à la hache, damer à main d'homme. C'était au moment où, le chantier déjà lancé, je venais d'entreprendre la construction d'un réseau de communications secondaires.

Le matin, je réunissais les gars et leur fixais la « tâche » – une part proportionnée à la largeur de la voie et à l'importance des racines à enlever. Quand il n'y avait que des « quéqué », on comptait davantage : jusqu'à quinze mètres, par exemple, à damer pour la journée.

Un matin donc, ayant donné la « tâche » à chacun de mes travailleurs, j'allais m'en retourner quand je m'aperçois qu'un des premiers postés a déjà déserté. « En voilà un qui doit soupçonner sa femme ou qui a décidé d'aller couper des lianes pour son compte. » L'aurais-je intercepté, il ne se serait pas démonté : « C'est la tâche, M'sié, mais lundi on verra bien... » Ou alors : « J'ai eu mal à la tête... » Ou encore : « Y a un serpent, un gros serpent qui m'a fait peur... » Je n'allais assurément pas poursuivre un Bavongo décidé à me jouer la fille de l'air. Ces gens ont un certain génie : dans le clair-obscur de la forêt, on peut passer cent fois devant l'un d'eux. Il suffit qu'il soit d'une immobilité parfaite, qu'il se mette une feuille dans la bouche... C'est la manière pygmée de se dissimuler – ce que tous ces gens ont hérité de la vieille race pygmée.

Le seul à connaître la manœuvre et que je n'ai jamais vu embarrassé pour dénicher les mieux planqués était Doukaga Valentin – Doukaga demi-bapounou, demi-bavongo :

– Allons, sors de là, j'ai senti ton odeur...

L'innocent bougeait et se livrait à un Doukaga d'autant plus ravi qu'il n'avait rien senti du tout et qu'il lançait ses admonestations au hasard.

J'étais donc sur le chemin du retour, ce matin-là, et j'avais oublié mon déserteur. Je pensais à un gorille qui fréquentait les parages et qui m'avait fait courir, quelques jours plus tôt. Était-il seul ? Se faisait-il d'autant plus agressif qu'il accompagnait une femelle pleine ? J'étais armé lorsque je traversais ce coin de forêt et je me disais : « Si un de ces singes m'emmerde encore, je lui colle du plomb et on n'en parle plus. »

Or, à l'instant où je pensais cela, je crois voir l'ombre du gorille glisser d'arbre en arbre. L'ombre s'immobilise comme si l'animal bandait ses forces avant l'élan nouveau. Je mets en joue et, au moment de tirer, une intuition extraordinaire me traverse... Ce gorille ne porterait-il pas un tricot de peau bleu marine ? Et si c'était mon gars de tout à l'heure ?

Je n'ai eu qu'un cri :

– Espèce de con, que fais-tu là ?

Le Bavongo n'a pas cherché à prolonger le numéro; il a brusquement compris qu'il ne s'agissait plus de lui « couper la journée en bas » mais que j'avais failli lui trouer la poitrine. Il claquait des dents.

– J'ai failli te tuer, espèce d'imbécile. Tu n'avais donc pas vu que j'avais un fusil?

Partir un beau matin, donner la « tâche » et revenir une heure après en ayant tué un homme! Cette seule pensée m'aurait rendu malade.

Une fois installé, mon exploitation ayant bien démarré, j'ai eu d'autres sujets de préoccupation que ceux directement liés à son fonctionnement. C'est le moment où j'ai commencé d'ouvrir les yeux sur le pire malheur qui, en ce temps-là, pouvait atteindre un être humain : la lèpre.

Déjà, du vivant de mes parents, je m'étais rendu compte qu'il y avait beaucoup de lépreux au Fernan Vaz. Il existait plusieurs léproseries disséminées dans la région d'Omboué. Ces petits centres avaient été créés par le Service de santé des colonies mais, faute de moyens et de prise réelle sur les populations, ils se transformaient rapidement en mouroirs.

C'était simple : on regroupait un certain nombre de lépreux en leur donnant la possibilité de subvenir plus ou moins à leurs besoins sur une plantation. Pour tout lien avec l'extérieur, il n'y avait guère qu'un infirmier indigène qui ne tardait pas à devenir malade à son tour, pour peu qu'il ait commis quelque négligence ou qu'il ait couché avec une lépreuse.

A partir de ce moment, le village était exclu. Tout le monde passait au large. Un lépreux pouvait crier de la berge : « Est-ce que vous avez du poisson? », la pirogue du pêcheur s'éloignait comme si son passager avait entrevu le diable. Et les lépreux qui n'avaient bientôt plus la force de travailler à leur plantation, qui n'avaient pas le premier sou pour acheter un filet, à qui personne, du reste, ne serait venu le vendre, ce filet, surtout lorsqu'il était devenu notoire que l'infirmier était contaminé à son tour... ces lépreux n'avaient d'autre solution que de se laisser mourir.

On les appelait d'ailleurs ainsi, dans les villages environnants : les « morts ». Le seul aspect positif de l'institution des léproseries a été, à mon avis, de limiter la contagion. On ne soignait pas un lépreux, on le soustrayait du nombre des « vivants ». En procédant ainsi, on diminuait le risque – et c'était tout. Avant de laisser partir un membre de la famille pour la léproserie, certains essayaient de truquer, de maquiller les lésions. Ils commençaient de faire des scarifications au rasoir et ils frottaient du charbon de bois dessus. La belle affaire. Même en se noircissant ou en se faisant noircir la chair tous les matins, comment donner longtemps le change? La peau d'un Noir n'est pas noire... elle est grain de café – ou « tête de nègre », comme on dit maintenant. Alors, après cette tentative soldée par un échec, la deuxième attitude était de cacher les malades avant que la « schtrasse » ne les dépiste. On planquait l'épouse ou la grand'mère. Ainsi ai-je eu des gens qui sont venus me voir, quand on a su que je soignais moi-même les lépreux :

– Vous ne pouvez pas me donner une dose de piqûre? C'est pour une femme qui est au village et qui ne peut pas venir jusqu'ici.

– Non, je ne donne pas la dose comme ça, il faut que cette femme vienne.

Air embêté du premier à s'être aventuré de la sorte :

– Mais elle ne peut pas...

Et après une hésitation :

– Elle est déjà morte.

Le palabre au sujet de la morte-vivante – « morte » en langage administratif, c'est-à-dire rayée du registre de l'état civil au dernier recensement, soigneusement planquée dans une case –, néanmoins, était interminable. Pourtant, mon insistance à faire sortir les malades de leur cachette aura été souvent payante. Les gens n'ont pas tardé à comprendre qu'avec moi, ce n'était pas comme avec l'Administration... Et la première « morte » que j'ai vue arriver n'était pas un cas banal! La moitié du visage était bouffée, un seul gros œil surnageait dans ce désastre, elle n'avait plus qu'un sein... Eh bien, malgré tout, un de nos gars avait trouvé le moyen d'en faire ses dimanches car elle avait la chaude-pisse!

J'ai aussitôt engueulé la famille :

– Bande d'abrutis, elle ne pouvait pas venir parce qu'elle était « morte » et, en plus, elle avait la chaude-pisse!

C'était ce qui me paraissait le plus redoutable, simple pitié mise à part, le signe qu'elle pouvait être un danger pour une bonne moitié des gens de mon chantier... Je dis alors à un garçon de confiance, N'Combé Rémy, dont le fils est devenu plus tard Principal des Douanes gabonaises, je dis à N'Combé :

– Aide-moi. Cette femme est un être humain. On doit la soigner.

Je me suis débrouillé pour obtenir un nouveau produit alors rarissime au Gabon : de la pénicilline. Nous la lui avons administrée et de plus, en nous bouchant le nez, nous lui avons fait des injections au permanganate à l'aide d'un de ces bocks d'émail dont on se servait pour mettre le vin, lorsqu'on recevait les officiels de la « schtrasse », en manière de plaisanterie, du temps de mon père.

C'est à peu près à cette époque que j'ai reçu la visite du Dr Ménette.

Le Dr Ménette, un bien brave homme, a fait toute sa carrière dans la lutte contre les grandes endémies. Il arrive un soir à Assévé, fatigué, déçu par ses conditions de travail :

– Je ne vois que des léproseries où rien ne marche, me confie-t-il, effondré dans son transat, essayant de s'éventer du revers de son casque.

Au cours de ses innombrables tournées, le soleil lui a brûlé la peau et le désenchantement accentue les rides profondes de son visage de vieux médecin empreint d'une bonté navrée.

Je ne voudrais pas faire de peine à Ménette mais il est vrai que la situation est désastreuse par ici. Depuis combien de mois, sinon d'années, plus aucun médecin ne s'est rendu sur le terrain ?

– Je sais, me répond-il, il faut que ce soit moi, chargé de Libreville, qui vienne fourrer mon nez dans les affaires de l'Ogooué maritime. Que voulez-vous que je fasse, je suis complètement seul !

Le Dr Ménette est d'autant plus écœuré, ce soir, qu'avant de pousser jusque chez moi, il s'est rendu chez mon voisin Kléber. Et Kléber s'est défilé. Serait-ce à lui de soigner les lépreux ? « J'suis pas une bonne sœur ! »

En d'autres temps, le médecin eût réussi à amener mon concurrent à de meilleurs sentiments. Mais le moment était mal choisi. Ne commençait-on pas à découvrir le contenu des nouvelles institutions de l'Union française ? Comme bon nombre de vieux colons, Kléber était furieux à l'idée que des Noirs puissent accéder à certains postes ; plus encore, que n'importe laquelle de ces bêtes de somme ait la possibilité de devenir député. « Député, vous vous rendez compte ? ça va être du propre quand ces types vont grimper les marches du Palais-Bourbon à quatre pattes ! »

Non, le vieux Kléber ne perdrait pas son temps à soigner les lépreux. Le Dr Ménette pouvait aller plus loin. On lui suggérait de passer chez moi, qui l'accueillais maintenant, chez notre voisin Lapébie.

C'est alors que je n'ai pu me retenir :

– Écoutez, vous voulez que je vous dise ce que je pense de vos léproseries ?

Le docteur me regarde, surpris; il ouvre toutes grandes ses oreilles.

– Sincèrement, ces léproseries sont de la foutaise. Des gens qui sont « morts », pour vous, qu'on vous a dit de rayer du registre, je pourrais vous en montrer des dizaines et des dizaines...

Je me suis mis en devoir d'expliquer alors au médecin comment on voyait la chose du côté indigène, comment fonctionnait réellement le système.

Mieux valait, me semblait-il, essayer de traiter les gens sur place.

A l'issue de sa visite, nous avions décidé, le Dr Ménette et moi, que je l'aiderais dans sa mission. J'essayerais de soigner les lépreux de mon secteur avec l'aide et la fourniture des nouveaux médicaments du Service de santé. C'est ainsi qu'à partir de ce jour, tous les lundis matin, je vais tenir un dispensaire à Assévé.

Les lépreux n'ont pas tardé à sortir de leurs cachettes et à venir me voir. J'avais fait « donner la bouche » un peu partout. J'avais annoncé que je n'enlèverais aucun sujet à son village. D'ailleurs, mes propres travailleurs savaient que je n'étais pas de la « schtrasse » et, bien que leur patron, ils me connaissaient comme proche de leur monde à eux. Les lépreux ont donc commencé d'affluer tous les lundis matin – et cela pendant des années. Je pourrais dire : jusqu'à ce que j'aie arrêté l'exploitation forestière si la lèpre, au Gabon, n'avait cessé d'être un fléau avant même cette date.

Les premiers temps, j'ai jusqu'à deux cents personnes qui viennent me faire voir leurs taches ou qui sont là pour les traitements en cours. Je ne fais que ça jusqu'à midi. Mais je m'aperçois très vite qu'il ne suffit pas de se dire « Tu colles une piqûre de sulfones ou tu distribues tes cachets de Disulone... » Je vois un matin un malade qui, le lundi précédent, n'avait que des taches modérées et dont, brusquement, après début de traitement, la lèpre se met à s'aggraver d'une façon effrayante. En l'espace de quelques jours, le pauvre homme se couvre de lésions qui dégagent une odeur fétide. Des aggravations semblables, je ne tarde pas à en avoir un certain nombre. Que faire?

Je commençais à devenir assez anxieux et à regretter de m'être engagé dans ce qui, manifestement, dépassait mes capacités, quand j'ai vu revenir le Dr Ménette. Le médecin regarde mes patients :

– Mais malheureux, ceux-ci présentaient un cas de lèpre intriquée avec du pian!

Et de m'expliquer que le pian – une affection plus bénigne – occupe la place de la lèpre et l'empêche de sortir. En commençant à traiter mes pèlerins atteints des deux affections à la fois, j'avais tout bonnement éliminé le pian et, du même coup, levant le « frein », permis à la lèpre de flamber.

A partir de ce moment, sur les conseils du médecin, j'ai pris grand soin de faire la différence entre la lèpre et le pian. Lorsque je remarquais la présence de cette dernière maladie, mon attitude changeait. Je commençais par quelques piqûres en attendant la réaction. Je laissais reposer un mois puis, quand le malade revenait, je continuais son traitement aux comprimés de Disulone. Un demi-comprimé le premier lundi. Un comprimé entier le second lundi. Un et demi le troisième... Ainsi de suite jusqu'à huit comprimés. Puis je donnais des doses décroissantes. Enfin je laissais reposer un mois, avant nouvelle série.

Quand les patients revenaient, ils avaient chacun une fiche avec le tampon du dispensaire. J'inscrivais les doses administrées. Au cas où l'un d'eux aurait été arrêté dans le pays, les autorités administratives savaient tout de suite qu'il était en cours de traitement chez moi. Couvert par le Dr Ménette, mon dispensaire était devenu quelque chose de quasi officiel. Aussi, lorsque je certifiais qu'un malade était définitivement blanchi – un mot bien cocasse! – ne risquait-il plus de se faire ramasser et enfermer à la léproserie.

Au bout de quelques mois, Ménette n'est même plus venu vérifier. Il me faisait confiance. Il faut dire, surtout, qu'au bout de quatre ou cinq ans, la lèpre avait réellement disparu de la région.

Mes lépreux d'Assévé... J'ai vu d'étranges cas. J'ai par exemple à m'occuper de deux jeunes frères dont le père et la mère sont morts de la maladie. Tous deux sont atteints à leur tour. L'un s'appelle Koumba, l'autre a pour sobriquet « Sardine ». Pourquoi « Sardine »? Parce que ce dernier ne se nourrit que de poisson. Les deux frères sont ridiculement petits car la maladie a stoppé toute croissance. Eh bien, quand je les ai soignés, Sardine s'est mis à se développer d'une façon fantastique, il est devenu un vrai colosse. Au contraire, pour Koumba, qui était l'aîné, les soins venaient trop tard. Il a guéri de la lèpre mais n'a jamais pu rattraper une taille normale. Alors, par la suite, comme les deux frères étaient inséparables, on les voyait arriver côte à côte, en se dandinant : le nain et le colosse.

Sardine devait garder pour seules séquelles de la lèpre des doigts qui ne se redressaient pas. Ainsi, il n'aurait rien pu faire de ses mains. Comme ses bras étaient de vrais leviers, j'ai pourtant trouvé une solution par la suite. Je l'ai mis sur un tracteur. Avec son infirmité, il était parfait dans ce rôle, il est devenu un excellent conducteur de machines.

Le cas de Salibi était tout aussi pitoyable. Celui-ci, la lèpre l'avait rendu cul-de-jatte. Il ne vivait qu'en brousse et, lorsqu'on l'apercevait, il se déplaçait sur les mains à la manière des chimpanzés. Plus d'une fois des gens ont failli le tirer par erreur, comme j'avais manqué tuer mon farceur de Bavongo.

Salibi était de peau – pardon, de cuir! – particulièrement foncé. Il avait toujours sa couverture roulée sur la tête.

Doux et souriant, malgré de vilaines dents jaunes, il jouissait de l'estime générale. Nous faisions semblant d'oublier de la nourriture, les uns et les autres, aux abords du chantier, pour qu'il vienne la chercher. On l'aurait pris lorsqu'il voulait se rendre sur le lac Anengué, mais il refusait toujours. Il avait peur de tomber de camion.

Salibi préférait mettre quatre ou cinq jours à travers la forêt, mais il arrivait par ses propres moyens. Entre forestiers, nous nous arrêtions parfois pour le voir passer. On prenait des paris sur le temps qu'il mettrait de tel point à tel autre. Je crois que Salibi devinait la manigance. Il l'acceptait avec le sourire et, malgré ses infirmités, j'ai rarement vu quelqu'un d'aussi content de vivre.

D'autres, bien que traités, ont continué à perdre leur nez, leurs oreilles par la suite. On pouvait encore avoir, dans les villages, des visions de cauchemar. Ceci m'amène à dire que je comprends très bien que certaines personnes n'aient jamais voulu soigner les lépreux. Certes, il entrait de l'égoïsme dans leur attitude; plus encore une appréhension ou une répulsion qu'ils ne pouvaient surmonter.

Un jour, je vois arriver le vieux Kléber, le teint terreux. Il est littéralement décomposé. Kléber s'était défilé, lors de la visite du Dr Ménette. Il craignait à tel point la contagion qu'il chassait n'importe quel gars de son chantier s'il le soupçonnait d'avoir la lèpre :

– Tu es complètement pourri, fous-moi le camp...

Kléber vient donc me voir :

– Regarde Michonet, toi qui as l'habitude...

Il colle le bout rougeoyant de sa cigarette à un endroit de son torse où le contact, apparemment, ne lui occasionne aucune douleur :

– Qu'en penses-tu?

Je n'ai rien répondu. J'avais un peu d'affection pour ce vieux cornichon, au fond. Ne lui avais-je pas soutiré des dizaines de travailleurs, avec mes bonnes femmes? Le soir même il était à Port-Gentil et, s'il n'a jamais guéri, ce n'est pas faute qu'il se soit retiré à Nice ni qu'il se soit fait soigner par des sommités, en France.

Il avait la syphilis associée à la lèpre. Je crois qu'il est mort des deux maladies à la fois quelques années plus tard.

Je ne veux rien dire de l'attitude de Kléber et des gens de son espèce. Face à la lèpre, il y a toujours eu des réactions qui ne se commandent pas.

Au contraire, un de nos curés du Fernan Vaz, le père Pitot, de la mission Sainte-Anne, a été atteint de lèpre mais a très bien guéri. En découvrant ses premiers symptômes, il n'avait pas fait un drame, lui. C'était un homme sans peur, confiant en la volonté de Dieu. Il ne pensait qu'aux autres. Lorsque les gens ne voulaient pas s'éloigner, à son passage, il s'écartait de lui-même :

– Prenez garde, je suis encore contagieux.

Ce sont les supérieurs de son Ordre qui ont obligé le père Pitot à passer cinq ans en France où il a parfaitement guéri. Aujourd'hui, il ne garde aucune trace de la maladie. Je le rencontre parfois, lorsque je m'arrête à la mission, et nous reparlons de cette époque où la lèpre faisait de grands ravages.

Je ne peux pas dire qu'en tant qu'infirmier des lépreux je n'aie pas pris de précautions. J'avais enseigné diverses mesures d'hygiène à tous ceux qui travaillaient avec moi. Il me semble cependant que nous faisions beaucoup moins attention que le Dr Schweitzer que j'avais vu, lorsque j'étais enfant, courir se laver les mains à tous les robinets. Il est vrai que Schweitzer était alsacien et, dans tout ce qu'il faisait, on sentait une méthode rigoureuse et une discipline de fer.

Au cours des années où j'ai eu ce dispensaire ouvert, en marge du chantier, j'ai vu les mentalités se modifier à l'égard de la maladie. Les gens ont progressivement cessé de se cacher, ils n'ont plus relégué les membres de leur famille lorsque ceux-ci étaient atteints. La pratique de malades déclarés « morts » lors des recensements a peu à peu disparu.

Tout ne s'est pas fait en un jour, pourtant. Quand je serai entrepreneur de navigation fluviale, plus tard, j'aurai un de mes machinistes qui viendra me trouver :

– Voilà, je crois que j'ai la lèpre. Je crois que ma femme et mes enfants l'ont aussi.

Le brave Bina voulait abandonner le métier et aller se cacher, avec les siens, de peur que les gens ne sachent... J'ai eu beaucoup de mal à le détromper et à le convaincre de se laisser conduire à l'hôpital Schweitzer :

– N'aie pas peur, la lèpre n'est pas une maladie de honte. Vous êtes tous les mêmes... Vous attrapez la chaude-pisse et, parce que vous êtes le garçon, vous vous en vantez partout. Pour vous, la chaude-pisse n'est pas une maladie de honte...

Bina en convenait. Il était même tout content, à cette occasion, de me laisser entendre qu'il l'avait eue deux fois. J'ai donc repris :

– Pour moi, la chaude-pisse *est* une maladie de honte. Au contraire, la lèpre ne l'est pas; c'est une maladie qui arrive à tout le monde, qui pourrait m'arriver comme elle t'est arrivée à toi...

J'ai laissé Jean Michonet reprendre son souffle. Peut-être aurais-je pu contester ses psychothérapies-minute et les curieuses survivances de rigidité morale dont elles témoignaient. Rigidité allant de pair avec des laxismes d'une bonne foi souvent comique. Mieux valait noter, cependant, l'extrême sagacité, le véritable esprit clinique avec lesquels ce garçon avait affronté des problèmes d'épidémiologie que des spécialistes n'eussent peut-être abordés avec un tel sang-froid. Pour le reste, la naissance d'Assévé, racontée par son artisan, ne va pas manquer de détails savoureux. En premier lieu au sujet des subsistances :

...Ces subsistances que la direction des Eaux et Forêts contrôlait sans cesse. Je les avais à tout propos sur le dos, ces fonctionnaires-là – et je n'étais pas le seul dans ce cas : les patrons des chantiers en avaient une peur bleue.

Pour être en règle, tout magasin à vivres devait avoir une avance d'au moins une semaine. Mais le manioc ne pouvait se conserver longtemps, la banane non plus. Aussi était-on dans l'obligation de stocker du riz, produit extrêmement coûteux et, dans les réserves, d'avoir beaucoup de poisson fumé.

A la première négligence, le poisson fumé s'abîmait et attirait les asticots. Aussi n'ai-je pas tardé à reprendre la pratique villageoise des fumoirs, telle que l'avaient adoptée les anciens forestiers et, parmi eux, mon père à Essendé.

Dans le bac qualifié de « premier choix », je mettais la viande d'antilope, de buffle, de phacochère. L'antilope noire, dont la viande est forte, allait au second choix, de même que le gorille et le fourmilier. Enfin, dans le bac réputé « troisième choix », se desséchait tout le reste : caïman, pythons, iguanes...

Bien sûr, lorsque l'administrateur arrivait, avec sa « dame », on lui montrait d'abord le « premier choix ». Au « troisième choix » ce n'était même pas la peine de soulever le couvercle. A la seule annonce de pythons et d'iguanes, la dame poussait un cri. Dès lors c'était gagné; on pouvait parler d'autre chose.

Il faut dire cependant que dans les équipes, beaucoup n'étaient friands que de « troisième choix ». Ils n'y étaient nullement contraints. Pour mes Bavongo, la numérotation des fumoirs aurait pu être faite en sens inverse de celle des Blancs : ils aimaient le caïman, qui est une viande grasse, plus encore le serpent. Un goût que partageaient certains Européens, pour si étrange que cela puisse paraître; parmi eux, Michel chez qui nous avions fait halte, mon père et moi, lors de notre ultime remontée de l'Ogooué. Michel que je devais revoir une fois encore, avec mon frère Jacques, et que nous trouverions complètement déboussolé, dans une île du Fernan Vaz où il essayerait alors de cultiver le poivre.

Il fallait voir les rondelles de python qu'il mettait à sécher contre la paroi de la maison. Il les disposait en rosaces. Chaque matin, il allait s'en choisir une, à la pointe du couteau.

Camille Michel, originaire de Libourne, veuf et désespéré.

Afin de pourvoir les fumoirs, dans l'organisation d'Assévé, je prends également modèle sur mon père qui, jadis, au Moyen-Ogooué, avait toujours deux ou trois chasseurs attitrés. Il s'agissait de garçons qui ne faisaient que ça et à qui, marque de confiance, on allouait désormais un fusil convenable.

J'ai eu beaucoup de mal au début à n'être pas roulé par des candidats qui se disaient chasseurs. A l'épreuve, ces types étaient incapables de fournir un chantier de deux cents personnes. Les uns essayaient de chasser avec des chiens, d'autres piégeaient à la locale; j'ai même eu un incapable qui, faute de ramener phacos ou antilopes, abattait une vingtaine de singes pour ne pas avoir l'air bredouille. Je lui ai dit au bout de quelques jours :

– Dis, mes types commencent à trouver le macaque indigeste...

Tout allait changer, fort heureusement, avec l'arrivée de Bouquinda.

Bouquinda avait commencé à chasser pour mon père, quelques années plus tôt. Récupérer ce serviteur était pour moi une chance inespérée. D'où sortait-il? Combien de forêts avait-il traversées pour venir se proposer au fils de « M'sié Marcel »?

En lui-même, Bouquinda était déjà un cas. Fang parlant eshira et ayant quitté son ethnie d'origine pour vivre chez les Méria, l'homme avait une science extraordinaire des choses de la nature. Froid et méthodique, il choisissait son gibier. Plusieurs travailleurs qui le connaissaient avaient l'habitude de dire :

– Quand Bouquinda tire sur une souche, la souche se transforme en antilope.

A peine l'ai-je engagé, je remarque le sérieux avec lequel mon nouveau pourvoyeur prépare ses sorties. Sans être dupe du rituel, je comprends que cela présage une grande régularité de production. Et effectivement, Bouquinda ne rentre jamais sans deux ou trois potomachères, deux ou trois antilopes. La première fois qu'il n'en est pas ainsi, il vient me trouver la tête basse :

– Il faut que je parte quelques jours...

Je sais où il doit aller. Comprenant à demi-mot, j'accepte qu'il emporte son fusil car, contrairement à tant d'Européens méfiants, je sais que l'arme et la main doivent être purifiées ensemble. Que risquerais-je, d'ailleurs, à le laisser faire? Il ne peut chasser à mon insu et vendre son gibier en fraude, il est déjà tenu, comme tout chasseur indigène, par le compte des cartouches.

Je trouve donc normal, comme mon père avant moi, que Bouquinda emporte son fusil au cours de ses retraites et je m'interroge par avance sur les nouveaux tatouages qu'il arborera au retour.

Chaque matin, désormais, quand Bouquinda va chasser, il fait un raclement de gorge, en traversant l'aire du camp, destiné à me faire savoir son départ. Jetterais-je un coup d'œil par la fenêtre, je le verrais passer dans sa foulée régulière, silhouette lisse et athlétique, le short plié sur l'épaule et le fusil posé dessus comme sur un coussinet.

Le contact de la femme étant préjudiciable au chasseur et, à ce titre, le garçon n'ayant plus touché à son épouse depuis l'avant-veille, Bouquinda pousse devant lui un membre phénoménal. Il fait frais à six heures... Eh bien, Bouquinda a quand même le truc en l'air. Je ne le verrai jamais partir à la chasse que bandé comme un cheval.

Malgré les proies que les porteurs ramènent, leurs perches pliées à se rompre, on ne pourrait dire que Bouquinda, pas plus que tous ceux que j'ai vus faire profession de chasse, ait été un bon tireur. Un tireur, au sens où l'entendent les professionnels... A cinquante mètres, il manquerait une antilope dans un corridor. Le secret de son efficacité, et celui des gens de son espèce, est d'aller littéralement au contact. Mon voisin Lapébie me dit souvent :

– Ces types, il faut qu'ils touchent le gibier du bout du canon pour qu'ils appuient sur la gâchette.

J'ai vu Bouquinda à trois ou quatre mètres d'un troupeau de phacochères. Il lui est souvent arrivé de tuer deux phacos de la même cartouche. Mais c'est à la chasse à l'éléphant qu'il faudrait l'observer... En cela, il a fait naguère l'admiration de mon père. Là, foin d'arme perfectionnée, plus aucune envie de jouer à l'homme évolué. Bouquinda chasse « à l'ancienne ». A-t-il repéré un mastodonte? Tout un cérémonial va avoir lieu.

Il commence par se rouler dans la première flaque de bouse qu'il rencontre – ceci afin d'éliminer son odeur humaine. Impressionnant, lorsqu'on le voit se relever! Il est devenu un monstre brunâtre, à la peau craquelée, dont on ne distingue que les yeux.

Irrepérable à l'odorat, il ne lui reste plus qu'à ramper jusque sous le ventre de l'éléphant.

Dangereux? Certes. Mais pas dans la tête de Bouquinda qui se croit protégé par son fétiche. Le fétiche met un voile sur le regard des éléphants. Très probablement cette certitude, et plus encore le fait qu'aucun éléphant ne discerne clairement à plus de cinq mètres, font que le pachyderme ne se doute de rien, qu'il continue de brouter dans le vacarme de ses molaires.

L'arme, maintenant. Bouquinda ne jure, pour cette chasse, que par l'antique fusil à piston. Il a mis double charge, une bourre faite avec du filet de pêche dilacéré; là-dessus, une petite sagaie très acérée – une sagaie de bois qu'il a façonnée pendant des jours. Il a gratté... chauffé... gratté... chauffé... Le bois est devenu solide comme du fer et la pointe, indéfiniment affûtée, a été trempée à l'huile de djabi.

Cette sagaie de quatre-vingts centimètres dépasse à peine du canon.

Au terme de sa reptation, Bouquinda s'installe entre les quatre pattes. Il cherche le défaut des côtes et tire à bout portant. Le coup fait un incroyable boucan mais, déjà, la sagaie a perforé le cœur.

Évidemment, tout le problème est de sortir du périmètre de l'éléphant en une fraction de seconde. Sous couvert de cette bouse, qui pèle et s'écaille comme une armure illusoire, l'homme a échappé au flair du mastodonte. Il n'a rien vu ni rien senti. La véritable affaire, pour les gens comme Bouquinda, est de bondir avant que l'éléphant ne se mette à gambader en un ballet sinistre ou ne les prenne sous l'éboulis...

Ainsi chasse un de mes hommes, dans la première moitié de ce siècle, et ce qu'il va m'inculquer de son savoir concernant l'éléphant, les chasses que nous allons faire ensemble, tout cela est lié désormais à l'un des moments les plus cruels que je m'apprête à vivre.

IX

La part des choses

Si Bouquinda, maintenant à mon service, est dans un certain état, lorsqu'il traverse la cour, je dois avouer que l'activité laborieuse ne m'empêche pas de me trouver, moi aussi, dans des états similaires. Encore le chasseur a-t-il un exutoire, une fois débarrassé de ses superstitions quant au gibier...

De tout temps, les curés ont prêché la continence. J'ai dix-huit ans cependant; je ne suis plus dans l'état d'esprit qui présidait à mes voyages. Là, le but à atteindre éliminait toute sollicitation secondaire. J'étais à tel point tendu : survivre, conduire mes recrues, assurer leur approvisionnement, leur protection... que l'épuisement physique s'ajoutant à ces préoccupations, je ne faisais pas grand cas des femmes que me donnaient les chefs. Je les utilisais aux besognes domestiques, un point c'est tout. Après une journée de sueur, harcelé par les insectes, j'appréciais que ces braves filles aillent chercher l'eau, fassent bouillir les marmites, me lavent et me massent longuement la plante des pieds. J'appréciais qu'elles dorment de part et d'autre de la moustiquaire sous laquelle parfois un cauchemar me faisait sursauter.

Il est arrivé que je parle de façon approfondie avec certaines d'entre elles. Ces femmes si bonnes, si dévouées, je les aimais. Elles ne pouvaient se faire une idée exacte, de leur côté, de ma race et de mon âge. Pour elles, j'étais un drôle d'être humain... Il est arrivé qu'un chef m'interroge :

– Les femmes que je t'ai données ne te plaisent pas? Veux-tu les changer?

– Si, elles me plaisent. Je m'entends très bien avec elles. Simplement, ma vie est comme ça, j'ai beaucoup de soucis...

Le chef voulait bien admettre. Il avait l'air de se dire, néanmoins, que je tenais moins du Noir que du Blanc car le Blanc, c'est bien connu, pense beaucoup trop.

Cette fois, je n'ai pas moins de sujets d'inquiétude mais je suis vulnérable au maquereautage qui règne sur les chantiers. Certes, je saurais tenir mes distances... Je sais que « zieuter » une fille au passage, pour un patron, équivaut à déclencher immédiatement la procession des frères et des cousins. Et pourtant, je ne peux pas ne pas entendre, certain jour, un lascar myéné me susurrer :

– M'sié, y a une fille qui est arrivée de Port-Gentil, elle sait parler français, elle est bien.

Qu'en est-il réellement de la fille? Le gars veut son paquet de cigarettes, c'est évident. Ne pas avoir l'air trop affamé car le contremaître ne pourrait plus rien tirer de lui. On ne commande plus un gars censé « toucher le patron directement ».

– Bon... bon... J'ai compris... Cette fille, je suis assez grand pour la voir tout seul.

Et je la vois, effectivement, une heure plus tard, en me rendant au débarcadère. Elle passe et se trémousse devant moi, plus joueuse qu'agressive, avec sa cambrure vigoureuse et son fessier rebondi. Elle a l'air propre – en tout cas d'être de celles qui se lavent au savon.

Retour au chantier, revoilà mon lascar :

– Vous avez vu? C'est celle qui est passée tout à l'heure...

– Ça va... J'avais compris.

Et de laisser s'écouler deux ou trois jours pour respecter les convenances. Non sans qu'un autre lascar ne soit arrivé pour faire monter l'enchère :

– Un tel a voulu aller avec, mais je l'ai empêché.

– Bon... Bon... Qu'il aille avec!

Ou que le premier démarcheur ne soit revenu, ayant vu le second :

– Ce n'est pas lui, c'est moi qui ai empêché...

Étant donné l'enjeu, et en restant patron, je n'allais tout de même pas lésiner sur quelques têtes de tabac!

C'est au retour des coupes, le second soir, que j'ai trouvé la gosse en question accroupie près de mon feu. Pour une créature proposée de façon un rien crapuleuse, elle paraîtrait plus intimidée que quémandeuse... L'aurait-on contrainte? Tout est possible. Je voudrais la rassurer mais, saisi d'un tremblement, je ne parviens à lui parler.

Alors, en signe d'amitié, je m'assieds à côté d'elle. Je touche son genou. Il me semble que nous sommes deux jeunes animaux qui ont besoin de s'éprouver, tout en restant sur leurs gardes, par un premier frôlement.

Encouragé, je recouvre l'usage de la parole :

– Comment t'appelles-tu?

– Amélie.

Pas possible! Exactement comme ma tante. Mais je ne saurai si c'est à la mission ou dans sa propre famille qu'on lui a donné le diminutif de Méli. Elle me dit avoir quatre ou cinq frères et sœurs.

Son âge?

– Douze ans.

Voyons, ce ne peut être que l'âge du baptême, la date portée sur le certificat fera foi. Étant donné le village d'où elle est originaire, cela donne quelques années de battement. Elle doit avoir seize ou dix-sept ans. Mais où diable le maquereau myéné est-il allé chercher qu'elle arrivait de Port-Gentil ? Désir d'ennoblir le « produit », de se montrer à la coule ?

Pris par la douceur d'une présence inconnue, je ne puis me cacher combien j'en suis troublé, heureux peut-être. La nuit est fraîche... Ce n'est pourtant pas ce qui explique cette défense, soudain, de tout le jeune corps de Méli, ni le fait qu'en essayant de sourire, tout à coup, elle se soit mise à claquer des dents. Nous sommes près du feu et je vois l'image de la flamme danser dans le sombre de ses yeux.

« Méli... » Je répète ce nom comme une formule magique. Quand le brasier aura fini de rougeoyer, quand le moment sera venu de prétexter la rosée pour entrer dans la case, j'en oublierai ce qui était quelques instants plus tôt une hantise : faire en sorte qu'elle ne puisse se douter qu'elle est en réalité ma première fille.

Le lendemain, je craignais que le lascar myéné ne vienne aux nouvelles dès la première heure. Mais le garçon a le bon goût – ou le flair – de ne pas se montrer. Je redoute surtout la réaction des oncles et des tantes... Combien ma faiblesse de la veille va-t-elle me valoir de bouches à nourrir ? Je savais par les récits d'autrefois combien étaient embrouillés, fertiles en chamailleries, ridiculement coûteux, au jour le jour, les mariages « à la coutume ». Alors, devais-je renvoyer cette fille, maintenant ?

La renvoyer... Il me semblait déjà que si je le faisais, elle me manquerait. Ne pas avoir Méli le soir suivant... Sa douceur, le grain de sa peau, la chaleur de ses caresses – plus encore la tendresse qu'elle m'avait témoignée, au cours de la nuit, étaient plus forts que la perspective des ennuis dont ma vie de jeune forestier risquait dorénavant de souffrir. Qu'importaient ces corvées si j'étais assuré de la présence muette de Méli ? Dans l'obscurité de la case, sa présence savait ne se trahir que par l'intensité d'un regard au fond duquel il me semblait lire un sentiment d'adoration.

Aurais-je deviné dès cet instant le drame que nous n'allions pas tarder à vivre, je crois que j'aurais agi de la même manière; j'aurais gardé Méli auprès de moi la seconde nuit, les nuits suivantes...

Il y a trois mois, maintenant, que nous sommes *ironda :* autrement dit « amis » – on couche ensemble mais on n'en fait pas une histoire.

Le mariage « coutumier »? J'ai beaucoup hésité mais j'ai su l'éviter, provisoirement, en invoquant la magie. J'ai dit à Méli :

– Moi aussi je voudrais bien, mais j'ai une magie qui m'empêche.

En mourant, mon père m'aurait paraît-il demandé de ne jamais me marier du côté de ma mère.

Méli a hoché la tête avec beaucoup de compréhension. Elle sait qu'il n'y a rien à dire contre une magie.

Nous resterons donc *ironda*...Mais pourquoi ma compagne est-elle devenue si mystérieuse dans l'affaire de quelques jours? Serait-elle devenue adulte de façon accélérée? Il me semble que ma mère s'était comportée de façon identique, à une certaine époque. Même gravité. Mêmes silences. Eussé-je procédé à quelques recoupements, je me serais souvenu! Elle était ainsi lorsqu'elle s'était trouvée enceinte de notre frère André!

Les tâches du chantier m'occupent beaucoup trop, cependant, l'ouverture de nouvelles coupes d'okoumé m'absorbe au-delà des heures raisonnables; dernier en date de mes travaux d'Hercule, le remblayage des routes à grands renforts de treillis. Toutes ces raisons me font différer de poser à Méli les questions qu'elle attend, qu'elle redoute peut-être. A peine serais-je en mesure d'entendre ses confidences qu'une nouvelle aventure me presse et m'accapare.

Ce jour-là, c'est le camion Ford que je dois conduire sur une route difficile. Afin de gagner un voyage au débarcadère, nous avons chargé la veille. Je ne dispose pas encore de monte-grumes, aussi ai-je dû faire empiler les trois énormes billes au cric. Me voici en train de démarrer avant le lever du jour, priant le ciel que les tendeurs de la cargaison ne se relâchent pas.

En forêt, à cinq heures, il fait encore nuit. « On ne voit pas les poils », aurait dit le pauvre Léobald. Seule, une haleine très spéciale, surie mais presque fraîche, sort de l'inextricable masse de végétal. Je roule sur quelques kilomètres, non sans repérer des branches de *combo-gombo* qui jonchent le sol, non sans m'être dit : « Encore les éléphants... »

Je m'engage sur une portion du parcours qui gravit des collines avec, d'un côté la paroi taillée à vif, de l'autre le ravin quand, tout à coup, dans la lueur des phares, je crois voir le décor onduler. Sapristi !... Le temps d'arrêter, je me trouve à quelques mètres d'un éléphant qui déambule en occupant le milieu de la chaussée !

Pour le coup, il y a de quoi être furieux. « Celui-là, il y passe ! » Et avec le Springfield que j'ai toujours sous la banquette, sans même sortir de la cabine, j'ouvre le feu.

J'avais pensé d'instinct qu'une fois touché, l'éléphant allait bondir de côté et même, dans le cas fort improbable où cette balle suffirait, qu'il aurait la politesse de se laisser choir dans le fossé.

Décidément, voilà que l'affaire tourne au gag ! L'animal tombe sur place. Il s'effondre sans dévier d'un mètre. Stupide, cette masse avachie comme un gros tas de gélatine, au milieu de la piste, avec d'un côté, je l'ai dit, la paroi, de l'autre le précipice. J'avais voulu gagner un voyage et j'étais condamné à perdre plusieurs jours ; le temps que les habitants du plus proche village dépècent la bête et l'emportent morceau par morceau.

C'est alors que le boy qui m'accompagne juge bon de sauter du camion. Il tranche la queue du pachyderme et, cette preuve irréfutable à la main, court annoncer la nouvelle à la ronde. Ah oui... j'allais gagner en considération, mais la belle affaire!

J'en étais là de mes réflexions quand, à ma stupeur, je vois l'éléphant sans queue qui se met à bouger. Il se relève. Je me sentais d'autant moins fier que j'étais seul, maintenant, bien exposé dans mon camion face à un animal furieux. Allait-il charger?

Une balle en pleine tête ricoche sur de l'os. Une seconde balle derrière l'oreille et l'éléphant bifurque enfin; il commence à descendre dans le ravin. « Voilà au moins qui dégage! » Mais il me semblait entendre des bruits; je craignais la présence d'un troupeau...

Enfin, vers sept heures, Bouquinda, prévenu par le boy, arrive en courant :

– Où est l'éléphant?

– Dans le ravin.

– Venez avec moi, M'sié.

– Je n'ai plus de munitions.

Alors le boy, arrivant à son tour tout essoufflé :

– De toute façon il n'a plus de queue; il ne peut pas partir.

– Idiot, lui répond le chasseur professionnel, ce n'est pas la queue, c'est la trompe que tu aurais dû couper.

Et en effet, après avoir fouillé le taillis environnant, nous devons nous rendre à l'évidence : l'animal blessé a filé.

Il y avait des traces de sang un peu partout. Nous les avons suivies sur plus d'un kilomètre. La flaque devenait plus importante à chaque nouvelle pause que la bête avait dû faire. Pourtant, je ne pouvais m'éterniser, les travailleurs attendaient mon chargement, au débarcadère. C'est alors que Bouquinda m'a demandé de lui laisser faire son métier. Il allait se lancer sur la piste du moribond et saurait bien le retrouver.

Quand je suis revenu de déposer mes billes, je m'attendais à voir Bouquinda au bord de la route. Il n'était pas encore de retour. J'ai fait un second voyage, puis un troisième. Ce n'est qu'au terme du quatrième et dernier charroi, à cinq heures du soir, que j'ai trouvé mon chasseur au rendez-vous, assis au bord de la route. Il avait dû faire un chemin du diable et n'avait réussi à immobiliser définitivement le fuyard qu'après lui avoir tiré dessus à sept reprises.

La mort de l'éléphant a donné lieu à un dépeçage animé. Il était venu des gens de plusieurs villages, brandissant le coupe-coupe. C'est ce soir-là, tandis que retentissaient au loin les tambours d'un *bwiti,* que Méli a choisi de me faire connaître la grande nouvelle.

Elle a pris ma main et, sans prononcer un mot, l'a posée sur son ventre.

Je n'avais pas pris conscience jusque-là à quel point notre condition d'*ironda* pouvait se transformer du jour au lendemain. Vivre côte à côte : cela allait de soi. Mais tandis que les tam-tams battaient avec la sourde régularité de la circulation du sang, il y avait cette promesse de l'enfant pour nous unir et, à coup sûr, me lier plus complètement que je ne l'étais par ma qualité de métis à ce monde Noir d'où étaient issues ma grand'mère Ésonguérigo et, à sa suite, ma mère, Marie Isaac.

Bouleversante nouvelle... Un enfant allait naître de Méli, la petite Eshira, et de moi qui appartenais à deux mondes – l'africain et l'européen; moi qui me sentais attiré ou rejeté tour à tour par l'un comme par l'autre. Auquel de ces deux univers se rattacherait un jour la promesse de vie qui, déjà, gonflait comme un souffle le ventre de Méli?

Il est certain que sans la présence parfois inquiétante

du village, Méli et moi n'aurions éprouvé aucune difficulté dans notre vie commune. En ce qui me concerne tout au moins, je commençais à me sentir attaché à elle au-delà des simples lois du désir ou de la reproduction. Et lorsqu'elle m'avait demandé : « Tu es content? », épiant ma réaction, je n'avais pas eu à me forcer ni à feindre pour répondre :

– Oui, je suis content.

Contrairement à ce que m'avait annoncé l'entremetteur myéné, Méli n'arrivait pas de Port-Gentil. Elle avait seulement passé quelques mois à la mission et son niveau d'évolution la plaçait indiscutablement au-dessus de bon nombre de ses compagnes. C'est dire qu'elle devait se sentir, elle aussi, quelque peu tiraillée... D'un côté elle avait connu chez les sœurs la vie des petites novices de Sainte-Anne et ce qu'elle m'avait dit – ou ce que j'en savais – correspondait à l'éducation typique que recevaient alors les filles qui y défilaient chaque année. De l'autre côté, elle n'était pas restée suffisamment longtemps avec les nonnes pour cesser d'être une enfant noire que rien n'empêcherait de penser comme sa mère et sa grand'mère. D'où quelques complications prévisibles.

Mais, pour me faire mieux comprendre, il me semble indispensable de donner un aperçu de l'éducation que recevaient les filles à la mission.

Dès six heures, tout commençait par une volée de cloches. Levées en hâte, six cents jeunes pensio allaient à la lagune, avec savonnette et torchon. Au retour, propres et la tresse bien faite, ceintes du petit pagne, elles avaient droit à une longue messe suivie d'un casse-croûte rapide. On leur enseignait alors à repasser, on leur montrait divers travaux de broderie. L'après-midi, c'était le départ pour la plantation où il fallait apprendre à sarcler et à bêcher. Pour certaines recrues particulièrement douées, l'instruction générale pouvait aller jusqu'au cours moyen 2e année. Dans l'ensemble, pourtant, le but recherché était de leur apprendre à tenir une maison et que, sur le plan religieux, elles soient un minimum averties.

Maintenant, si les sœurs, avec leur esprit un peu tordu, outrepassaient les initiations utiles et contrecarraient la nature, elles en étaient le plus souvent pour leurs frais. Réprimer les penchants sexuels de la femme naissante – penchants qui, du fait de la chaleur et de la proximité de la vie sauvage sont très accentués, chez l'Africaine –, donnait des résultats fort inconstants. Il arrivait par exemple que les sœurs poussent les hauts cris au spectacle vraiment extraordinaire – qu'on en juge! – d'un canard monté sur une cane. Les gamines faisaient fuir le volatile, sur l'ordre exprès des nonnes. Mais elles en faisaient une partie de rigolade.

Les curés étaient moins naïfs avec les petites élèves. Plus exactement ils ne cherchaient pas à contrarier la nature. Une discrète enveloppe les rendait accessibles aux desiderata du forestier en quête de la perle : une fille saine de corps, sachant entretenir le linge, possédant quelques rudiments de français. Les bons pères qui pratiquaient ce « placement » eussent été surpris d'être accusés de se prêter à une forme de traite. Que leurs ouailles servent à un usage annexe, ils ne l'ignoraient peut-être pas. Il suffisait de ne pas le souligner. D'ailleurs, aller avec un Blanc était pour la plupart des filles une sorte de promotion sociale...

Maintenant, la fille avait-elle pris une grossesse avec le Blanc? Celui-ci la réexpédiait dans son village. Il se rendait à une autre mission, il demandait à nouveau le même type de service. Si, d'aventure, le curé de la première mission revoyait le forestier, il pouvait demander :

– Comment va Marianne?

– Très bien, répondait l'autre; j'en suis très satisfait.

C'était d'une autre Marianne qu'il s'agissait, tout comme les ménagères de Léobald, naguère, se succédaient en s'appelant toujours Caroline. Mais le brave curé n'avait rien vu – ou il s'accommodait de n'avoir vu que du feu.

Je reviens au cas compliqué de Méli.

Elle était donc passée par la mission et y avait subi ce qui pouvait ressembler à un encadrement militaire. Sitôt après, son village se l'était réappropriée au point de lui faire tout accepter. Cousins envahissants. Père cérémonieux. Plus redoutable encore, un vieux féticheur tenu pour infaillible, grand diable édenté qui ne pouvait dégoiser sans remuer une bave épaisse. La silhouette de cet homme, Moyombé, n'allait pas sans me rappeler celle du second mari de ma grand'mère, l'illustre Résenzélé, qui avait hanté mon enfance comme un épouvantail.

J'avais réussi à éviter jusqu'alors que l'on vînt cogner à ma porte à neuf heures du soir. Ne venaient me déranger à des heures impossibles que ceux qui avaient un enfant malade ou qui avaient été mordus par un serpent. J'avais expressément tenu mes distances, dès le début, avec les proches de Méli.

Mais voilà que la nouvelle de cette grossesse créait un mouvement inattendu de la parenté. Je commençais à craindre que Moyombé en personne ne vienne saouler ma compagne de ses vigoureuses patenôtres ou – ce qui me paraissait plus redoutable encore – de ses breuvages secrets. On ne dira jamais assez les méfaits du féticheur en milieu traditionnel.

Je n'allais donc être qu'à moitié surpris, un matin, en entendant Méli commencer :

– Moyombé m'a dit que l'enfant serait plus fort si...

– Ah... non! Celui-là, je le fous dehors s'il s'imagine rappliquer. Dis-lui qu'il ne s'y pince pas!

Surprise par ma subite colère, Méli ne pouvait s'empêcher de continuer :

– Tu cries après moi, mais il sait faire tourner le sexe...

C'en était trop. A ce seul mot, c'était mon propre sang

qui ne faisait qu'un tour. Avais-je entendu parler des manœuvres de Résenzélé sur ma mère lorsque celle-ci me portait! Manœuvres élaborées avec la complicité – ou sous la haute autorité – de Grand'mère Ésonguérigo! Aussi me moquais-je bien qu'il y ait trop de filles – ou trop de garçons? – chez les compatriotes de Méli :

– Je suis né avec la bilieuse, grâce à ces simagrées. Ma mère a fini par reconnaître qu'elle avait failli en mourir!

Apparemment, ma compagne m'écoutait. Il suffisait d'ailleurs que j'élève la voix pour qu'elle paraisse convaincue. Mais que ferait-elle au cours des longues journées que je devais continuer de passer dans la forêt? Mon intention était de la faire surveiller par Tom. Mais ce gosse, pour si avisé qu'il fût, grâce au *bwiti,* saurait-il apprécier toutes les situations et serait-il à même de contrôler Méli dans ses moindres faits et gestes?

J'étais désorienté, je l'avoue. Partagé. Des zones entières de la vie de Méli – non seulement de sa vie : de sa personnalité – m'échappaient. Je me rendais compte maintenant, de façon aiguë, que j'en avais toujours été à peu près exclu.

Il me semble aujourd'hui que le plus grave, ce qui a eu les conséquences les plus dramatiques dans la suite de cette histoire, a peut-être été qu'à mon corps défendant j'aie subi moi-même la jactance de Moyombé.

Faire jeter dehors ce féticheur? Vite dit quand on possède malgré soi un fond de réspect pour les gens de tradition et que l'on reste sensible au prestige des anciens.

Certes, je distinguais depuis belle lurette les aspects les plus grossiers de la fausse science, dans les faubourgs comme à la campagne, mais des *n'ganga* comme Moyombé ont une prestance indiscutable quand ils passent la tiare blanche. Ils sont impressionnants quand, enfarinés comme des clowns blancs, ils se livrent à leur rituel. Et puis, qui ne craindrait leurs maléfices ?

J'étais si mal à l'aise que j'allai m'ouvrir de mes incertitudes à Tom. Mais à peine l'avais-je fait, je trouvai mon ami évasif. Surprenante réaction ! Mais révélatrice... Je devais constater que le comportement du jeune homme était complètement modifié depuis que je faisais « ménage » avec Méli.

Auparavant, Tom partageait mes aventures, je lui prêtais mon fusil lorsqu'il me le demandait. Il n'était pas un secret du pays bavongo dont il ne m'ait instruit. Mieux : son rôle avait été déterminant lorsque j'étais entré dans le *bwiti*...

Rien n'aurait dû changer entre nous. Pourtant, comme par discrétion, il évitait de m'importuner et semblait porter à Méli un respect exagéré.

Connaissant mieux la psychologie des jeunes en milieu africain, j'aurais dû comprendre que j'avais acquis désormais à ses yeux le prestige de l'homme marié. C'était ma nouvelle dignité qui, selon lui, devait mettre une distance infranchissable entre nous.

Tom...

De deux ans mon cadet, j'avais partagé avec lui toutes les souffrances de mes deux dernières expéditions. Il était capable de délicatesses et, surtout, de raisonnements très subtils. Au début, devant ses dons peu ordinaires, je lui avais proposé de fréquenter l'école que je venais d'ouvrir, sur le chantier, avec la collaboration bi-hebdomadaire d'un prêtre de Sainte-Anne. Refus catégorique.

– Mais enfin, pourquoi ne veux-tu pas ?

Tom allait consentir à s'expliquer, un soir sur la lagune, alors que nous venions de tirer la pirogue au sec :

– Si je vais à l'école, avait-il demandé, je devrai passer à la confession ?

– Bien sûr.

Au mouvement des yeux, dans l'obscurité, je devinai qu'il secouait négativement la tête.

– Le prêtre voudra que je parle du *bwiti* et tu sais bien qu'un bwitiste ne doit jamais parler...

J'aurais voulu le rassurer : ne conciliais-je pas moi-même ma double appartenance à la société chrétienne et à celle de l'Afrique ? Mais je savais que je ne parviendrais pas à lui faire admettre l'obstination de certains curés cherchant à se procurer les secrets par le biais de confesse.

En fait, il s'agissait plus de curiosité et d'étude, chez ces prêtres, que de la volonté de s'opposer aux sectes et de les détruire. Mais aller convaincre de cela le neveu de Moundouli ! Si je m'accommodais de ma vie sur deux tableaux, Tom demeurait hostile et définitivement fermé.

Justement, le *bwiti*... Dès ma seconde expédition, il avait accepté de répondre à mes questions. Sentait-il en moi une sensibilité particulière ? Me jugeait-il digne, déjà, de savoir ce que jamais il ne dirait aux curés, quelles que soient les menaces de l'enfer ? Si je venais d'acquérir en vivant avec Méli le prestige de l'homme marié, si j'étais sorti selon lui du rang subalterne où l'on tient le jeune qui n'a nulle femme pour le servir, il possédait à l'inverse, vis-à-vis de moi, la supériorité de sa science, de son flegme étonnant, du désabusement qui ne va pas sans le meilleur esprit de domination : celui que l'on a sur sa propre existence... En un mot, c'était à lui que je devais d'avoir fait le grand saut !

– Tom... lui avais-je dit un jour, bien avant ce fameux soir sur la lagune ; Tom, j'ai beaucoup observé au cours de mes voyages, j'ai beaucoup réfléchi en vivant chez ton oncle Moundouli. Je crois maintenant que je souhaiterais entrer dans le *bwiti*...

– Je ne peux que t'approuver. Mais as-tu mûrement réfléchi à cette décision ? C'est quelque chose de très grave...

Je crois qu'il avait dit « terrible ». A cette mise en garde, je m'étais accordé un nouveau délai. Pourtant, ma décision était irrévocable : je m'étais fait initier avant de quitter Tsinguépaga.

*Ici, Jean Michonet devait marquer une hésitation. D'accord pour parler des circonstances, du cérémonial, de ce qu'il a vu sous l'empire de l'*iboga, *la drogue que l'on administre au néophyte...*

Mais la révélation, le discours que j'ai pu faire à l'assemblée des bwitistes, en brousse, la sagesse qu'ils m'ont conférée ne m'appartiennent pas. Même si elle aide à comprendre mon comportement et, dans l'immédiat, ce qui va être mon attitude envers Méli, cette expérience doit rester secrète. Ce que je peux dire, ce que n'importe quel adepte avait jadis le droit d'avouer aux curés, ce sont les modalités d'entrée dans la secte, dans mon cas, ce qui s'est passé le jour où Tom, plein de mystères, m'a prévenu :

– Puisque ta décision est prise, voici ceux que tu dois défier...

Je me suis aussitôt dirigé vers le groupe et j'ai répété la formule que venait de m'apprendre mon ami :

– Ô vous, les bwitistes, si vous êtes des hommes, vous devez m'initier. Misérables farceurs si vous vous dérobez!

Je n'ai pas fini de parler que trois ou quatre diables me tombent dessus. Lutter contre eux? Accepter la dérouillée comme faisant partie d'un rite? Avant d'avoir choisi, je suis à demi assommé, déjà bouclé dans une paillote, livré à la solitude.

Combien de temps va s'écouler avant que je ne retrouve mes esprits? La journée probablement. Les poignets liés dans le dos, j'ai vu le jour passer par toutes ses teintes dans les interstices du toit.

Ai-je gémi? Ai-je réclamé à manger? Une voix calme, totalement neutre, me fait savoir qu'il doit en être ainsi, que je dois jeûner. Un mot qui m'angoisse. Dans les récits de mon enfance, les Pahouins ne faisaient-ils pas jeûner les prisonniers qu'ils s'apprêtaient à ébouillanter ? Je sais pourtant qu'il ne s'agit pas de cela. Mais je grelotte dans la nuit déjà tombée, dans la nuit emplie de monstres.

Le lendemain matin, un homme entre. Il pose près de moi un petit tabouret et, sur ce tabouret, le récipient de calebasse qui contient, je ne peux l'ignorer, la fameuse préparation d'écorce d'*iboga*.

– Bois...

C'est moins une invitation qu'un ordre. Armé d'une cuillère, l'énigmatique personnage commence de me faire absorber cet ingrédient qui, dans un premier temps, calme les tiraillements de mon estomac.

J'aurai droit à plusieurs prises espacées, en une demi-journée, et dès les premiers troubles je repenserai à ce que j'ai précédemment entendu dire de ce breuvage.

Il s'agit, je le sais, de l'écorce d'un arbuste qui pousse sur les sols sablonneux – le meilleur, celui qui après grattage donne l'extrait le plus violent, étant celui de la bordure océanique, tout au long des lagunes du Fernan Vaz.

Folie que de m'être livré à ces pratiques ! Mille récits d'intoxication aiguë me reviennent. Survivrai-je à une administration maladroite ? En sortirai-je indemne de corps et d'esprit ? Au point où j'en suis, il n'est plus possible de reculer. Ma volonté s'est dissoute dans un magma de sensations. Soudain...

J'ai hurlé !

J'ai voulu insulter l'administrateur de la drogue, le prendre à partie mais ma bouche s'est tordue et je n'ai proféré que des sons incohérents.

Nouveau hurlement !... Cette fois, j'ai vu arriver sur moi une fourmi... une fourmi gigantesque. Peut-être n'est-ce réellement qu'une fourmi, sur la natte crasseuse de la case. Mais combien de fois l'hallucinogène grossit-il le moindre détail ? Je hurle de plus en plus fort à la vue de ces antennes, de cette carapace, de ces segments dont le déploiement me menace comme la pince d'un monstre dans un film d'horreur!

Parvenu à cet état confusionnel, je me sens pris à bras-le-corps, roulé dans la natte, transporté vers un mystérieux séjour. Je ne suis pas seul dans ce réduit. D'autres corps grouillent ou gémissent. Ils ont dû être capturés la veille, eux aussi, après avoir été roués de coups. Et maintenant, ils sont alignés, chacun sur un banc, vêtus d'un simple pagne, continuant de hurler par intermittence.

L'homme à la calebasse ne se laisse pas impressionner. Indifférent au soupir des damnés, il continue de me gaver tout comme d'autres, à la tête de chaque banc, gavent leurs victimes. Pas le temps d'avaler qu'une nouvelle cuillerée m'est imposée, et l'extrait doit être de plus en plus concentré.

Tout à l'heure – mais ai-je encore la notion du temps? – l'homme ménageait des intervalles entre les prises. Maintenant, il faut déglutir, déglutir sans cesse une mixture si épaisse qu'elle semble faire corps avec le palais. Déglutir et avaler... Mais quelle est cette lance que l'on a plongée dans ma cuisse? Ce n'est peut-être qu'une aiguille, mais qui transperce le muscle de part en part. Je ne la sens même pas... L'anesthésie obtenue est complète. L'opérateur voulait-il se rendre compte de l'imprégnation de tous les centres nerveux? Il a cessé de me faire ingérer l'*iboga* et j'ai dépassé les terribles hallucinations du début.

Il fait nuit. Les musiciens sont arrivés. Ils sont partout. Ils répandent leurs sons mélodieux et ceux-ci, me semble-t-il, coulent à l'intérieur de moi. D'autres visions naissent. Ce doit être encore l'effet de l'*iboga*, mais la musique n'est pas étrangère au développement des images...

La cithare en premier lieu. La cithare n'est-elle pas une femme? Femme aux hanches d'autant plus douces que les sons du *n'gombi* se font plus délicats. Ses cordes seraient autant de tresses de cheveux si un mouvement imprévu du joueur n'avait fait basculer l'instrument et changé du même coup les mèches en entrailles. Cordes cheveux. Cordes boyaux. Femme à qui le joueur étire les entrailles corde après corde, boyau après boyau... Rivé au banc sur lequel on m'a étendu dès le début du gavage, je pleure et l'instant suivant ne sais si je suis homme ou pourceau. Le fait est que je me traînerais sur le sol, j'y chercherais ma nourriture si l'officiant qui, tout à l'heure, dispensait l'*iboga* à doses redoublées, ne s'était fait entre-temps conseiller. Il parle. Il parle lentement.

J'ai longtemps marché jusqu'à parvenir à la croisée de deux routes. Éprouvante hésitation. L'une de ces routes est d'aspect facile. L'autre si ardue qu'on n'oserait s'y aventurer. Et c'est alors que le conseiller qui me parle du fond de l'espace et du temps – celui qui est censé me parler comme un ancêtre – précède mon choix :

– Ne prends pas le chemin le plus facile, prends toujours celui qui te paraît le plus rebutant. Dans la vie, le meilleur chemin est celui où tu dois te déchirer.

La voix n'a pas fini de résonner que je me trouve sur la rive d'un lac. Un lac qui pourrait être le lac Anengué si le bord opposé en était perceptible. Étendue d'eau gigantesque... Je serais incapable de traverser – malgré l'impérieuse nécessité que j'en ai – si une femme ne se tenait à proximité, elle-même sortie de l'onde. Femme-tige. Femme-cascade. Elle semble m'attirer. Elle essaye de me haler jusqu'à sa hauteur. Et presque aussitôt... je reconnais ma mère!

J'ai failli pousser un cri.

Ma mère pose un doigt sur ses lèvres. Elle sourit.

– Écoute, me dit-elle, ne crains pas la traversée de ce lac : j'en fais moi-même partie.

Ma mère vivante... Absolument vivante, comme lorsque je la conduisais à Lambaréné. Plus souriante, même, qu'à cette triste époque. Et, joignant le geste à la parole, elle m'aide à traverser ce lac des eaux duquel tant d'autres candidats, soumis à l'*iboga*, ne parviennent d'ordinaire à s'arracher.

Mais de l'autre côté, l'itinéraire qui se présente n'est pas simplifié pour autant. J'ai quitté ma mère et ce ne sont maintenant que nouvelles épreuves. Je suis arrivé au pied de la montagne blanche – cette montagne couverte de neige dont ont parlé tant de bwitistes avant moi, tant de gens qui, nés dans la brousse et ne l'ayant jamais quittée, auraient dû tout ignorer de la neige.

Mes pieds se sont brûlés et tailladés aux aspérités des roches. J'ai dû achever le parcours en me traînant sur les genoux. Et voilà un village absolument désert... Tsinguépaga, à notre approche, n'était pas plus vide. Tsinguépaga n'était pas plus lugubre... D'une case sort une puanteur épouvantable. Je me présente sur le seuil et... horreur ! une quantité invraisemblable de grabataires se tordent ou gisent sur le sol.

– A moi... crie l'un de ces agonisants.

– A moi... reprennent d'autres moribonds.

Il y a là une vieille femme dont le ventre n'est qu'un grouillement, des êtres qui, tel Salibi, sautillent sur leurs moignons...

Affolé, je vais des uns aux autres :

– Serais-tu Bwiti ?

Bwiti ?

On me regarde avec effroi :

– Bwiti, ce n'est personne.

Même réponse, indéfiniment amplifiée, comme dans l'espace intersidéral. Même réponse jusqu'à ce que je secoue un très vieil homme à la chair pourrissante, au sexe dérisoire :

– Que veux-tu savoir de plus... Tu as tout vu ? Eh bien, tu as vu Bwiti.

Si j'ai évoqué cette initiation, c'est pour l'importance qu'elle a eue sur le reste de ma vie : un bwitiste ne se comportant plus comme n'importe quel individu. Ce que j'ai vu sous influence de la drogue, la secousse qui s'ensuivit – secousse qui, parfois, peut tuer le néophyte – m'aident à me situer dans l'existence. Maturité précoce... Acceptation du monde tel qu'il est... Je vais en avoir singulièrement besoin, maintenant, dans mes rapports avec Méli.

Les mois ont passé. Ma compagne s'est alourdie. Le terme de sa grossesse approche. L'avoir rendue telle m'inspirerait une fierté jusqu'alors inconnue si ce n'était le sentiment que j'ai acquis de la brièveté, de l'inconsistance de toute vie. Le vide laissé par mes parents, l'effacement de toute ma famille m'ont déjà prédisposé à cette philosophie. Reste à s'affirmer au jour le jour, à vivre intensément, comme Bouquinda, par exemple, à donner libre cours à ce goût de la chasse que j'ai toujours eu et qui se décuple à l'idée d'un affrontement direct avec l'ombre la plus large, la plus épaisse qui habite la forêt.

Car j'ai la hantise de l'éléphant depuis la mésaventure du camion. Avec ou sans l'excuse des ravages que les troupeaux font à nos plantations, le colosse me fascine. Il est entendu avec Bouquinda que nous irons l'affronter ensemble : je sais par avance que ce sport n'est pas de tout repos.

Il fait encore sombre le jour que nous décidons de partir. Nous allons marcher sur plus de trente kilomètres. Dans la pénombre de la forêt, cela ressemble à l'éternité.

Nous voici enfin au bord d'une rivière. Là, nous découvrons des traces. Le paturon d'un de ces animaux est suffisamment net, dans son contour et sa direction, et nous commençons aussitôt de le pister.

Une fois pour toutes, j'ai fait confiance à Bouquinda dont je suis les fortes épaules à la musculature qui roule. Je ne suis nullement surpris quand le professionnel me souffle :

– Ça y est, ils sont par là !

Je prête l'oreille et j'entends en effet un halètement au

plus épais des fourrés, un roulement de bois cassé, une effraction têtue. Il y a du sable fin, entre les racines d'arbres, aussi en faisons-nous couler une poignée pour repérer la direction du vent.

Sur un signe de mon mentor je me déshabille et nous nous roulons de conserve dans une flaque de boue, ce qui augmentera nos chances et aura l'avantage, en ce qui me concerne, de me protéger des moustiques et des fouroux.

Je suis le seul à porter un gros calibre. Bouquinda, qui ne doit que m'assister, a seulement sa pétoire et de la balle J.R. Nous pistons toujours quand, soudain, mon compagnon fait signe d'arrêter.

Serions-nous si près? J'entends les branches, comme sous une meule, mais je ne vois rien. Pourtant, quelque chose me dit que l'éléphant est là! Et tout à coup je comprends pourquoi je ne le voyais pas. Je regardais trop bas! Il faut lever la tête pour voir un éléphant! Jusqu'à cet instant j'avais confondu ses pieds avec des racines d'arbres. En regardant vers le haut je m'aperçois que je suis en face de lui et je vois bouger et se gonfler le pavillon de ses oreilles comme les ailes d'un énorme cerf-volant!

Sacré Bouquinda! Selon son habitude il venait de me conduire à dix pas de l'animal et moi, entièrement confiant, je me trouvais maintenant dans ce qu'il estimait être les conditions les plus favorables pour tuer!

J'ai tiré à dix pas. L'éléphant n'est pas tombé mais, en tournant sur lui-même, il a poussé un barrissement d'une violence inouïe. Ah! ce barrissement!... Jamais aucun hurlement, en forêt, ne m'avait pareillement secoué. C'était de la douleur, bien sûr, mais un cri d'innocence surprise et, plus encore, un chant de guerre à vous glacer le cœur!

Bouquinda m'avait prévenu :

– Si l'animal barrit, ne reste pas à découvert, cours te planquer n'importe où...

Je savais du reste qu'un éléphant qui dresse la trompe, après avoir clamé sa haine, s'apprête à tout ravager.

Ce cri venait pourtant de me couper les jambes. J'ai préféré placer une deuxième balle. Machinalement. Sous l'oreille. Là, la bête s'est effondrée. Mais je n'ai pas le temps de savourer l'ignoble satisfaction : Bouquinda m'a déjà tiré à sa suite.

– Tu es fou!

Et, derrière notre arbre, nous pouvons voir arriver un bolide : le second éléphant qu'a attiré l'appel de la victime. Est-ce un mâle? Une femelle? Il est difficile, pour ne pas dire impossible, de distinguer le sexe de ces bêtes dans la nuit des arbres. Le survivant du couple passe dans un galop forcené. Il passe tout près de nous. Je voudrais le tirer mais Bouquinda me retient : si le premier éléphant venait à se relever, nous serions face à deux adversaires ivres d'une fureur meurtrière.

– Attends...

Oui, attendre... Mais le second pachyderme a déjà disparu et ne risque plus de faire retour sur nous. J'entends les efforts que fait la bête abattue pour se redresser : un souffle de forge, un échinage désespéré. Je n'écouterai pas mon compagnon. J'ai bien trop peur que ma prise ne s'en aille.

Instants terribles où la forêt fait silence! Depuis le barrissement initial, depuis le second coup de feu, tout s'est arrêté : oiseaux, macaques, rats palmistes. Tout s'est tu. Il n'y a plus que ce râle, devant moi, ces efforts démesurés. Et moi, encore remué de fond en comble, le poil encore électrisé!

Le prétendu agonisant ne risque-t-il pas de se mettre sur les genoux et de partir à la vitesse de la foudre? Ne pourrait-il pas me broyer sur son passage comme cela est arrivé à tant d'autres chasseurs?

Je n'ai écouté qu'une impulsion. Je me suis approché et, presque à bout portant, j'ai tiré une dernière fois. Juste sous l'œil. Cette fois, l'éléphant n'a plus bougé. Une fine trémulation, le mouvement sporadique d'une lourde patte dans le vide et c'est tout.

– J'en avais assez de tirer des éléphants et de les voir se relever.

Contrastant avec ma voix surexcitée, celle de Bouquinda répond calmement :

– Celui-ci ne serait pas parti, il avait la trompe aplatie.

Selon Bouquinda, cela voulait dire qu'il ne respirait plus.

De son couteau tranchant comme un rasoir, mon compagnon a fait le tour de cette trompe, non sans effort, afin que des caillots se transportent au cerveau et, si besoin était, achèvent l'œuvre de mort que j'avais entreprise.

J'aurais éprouvé un sentiment de force – non pas de fierté, mais de force – si, presque aussitôt, Bouquinda n'avait porté son diagnostic :

– C'était une femelle.

Je l'ai dit, on ne peut savoir ce que l'on tire, ni par conséquent choisir, dans la nuit verte et grise, parfois franchement noire de la forêt. L'éléphant? j'avais été obligé de lever la tête pour apercevoir sa silhouette monumentale. Et maintenant, Bouquinda m'apprenait que c'était une éléphante! Il me disait aussi – détail à gâcher tout plaisir – qu'elle avait l'éléphanteau au ventre!

Je n'ai pas seulement été peiné mais alarmé. Je n'ai pu m'empêcher de penser qu'au chantier, une femme que j'aimais avait, elle aussi, un petit au ventre. J'aurais voulu couper aux explications de l'homme des bois... Il fallait, disait-il, attribuer à cet état une aussi longue résistance. Une femelle d'éléphant ne meurt pas tant que le fœtus qu'elle porte est vivant. Il lui restera toujours un sursaut.

Autre détail qui allait contrarier désormais mon goût de cette chasse : au cours de la curée, les gens de chez nous n'ont pas voulu du fœtus – je les comprends! Cela s'est dit par téléphone tam-tam et un groupe de Fang est arrivé. Ces nouveaux venus ont demandé ce qui était pour eux un morceau de choix. Et quel morceau... Ayant deux ans de gestation, au dire de Bouquinda, le fœtus déjà formé pesait environ deux cents kilos!

Cette chair particulièrement tendre rappelait-elle aux Fang leurs meilleurs festins des temps anciens? Ils l'ont mangée avec la plus grande délectation.

Je rentrai épuisé, encore couvert de bouse desséchée, insatisfait du dénouement, quand je trouvai ma case vide.

J'allai de la buanderie à l'étage, appelant Méli sans succès. Tout ce qui trahissait les activités quotidiennes de ma compagne était resté en place cependant.

J'appelai Tom, occupé sur une fosse de sciage :

– Où est-elle?

– Je ne sais pas.

– La famille est venue?

Réponse approximative du jeune homme. Curieux comme ce gosse qui savait tout en bien des domaines devenait incapable de fournir le moindre renseignement lorsqu'il s'agissait de cet être inabordable : la femme de son maître.

Pour moi, une certitude commençait de se faire. Méli, proche du terme, avait profité de mon absence pour céder aux sollicitations de son village et avait ramassé son pagne et ses amulettes pour aller accoucher parmi les siens.

Elle savait que je n'y tenais pas. Ne lui avais-je pas suffisamment répété : « Méli, quand le moment sera venu de faire le petit, je te ferai monter dans ma pinasse et nous irons à Omboué »? Bien sûr, je me doutais que si elle avait fui, ce n'était pas pour me peiner; notre tendresse ne devait pas être en cause. Elle avait été mue par une de ces lois de la nature qui poussent les oiseaux dans leur migration ou qui les fixent à la saison des nids.

Je suis aussitôt sur pieds :

– Viens, Doukaga...

Pour ce genre de démarche, je préfère être accompagné par le Bapounou rompu à toutes les épreuves. Et nous voilà en route pour le village où la première vieille avachie sur son petit feu n'a pas l'air de vouloir nous entendre.

Point n'est besoin de ses renseignements. Soutenu par Doukaga, je crois que je pourrais aller tout droit à la paillote qui m'intéresse. D'ailleurs, n'en sort-il pas des vagissements de nouveau-né?

– Méli! ai-je crié avant d'avoir vu ma compagne sur sa natte. Méli...

Je savais déjà que le petit être qui s'agitait et pleurait, dans la touffeur de cet intérieur rudimentaire, était notre enfant.

Méli, affaiblie et émue, a paru transportée à mon irruption. Oui, tout s'était bien passé... D'un geste instinctif, très doux et précis à la fois, elle écartait le rideau de fibre végétale censé protéger des moustiques le nouveau venu.

– Quand est-il né?

– Hier soir.

Elle ajoute sur un ton craintif, comme lorsqu'elle m'avait annoncé sa grossesse :

– Tu es content?

Je regardai le petit être, émerveillé. Mon fils!

– Il a des yeux bleus, n'ai-je pu m'empêcher de remarquer, songeant avec plaisir combien mon père, en vrai Normand, avait le regard clair.

J'ignore que les yeux des nourrissons changent parfois de couleur au bout de quelques semaines; à plus forte raison ceux des métis.

– Nous l'appellerons Daniel... ai-je ajouté.

Pour ce prénom, le choix avait été arrêté d'un commun accord, entre Méli et moi, alors que nous consultions le calendrier, au bureau. Daniel était un des rares saints invocables, à la date approximative de la délivrance, entre Hyacinthe et Isidore.

– Daniel... répète Méli en se soulevant sur le coude et

en regardant l'enfant avec une expression radieuse. Il sera grand et fort.

Peut-être ces derniers mots étaient-ils trop optimistes? Il ne me semblait pas que le bébé soit destiné à devenir un géant. Mais, depuis la naissance de mon frère André, je ne m'étais guère préoccupé, il est vrai, d'observer les nouveau-nés! Déjà Méli me laissait entendre que Moyombé pourrait aider la nature à se surpasser. Le féticheur se préoccupait aussi de la couleur des yeux, le bleu lui paraissant suspect et peu souhaitable.

Je suis sur le point de réagir au seul nom de ce satané *n'ganga* quand je comprends qu'il se passe quelque chose autour de la paillote. La famille et le voisinage sont là et, à peine ai-je mis le nez à l'extérieur, je suis accueilli par un murmure.

Le lendemain, l'enfant n'avait pas « profité ». Il pleurait sans cesse et, déjà malingre, agitait furieusement ses petites cuisses à la peau flétrie. Bien que sans grande expérience, je me doutais que quelque chose n'allait pas. J'avais beaucoup hésité, la veille, à laisser la mère et l'enfant au village. Mais que faire devant le climat qui se créait insidieusement? Risquer un incident?

Je consultai Valentine dont l'autorité s'était renforcée, au fil des ans, de sa prééminence sur deux nouvelles coépouses.

– Le lait de sa mère ne le nourrit pas, devait répondre la *n'condé* de Doukaga.

– Qu'à cela ne tienne, il y a du lait en poudre à Assévé...

Dieu merci, ce n'était plus maintenant comme pendant la guerre. Avions-nous assez souffert alors, pour apporter au malheureux petit André sa ration de substances nutritives!... Méli, en pleurs, devait accepter et j'envoyai aussitôt un boy prendre ce qu'il fallait sur les rayons de notre économat.

Bien naïf, cependant, si je croyais avoir résolu quoi que ce soit! Valentine n'a pas fini de préparer un premier biberon que la famille rapplique et se met à inspecter les boîtes. J'essaye de m'interposer... Dans la brève échauffourée, le lait se renverse :

– Nous ne voulons pas que cet enfant soit nourri avec ton lait.

Je réponds aussitôt à la mère :

– Comment feras-tu? Tu ne vois donc pas que ta fille n'a rien de bon qui lui monte au bout des seins?

Le palabre n'avait pas besoin de durer des heures pour que je comprenne ce dont Moyombé avait persuadé ces sauvages. Si Daniel prenait le biberon, et donc suçait « mon » lait, ce serait à moi seul, désormais, qu'il appartiendrait.

Voyant que je ne parviendrais à détromper personne, je chargeai Valentine de trouver une mère qui ait un excédent de lait. Rassuré sur le sort de Daniel, dans les jours qui allaient suivre, j'aurais pu me croire enfin dégagé de toute espèce de souci. Il ne restait qu'à ramener la mère et l'enfant à Assévé.

Mais l'incident du lait à peine clos, toutes mes facultés allaient être brusquement mobilisées sur un autre sujet, non moins préoccupant, au moins pour la bonne marche du chantier.

C'est Tom, cette fois, qui me prévient dès mon retour :

– Il se passe quelque chose dans le *bwiti*...

Bien qu'initié, je m'étais tenu jusqu'alors au principe de ne participer à aucune manifestation locale en tant qu'acteur. Du *bwiti,* je faisais ma sagesse mais j'affectais de ne même pas savoir qui, parmi mes travailleurs, comptait au nombre des adeptes. Bien sûr, je n'ignorais pas que des tensions étaient apparues depuis un certain temps. Tom m'avait laissé entendre que des infiltrations *n'déa* corrompaient plusieurs des nôtres. Le *bwiti n'déa?* Une forme déviée, perverse, de ce qui aurait dû rester du domaine de la divination et de la réflexion. Il suffira d'indiquer que le *n'déa* était apparenté au mouvement des hommes tigres, cette secte qui avait failli faire périr ma mère lors de sa captivité chez les Pygmées... Un peu partout, au Gabon, on le dénonçait comme une véritable association de malfaiteurs.

Oui, Tom est soucieux. Il n'est pas seulement peiné parce que Guilanda, le chef incontesté du *bwiti,* est mort quelques jours plus tôt au débarcadère. Ce décès m'a moi-même bouleversé, étant le premier accident de travail mortel que j'aie à déplorer à Assévé.

Mais Guilanda tombant d'un camion, l'écume aux lèvres, l'œil vitreux, mourant en quelques soubresauts avant qu'on ait pu l'évacuer, c'est une chose... Et ce que paraît redouter mon jeune ami est de tout autre nature. Guilanda ne racontait-il pas, de son vivant, que tous ses secrets de bwitiste étaient dans son foie ? Selon Tom, ce mage reconnu aurait dit aux gens de la secte :

– Pour avoir mes secrets, il faudra que vous mangiez mon foie.

– Pourquoi ne m'avoir pas mis au courant ?

Embarras de Tom :

– Tu sais, ceux du *n'déa,* moins on s'en occupe...

Le jeune homme n'avait probablement pas tort. Qu'aurais-je gagné à mettre mon exploitation sens dessus dessous pour éviter une banale affaire d'anthropophagie ? C'est égal, si la « schtrasse » voulait bien faire un semblant d'enquête, maintenant, je serais dédouané en tant que chef d'entreprise et ce regard officiel intimiderait par la même occasion la secte des hérétiques. J'envoyai donc Doukaga porter un message à M. Ponseillé, un administrateur d'Omboué qui disait me tenir en grande estime et qui m'avait donné, à plusieurs reprises, des marques d'amitié.

Doukaga revient en colère. Sa mission a échoué. Pourquoi ? Tout simplement parce que M. Ponseillé accorde un crédit absolu à mes dires. « A quoi bon faire l'autopsie de ce gars-là? S'il est tombé d'un camion, la mort n'est pas suspecte. » J'aurais dû me douter que le Dr Roland, unique et célèbre médecin légiste du Gabon, ne se serait pas dérangé pour si peu. S'il fallait, à son âge, qu'il aille courir la brousse à la recherche de macchabées rendus tels par le « fusil de nuit »...

Je n'avais qu'à me désintéresser de l'affaire puisqu'en haut lieu on ne voulait pas en entendre parler. Quant au foie de Guilanda... je m'en lavais les mains. S'il devait être bouffé, que ses disciples le bouffent!

C'était compter pourtant sans une étrange fièvre sur le chantier. En quelques jours, les abandons de poste de mes Bavongo – et même des Bapounou – se multiplient. Le soir, le flux du tam-tam est à vous rendre fou. Tout de même, une idée me vient : et si je profitais de l'extravagant *bwiti* qui se préparait pour repérer ceux de mes travailleurs qui participeraient à l'agape?

Je n'avais pratiquement pas de Fang, à Assévé, je n'avais que des ethnies non suspectes de « manger ». Savoir lesquels de mes deux cents braves types étaient devenus dingues, sous la pression du *n'déa,* ne serait pas inutile. Je me voyais déjà, après les avoir démasqués, les offrant par femme interposée, sous quelque prétexte de réparation, à mon voisin Kléber.

J'ai donc su par Tom le jour où devait avoir lieu, au cimetière, la cérémonie préliminaire.

Jusque-là rien d'anormal : il est courant qu'un *n'ganga* bavongo vérifie si un défunt était porteur du vampire. Mais je soupçonnais le rituel qui allait avoir lieu et, tandis que les participants se préparaient, s'enduisaient la face de kaolin, j'allai m'embusquer dans les bananiers.

Aurais-je été surpris, il y avait de quoi se faire étriper, tout « M'sié Michonet » que j'aie pu être. Lors de ces cérémonies, les hommes deviennent comme des bêtes. Il fallait vraiment que j'aie vingt ans pour agir avec pareille insouciance. Mais enfin j'ai vu...

J'ai vu celui que je savais être le « légiste » local tripoter le corps recouvert de feuilles de fougères. Il avait l'air absent pour donner le change aux autres, le couteau à deux lames entre les dents. Et puis, soudain, il a pris le tranchet et toc... bruit sourd de la pénétration, crac... la déchirure. En traçant une large courbe sous le diaphragme, il a récupéré le foie, peut-être aussi le cœur, l'estomac, d'autres viscères.

La scène était si répugnante que j'ai filé en douce et m'en suis retourné chez moi.

Quelques jours se passent et je convoque le sacrificateur bavongo. Tom m'a mis au courant :

– Ils ne se sont pas contentés de manger le foie pour les secrets...

Je dis tout de suite au *n'ganga :*

– Alors, docteur Roland ?

Le gaillard se trouble. Il a compris, à la plaisanterie, que je sais tout de la cérémonie. A froid, dans mon bureau, je sentais que je pouvais y aller, je ne risquais plus rien. J'étais de nouveau le patron et, de toute façon, mes bonshommes savaient que je ne les dénoncerais pas.

J'ai profité de la confusion pour faire venir les *n'déa* que j'avais reconnus. A l'époque, je possède un gros magnétophone, un des premiers de ces engins qui soient entrés au Gabon. Je peux enregistrer sans crainte : aucun de mes interlocuteurs n'imaginerait à quoi sert le micro qui traîne sur la table. Pensez donc, quel *imbouiri* serait capable de répéter la voix humaine après qu'on a parlé ? Quel bwitiste oserait prétendre à un tel numéro ?

– Et maintenant, expliquez-vous. Je connais la combine. Je sais ce qui s'est passé au cimetière. Le foie de Guilanda, vous l'avez mangé ?

Je les presse de questions, et le ton sur lequel je les pose fait qu'aucun des gars présents ne se sent capable de nier.

– Tu comprends, il disait toujours que ses secrets étaient dedans.

– Et vous croyez que c'est bien, ce que vous avez fait? Vous pensez que c'est normal?

Un des bonshommes, plus gêné que les autres, cherche les circonstances atténuantes :

– On ne l'a pas mangé pour un repas, on ne l'a pas mangé avec la banane et tout le truc, tu comprends? on n'en a pas fait un vrai repas.

Encouragé par ces premiers arguments, un autre ajoute :

– On l'a mangé en tant que bwitiste.

– *Bwiti*, ça? Va te faire voir! Tu ne me feras pas croire que vous l'avez mangé comme ça, ce foie. Vous l'avez découpé? Vous l'avez fait griller?

– Bien obligés.

– Et après le foie, qu'avez-vous mangé?

– Le cœur.

– Et après le cœur?

La réponse aurait pu s'apparenter au dicton apparemment universel selon lequel l'appétit vient en mangeant.

Après avoir obtenu la confession des anthropophages, tout à coup je repasse la bande. Tête de mes *n'déa!* Leurs voix... Tout ce qu'ils avaient dit!...

Ils m'ont regardé comme aucun habitant de Tsinguépaga n'aurait regardé Moundouli. Puis, sous le coup de la stupeur, ils ont filé à toutes jambes et je n'ai plus jamais entendu parler de leur secte.

Avoir réglé cet incident n'apportait cependant pas de solution à mes ennuis familiaux.

Méli ne rentrait toujours pas à Assévé. Même si l'état du nourrisson s'était amélioré, on ne pouvait dire que le lait qu'il suçait aux mamelles de la co-épouse de Valentine ait été miraculeux. Je craignais que cet enfant ne devînt rachitique. Ses pleurs me déchiraient et, à chacune de mes visites, j'aurais regretté de lui avoir donné la vie. Les mouches lui mangeaient les yeux alors qu'il aurait pu reposer dans notre grande case, sous la moustiquaire de mousseline que j'avais achetée tout exprès lors de mon dernier voyage à Port-Gentil.

Que faire? La résistance de la famille, hier si portée au maquereautage, ne désarmait pas et Méli, raisonnable lorsque je la chapitrais, redevenait d'une passivité complète en présence des siens.

Je commençais à être las de cette situation. Nos moments de tendresse semblaient s'être perdus dans la nuit des temps. J'aurais eu d'autres soucis, pourtant, au chantier, en plus de la production harassante... C'était précisément l'époque où, tenant dispensaire tous les lundis, mes lépreux me rendaient fou avec leurs aggravations que je ne savais encore devoir attribuer à l'élimination du pian. J'avais entrepris de soigner Salibi, ce qui n'était pas de tout repos. Enfin, déception supplémentaire, Tom, muet et fuyant depuis quelques semaines, venait de m'annoncer son désir de retourner au Bavongo.

Avais-je négligé ce compagnon? Ne lui avais-je plus témoigné la même affection fraternelle depuis la venue au monde de Daniel?

J'allais être partiellement rassuré en comprenant qu'en fait les récents développements de ma vie lui avaient donné des idées. Il se sentait l'âge de prendre femme, lui aussi et, lorsque j'osai enfin le questionner, il devait me répondre :

– C'est normal, je peux retourner chez mon père, j'ai maintenant de quoi « doter ».

Je cessai de m'interroger à ce sujet – ignorant que j'aurais à repenser à Tom, fortuitement, au bout de quelques années – et, comprenant où résidait la source de mes difficultés, j'allais essayer de faire face aux manœuvres de Moyombé.

Rude tâche!

Comme pour mieux me narguer, le féticheur venait de conférer au grand'père de ma compagne, un vieillard cacochyme, les vertus de la « main de gorille ».

Car Moyombé avait la réputation de dispenser la force. La rumeur locale ne tarissait pas sur ses « spécialités » – en fait aussi répandues chez les peuples myéné que dans le groupe des Méria. Je savais, par exemple, que le vieux pratiquait les douze incisions de l'avant-bras, les coupures interphalangiennes. Lorsqu'il s'agissait d'accroître des chances au « coup de poing », Moyombé mélangeait au sang un broyat de piment, de guêpe et d'araignée – tout ce qui pique.

Moyombé utilisait encore une poudre à base de tête de naja séchée – de ce naja qu'on appelle depuis des générations « le renommé ». Enfin, égard réservé à de rares personnalités, il était particulièrement expert dans ce fleuron du fétichisme gabonais qu'est la « main de gorille »; un bouillon préparé en brousse, à partir de la main de singe, l'application au moyen d'une bandelette écarlate conférant au nouvel investi une force imparable dans la technique de la « gifle » – technique bien antérieure à celle du coup de poing qui n'était, après tout, qu'un apport des Portugais.

Et comme s'il avait voulu démontrer dès mon arrivée les pouvoirs de son macérat, Moyombé venait de pousser l'aïeul de Méli contre un jeune de vingt ans.

– Attention, criait-on au niais provoqué sous un prétexte grotesque... Attention... il a la main de gorille!

Et la cohorte obséquieuse des villageois de se précipiter au-devant du barbon, d'essayer de le retenir :

– Non, ne le tue pas...

Même manège des femmes à plat ventre dans la poussière, tentant d'infléchir par leurs cris la détermination du cacochyme.

Vous pensez si le benêt, enjeu de la démonstration, aurait pu envoyer rouler l'ancêtre, d'un seul revers de main, baraqué comme il était! Mais non, l'autre avait la « main de gorille », il n'aurait pour rien au monde osé... Il allait s'enfuir sans combat.

Tout le village faisait maintenant sa crise d'hystérie, entourant le vieux, entourant Moyombé, les couvrant tous deux de louanges démesurées.

Allais-je lever la main moi-même sur l'ancêtre de Daniel, qui sait, lui fracasser les os?

J'aurais pu confondre le féticheur par d'autres moyens, aussi. Le coup du magnétophone, par exemple.

Tout cela m'écœurait. Où était le temps heureux où le Myéné, devenu muet maintenant, comme s'il s'était senti dépassé par ce qu'il avait mis en mouvement, m'avait offert la nouvelle venue?

Le soir-même où, trop découragé pour provoquer une bataille, je renonçai à relever le défi du féticheur, un message allait me parvenir d'Omboué.

Mon ami Ponseillé me faisait demander si j'accepterais de le rencontrer à la première occasion qui m'amènerait en ville. Il souhaitait me parler d'une affaire qui lui tenait à cœur.

Une « affaire »?

Le message ne précisait laquelle, mais je me figurai immédiatement qu'il ne pouvait s'agir que de la manducation de Guilanda. Des rumeurs avaient dû parvenir au représentant de l'ordre qui regrettait peut-être d'avoir clos si vite le dossier.

Malgré ma bonne foi initiale, je ne pouvais que redouter les complications que la « schtrasse » créait parfois de but en blanc.

Ponseillé voulait me mettre au parfum, c'était sûr... Embêté en diable, je décidai d'en finir au plus vite et je montai dans la pinasse le lendemain matin.

J'avais préparé quantité d'arguments, en cours de route. Je les ressasse encore dans l'antichambre. Enfin me voilà avec le personnage officiel qui, très aimablement, fait apporter les rafraîchissements. Un ventilateur ancien modèle tourne avec un bruit d'avion, faisant voler sur le bureau les feuilles des registres. Par la baie ouverte, on voit le soleil manger les voiles, sur la lagune. Je n'ose m'asseoir complètement dans le fauteuil de rotin...

Enfin, transpirant et la chemise mouillée aux aisselles, Ponseillé me dit :

– Je vous ai dérangé et j'en suis confus...

Je m'attendais à l'entendre évoquer une scène d'anthropophagie probablement apocalyptique, vue d'ici, quand il continue :

– Vous savez peut-être qu'un de mes plus chers désirs serait de voir enfin percée cette fameuse route du Fernan Vaz à Lambaréné...

Je tombai des nues!

Non seulement il n'était pas question du foie de Guilanda mais nous étions à mille lieues de *n'déa* & Cie! J'avais du mal à m'empêcher de rire, pensant à tout le mouron que je m'étais fait!

Voilà, l'administrateur de la région n'accepterait aucun changement tant que ne serait pas réalisé son rêve proconsulaire : voir *sa* route en direct. Et il continue à mi-voix :

– Les tracés sont irréalistes. Pensez donc, ces métros qui nous arrivent et qui ne savent même pas ce que c'est que de passer une nuit en forêt... Je me suis dit au contraire qu'un garçon comme vous, qui a été boussolier, qui sait pointer, qui connaît mieux que quiconque la configuration intérieure du pays....

En fait, Ponseillé ne parlait pas à la légère, il m'avait vu plusieurs fois à l'œuvre à Assévé. Assévé où, comme n'importe quel forestier, je devais être mon propre Génie civil. Arrivions-nous en des zones marécageuses où aucune route n'aurait tenu ? Nous avions l'habitude de « boiser ». L'administrateur m'avait même vu, un jour, faisant un succédané de ballast avec des copeaux d'*iroko*. Pour nous, forestiers, quelle que soit la saison, il fallait qu'on tourne, il fallait que les camions passent.

J'étais fier, tout à coup, que l'on m'ait fait cette proposition. Certes, ce n'était pas le salaire : il ne serait jamais en rapport avec les risques de l'entreprise; mon absence risquait de surcroît de désorganiser mon chantier. Mais aurait-on témoigné, en haut lieu, une telle confiance à Kléber, à n'importe lequel de mes voisins ?

Ponseillé n'avait aucune difficulté à me faire partager son enthousiasme. Une route du Fernan Vaz à Lambaréné, l'ouvrage ne serait pas négligeable pour l'avenir de la région et celui du Gabon tout entier.

J'acceptai la mission et, la saison sèche débutant, assuré de la logistique souhaitable, je m'apprêtai à commencer le tracé.

Ponseillé m'avait dit : « Il me faut une route sans ponts. » Je lui ai tracé ce qu'il demandait en vingt-sept jours. Aurait-il chargé ses techniciens européens de la même chose, il en avait pour six mois. Le résultat n'eût pas été différent, du reste... Si le tracé existe encore, dans les cartons de l'actuelle préfecture, la route n'a jamais été percée. Mais c'est là une tout autre affaire.

J'avais signalé à Ponseillé les axes principaux que je préconisais. La plaine N'joué, les Komba nord et sud. A un moment, l'administrateur est venu me rejoindre en atterrissant en savane; il a passé quatre jours sur le terrain. C'était quelqu'un, ce Ponseillé ! Lui reparti, nous avons reçu des parachutages de pain, de riz et de manioc : tout ce qu'il fallait pour mes hommes dans la plaine des Perroquets.

Heureusement, d'ailleurs. Les rivières étaient au plus bas. On se lavait comme on pouvait aux flaches d'eau croupie. Au cours de cette équipée, j'ai attrapé ce qu'on appelle la « gale de la mauvaise eau ». Mes vingt assistants et boussoliers en étaient pourris eux aussi. Si la démangeaison n'avait été aussi désagréable, c'eût pu être comique de nous voir, les uns et les autres, en train de nous gratter.

La nuit, lorsque je me réveillais en sang, je n'avais d'autre ressource que de m'asperger d'eau de Cologne.

Ainsi, après dix jours de forêt, nous apprêtions-nous à refaire surface du côté de Fougamou.

Une nuit, j'entends mes types faire du bruit et papoter autour des feux. Il y avait toujours là ceux qui se relevaient sous n'importe quel prétexte. Ceux qui avaient froid, ceux qui voulaient se faire griller un morceau de phacochère, les bavards invétérés. Mon petit monde parlait en eshira, en bapounou. De quoi me faire râler, dans le demi-sommeil : « Déjà ces abrutis qui font tant de raffut! Il n'y aura jamais moyen de dormir un peu, sur le matin? » En même temps je n'étais pas fâché de ces bruits retrouvés, symbole de ce qui, depuis toujours, avait été ma vie en brousse.

Je me retourne sur le flanc et c'est alors que je crois sentir une fraîcheur qui n'est pas celle de la rosée. « Je n'ai tout de même pas pissé au lit? » Je palpe et trouve du mou... Et là, j'ai bondi, la couverture dans une main, le fusil dans l'autre. Les bavards arrivent à mon cri.

– Qu'est-ce que c'est? Qu'est-ce qu'il se passe?

– Un serpent! Ne le tirez pas, vous troueriez le drap...

Un gars arrive alors avec sa machette et expédie la vipère d'un revers de lame. Il la rejoint et la tranche en dix morceaux. Joie de mes travailleurs qui font aussitôt leur petit déjeuner du serpent!

Moi, je prenais conscience de ce que j'avais risqué pendant la nuit. Une vipère à corne! Le spécimen faisait un mètre dix! De quoi se sentir nauséeux, après coup! A moins que cette vipère n'ait été que le prétexte de la déprime ? Je n'avais plus envie de rien – et même plus de terminer le tracé de la route.

Mon usure était telle que je ne supportais plus les palinodies de mes bonshommes. J'aurais fait des reproches, soudain, à Ponseillé lui-même. Ne m'avait-il pas engagé des gens sans grand discernement ? Le premier qui s'était dit boussolier avait dû être pris sans autre forme de vérification. Maintenant, sur le terrain, j'avais eu une curieuse réponse lorsque j'avais demandé au retour de la première sortie :

– Combien as-tu relevé ?

– Un kilo quarante.

– Ah !...

J'ajoute à tout hasard :

– Pourquoi n'as-tu pas fait davantage ?

– Vous savez, il a plu... les éléphants sont passés et ils ont cassé tous les piquets...

– Et tu as pris combien de degrés ?

– 99 du Nord.

– Ah !... 99 du Nord !...

Ses collègues devaient me confirmer sans la moindre hésitation :

– Vous savez, M'sié, il ne sort jamais la boussole.

– Et pourquoi ne la sors-tu pas ?

– J'ai peur qu'elle s'abîme mais je connais sans ça.

J'ai mis le garçon aux tâches subalternes. Il était content, malgré tout. Pendant quelques jours il s'était dit boussolier et s'en était lui-même persuadé.

Brusquement, tout cela m'épuisait. La gale et les vipères, le blabla des bonshommes et leurs fumisteries. Ce matin, je m'étais recouché en proie à un cafard sans nom. Je ruminais comme cela m'était arrivé parfois : « Putain de pays ! Mais ce n'est pas possible ! Comment peut-on s'accrocher, dans des pays pareils ? »

L'accès a cédé cependant. Au bout de vingt-sept jours le

tracé était fait. Au cours de cette mission, j'avais eu, en prime, la joie d'une découverte...

On disait fréquemment, chez les Bapounou, que l'éléphant a ses endroits secrets dans la montagne, des sortes de cabinets de dentisterie aussi réels et localisés, géographiquement, que les célèbres cimetières qu'on lui attribue.

J'ai pu vérifier dans la région de Fougamou, riche en falaises d'argile, que les éléphants se soignent réellement les défenses. Plus tard, en France, je verrai au kiosque des stations thermales un livre intitulé : « Le pouvoir merveilleux de l'argile. » Les éléphants l'auraient-ils lu ?

Un de mes gars me conduit un matin au pied d'une falaise rouge. « Voilà, M'sié... ici, c'est l'endroit où les éléphants soignent leurs dents. » En effet, la paroi était percée de trous profonds. Les pachydermes avaient dû y plonger leurs ivoires. Aucun de ces patients n'était là, pour l'instant, mais le ravage des arbres, tout autour, disait les incursions fréquentes.

Les éléphants plongent-ils leurs défenses pour en refroidir la rage, au moment des poussées ? Pour les fortifier, pour les aiguiser ?

Le garçon qui venait de me conduire prétendait en avoir surpris au cours de leurs séances. Ces animaux enfonçaient leurs sabres lentement et, ceux-ci enfouis, ils restaient immobiles pendant des heures, le front collé à la paroi de la montagne.

« Comment peut-on s'accrocher à des pays pareils ?... » On peut aimer l'Afrique et, néanmoins, lancer cette imprécation plus d'une fois. Que n'aurais-je dit si j'avais deviné, sur le moment, la déception qui m'attendait à Assévé !

Je saute de la pinasse et, laissant Doukaga s'arranger

du matériel, je cours à la case, le vague remords m'étant venu d'avoir laissé Méli si longtemps. Méli et le bébé.

Je demande aussitôt :

– Où est le petit ?

– Tu ne seras pas content, répond mollement ma compagne, il est bien malade maintenant.

– Comment ?

Je bouscule cette sotte qui, geignant et pleurant, me conduit au village, derrière la case du *n'ganga.* Et là que vois-je ? Le nourrisson – notre enfant – sur un tas de fumier !

Je m'étais fait des reproches sur la fin de ma mission. N'avais-je pas accepté d'œuvrer pour le Génie civil dans le but inavoué de fuir mes responsabilités ? N'avais-je pas voulu ignorer les diarrhées, le dépérissement du petit être que Dieu nous avait donné ? Mais là je n'ai qu'un mouvement. Aucun scrupule à accabler Méli :

– Es-tu devenue folle ?

– Moyombé va le guérir, parvient-elle à articuler d'une voix que je ne lui connais pas.

– Moyombé !

A ce raffut, le féticheur accourt. Je me dirige sur lui :

– Qu'as-tu fait de ce bébé, espèce de salaud ?

La famille, le village sont bientôt attroupés. Je m'empare alors du petit corps de mon fils... Daniel ne bouge pied ni patte. Il n'est pas mort. Il n'a cependant plus la force de se plaindre ; moins encore de crier. Il n'est ni noir ni blanc, maintenant, mon pauvre petit métis : il est jaune comme un coing ! Infortunée petite créature, souillée d'excréments, couverte de mouches, bandée d'innommables chiffons par les matrones sur l'ordre du guérisseur ! Ce n'est plus qu'un squelette fiévreux, soudain, entre mes mains.

– Laissez-nous cet enfant !

Vais-je braver la colère des proches ? Je n'ai que trop tergiversé... J'emporte ce que je pourrais déjà appeler le cadavre de mon fils. Une décision m'est venue, à ce spectacle désolant. La pinasse... La pinasse est encore parée, au débarcadère. Doukaga comprendra tout de suite et nous allons transporter le nourrisson à Omboué.

Raisonner ainsi, c'était compter sans le cortège qui se forme immédiatement sur mes pas. Vingt paires d'yeux me défiaient au village; vingt paires de mains, maintenant, essayent de m'agripper. Vingt pognes tirent à le déchirer sur mon maillot.

– Laisse-le! se récrie-t-on de toutes parts. Rends-le à Moyombé!

– Non, je l'emmène à la ville, peut-être le docteur pourra-t-il encore le sauver.

Le doute me taraude, cependant. Quatre heures sur la lagune, la réverbération du soleil...

– Tu ne l'apporteras pas au *n'ganga* des Blancs! hurle à son tour Moyombé dans un flot de malédictions.

Et, tandis que parvenu à la pinasse je tente de me hisser à bord, Doukaga venant sur mon ordre de lancer le moteur :

– Il va le tuer, c'est sûr!

– Et toi, ne l'as-tu pas déjà condamné en le mettant sur le fumier?

– J'allais le guérir, persifle le féticheur; c'est toi qui as tout compromis.

Le moteur de la pinasse tourne. Il tourne à l'arrêt. Vais-je réussir à repousser les mains qui cherchent à me déséquilibrer, à me dessaisir du corps de l'enfant? J'ai vite fait de me débarrasser du plus acharné de mes crocheteurs : l'aïeul de Méli – et donc l'aïeul de mon fils – avec ou sans sa « main de gorille »!

Le moteur tourne, ronron envoûtant. Je vais leur faire voir à quel point je me moque... Mais, qu'arrive-t-il à Doukaga Valentin? Il m'a obéi, certes. Il vient de mettre en marche ce moteur au bruit si obsédant. Pourtant, le serviteur fidèle hésite. Visiblement, l'homme d'expérience n'est pas enchanté des ordres qu'il reçoit. Prendrait-il parti pour le village contre moi?

Le moteur tourne à vide et je comprends enfin l'appréhension de mon pinassier. Je la comprends d'autant mieux qu'une part de moi-même la partage déjà. Et si Daniel, fiévreux et complètement déshydraté, venait à mourir en cours de route? S'il mourait sitôt arrivé à Omboué? Je ne dois me faire aucune illusion : c'est un cadavre que je tente de disputer à la bêtise meurtrière. Dès lors, comment ne pas m'interroger? Comment, devant une alternative aussi redoutable, ne pas me dire : « Ils vont me rendre responsable? »

Des scènes de violence s'esquissent au fond de ma mémoire. L'attaque du chantier qu'avaient dû repousser mon père et Phili Conaté à la balle pied-de-marmite. La fameuse nuit de flèches et de flammèches, jadis, à Essendé. Je n'ai pas peur physiquement, mais l'avenir de mon entreprise? Sa survie après tant d'espoirs et de privations? Soudain, l'enjeu me paraît démesuré. Le découragement l'emporte.

Le découragement?... Ces sauvages ne risquent-ils pas de dire que je me suis rangé aux lois de la tribu? Que j'ai été vaincu par leurs artifices?

Peu importe. Ils ne pourront pas dire, en tout cas, que le petit Daniel aura été tué par le docteur des Blancs!

J'avais fait un enfant à Méli, la jeune Eshira. De cet enfant qui, après tout, leur appartenait autant qu'à moi, ils auront voulu faire un cadavre.

– Prenez-le!

On n'entend pratiquement plus le moteur de la pinasse – la pinasse qui ne repartira décidément pas sur Omboué. On n'entend plus tourner la machine et, peut-être à cause de cela, autant que de mon cri, les assistants se sont tus. Le village tout entier semble frappé de stupeur.

J'ai littéralement jeté le petit corps – le petit squelette – à celui des assaillants qui, tout à l'heure, vociférait le plus.

– Le voilà, emportez-le!

Des larmes me viennent, incontrôlées. Ma voix se brise. Je répète :

– Emportez-le... Enterrez-le... Ce sont vos traditions stupides qui l'ont assassiné... Emportez sa dépouille, et que son souvenir longtemps vous fasse honte!

Ce soir, mon fils Daniel est mort.

Ces comédies avaient l'air de se dérouler dans l'abstrait mais, maintenant, mon fils est mort.

Je ne sais ce que les disciples de Moyombé auront fait du corps. L'ont-ils remis sur le fumier? Je sens qu'un lien s'est définitivement cassé en moi. En rentrant je n'ai pas voulu voir Méli. Peut-être aurais-je dû penser qu'elle était moins coupable que victime, elle aussi. Ne souffre-t-elle pas autant que moi de la mort de son enfant?

Je m'aperçois que je dis « mon » fils, « son » enfant... Le mot « notre » ne me vient pas spontanément à l'esprit. Était-il donc impossible que nous concevions ensemble?

Et puis, tout d'un coup, Méli est là. Elle ne sait comment se tenir et approche, les yeux rivés au sol. C'est plus fort que moi :

– Tu es aussi bête qu'eux... Fous le camp...

Elle ne se le fait pas répéter. Aurait-elle traîné, je crois que je lui allongeais un coup de pied.

Voilà.

Cela s'est terminé ainsi. Aussi tristement que la mort de Daniel. A ce moment je n'ai même pas pensé aux bons moments que nous avions eus ensemble. Certainement y avait-il eu plus qu'une attirance, peut-être de l'amour entre nous?

Méli n'avait pu s'empêcher d'écouter Moyombé et les siens, et l'amour était alors parti avec le reste.

Je ne devais revoir mon ancienne compagne que quelques mois plus tard. Elle est revenue une ou deux fois par la suite. Elle voulait me dire qu'elle s'était trompée, qu'elle n'aurait pas dû faire ce qu'elle avait fait.

– Ah! lui ai-je répondu. Tu t'en rends compte, maintenant?

Elle a cherché à se renseigner :

– Tu as une autre femme?

– Non, mais entre nous c'est cassé.

J'ai ajouté :

– L'enfant est mort et maintenant tout est fini.

Après son départ, j'ai ressenti un vrai déchirement. J'ai essayé de plaisanter avec mes hommes, sur le chantier : « Trop de soucis pour en reprendre d'autres... » Je ne savais plus où j'en étais. J'avais l'impression, ressentie plusieurs fois, qu'une moitié de moi-même ne coïncidait pas avec l'autre moitié. Que n'avais-je Tom, le compagnon de mes meilleures aventures, avec qui parler en ces moments difficiles! Tom, le petit parent de Moundouli. Le jeune bwitiste dont la sagesse eût pu me secourir. Mais Tom était déjà reparti pour le Bavongo où il ne tarderait pas à grimper à son arbre, le plus haut possible, pour émonder à la perfection et gagner de la sorte l'élue de son cœur.

Allait commencer alors une époque de désarroi. J'avais voulu être africain... Mes attaches, mes premiers pas, le choix d'entrer dans le *bwiti*, l'enfant que j'avais fait pousser dans le ventre de la petite Eshira auraient dû m'entraîner dans le monde noir à la suite de Grand'mère Ésonguérigo et des gens de sa tribu.

Mais ne pouvoir accepter les pratiques de Moyombé, ne pouvoir me soumettre comme Méli aux décrets des anciens lorsque ceux-ci semblaient inadmissibles à ma conscience d'Européen... Cela, je le devrais toujours à Isaac et, plus encore à Marcel Michonet – des Blancs à qui, quoi que je fasse, je ne cesserais de ressembler!

Africain?... Européen?... Noir ou Blanc?... Trop lucide ou pas assez confiant?... Peut-être, en chassant Méli, en l'accablant, était-ce à une partie de moi-même que j'avais cherché à faire mal. Quoi qu'il en soit il me semblait que ce qui me marquait, ce qui caractérisait désormais ma vie de métis, par rapport à une créature comme Méli, c'est qu'entre la raison du Blanc et la tradition du Noir, j'étais en mesure de faire la part des choses.

Voilà, la *part des choses!*

Tom m'avait dit un jour :

– Pour nous, faire la part des choses est vraiment très difficile.

Méli, elle, n'avait pas su. Elle n'avait pas pu.

A la suite de ce drame, j'ai été tenté de me réfugier quelques jours à Sainte-Anne. J'ai mangé et j'ai bu avec les pères. Au moment de parler j'hésitai... Si frère Mathias avait été là... Sur le moment, il s'était rendu à Libreville pour les cérémonies de son jubilé.

Me confier au père Duval? Je ne pouvais m'empêcher de penser à une de ses formules historiques : « Ce n'est pas un péché d'être Noir; c'est un bien grand malheur. » Supporterais-je qu'il approuve que je me sois senti de l'autre bord?

Fort heureusement, les coupes n'attendaient pas. Ni les premiers radeaux à assembler malgré le retour des intempéries. Le chantier allait me reprendre. J'étais sur pied dès six heures. Déjà Doukaga Valentin sonnait le gong et, sans plus tarder, procédait à l'appel des hommes dans la cour.

X

Alice

Est-ce à partir de ce moment que Jean Michonet a choisi la femme blanche? A vingt-six ans il va se marier. Il va prendre femme à Pau, au cours de son premier voyage en France.

Est-ce l'occidentalisation progressive et, à l'heure actuelle, dominante de sa vie qui rend banale la découverte, alors, de la terre d'une partie de ses devanciers, de la « civilisation » que le Normand Marcel Michonet, son père, avait voulu fuir?

Quant au mariage, il l'occulterait volontiers. Pudeur? Événement si décisif qu'il lui paraît exister sans qu'il soit besoin de l'évoquer?

Curieux comme le personnage si large, si truculent sur bien des sujets se rétrécit soudain lorsqu'on aborde l'expression du « sentiment ». Provoqué, il ne refuse pourtant pas de répondre, d'examiner la chose en toute simplicité. Il reste néanmoins soucieux de ne pas verser dans le « cinéma ». Un homme de la brousse ne s'attarde guère aux « affaires de cœur ».

Alice avait le même âge que moi. Elle était vive et agréable. Intelligente. Des amis nous ont présentés lorsque je suis arrivé à Pau, des gens qui rentraient en métropole après avoir fini leur temps dans l'administration coloniale.

J'ignore en quels termes on lui avait parlé de moi, quelle vie on lui avait fait entrevoir, mais Alice était disposée à me suivre sur la terre africaine. Aucun antécédent dans sa famille, pourtant. Nul n'avait la moindre expérience de la colonie, parmi les siens. Il entrait peut-être du romantisme dans son acceptation de partir : elle m'a dit qu'elle me suivrait au Gabon comme on dit dans les romans « je te suivrai au bout du monde ».

Si tel était son désir, elle aura été servie. Je ne sais comment elle avait pu se représenter le Fernan Vaz à distance. Nous nous y sommes aussitôt installés. Quelle plongée, pour une jeune fille de Pau! C'est là qu'elle m'a donné deux enfants : Jean-Marcel, aujourd'hui élève à l'École des cadres de Paris, et Françoise, qui s'apprête à suivre son frère dès qu'elle aura passé le bac.

Je ne peux pas dire que ce mariage n'ait pas été réussi, même si quelques difficultés ont surgi par la suite.

Mais revenons au mariage.

Quand Alice est arrivée, le chantier était déjà une affaire importante et Assévé un vrai village dans la forêt.

Là, vivait une communanté de travail dont les effectifs s'étaient accrus depuis mon premier peuplement bavongo. Le dispensaire avait rempli son rôle dans la lutte contre la lèpre. L'école du village était contrôlée, je l'ai dit, par les pères de l'institution Sainte-Anne. Un choix délibéré car je souhaitais que le catholicisme s'installe. Qui aurait pu donner une meilleure formation morale, en effet, à des gamins soumis aux instincts d'une vie précaire?

Les curés respectaient le *bwiti*. Je ne suis jamais entré en conflit avec eux.

Bien que j'aie quitté le Fernan Vaz, cette école a continué d'éduquer plusieurs milliers d'enfants. Récemment il m'est arrivé de rencontrer un fonctionnaire des Finances, à Libreville. Ayant besoin d'un renseignement je lui ai dit :

– Si vous me téléphonez, vous demandez M. Michonet.

– Ne vous inquiétez pas, je vous connais. Si je suis aux Finances, aujourd'hui, c'est grâce à vous.

Je me suis retourné :

– Comment ça ?

– Je suis un ancien de l'école d'Assévé et je sais très bien que cette école n'a pas été construite par l'État.

Pour revenir au moment où Alice est venue s'installer au Fernan Vaz, il y avait donc un gros village où vivait l'ensemble des travailleurs. Au débarcadère logeaient les camionneurs. Quant aux chantiers de coupe, où les uns et les autres nous nous rendions tous les matins, ils étaient éparpillés à distance de dix, vingt, parfois trente kilomètres.

Bref, une belle affaire, en pleine activité.

En arrivant de notre long voyage, ma femme et moi demeurons côte à côte. L'émotion nous étreint. Lui ai-je raconté Assévé en cours de route ! Mais soudain une crainte : ne va-t-elle pas être déçue ? Ce coin de brousse me paraît bien sauvage, peut-être effrayant lorsqu'on le découvre.

– Alors, qu'en dis-tu ?

– Je comprends que tu aimes la nature...

– Et la case, elle te plaît ?

La case plaît à Alice. Oui, elle la trouve « magnifique ». Succès d'amour-propre car j'ai construit récemment cette maison en dur.

J'ai même installé le groupe électrogène qui alimente le chantier en électricité.

Celle qui est depuis peu mon épouse ne devrait manquer d'aucun confort. Apparemment elle est tout à fait satisfaite de son installation. D'où vient alors que je ne veux laisser éclater ma joie ? Nous verrons à l'épreuve des jours. Je sais si dure la vie en brousse... J'en connais les moments d'exaltation, mais aussi les lassitudes, les déceptions. Je répète à Alice :

– Tu es sûre que tu te plairas ici ?

– Bien sûr, avec toi...

Voilà qui devrait me rassurer. J'ai néanmoins acheté une maison au nom de ma femme avant de quitter Pau. J'ai pensé qu'elle se sentirait ainsi plus en sécurité par la suite, à supposer que sa vie au Gabon, pour une raison ou une autre, doive tourner à l'échec.

Je n'ai pas voulu la couper complètement de ses racines. Étrange attitude, pour un jeune marié ? Je connais déjà la vie. Le *bwiti* est une philosophie qui empêche ses adeptes de s'aveugler. Me masquer les difficultés serait déjà une faute. Mais minimiser celles qui attendent ma femme, si nouvelle dans le pays...

Ces précautions prises, nous nous entendons bien. Il me semble même, en compagnie d'Alice, que des jours paisibles et radieux nous sont promis. Lorsque nous sillonnons les lagunes ou remontons les rivières, je voudrais lui offrir tous ces espaces que j'ai si longtemps détenus sans partage. Auprès d'elle, il me semble avoir trouvé une autre profondeur à la nuit africaine, à ses appels et à ses mystères.

Nous avions commis une entorse aux coutumes locales en ne nous mariant pas à Sainte-Anne. Pour tout forestier du Fernan Vaz, marier ses enfants devant les curés de la mission était une marque d'attachement à ce haut-lieu de l'ancienne A.E.F. Ne citait-on pas le cas de Français, ayant quitté le Gabon, qui étaient revenus tout exprès ?

Aussi, bien qu'ayant prononcé le « oui » avant de quitter Pau, eu égard aux parents de mon épouse, Alice et moi, sitôt arrivés à Assévé, avions tenu à offrir une fête à toutes les familles avoisinantes pour la plus grande satisfaction des pères du Saint-Esprit.

Édifiée à la fin du siècle dernier avec les fonds d'une vieille fille alsacienne – ce qui explique l'origine de plusieurs des missionnaires –, l'église se dresse sur la berge d'une lagune, dans la partie méridionale du Fernan Vaz. A vol d'oiseau, elle n'est guère distante d'Assévé que d'une quarantaine de kilomètres. Le clocher, revêtu d'émeri, orné d'une marguerite naïve, se repère de loin sur le miroir des eaux.

Autour de ce clocher, les divers bâtiments de la mission : réfectoires, dortoirs des élèves, ateliers dans une végétation touffue. Face à l'église, l'escalier de rondins du haut duquel j'avais assisté, enfant, au combat de l'éléphant et de l'anaconda.

Aujourd'hui nous avons tendu la pinasse de guirlandes et de colifichets. Nous sommes de jeunes mariés et nous ne nous sentons ni perdus ni isolés en ce coin du monde. Je conduis Alice à la mission et, avant même que nous n'en soyons en vue, d'autres embarcations surgissent de toutes parts. On devait nous guetter car ce sont aussitôt des vivats, des coups de sifflet, parfois un klaxon strident. Mon ami Lapébie a rapporté de Bordeaux une corne de pompiers qu'il a montée sur sa pinasse et qu'il fait donner d'une façon comique.

Nous abordons. Voici frère Mathias venu nous accueillir, dépassant les autres curés d'une bonne tête... Soutane blanche, chapeau de boucanier, frère Mathias lisse sa barbe, ému déjà de compter une nouvelle paroissienne, mais plus préoccupé des fioles de cognac, de whisky, de Pernod – sans parler des cartouches de cigarettes – que les uns et les autres nous devons déposer à l'office.

Certains forestiers débarquent la dame-jeanne; d'autre ont apporté des quartiers d'antilope, de mouton. C'est la coutume de fournir la communauté. Sainte-Anne doit faire face à tant de détresses, nourrir de si nombreux pensionnaires, que les sous troués de la quête dominicale ne suffiraient pas.

L'ensemble des religieux est accouru. Nos amis s'empressent autour d'Alice. Pendant la messe, elle sera assise à la place d'honneur; au cours du dîner, à la droite de frère Mathias qui, depuis son jubilé de soixante ans d'Afrique, a rang de curé-doyen.

La cuisine est faite par les religieuses africaines. C'est une cuisine délicieuse, à base de recettes et de produits locaux. L'agneau, le mouton sont découpés et grillés en petits morceaux. Les assaisonnements se font à l'huile de palme. Les salades de fruits proviennent de la plantation. Les gâteaux sont faits avec de la banane du pays.

La générosité des mets, la vigueur des alcools ont mis aux joues des robustes forestiers et à celle des bons pères la couperose des grands soirs. Les propos sont animés. Je sens qu'Alice fait déjà partie d'une grande famille. Pour mieux sceller cette adoption, frère Mathias fait apporter le kirsch de sa réserve personnelle. On déguste à la ronde, on compare en connaisseurs. En boirait-il encore un peu, plus mauve que rubicond, il se mettrait à parler alsacien.

Tout à l'heure, entre l'office et le dîner, il nous a reçus plus intimement, Alice et moi. Un peu imbibé mais grave, il nous a dit son désir de mourir à Sainte-Anne. Le plus tard possible, certes... Le plus tard possible... Mais de n'en pas partir. Pour rien au monde il ne voudrait que son corps soit rapatrié. Sa vie s'est passée ici et c'est ici qu'il souhaite reposer.

En grand mystère, il nous a montré alors, entre son lit et son armoire, un objet insolite sur deux tréteaux. Alice a écarquillé les yeux : il s'agissait d'un cercueil! Le cercueil en bois de sapelli que frère Mathias ponce avec amour, comme le seul bien qui lui reste après une vie entièrement consacrée à l'Afrique.

Les digestifs se succèdent... On porte des toasts et, tandis que le curé-doyen égrène des souvenirs, comment ne le reverrais-je pas, à peine moins vieux qu'aujourd'hui, lorqu'il s'adonnait à la chasse au buffle en se cachant derrière son parapluie?

C'est une chasse que mon frère Jacques et moi avions voulu imiter, au risque de nous faire étriper. Je revois le religieux poussant devant lui sa corolle bleue, avançant à pas comptés, dans la savane, vers le buffle imperturbable.

Un pas... deux pas... Cela aurait pu ressembler à une séquence du cinéma muet. La pétoire à la main, toujours dissimulé derrière son pépin, frère Mathias arrivait à dix pas du buffle!

Tout de même, le temps a fait son œuvre; maintenant, notre curé-doyen ne court plus les savanes! Je peux même soulager ma conscience et lui dire combien m'avait choqué, enfant, son meurtre de l'éléphant.

Habituellement, vers deux heures du matin, l'un des pères du Saint-Esprit se levait de table et disait : « Il faut que je vous quitte; demain je dis la messe... » C'était alors le signal du départ, chacun retrouvant sa pinasse, chacun descendant l'escalier du débarcadère en s'efforçant de ne pas tituber, en s'apprêtant à lancer son bateau sur les lagunes enténébrées.

Ce soir il n'en va pas ainsi. La fête est exceptionnelle. Je ne sais qui a proposé que l'on danse au son d'un pick-up dont le nasillement, sur la terrasse, rivalise avec le concert des insectes. L'invitation a été aussitôt agréée par les pères. C'est ce soir-là que la femme d'un de nos amis va se diriger vers le père Ott et lui dire :

– Allons, mon Père, vous n'allez pas rester seul?

On faisait la danse du balai et je revois le père Ott, assez emprunté au début, dans sa soutane blanche, ne sachant de quel côté se diriger lorsque le vieux Thomas frappait le sol à coups redoublés.

Profitant d'une accalmie, nous nous sommes accotés à la balustrade, Alice et moi. La nuit est épaisse, néanmoins fourmillante d'étoiles...

– Tu es heureuse ?

La réponse a été immédiate. La pointe des ongles d'Alice s'est enfoncée dans la paume de mes mains. J'en aurais oublié mes doutes et mes appréhensions, la dureté de ce qui nous attendait.

Nous devions rester vingt-quatre heures à Sainte-Anne. Le lendemain, le père Ott nous a demandé :

– Avez-vous pris des photos au flash quand je dansais avec Mme Lapébie ?

J'ai cru que cet épisode le gênait. Pas du tout :

– Vous devriez m'en faire tirer un cliché, je l'enverrais à ma vieille mère à qui cela ferait tant plaisir.

Quand nous sommes partis pour Omboué, où nous devions faire des formalités, nous avons emmené le père Leterrier. Il était fréquent que nous les forestiers rendions des services aux pères, avec nos bateaux; que nous les fassions bénéficier de nos équipements, de nos ateliers. Il est vrai qu'en contrepartie, bien des réunions du syndicat des exploitants de bois se tenaient à Sainte-Anne. Nous y étions comme chez nous.

Ce matin-là, nous naviguons donc en compagnie du père Leterrier, un homme d'une cinquantaine d'années, dont on disait qu'il était quelque peu porté sur la cuisse.

Vrai ou faux ?

Il était de tradition, chez les forestiers, d'affirmer que les bonnes sœurs étaient les femmes des curés.

Je pense que c'était faux. Ces hommes étaient ouverts, ils plaisantaient et ils acceptaient qu'on plaisante, voilà tout. C'étaient de vrais curés et nous les aimions beaucoup.

Ce matin-là, nous avons le père Leterrier, sur le banc de la pinasse et, de nous voir si jeunes, de nous appeler « ses enfants », voilà qu'il s'attendrit, qu'il se met à nous parler en toute confiance.

– Pendant longtemps, j'ai regretté d'avoir été ordonné prêtre. Je n'avais pas particulièrement la vocation. J'avais fait le projet de me marier avec une jeune fille qui, au dernier moment, s'est ravisée et a voulu devenir religieuse. Elle est entrée au carmel. Voilà pourquoi, de mon côté, je suis devenu prêtre.

Le père semblait soulagé de nous livrer le secret si simple de sa vie.

Nous, très jeunes et quelque peu intimidés, nous le laissions parler tandis que filait la pinasse sur la lagune et que le vent faisait voleter les pans de la soutane.

Le père Leterrier a marqué un temps d'arrêt, comme s'il avait un peu honte d'avoir commencé à raconter de pareilles choses ou comme s'il s'était douté de ce que les uns et les autres s'amusaient à colporter.

– Pour moi, cette vie a été dure mais, voyez-vous, j'ai tenu le coup et, maintenant, j'arrive au bout de ma carrière.

Les rives défilaient, lointaines et paisibles. Le missionnaire a ajouté plus doucement :

– Et dire que si je m'étais marié, j'aurais peut-être, aujourd'hui, des enfants de votre âge...

Nous sommes arrivés à Omboué, émus par les confidences que nous avait faites, au soir de sa vie, cet homme porté par le destin si loin du lieu de sa naissance.

Et sitôt rentrés à Assévé, nous avons retrouvé le chantier, notre case et la proximité du village, ce qui allait être l'odeur même de notre vie : l'odeur de la résine d'okoumé.

L'okoumé dégage un parfum entêtant. Ce n'est cependant pas le seul bois dans les quinze mille mètres cubes que je sors de la forêt l'année de mon mariage. Je recherche de nouvelles essences. La forêt gabonaise est si riche... N'y recense-t-on pas quatre cents espèces ? J'ai des ébènes de prestige, du *baillonella toxisperma,* ou moabi géant; des doukas comparables à ceux que j'ai rencontrés au pays bavongo.

L'okoumé, ou bois à contre-plaqué, celui-là même qui semble délimiter le territoire gabonais – on n'en trouve que très peu au Congo, très peu au Cameroun –, reste la base de tout ce que je fais.

J'aime d'autant plus ce bois qu'il parle au petit-fils de la femme myéné.

Jadis, dans les villages, on ne s'éclairait qu'avec les torches confectionnées en utilisant sa résine. Mes souvenirs d'enfance dansent à leur lueur; à Essendé, ces feux contribuaient à l'atmosphère mystérieuse du corps de garde, lors des danses de dédeuillement.

La résine est réputée pour les bronches. Dans la médecine traditionnelle, on soigne la tuberculose avec une potion obtenue à partir d'un mélange d'écorces d'okoumé, de *combo-gombo* – le parasolier – et de *kévazingo* – le bois de rose.

Avant toute cueillette, il y a des conditions à remplir, un rituel à respecter. Le féticheur doit s'adresser à l'arbre : « J'ai recours à toi pour soigner l'être humain. Aide-moi à guérir notre frère de la brousse. » Je ne sais si l'arbre est sensible à ces mots mais, ce qui est sûr, c'est que des signes interviennent, d'une importance capitale, quand on frappe le tronc à la machette.

Je produis une forte proportion de ce bois léger, qui flotte à la perfection, mais je fais également du dibetou rose, le noyer du Gabon, que les Myéné appellent *m'bolo m'bolo* – « bonjour, bonjour ». Je sors déjà des acajous, ces bois si prisés en ébénisterie. La variété *kaya ivorensis* est particulièrement recherchée pour la menuiserie des bateaux de luxe. Je vais pourtant me heurter à de grosses difficultés avec les acajous...

Selon les sols, ceux-ci peuvent se muleter – c'est-à-dire qu'il s'y met un ver et qu'à partir de là, c'est fini : une forêt entière est perdue. Si l'on a posé un permis sur une forêt sans s'apercevoir que, par-dessous, les arbres étaient muletés, c'est comme si l'on avait acheté du vent. Par contre, avec le *kaya anthotheca,* un acajou blanc qui se vend moins cher que le bois rouge, on n'a jamais ce genre de surprise.

J'ai aussi à Assévé, à côté de l'*anthotheca,* son cousin plus montagnard, le *niangon.* C'est un bois qui, lorsqu'on passe le doigt sur la planche, donne l'impression d'être très gras. Une particularité qui le rend utile dans la construction des pinasses, cette couche de gras le protégeant et l'empêchant de prendre l'eau.

Mis à part les acajous, j'ai recensé du sipo et du sapelli. Mais ces arbres sont si grands, leur diamètre est si considérable qu'on n'y touche pas. Comment abattre un spécimen de 4,5 mètres de diamètre au sol? Quel camion supporterait la bille?

Nous avions l'habitude, entre forestiers, de classer les arbres selon le nombre de billes possibles : une, deux, trois billes. On classait ensuite les branches, dans l'observation : a, b, c... Quand on arrivait aux billes de trois mètres, on ne parlait plus que de coursons.

L'abattage se faisait à la hache, les coupes étant du ressort des scieurs de long. Aujourd'hui tout est mécanisé mais il est vrai que la présentation de la bille n'a plus la même importance.

A l'époque, quand on sortait une bille, on commençait de la soigner dans le parc à bois. On la ferrait à la moindre gerçure, on mâtait et l'on enduisait. Ainsi se conservait la couleur du bois. J'ai passé du cryptogyl à la sulfateuse pour peu que la chute de l'arbre ait râpé l'écorce, mis à nu les parties vives où des insectes auraient pu attaquer. J'avais des hommes spécialement chargés de couvrir les parcs de branchages pour les protéger du soleil. L'ensemble de ces soins donnait une valeur supplémentaire au bois et l'on avait ainsi des billes qui arrivaient irréprochables. Le coup de marteau était une signature et chaque forestier avait l'orgueil de son marteau.

Une de mes billes de sipo a été primée dans une foire exposition, à Paris. A peine avions-nous appris la nouvelle, c'était la fête, au chantier. Tout ce qu'Assévé comptait d'âmes qui vivent s'est senti concerné. Il y avait de quoi! Le produit primé était une bille de 2,80 sans une seule piqûre, sortie « loyal et marchand » – « L. M. », comme on abrégeait alors – c'est-à-dire prête pour le négociant.

Alice attend notre premier enfant.

Si c'est un garçon, nous l'appellerons Jean-Marcel, en souvenir de mon père.

Ma femme s'est assez bien acclimatée. Sa santé ne se ressent pas trop des conditions difficiles du pays. Jusqu'à ce que sa grossesse commence de l'éprouver, elle s'est occupée de la vie du chantier. Hier encore elle faisait la paye du personnel, il lui est arrivé de m'aider dans la comptabilité.

Au contraire, les cocasseries du village, les affaires d'ethnies ne la passionnent guère. Alors que je suis curieux des particularités locales, Alice en marque toujours un peu d'agacement.

Souhaiterait-elle me sentir plus « européen » dans ma façon de vivre? Elle semble jalouse de mes activités annexes : chasse ou action sanitaire. Bien sûr, elle ne me reproche pas le temps que je passe au dispensaire, mais...

– Ne crois-tu pas que N'Combé y suffirait?

– Il y a les débuts de traitements.

– Le garçon est expérimenté, il t'appellerait si quelque chose n'allait pas...

N'Combé Rémy est devenu un excellent infirmier des lépreux, bien sûr. Je pourrais consacrer davantage de temps à la vie familiale... Ce qui m'accapare, maintenant, pour mes bonshommes, ce sont les morsures de serpents. Les environs d'Assévé sont abondamment pourvus et je ne me doute pas à quel point ces reptiles vont influer sur mes relations avec Alice et, à terme, sur notre vie commune. Il est vrai que rien n'arrive aussi vite ni n'est aussi traumatisant qu'une histoire de serpent...

Je conduis un jour le G.M.C. que j'ai eu à bon compte, cinq ou six ans plus tôt, aux surplus américains. Ces camions sont durs à la manœuvre. Le tableau de bord est dépourvu d'à peu près tout. Pas de jauge à essence, tout juste un manomètre à huile. Les vendeurs avaient enlevé le compteur de vitesse et, à la place, il n'y avait qu'un trou par où l'on voyait le moteur, les essieux.

Je dévale donc la colline avec, à mes côtés, un boy chauffeur. J'avais besoin d'un garçon car ces G.M.C. avaient encore la particularité d'être équipés de deux leviers. Un pour le pont avant, l'autre pour le crabotage. Pendant que je conduisais, le boy devait s'y cramponner car, si le dispositif lâchait nous partions en roue libre et, la descente aidant, avec deux ou trois billes derrière la cabine, il y avait de quoi se faire broyer à l'arrivée.

Au bas de la descente un premier virage et, tout de suite après, un pont.

Il venait de pleuvoir. Sitôt passée l'averse, un petit soleil de septembre avait chauffé la piste. Voilà pourquoi un serpent était en train de traverser, un *mamba* – trois mètres environ – scintillant et peu pressé. Il avait mué car il était d'un joli jaune-vert. On aurait pu l'admirer si la morsure de ce serpent n'était presque instantanément mortelle.

Je reconnais avoir cherché à écraser le promeneur. Craignant de faire valser le « bahut », je ne réussis à l'atteindre qu'à la queue. Seulement, le coup de volant donné, j'ai beau me pencher hors de la cabine, je ne le vois plus.

– Et toi, tu le vois ?

– Non...

Le boy-chauffeur, de son côté, ne l'aperçoit pas non plus.

Je me dis que le serpent doit être loin derrière nous; déjà, je n'y aurais plus pensé : il était assez compliqué de se cramponner au frein, le moteur pétaradant de tous ses cylindres. Quand soudain, je vois la tête du serpent à la place du compteur dans le trou du tableau de bord! Là... juste sous mon nez!

Cette précieuse horreur apparaît, pointe doucement vers le volant... Je n'ai pas eu un cri... mon réflexe a été de m'emparer d'un chiffon et d'en bourrer le trou. Par chance, nous avions toujours ce gros chiffon plein d'huile et de cambouis à portée de la main car avec le G.M.C. il fallait sans cesse bricoler.

J'ai collé le chiffon sur la gueule du serpent en comprenant tout à coup que celui-ci n'était pas passé sous le camion. Il avait dû être projeté par la queue sur le chassis du vieux surplus pissant l'huile de toutes ses jointures, il avait eu trop chaud avant de se brûler plus encore au tuyau de gaz et, cherchant une issue, il avait fini par remonter dans le moteur.

Combien va durer la descente? L'éternité me semble-t-il! Pas possible d'arrêter le bahut. Le boy affolé se cramponne toujours à ses leviers. Je maintiens la tête à bout de bras mais le corps du serpent doit cramer à l'intérieur : la poussée est d'autant plus forte vers l'issue pressentie.

Un serpent pareil a une force phénoménale! La descente devient plus raide. Nous voici engagés dans la portion la plus difficile du parcours.

– Ne lâche pas! ai-je crié au boy épouvanté mais toujours affalé sur ses leviers.

Vais-je réussir, quant à moi, à contenir la poussée? Aux secousses qu'imprime la tête dans le chiffon, je devine que le corps doit brûler derrière le capot. Mal assis, gêné par la trépidation du volant, obligé de parer aux embardées possibles de la remorque et de ses grumes, je suis aux limites de mes forces.

Cent mètres encore... Là-bas, la route ébauche le virage fatidique.

– Ne lâche pas, boy!

Après le virage seulement, la route s'aplanit devant l'ouvrage de bois que j'ai moi-même construit et sur lequel il faudrait arriver en douceur.

Mais comment faire? Comment tenir? A ce degré de tension je ne distingue presque plus rien. Mes yeux ne discernent que l'aveuglante lueur du jour. Le serpent pousse dans le chiffon, il pousse... D'un instant à l'autre je vais devoir céder... Je suis à bout...

Je n'ai pas eu conscience des dernières minutes. Ce n'est pas moi qui ai tenu mais un automate. Pourtant, je vois approcher le virage. Est-ce la fin du cauchemar? Est-ce la fin de ce que je ressens comme un film d'épouvante et dans lequel, paradoxalement, je serais à la fois l'acteur et le spectateur?

Encore quelques dizaines de mètres. Encore quelques secondes... Le camion, de lui-même, est en train de ralentir. Au bord de l'évanouissement, je parviens à stopper. Les roues encore grinçantes, je me sens soudain assez revigoré pour faire signe au boy :

– Saute...

D'un même mouvement, nous avons giclé, chacun de notre côté. Et je n'ai pas le temps de me relever que je vois déjà le serpent glisser tout entier du tableau dans la cabine. Il en dégringole à son tour. Mais il est copieusement entamé. Vers le milieu de sa longueur, le corps n'est qu'un chapelet de plaies sanguinolentes exhalant une odeur de chair brûlée.

Ce *mamba* à demi carbonisé n'est pas allé bien loin. Le boy est déjà passé de mon côté et il l'achève avec des blocs de pierre.

En brousse, les attaques de serpents étaient plus prévisibles mais n'en étaient pas moins dramatiques.

Bien dérisoire alors le douze-tours de bronze que certains de mes hommes avaient aux avant-bras. Ces parements ne les protégeaient que de quelques morsures ou des petits serpents. Que faire, par exemple, lorsqu'un naja se laissait tomber d'un arbre sur les épaules d'un défricheur?

Je préparais un radeau, un après-midi, et j'avais deux ou trois hommes juchés dessus qui numérotaient les billes; deux ou trois autres pagayaient bord à bord, dans la pirogue où je calculais mes mètres cubes. Tout à coup un naja se met à pendre d'une branche, au-dessus de la rivière, comme une vieille lanière de caoutchouc. Il se décroche et tombe au milieu de l'embarcation.

Sans nous être donné le mot, nous sautons à l'eau, le serpent devenant seul occupant de la pirogue.

Puis, ayant fait le tour du propriétaire, il estime être à l'étroit et, de là, grimpe sur le radeau. Aussitôt les travailleurs du radeau sautent à l'eau à leur tour. Bref, nous étions tous dans la rivière et nous y sommes restés jusqu'à ce que le naja quitte le radeau et décide de retourner dans la forêt.

J'ai dû me mettre en slip, repêcher mes marqueurs, faire sécher mes cahiers avant de reprendre mon ouvrage. Cela aurait pu paraître comique mais il y avait des moments, dans la vie du forestier, où l'on ne cherchait pas à jouer au plus fort.

Plus tragique un autre accident, arrivé en cours de prospection systématique à l'un de mes piqueteurs :

Le garçon, un nouveau-venu, s'était proposé quelques jours plus tôt comme boussolier. Un jeune Bavarama, le regard doux et l'air intelligent, à qui j'aurais fait confiance. Pourtant, j'avais en mémoire les mensonges de mon farceur d'Omboué, lors du tracé de la route, et j'ai dit à ce nouveau candidat :

– Tu veux être boussolier? Eh bien, commence par apprendre à tenir le piquet.

Le piqueteur est le gars qui passe devant, à trente mètres,

et qui ajuste le repère sur lequel se pratique la visée. « A gauche... un peu à droite... là, dix centimètres... stop! » On s'aligne là-dessus et l'on reprend le même manège un peu plus loin.

Nous voilà donc partis, toute une équipe, et, au bout d'une matinée, le jeune Bavarama piquetait très bien. Il passait son repère à la peinture blanche, il avait compris.

Une fois les layons tracés, le quadrillage effectué, je faisais mon compte, assisté de cinq types d'un côté, de cinq types de l'autre. « Un okoumé, un... Un noyer, un... Un acajou, un... » A chaque désignation, un homme frappe le tronc correspondant du marteau « JM » qui condamne le spécimen à une future coupe.

Sur le moment, cette prospection me préoccupait d'autant plus qu'encouragé par la bille primée à Paris, je venais de jouer quitte ou double et m'étais porté acquéreur de plusieurs milliers d'hectares d'acajou dont, par avance, je m'enorgueillissais.

Enfin, pour revenir à mon Bavarama, il continue de marcher en tête de notre groupe, dans une zone où la broussaille est épaisse et le sous-bois très obscur.

Je m'apprête à viser sur la marque quand, pour une fois, je ne vois plus rien.

Le piquet a disparu.

– Et le gosse, où est-il?

Je crie :

– Bon Dieu, qu'est-ce que tu fais? Bouge, que je te voie!

Pas de réponse. Aucun signe. Ma première idée est que mon piqueteur a dû aller chier. Avec leur manie de manger de l'éléphant fumé, j'avais toujours un de mes bonshommes qui éprouvait le besoin de s'accroupir. Un pressentiment me fait dire pourtant à l'un des assistants :

– Va voir ce qu'il fabrique.

Ce dernier s'en va, nonchalamment. Il disparaît à son tour dans l'ombre de la forêt. Et puis, d'un seul coup, j'entends sa voix précipitée :

– Venez vite... il va mourir!

Un python était tombé sur le jeune Bavarama. En un clin d'œil le serpent l'avait enveloppé, avait tourné autant de boucles que possible autour de lui et de son piquet... Je comprenais maintenant pourquoi l'assistant avait eu besoin de quelques minutes avant de se rendre compte... On ne voyait que du python enroulé; du gosse on n'apercevait que les chevilles, en bas, et, en haut, les yeux complètement révulsés!

Tirer sur cette masse dont la victime constituait le centre? Pas question. Je dis très vite à tous ceux qui sont là :

– Cherchez la tête!

Mais, comme s'il avait compris, le serpent enfouit aussitôt sa tête et la tient cachée.

Le gosse nous fixait de ses yeux révulsés mais je doute qu'il nous ait vus : l'asphyxie le gagnait. Thorax comprimé à la limite du supportable, les côtes bientôt brisées, il n'en avait pas pour dix minutes.

– Attaquez à la machette...

Cet ordre était superflu. Dix garçons étaient déjà là, virtuoses de cet instrument et précis dans leurs mouvements au point d'interrompre le coup le plus violent au millimètre près. Seulement, les pythons eux aussi ont leur tactique... Ils voient venir les coups, dès que la machette s'abat, ils envoient au point visé une grosse boule de muscle sous la peau, dure soudain comme du caillou.

Rien à faire contre cette boule!

Mes hommes frappent... frappent... A chaque fois le serpent envoie au point d'impact une nouvelle boule et la lame sursaute.

– Frappez, bon sang...

Un tournoiement. Une boule. Le choc au bruit mat laisse le corps du python parfaitement intact. Et le gosse va mourir!... Ses yeux révulsés nous fixent de plus en plus!... C'est une vision absolument insoutenable!

– Décalez vos coups!

Cette fois les garçons ont compris. D'ailleurs, l'instinct les mettait de lui-même sur la voie. En frappant à quatre ou cinq avec un léger décalage, le serpent n'a plus le temps d'envoyer toutes les boules qu'il faudrait. Une lame pénètre enfin. Un second coupe-coupe s'abat et tranche net le python sans blesser le jeune Baravama. Au point où en était celui-ci, aurait-il du reste ressenti la blessure?

L'espoir nous gagne. Avec un peu de chance, nous pourrions ranimer la victime...

– Frappez encore, ai-je crié aux hommes.

Maintenant, les deux parties du serpent commencent à devenir inertes. Il n'a plus la force de former la moindre boule et, au lieu de rebondir, toutes les lames pénètrent. La tête apparaît. On la sectionne. Voilà que nous libérons enfin le candidat boussolier.

Infortuné gamin, il est sans connaissance. Je le revoyais tout gentil et timide quand il était venu se proposer... Mais fort heureusement il a repris ses esprits au village où nous l'avons transporté et où l'on a commencé de le soigner à la façon locale. Par mesure de sécurité, j'ai voulu le conduire à Omboué pour voir avec un médecin s'il n'avait pas de côtes fracturées. En cours de route, je n'ai pu m'empêcher de lui demander :

– Alors, tu tiens toujours à être boussolier?

Il arrivait à Assévé – mais ce n'est pas réservé à cet endroit, tant s'en faut! – que les serpents, attirés par les déchets de la vie domestique, se glissent à l'intérieur des habitations et se cachent dans les greniers.

Avant même l'alerte qui va éprouver Alice et qui agira si fort sur son moral, par la suite, je dois raconter ce qui s'est passé, comme une sorte de préliminaire, à l'intérieur même de mon bureau.

Chaque mois, un de mes acheteurs, un Grec du nom de

Papathéodolou, vient s'asseoir pour mettre nos bordereaux à jour.

J'essaie de le rouler, à titre préventif, car je sais que de son côté il ne se prive guère. Nous faisons des affaires ensemble, depuis plusieurs années, et il s'est créé entre nous, à défaut d'amitié, une relation qui n'exclut ni la méfiance ni l'estime réciproques.

Un peu poupin, cet homme est d'une calvitie complète. Le crâne, luisant de sueur, a l'aspect et la couleur d'un œuf.

Cet après-midi, Papathéodolou est installé à mon bureau quand j'aperçois un naja en équilibre au-dessus de sa tête! La salle était construite sans plafond, avec seulement les poutres sous la tôle ondulée du toit. Probablement le naja était-il passé sous les tôles, à la recherche d'un rat et, ne trouvant rien, avait cheminé sur une poutre. Maintenant, fasciné par le reflet de ce crâne – ou de ce gros œuf – il se balançait délicatement au-dessus du négociant grec.

Crier eût été imprudent. Papathéodolou était trop occupé à classer ses papiers. Il devait certainement s'ingénier à la meilleure combine; peut-être réfléchissait-il à une proposition mirobolante, comme cela lui arrivait. Il ne se doutait pas un instant du danger, de ce que seul je pouvais voir : le naja tenté d'aller piquer cette surface lisse mais, mal assuré sur sa poutre, cherchant à garder l'équilibre, la tête remontant comme un yoyo après être descendue jusqu'à une dizaine de centimètres du crâne innocemment offert.

Encore deux ou trois tentatives et c'en serait fini à jamais des combines de mon infortuné compère! Atteint à la tête, qu'aurait-on pu pour lui? Certainement pas placer un garrot...

Fort heureusement, mon fusil était accroché dans la pièce. Je m'en suis emparé et, juste avant de tirer, j'ai crié à Papathéodolou :

– File de côté...

L'ordre aurait pu le surprendre. Pas du tout. L'instinct

a joué et a dû lui faire comprendre quelle sorte de danger ondulait au-dessus de sa tête. Au coup de feu, le serpent a éclaté et il y avait maintenant une large flaque de sang qui maculait tous les papiers du bureau.

Une fiole de whisky n'a pas suffi pour regonfler le Grec.

– Ah! Michonet, répétait-il... Quelle histoire!

Moins saoul que démoli, il s'est remis au travail, en fin de journée, mais, cette fois, je crois qu'il n'avait plus assez de présence d'esprit pour me voler.

C'est peu après cet incident que s'est produit le coup dur que j'ai laissé entrevoir et qui devait marquer si fortement Alice.

Le choc nerveux devait être d'autant plus durable qu'elle ne pouvait, sur le moment, comprendre de quoi il retournait.

Le petit Jean-Marcel a dix mois. Il est assis dans son parc, au milieu de la véranda, et il joue en gazouillant avec ses jouets.

Je lève les yeux et, comme dans les mauvais rêves, je vois un serpent – un naja cette fois encore – qui entre par la porte-fenêtre. Le reptile a sa tête plate légèrement surélevée, comme un périscope, et, en vitesse de croisière, il se dirige vers le parc, il se dirige vers l'enfant!

Ma femme et l'aide-ménagère, occupées au fond de la véranda, n'ont rien vu.

Que faire? J'ai le choix entre deux solutions. Me jeter sur le périscope et me sacrifier en sauvant l'enfant. Tenter de saisir le naja par la queue et le réexpédier avant qu'il ait eu le temps de se redresser. A moins qu'une troisième possibilité, plus sûre...

J'ai bondi sur le fusil.

– Où vas-tu? s'écrie ma femme en me voyant, l'arme au poing, courir vers l'enfant.

Et comme j'ai épaulé, elle se met à hurler :

– Jean!... Jean, tu deviens fou! Mon Dieu, il est devenu fou!

Pas le temps de la rassurer. Le serpent s'est rapproché du parc. Tirer debout? Pas question. Jean-Marcel serait entre l'arme et la cible. Contourner l'obstacle? Le naja bondirait d'autant plus vite sur sa proie. Je saisis en un éclair la seule tactique possible : plonger en avant, glisser le canon sous le parc et tirer à ras du sol.

Si je n'enfonce pas assez, Jean-Marcel risque de prendre quelques plombs dans les jambes – ce qui ne serait qu'un moindre mal. Si je réussis, le serpent est atteint et criblé immanquablement.

Le coup part!

Opération réussie. C'est une bouillie de naja qui ensanglante maintenant le sol de la véranda. A peine si Jean-Marcel s'est arrêté de gazouiller dans son parc. Je me sens dénoué de toute mon angoisse. Mais Alice?

Il n'en va pas de même pour ma femme qui n'a toujours pas compris l'enjeu et qui, avant même que je tire, a enjambé la terrasse avec un cri perçant et couru se cacher dans la brousse.

Laissant sur place le naja déchiqueté, je prends aussitôt notre fils dans mes bras et je cours à la poursuite de sa mère pour tenter de tout lui expliquer. Celle-ci est roulée en boule dans la broussaille; elle se mord les poignets.

– Alice...

– Va-t'en!

– Alice, il est vivant, regarde!

– Va-t'en! Tu es devenu fou!

L'aide-ménagère a déjà rejoint ma femme et tente de l'éclairer :

– Non madame... il n'a pas tué l'enfant... il a tué le serpent...

C'est tout juste si la vue de Jean-Marcel sain et sauf allait calmer progressivement la démente. Quand nous sommes revenus à la maison, je lui ai montré la flaque de sang, les restes du naja dont la bouche continuait de mordre et de baver dans le vide.

– Jean-Marcel n'a rien du tout... rien du tout... répétais-je, décontenancé par le regard égaré, soupçonneux, d'Alice. Il n'a même pas pleuré...

Ma femme a fini par s'apaiser mais elle a eu un accès de fièvre pendant plusieurs jours. Son moral a été atteint de façon durable et son attitude à mon égard a commencé de se modifier insensiblement.

XI

Déboires et honneurs

Serpents...

Un aspect de ma vie en brousse aussi secret, sinon aussi important que le *bwiti.*

En ai-je eu horreur ou, dès le début, ont-ils commencé à me fasciner?

C'est par nécessité que je me suis intéressé à eux, une fois forestier, beaucoup plus que je ne l'avais fait au cours de mes explorations de jeunesse au Bavongo. A Assévé, j'étais tenu de me procurer sérums et vaccins de l'Institut Pasteur; la boîte de secours était obligatoire pour les gens des chantiers. Je serais mal venu d'en plaisanter : plusieurs de mes hommes en ont eu la vie sauve. Pourtant, la façon dont certains Noirs se prémunissent contre les morsures m'intriguait autrement. C'est à leur contact que j'ai développé ma propre connaissance du reptile et que je suis devenu apte à utiliser les antivenins.

Il existe plusieurs dizaines de variétés d'ophidés au Gabon. Essentiellement, pour les venimeux, des vipéridés, des crotales, du cobra et du naja. Outre ces hôtes de la forêt, il y a les petits serpents d'eau, de couleur verte, qui sévissent sur les plages autour de Port-Gentil, à l'heure du crépuscule. Il y a le serpent à deux têtes, dit aussi serpent-minute – en fait, une seule des deux têtes est la bonne, l'autre n'étant qu'une apparence pour tromper l'ennemi. Ce dernier serpent tue en une minute, mais il ne peut piquer à la plante des pieds. Il doit trouver la chair tendre, entre deux orteils. Accroché à la partie supérieure des lianes, il pouvait être dangereux lorsqu'on défrichait, en atteignant les hommes à la poitrine ou au cou.

Univers des serpents... Notre enfer est leur paradis avec son fouillis de végétation sur le réseau des eaux glauques et putrides.

Pour les ethnies du Sud, un dicton veut que « la vipère pardonne deux fois, à la troisième elle pique ». C'est laisser entendre qu'à vipère endormie, le premier qui marche dessus ne risque rien. Elle bouge à peine, étant assez lymphatique. Au second pied qui se pose dessus, elle se redresse, pensant probablement : « Alors, ça ne va pas ? » Elle a pardonné deux fois mais le dernier nigaud sera pris.

Le grand ennemi de la vipère à corne est la mangouste. Il faut voir le ballet d'une mangouste et d'une vipère face à face ! L'une se lance dans un concert de cris, l'autre crache son venin et commence à bondir. C'est ainsi qu'on a pu se rendre compte que la vipère est capable de sauter une fois et demie sa longueur. Quand le serpent épuisé n'a plus de venin, la mangouste s'en saisit délicatement et le mange.

Les najas, eux, savent exactement qui les craint et à qui ils ne font pas peur. Les najas et les autres car c'est une caractéristique de beaucoup de venimeux de n'attaquer que ce qu'ils savent terroriser. D'où le premier moyen de défense, dans les ethnies savantes, qui est d'éduquer l'enfant à ne pas avoir peur.

Myéné et Eshira sont peu connaisseurs. Les grands initiés, ceux qui m'ont instruit en matière de serpents étaient toujours des gens du Sud, en particulier des Bapounou et des Mandjabi.

On pratique dans ces ethnies une sorte de vaccination. Dès le plus jeune âge, l'enfant est mis en contact avec de petits serpents; on le fait jouer avec les serpenteaux. Je ne crois pas que cela marche à cause d'une possible mithridatisation. Je me demande comment une piqûre en bas âge par de tout petits serpents pourrait neutraliser, longtemps après, les doses de venin massives du naja adulte. Ce qui paraît plus sûr, c'est que le sujet ainsi familiarisé n'a plus peur et acquiert une telle assurance, vis-à-vis des serpents, que ceux-ci vont le craindre et n'oseront plus l'attaquer.

J'ai vu un jour, à la scierie, des types qui, en déplaçant une pile de planches, avaient fait sortir un naja venu se mettre au sec. Ces garçons étaient des Bapounou, « vaccinés » depuis l'enfance et se croyant donc protégés. Ils s'amusaient, littéralement, autour de ce redoutable serpent. Ils étaient là, à rire et à crier. Le naja, tête dressée à un mètre de haut, rouspétait pour la forme et, plus les Bapounou plaisantaient et se tordaient de plaisir, au-dessus de sa tête, moins le serpent se sentait assuré.

Pour le tuer, les Bapounou l'ont piétiné. Ils se sentaient invincibles, ils dominaient tellement ce naja que celui-ci s'est laissé écraser sans réagir. Plus tard, les types l'ont préparé au court-bouillon avec force piment. Le serpent était bien enroulé et serré dans la marmite comme les harengs dans un bocal.

Ne pas craindre les reptiles : il faut pourtant que cette disposition soit réelle et instinctive. Il ne servirait à rien de pratiquer la méthode Coué et de se dire devant un naja, en se pinçant le coude : « Je n'ai pas peur de toi... » Le naja sent très bien tout cela. Moi-même, qui étais persuadé d'avoir une peur foncière des serpents, je ne m'en serai tiré, à deux reprises, que par un réflexe inattendu...

Une première fois, un de ces najas chasseurs dont les indigènes prétendent qu'ils sont friands de rats palmistes, a manqué sa branche et m'est tombé dessus comme je passais sous le palmier.

Crier? Tom était loin devant. Et puis c'était instantané.

Je me suis efforcé de rester immobile comme une souche. Passons sur la sensation de ce corps glacé... Le serpent a glissé lentement, de mon encolure à mes pieds.

Je savais que je ne devais pas le regarder. Quand il voit les yeux, un serpent sait qu'il a affaire à un être vivant et il attaque. Une fois descendu, il s'est retourné et a cherché mon regard. Mais comme je ne bougeais pas, comme je ne le regardais pas, il est parti.

Une autre fois, arrivant dans un village, je m'étais fait indiquer les w.-c. : une petite cabane sur pilotis. A peine avais-je ouvert la porte, je me trouve en présence d'un naja venu là pour croquer des crapauds.

Le geste de défense est parti seul : j'ai giflé l'agresseur à toute volée. Il ne s'est pas retourné. Tout s'était passé si vite que je ne lui avais pas donné l'impression d'avoir eu peur.

Mais si le serpent était parti, le plus drôle était la confusion des braves gens de l'endroit :

– Excusez-nous... D'habitude nous tenons la tinette très propre... Jamais nous n'aurions pensé qu'un serpent aille se mettre là...

L'honneur même du village leur paraissait en cause.

Si je n'ai jamais eu la paix intérieure des invincibles Bapounou, j'ai appris à leur contact un certain nombre de secrets. J'ai fini par savoir ce que font les féticheurs de la secte des serpents lorsqu'un poltron ou un maladroit a été mordu.

En cela, il faut distinguer deux choses. Il existe tout d'abord un rituel de simagrées – ayant néanmoins l'avantage d'apaiser le patient –, d'utiles ingestions de plantes. Ces pratiques accessoires pourraient laisser croire qu'il ne s'agit que d'une sorcellerie, au sens où on l'entend en Occident. Et certes, le féticheur fait ingérer de la cendre de tabac, des œufs de perdrix qui peuvent tout au plus calmer les nausées. A défaut du vrai remède, il peut faire absorber un extrait d'écorce de manguier ou utiliser une plante fortement acide, l'*ocossa*, en applications locales.

Mais ce en quoi réside l'essentiel du secret de la secte – j'ai fini par le comprendre –, ce sont la capture du serpent qui a mordu et la découverte en lui-même du principe curatif.

Capturer le coupable est un acte sans danger car le serpent dont la poche à venin est vide ne peut piquer une seconde fois.

Donc calmer le patient, le faire allonger. S'il est seul il doit saisir lui-même son agresseur en étant économe de ses forces. Un garrot, mais pour un temps très bref, car la gangrène vient vite. Il faut ouvrir le serpent – d'où l'utilité d'avoir toujours son couteau avec soi –, trouver le foie, ce qui n'est pas difficile, et, juste au-dessous, repérer la poche à fiel.

Après quoi, en forêt, on n'a aucune peine à se procurer la feuille d'un genre de citronnier qui coupe comme une lame de rasoir. On se fait de profondes incisions sur la morsure et, en tenant la poche à fiel bien ouverte dans la paume de la main, on en frappe la zone lacérée, on aplatit bien pour que ça pénètre. C'est tout.

La nature est ainsi faite qu'un serpent capable de tuer par son venin contient le contre-poison qui sauve. Qui dispose du fiel sera sauvé. Il n'y a pas d'exception. Encore ai-je pu observer qu'il existe une correspondance entre fiel et venin. Tout compte : la mue ou l'état de fatigue. Le fiel d'un serpent au repos sera moins efficace que celui du serpent qui se sera mis en colère. On peut à la rigueur prendre un serpent de même espèce, de taille comparable. Mais, dans tous les cas, il sera préférable de tuer et dépecer celui-là même qui a mordu.

Les serpents constrictors et avaleurs de leurs proies sont représentés par le python et, dans une moindre mesure, par l'anaconda. Au Gabon, nous ne connaissons pas le boa.

L'anaconda – celui-là même qui a failli mettre fin à mon aventure de jeunesse sur un affluent du Rainbo N'Komi – possède un maxillaire si souple, si dilatable, qu'il permet à ce serpent d'avaler un buffle. On peut rencontrer chez nous des spécimens atteignant près de vingt mètres. Celui qui avait lutté contre un éléphant, naguère, sur les lagunes de Sainte-Anne, était probablement de cette taille. Il n'y a pas si longtemps, dans un petit zoo du Zaïre, on m'en a montré un de dix-neuf mètres.

Ces chiffres seraient-ils supérieurs à ceux qu'indiquent les dictionnaires? Comme disaient mes Eshira, « est-ce que les Blancs savent cela? ». Je me rappelle que le premier Larousse que m'ait offert mon grand'père Isaac parlait de cinq mètres pour les pythons. Or, de mémoire de forestier, on en voyait couramment de sept et huit mètres. Je conserve une peau de dix mètres. Mon père me disait avoir vu des pythons de douze mètres, à Essendé.

Par la suite, je me suis aperçu que le Larousse se corrigeait. Les éditions ultérieures ont parlé de sept et huit mètres. Je considère pour ma part qu'il y a deux sortes de pythons. Celui de la savane, de teinte claire, qui ne dépasse guère les cinq mètres et celui de la forêt, de couleur plus sombre, qui atteint une plus grande taille.

Serpents sans venin, qui étouffent leur proie avant de la déglutir, les pythons ne peuvent donner lieu à « vaccination », encore qu'un garçon qui aura été pris et en aura réchappé se croira invincible, désormais, le python étant considéré comme le « roi des serpents ».

Vis-à-vis d'eux, c'est un flair qui compte, c'est la connaissance d'un certain nombre de signes accompagnateurs qui doivent inciter à la prudence. J'ai découvert que le plus souvent, la présence d'un python était indiquée par une modification des bruits. Premières victimes désignées, les écureuils et les rats palmistes s'agitent. Les oiseaux sont inquiets. Singes et guenons sont à la fois fascinés et terrorisés : leur poil se hérisse et tremble. La nuit, c'est la chouette qui donne le signal. Si l'on est tant soit peu attentif, on comprend qu'on est entré dans une zone dangereuse, que l'on se trouve sur le territoire d'un python.

Et puis il y a l'odeur. Aujourd'hui, mes facultés olfactives ont diminué mais, lorsque je vivais en forêt, j'étais capable de reconnaître à distance la présence de phacochères, d'antilopes ou de serpents. En forêt, les odeurs sont tenaces. Beaucoup plus qu'en savane. Et l'odeur du python est un fraîchin; cela ressemble, en plus léger et subtil, au relent d'un poisson avarié.

Quand je reconnaissais cette odeur, j'étais sûr que j'aurais pu trouver un python à proximité, endormi ou lové dans un creux de racines.

Pythons...

C'est par eux que j'ai fini par démystifier le fait qu'une forêt puisse se trouver « interdite » – ce phénomène de la « forêt interdite » sur lequel on radote dans diverses ethnies. Au moment de l'Indépendance... Je m'occupais des Collectivités rurales, alors, c'était au temps de Léon M'Ba... J'avais repéré d'avion une vaste zone bourrée d'okoumé, d'acajou; de la très bonne forêt. Je m'étais dit aussitôt : « Incroyable que ce coin demeure vierge, que personne n'ait eu l'idée d'aller sortir ce bois! »

J'ai voulu me rendre compte sur le terrain. Il s'agissait de la région sud des lacs de Lambaréné, bien en deçà du Lac Anengué. Une de ces zones pareilles à Ngwéviri où tant d'Européens avaient crevé sous la succion des moustiques et des fouroux.

J'ai pensé tenir là la raison. Mais comment ne pas trouver étrange l'insistance des gens, au premier village, pour me mettre en garde :

– N'entrez pas là-bas...

– Tiens donc... Et pourquoi?

Les anciens se regardaient, contrariés. On ne voulait ou ne pouvait m'en dire plus.

Une « forêt interdite », j'aurais aimé voir ça!

Eh bien j'ai vu! Après une demi-journée d'avancée mystérieuse, en forêt inondée, j'ai compris au fond de ma pirogue! Je n'avais qu'à lever la tête... Des dizaines et des dizaines de pythons endormis pendaient aux branches comme de gros pompons noirs.

Ces pythons avaient chassé facilement, au début de la saison des pluies, quand les antilopes étaient prises en grand nombre par la montée des eaux. Ainsi se gavaient-ils, chaque année, avec ces bêtes envasées, livrées à l'enfer. Puis ils grimpaient dans les arbres pour six mois et là, ils digéraient.

Quitte à se laisser tomber, affamés à nouveau, si une proie s'aventurait entre-temps à leur portée.

Et moi, stupidement, passant outre à toutes les mises en garde, je sillonnais la forêt inondée, j'avançais entre les fûts des arbres géants sans la moindre protection. Le fusil? Illusion! De pareils pythons pèsent trois cents kilos. Il suffisait à l'un d'eux de son poids, de la vitesse de la chute pour fracasser l'embarcation. Je me voyais déjà, enfonçant dans la vase avant d'être aussi inexorablement ceinturé qu'une pauvre antilope!

En une vision d'horreur, j'ai cru voir converger vers moi les quarante pythons qui, pour quelques instants encore, dormaient et pendaient au-dessus de ma tête comme les festons d'un deuil monstrueux.

Avalé par le premier, j'aurais eu la piètre consolation que le suivant, plus gros, bouffe à son tour mon agresseur. Les pythons n'ont-ils pas pour habitude, lorsque le gibier se fait rare, de s'avaler les uns les autres selon une hiérarchie qui tient autant à leur diamètre qu'à leur voracité?

Le python avale sa proie, une fois qu'il l'a asphyxiée ou assommée, en commençant par la tête.

A Assévé, lorsque mes hommes devaient couper des lianes

sur les marigots, je les envoyais toujours à trois ou à quatre. Ainsi, en cas d'attaque, pouvaient-ils se secourir.

J'ai connu une personne, aujourd'hui adjointe au maire de Port-Gentil, qui a été avalée à l'âge de treize ans par un python.

Un serpent affamé l'avait suivie dans un village de brousse alors qu'elle se rendait aux latrines. Aussitôt assommée. Car l'agression par laquelle un python neutralise sa victime est un véritable coup de boutoir.

La chance de la gosse a été que le python, trop pressé, au lieu de l'avaler par la tête, commence par les jambes. Chance supplémentaire : la petite était tombée avec les jambes écartées. Le serpent a donc dégluti un pied, une jambe, mais il s'est trouvé bloqué par l'entrejambe et n'a pu aller plus loin.

Se réveillant de son évanouissement, la fillette se met à hurler. Les parents, les voisins accourent. Et le serpent inexpérimenté – ou fou de boulimie – a été tué. Il ne pouvait ni régurgiter ni repartir. Il était lui-même prisonnier de sa prisonnière.

Cette Mme Olago se rappelle très bien les circonstances, aujourd'hui. Nous en plaisantons souvent ensemble. Je lui dis :

– Tu ne risques rien puisque le roi des serpents n'a pas réussi à t'avaler !

Un jour, nous l'avons invitée à une partie de pêche, mon frère Jacques et moi. Une pêche un peu spéciale. Mon basse-couriste se plaignait que des volailles, un mouton, un cabri disparaissaient toujours au même endroit. Le coup du cabri, surtout, avait affecté le brave homme qui s'en plaignait comme de la perte d'un enfant.

Pas de doute, un python était dans les roseaux. – Peut-être ce fameux « serpent-coupé » dont parlaient les anciens et qui, au fil des décennies, se régénérait à partir de la tête.

Malgré les préventions de Jacques, le commerçant de la

ville, pour ces histoires broussardes, je réussis à l'entraîner. Nous battons le marigot. Sans succès. Le python nous avait probablement vus venir.

Par contre, nous avions dû le déranger dans ses exercices prédigestifs. Le cabri asphyxié et étiré gisait là. Arrosé d'eau et de sucs, il s'était allongé d'un bon mètre : du cabri-chewing gum ! Prêt à consommer !

Nous nous détournons de cette saleté et, après nous être cachés, mon frère et moi, Jacques me souffle :

– Regarde...

Le cabri-chewing-gum glissait vers le marigot. Pendant que nous avions fait mine de partir, le python avait recommencé d'arroser sa prise et, maintenant, il la soustrayait tout doucement à notre vue.

Coup de fusil. Sans succès non plus. Le serpent avait déjà plongé.

Le week-end suivant, Jacques devait venir d'Omboué avec des invités. J'avais tout préparé.

– Que vas-tu faire ? me demande le citadin intrigué.

– Tu vas voir... de la pêche à la ligne !

Ses invités paraissent tout aussi sceptiques que lui. Je dispose pourtant d'un gros hameçon forgé, de câble de 3 mm et d'un petit treuil. Le soir, je cache l'hameçon dans les entrailles d'une bête crevée. Certainement le serpent ne devait être qu'à quelques mètres, se disant : « Dès qu'il fera nuit, je piquerai le mouton à cet espèce d'idiot... »

Le lendemain matin, mouton et hameçon étaient en effet dans le corps du serpent qui continuait de baver et d'avaler du câble. Le tube digestif d'un python est ainsi fait qu'il ne peut rendre gorge. Les proies cheminent à sens unique. Mon serpent était donc condamné à avaler toute sa longueur de câble.

Ainsi l'avons-nous pris et dépecé, sans même retirer le filin. La peau avait sept mètres et nous l'avons offerte à Mme Olago, en souvenir du coup dur de ses treize ans.

En croyant que j'avais voulu tirer sur notre fils, en comprenant ensuite qu'il avait failli être piqué par un naja, Alice avait été si choquée qu'elle mettait longtemps pour s'en remettre.

Je pense que le climat et ses deux grossesses rapprochées l'avaient rendue fragile. Au lieu de voir le bon côté de notre existence, elle faisait comme beaucoup d'Européens qui disent aimer l'Afrique et s'en fatiguent.

– Observe donc ce qui se passe autour de toi... Regarde comment vivent les gens...

– Oh, tu sais, leurs éternels palabres, les soirées de tam-tam...

La première fois qu'elle m'a répondu de la sorte, je me suis senti blessé par ce dénigrement. Bien sûr, j'aurais compris Alice. J'aurais pu bien des fois partager sa lassitude ou son agacement. Il me semblait néanmoins que ceux-ci s'adressaient à une part de moi-même et j'en ressentais de l'humiliation. Plus cet aspect de ma vie lui devenait étranger, plus il me paraissait essentiel. Je suis arrivé bientôt à une situation paradoxale : j'aurais tout fait pour plaire à ma femme, pour la garder près de moi et, comme par un fait exprès, je m'enfonçais chaque jour davantage dans mes habitudes de demi-Africain.

Et puis, le chantier ne marchait pas seul. Il y avait des contraintes qui, malgré l'aide qu'Alice m'apportait, pouvaient lui échapper :

– Tu vas encore à la chasse?

– Il le faut... Bouquinda a été fétiché.

– Fétiché... fétiché...

Comment lui faire admettre ce qui, dans sa tête, ne pouvait être qu'une faribole? Bouquinda ne voulait plus sortir, il fallait bien que quelqu'un s'occupe de notre approvisionnement.

Convoyant mes bois, les amenant au remorqueur du père Trouillet – un de Bordeaux –, il m'arrivait de rester en contemplation dix bonnes minutes devant un radeau particulièrement réussi. Le bois n'avait ni pâli ni souffert. Il gardait sa belle couleur rose. Je me disais : « C'est moi qui ai sorti cet okoumé! » Alice aurait pu s'intéresser à la qualité ou à la beauté des bois précieux... Ce n'était pour elle qu'un moyen de gagner notre vie. Non qu'elle ait cherché à m'attirer en France : elle n'était aucunement hostile à vivre en Afrique. Mais elle eût souhaité que nous y vivions comme les autres couples européens. En ville. Avec les sauteries, les soirées au Cercle, les papotages... Moi, Port-Gentil, il suffisait que j'aille y livrer mes radeaux...

Il m'est arrivé comme à tout le monde de passer au Trou Chapuis. Ma femme aurait pu faire la conversation avec la Quique, cette fameuse tenancière; on n'était pas si regardants! Mais au fond, ce qu'Alice commençait à me reprocher, le début de notre désaccord, c'était surtout mon amour de la forêt.

– Je t'en prie... Ne sommes-nous pas heureux ensemble?

– Si.

– Alors?

– Alors c'est pire que si tu avais une maîtresse.

Je me rappelai le climat de nos débuts, son arrivée de métropole. J'avais été fier de lui montrer mon chantier, de lui offrir tout ce que je possédais sur cette minuscule parcelle de l'Afrique. Il fallait maintenant qu'elle me reproche cette parcelle comme si elle avait découvert que ma véritable maîtresse avait toujours été la brousse.

Le pourvoyeur de viande vient donc de rendre le fusil. La chose s'est passée à la suite d'un concours de circonstances peu banal.

Une nuit, Bouquinda rêve que cinq hommes l'attendent

sur le chantier – cinq garnements qui lui veulent du mal. Il se réveille en sursaut. Or, le lendemain, il doit partir à la chasse. En fait de présage, ce n'était déjà pas bon. Mais voilà qu'en arrivant à proximité d'un troupeau de phacochères, il découvre cinq panthères à l'affût qui l'avaient précédé.

Pas contentes du tout, les concurrentes! Toutes les cinq comme de gros chats hargneux, avec leurs yeux ronds, leur fièvre, leur odeur de pisse.

Bouquinda est porteur du cinq-coups Browning. Il a justement les cinq cartouches réglementaires. Il tire une fois, deux fois... cinq fois. C'est mouche à chaque coup. Les cinq panthères tombent ou se traînent sur le ventre. La dernière, prête à se jeter sur lui, il l'a tuée à bout portant.

Mais dans la caboche de mon chasseur? Eh bien là, la cause est entendue :

– Je te rapporte le fusil.

– Après un tel exploit?

– Y a des gens qui me veulent du mal. Les panthères étaient fétichées. Maintenant j'ai compris, je ne chasserai plus.

Inutile de raisonner Bouquinda. Le rêve de la nuit m'avait fait perdre le meilleur des chasseurs. Rentré dans le rang, il n'a plus été désormais qu'un scieur comme les autres, un simple scieur de long.

Une tuile ne tombant jamais seule, j'allais avoir à m'occuper, du jour au lendemain, des trois mille hectares d'acajou acquis en un moment d'euphorie.

Jacques, avec qui je parcours la concession, un dimanche, s'approche d'un arbre et gratte :

– Tu as du mulet...

– Tu veux rire?

Pour une fois, mon frère ne plaisante pas. Nous courons d'arbre en arbre : le ver est à plusieurs d'entre eux. En posant ce permis j'avais cru faire une opération magnifique.

J'allais me trouver, en quelques mois, à la tête d'un domaine pourrissant.

Mais rien n'atteindrait la tristesse d'une dernière nouvelle, apportée de Tsinguépaga par un Bavongo – nouvelle apprise par hasard et, comme cela arrive souvent, en brousse, longtemps après l'événement.

Il s'agissait de Tom.

Tom n'était plus! Le jeune initié *bwiti*, le compagnon de mes périls était mort peu après son retour au pays!

Je presse aussitôt le migrant de questions :

– Es-tu sûr de ce que tu me racontes?

– J'étais là-bas quand il est tombé. Le malheur est arrivé quand j'étais encore au village, il y a quatre ou cinq lunes.

Je ne pouvais douter du drame. Tom était monté au sommet d'un arbre, il élaguait et dessinait sa boule le plus haut possible. Il montrait ainsi qu'il était devenu un homme, le meilleur des environs. Et il est vrai que celui qui m'avait dit : « Au revoir, Jean, maintenant j'ai l'âge de doter », était appelé à succéder un jour ou l'autre au vieux chef Moundouli. Peut-être même reprendrait-il les épouses de son oncle lorsque celui-ci, écœuré par les zizanies familiales, déciderait de se retirer dans la solitude. Encore devait-il prouver sa valeur aux familles.

Seulement voilà, il avait voulu trop bien faire. Il s'était montré follement audacieux. La hampe de l'arbre était partie et, avec elle, mon malheureux compagnon, tué sur le coup, quarante mètres plus bas.

Tom...

En apprenant la nouvelle à laquelle je n'aurais cru la veille mais que je ne me représentais que trop, soudain, comment n'aurais-je pas été reporté à l'époque où sa tribu et ses proches me le confiaient? « Tu veux vraiment partir? » Il le voulait, comme s'il se fût agi de traverser la forêt d'à côté.

Mon premier travail avait été de lui trouver un tricot de corps qui lui suffirait pour tout vêtement. Le moins long lui arrivait au-dessous du sexe. Un bout de ficelle pour ceinture...

Je pense aujourd'hui que ce garçon savait trop de choses, qu'il avait vécu en quelques années d'adolescence l'équivalent d'une vie d'homme et que des puissances jalouses avaient voulu le reprendre, avant qu'il ne perce un trop grand nombre de secrets.

Pauvre Tom que les femmes de Moundouli avaient dû pleurer à cris perçants pendant les nuits d'*otanie*, même si, selon toute vraisemblance, elles ne l'avaient jamais vu. Aurais-je su sa mort, il est probable que mes difficultés familiales et, surtout, les contraintes du chantier, m'eussent empêché de retourner au pays bavongo. Je n'aurais pu assister, un an plus tard, aux danses de son dédeuillement. Mieux valait que cette nouvelle ne m'ait atteint que par hasard, après bien des détours dans l'espace et dans le temps.

Le muletage de mes acajous m'inquiète. La santé d'Alice me tracasse plus encore. Se pourrait-il qu'une entreprise créée dans l'enthousiasme connaisse ses premières difficultés ?

Au départ, ces difficultés ne viennent pas essentiellement de l'accession à l'indépendance des États africains.

L'Indépendance, savions-nous ce que le mot voulait dire? En ce qui me concerne, j'étais de double appartenance. Dans l'ancien système j'étais français. Un nouveau système se mettrait-il en place, je serais gabonais – gabonais d'origine oroungo. Peut-être n'en allait-il pas de même pour de vieux colons comme Kléber, comme le père Thomas. Je me rappelle aussi l'inquiétude de plus jeunes, comme Lapébie. Les uns et les autres nous avions suivi à des degrés divers le déroulement des guerres coloniales.

Il faut dire que les Noirs dans leur ensemble, sur les

chantiers – et même dans les villes, à l'exception d'une petite frange intellectuelle –, n'étaient guère travaillés par l'idée. A la veille de l'événement, tout se passait encore comme au temps de mon père et de mon grand'père. Léobald – Léobald Max – eût-il été de ce monde, il eût continué de casser un œuf sur le crâne d'un de ses types en criant : « les voilà, tes dix sous! »

On voyait bien rappliquer parfois un jeune politicard de Libreville avec une volumineuse serviette à la main. Le gars se présentait sans trop de malice :

– Voilà, je fais partie de ceux qui cherchent l'Indépendance.

– Ah! faisais-je à Doukaga ou à mon chef de chantier : dis-lui qu'il aille chercher plus loin.

Et Doukaga ou le chef de chantier :

– Le patron a dit que ce que tu cherchais n'était pas ici. Va voir plus loin.

L'apprenti-agitateur s'éloignait sans histoires, son maroquin de ministre sous le bras.

Il y a eu des gens plus déterminés, un peu plus tard, qui pensaient que les colons, le moment venu, ne seraient pas d'accord, qu'ils tenteraient de faire obstruction, peut-être même qu'il se constituerait une O.A.S. comme cela avait eu lieu en Algérie.

Un certain Renault est venu de la sorte. Il devait son nom au fait que son père était allé en France et avait travaillé deux ans comme balayeur à la Régie.

Ce Renault arrive donc, flanqué d'un co-équipier, un matin, avant que le gong sonne. Les deux prédicateurs apportent la bonne parole à tous mes travailleurs. On les laisse faire. Ils distribuent leurs prospectus puis, très dignes, pensent se retirer.

Mais mon gardien, de sa propre initiative, avait passé un cadenas à leur pirogue à moteur sur le débarcadère.

Renault s'en prend à lui :

– Qui t'a dit de cadenasser cette pirogue? Ton patron?

– Mon patron ne m'a rien dit du tout. Seulement je suis responsable, et qui va se faire engueuler si quelqu'un vole votre pirogue?

Perspectives d'Indépendance oubliées, les délices du palabre ne tournaient plus qu'autour de la pirogue.

Voyant cela, j'ai reçu les deux agitateurs dans mon bureau. Je tenais à les calmer. Je leur ai offert le café et nous avons discuté de leurs histoires. Renault, que je vois toujours, a fait carrière : Il a été député du temps de Léon M'Ba. L'autre était beaucoup moins doué, il n'a pas laissé de traces notables dans l'Histoire du Gabon. Il est vrai qu'il s'appelait Lan et, en dialecte myéné, *Lan* a toujours voulu dire « cul ».

Les choses ont pris une autre tournure quand Ponseillé a convoqué un matin les forestiers de la région du Fernan Vaz.

Il tenait à nous faire part des dispositions de la loi-cadre, prélude vraisemblable à l'indépendance pure et simple. Ponseillé connaissait et aimait les forestiers; il ne nous a pas fait de mystères :

– Cela peut se plus ou moins bien passer... Dans le doute, vous devriez prendre vos dispositions. Achetez quelque chose en France.

La soudaineté de l'avertissement m'a fait m'interroger sur les propos alarmistes des vieux colons. Je commençais de comprendre que nous allions entrer dans une période où plus rien ne serait comme avant.

Le référendum a porté sur deux points. Il fallait dire « oui » ou « non » à l'Indépendance, « oui » ou « non » au général de Gaulle. Une consultation qui n'allait pas manquer de m'embarrasser... Ponseillé m'avait désigné pour tenir un des bureaux de vote et toute la population était appelée aux urnes – non seulement les hommes mais les femmes, ce qui ne s'était jamais produit chez nous. Cette particularité donne immédiatement lieu à d'étranges scènes. N'Combé Rémy est dans l'isoloir pour montrer à ceux qui ne savent lire ni écrire la façon de procéder. Certains maris ne veulent pas que leur femme entre dans l'isoloir. L'un d'eux fait un esclandre parce qu'une de ses concubines n'a pas voté de la même manière que les autres. Il la gifle à tour de bras puis il vient me trouver en désignant l'urne :

– M'sié, est-ce qu'on peut ouvrir ?

– Non, je ne peux pas. Il n'y a que M. Ponseillé et les gens d'Omboué qui peuvent ouvrir.

– Tu ne peux pas ouvrir juste un p'tit peu ? rien que pour sortir le « picata » qu'y a mis cet'idiote de fille ?

Non, rien à faire. Le type est retourné tabasser sa femme. Quand j'ai estimé qu'il dépassait ses droits :

– Eh, ça suffit. Si tu n'arrêtes pas, j'appelle la milice.

Il y avait encore des « touracos » au Gabon mais, au fil des ans, ceux-ci étaient moins enturbannés, moins bariolés qu'autrefois. On appelait ça, maintenant, des unités de gendarmerie auxiliaire et ces unités étaient vêtues de kaki, comme les soldats de n'importe quel pays du monde.

On m'a conduit au bureau de vote une centenaire qui habitait sur la lagune en face d'Assévé. Cette femme, aux cheveux comme de la tourte de maïs, était cassée en deux et percluse. J'ai dit aux gens qui l'accompagnaient :

– Pourquoi l'avez-vous forcée à venir ? A son âge, vous ne voyez pas qu'elle ne peut même plus marcher ?

Mais le chef de village avait reçu des papiers comme quoi tout le monde devait voter – tout le monde sans exception.

Le « oui » l'a emporté avec plus de 95 % des suffrages. Les rares « non » venaient d'Européens irréductibles. Le soir, quelques-uns d'entre eux se sont rendus à Sainte-Anne et ont soupé avec les curés. Cette fois, les pinasses parcouraient la lagune sans klaxons ni trompettes.

Dans les jours qui ont suivi, un sous-préfet a été adjoint à Ponseillé. Un Africain : Fanguinovéni, fils de celui qui était intervenu lorsque j'avais été arrêté, autrefois, par un certain Lalande. Puis on a commencé à parler des élections.

Trois partis étaient en présence. L'Union sociale et démocratique du Gabon, le M'Pounga et le M'Bira.

M'Pounga voulait dire « le vent qui va souffler ».

M'Bira, l'aigle royal.

Pour certains, il fallait chasser les Européens immédiatement. D'autres avaient comme article 1er à leur programme le regroupement des métis dans une île avant de les expédier franco de port dans l'ancienne métropole.

Je n'aurais voulu adhérer à aucun de ces partis mais les idées sont devenues si biscornues que je me suis dit qu'il fallait faire quelque chose. Je me suis inscrit au Bloc démocratique de Léon M'Ba : le plus raisonnable; celui qui souhaitait garder des liens privilégiés avec la France.

Avec Léon M'Ba, les gens de mon espèce avaient la possibilité d'accéder à la double nationalité et, me semblait-il, le pays pouvait envisager un avenir prospère.

Après un intérim de quelques mois comme vice-président, Léon M'Ba a été élu premier Président de la République gabonaise. C'était un Fang évolué de la région de Libreville, un homme juste et consciencieux. Une première fête nationale a été fixée au 9 février, anniversaire de l'Indépendance. Manque de chance, cette date est celle des tornades et l'on risquait de faire se noyer les citoyens du nouvel État. Aussi, après maintes discussions, la date a-t-elle été reportée au 17 août, en pleine saison sèche.

On peut dire que la transition s'est faite sans heurts. Il n'y a pas eu de coupure entre les deux communautés. Tout juste si, sur les chantiers, les Noirs chantaient : *« Indépendanc'... cha cha »*, et les chefs d'équipe européens, les petits Blancs, se sentant probablement nargués, mais nullement menacés, haussaient les épaules et répliquaient : *« Quand on est con... cha cha... C'est pour la vie... cha cha... »*

Ces événements, les allées et venues qu'ils ont occasionnées me valent maintenant une mauvaise fatigue. Je me demande si je ne paierais pas, quinze ans plus tard, les excès et les privations de mes séjours au Bavongo. Une vieille amibiase me tracasse.

Et puis, j'ai agrandi mon exploitation, absorbé celle du vieux Thomas, pris les permis sur ces fameux acajous qui ont commencé de se muleter. N'aurais-je pas eu tort de me lancer sur de tels espaces avec des procédés qui, somme toute, demeurent artisanaux, quand de grosses sociétés comme la S.P.P.O. attaquent la forêt au Caterpillar ?

Ces raisons auraient dû me faire m'abstenir, j'en conviens, d'entamer une carrière d'administrateur : pourtant, cela va se faire presque malgré moi.

Un matin, je vois sur la lagune une pinasse battant pavillon gabonais. « Encore une histoire de politique... » Parmi les officiels, un député à la nouvelle Assemblée, un chic type, allié de la famille de ma mère : Otando. Cet homme porte le nom d'un quartier de Port-Gentil dont les habitants se réveillent périodiquement avec la paillasse en train de flotter sur le plancher – d'où cette appellation « otando » qui a fini par se substituer à la constatation : « oh, tant d'eau ! »

Le député est accompagné du sous-préfet adjoint Fanguinovéni, de Jourdan, un Européen qui n'a pas réussi dans le bois et qui s'est reconverti dans la politique, d'un forestier noir, Martin Douani et de mon vieil ami Fidel Méviane, le juge coutumier, qu'ils sont allés chercher dans son village.

Ces braves gens débarquent. Je leur offre le whisky devenu, entre-temps, la boisson nationale du Gabon indépendant.

– Eh bien voilà, on s'est dit qu'il nous faudrait un des deux Michonet comme président des Collectivités rurales.

– Un des deux Michonet? Prenez donc Jacques.

– Il est en France en ce moment.

– Alors Douani, pourquoi ne t'y mettrais-tu pas?

– J'ai peur, avec toutes ces histoires d'argent... objecte le forestier noir.

– Et puis, reprend Otando, l'administration locale n'a ni pinasses ni hors-bord. Comment ferions-nous pour réunir les conseillers? Il faut à ce poste quelqu'un qui ait les moyens, qui soit au courant de toutes ces choses-là...

J'entrevoyais le surcroît de charges que cela allait représenter. J'essaie une dernière diversion :

– Si j'acceptais provisoirement, ne pourrions-nous passer le titre à mon frère lorsqu'il serait de retour?

– Non, réplique Otando avec résolution, nous devons rentrer à Libreville et dire à Léon M'Ba : « C'est fait. »

J'ai donc accepté, étant entendu que je serais assisté d'un comptable et d'un secrétaire général. L'affaire décidée, il ne nous manquait plus qu'à nous rendre à Omboué pour l'investiture officielle.

C'est alors que Fidel Méviane s'est avancé :

– Dis, ma cravate...

Le juge fang s'était habillé à l'européenne pour la première fois lors des fêtes de l'Indépendance. C'est moi qui lui avais donné cette vieille cravate qu'il sortait de sa poche, maintenant, dans les grandes circonstances. N'ayant pas appris à la nouer, il m'adressait chaque fois la même requête :

– Tu me la noues?

J'ai fait coulisser le nœud sous les fanons épanouis du juge coutumier et nous nous sommes rendus au chef-lieu.

Alice a vu avec réticence cette nomination à la tête des Collectivités rurales.

Je connais la netteté de son jugement : plus d'une fois je l'ai secrètement redouté.

– Tes propres affaires ne te suffisaient pas ?

Je me rassure en répliquant :

– Là n'est pas la question. Comment voulais-tu que je me désintéresse de l'avenir de ce pays ?

L'enjeu vaut la peine, mon épouse en convient. Elle demeure néanmoins sceptique :

– Tu vas te décarcasser pour les uns et les autres. Je te connais, tu vas te perdre en navettes sur les lagunes. Regarde à quelle heure tu rentres d'Omboué !

Elle ajoute sourdement :

– Nous étions déjà si peu ensemble !

Que répondre à ces griefs ? J'en sens moi-même le bien-fondé. Je le sens d'autant mieux que d'autres discussions ont surgi entre nous. Les enfants...

– Oui, les enfants, parlons-en ! A force de les garder ici tu en feras de vrais sauvages.

La chaleur stagne sur la terrasse. La cour du chantier est plongée dans la torpeur. Ce décor pourtant familier accentue mon angoisse. Que gagneraient nos enfants à ce que nous quittions Assévé ? Jean-Marcel et Françoise apprendraient-ils davantage à Port-Gentil ? Au fond, c'est Alice qui a la hantise de quitter la forêt.

Je regarde celle à qui mon sort est lié depuis plus de dix ans. A demi-couchée dans le hamac, le regard vague, elle paraît soudain très lasse. L'ennui a durci ses traits. Elle sait comme moi qu'il ne sert à rien d'agiter des projets irréalisables. Se sentirait-elle prise au piège ?

Les enfants...

J'aurais souhaité, dès l'automne, les confier à leurs grands'parents, en France. Cette décision n'aurait pu qu'être favorable à leur scolarité.

– En es-tu si sûr ? objecte Alice qui se rappelle leurs cris chaque fois que nous les y avons envoyés en vacances.

Il est vrai que Jean-Marcel ne souhaitait qu'une chose :

rester au Gabon. Il est comme son père, ce gosse. La forêt... Les animaux... Je lui ai pourtant dit, j'ai répété à sa sœur :

– Vous êtes gabonais mais vous faites partie, aussi, de la famille de votre mère...

Alice ne saurait me reprocher de les accaparer. Fidèle à la tradition myéné, j'ai toujours considéré que le plus important, chez un individu, est ce qui lui vient du côté de la mère.

Nous en sommes là, un après-midi, quand arrive au chantier mon voisin Lapébie.

La cinquantaine joviale, ironique et cabochard, Lapébie est le type même du forestier.

– Alors Michonet, tu as l'air bien embêté ?

– Embêté ? J'aimerais t'y voir ! Si tu avais la chiasse, le mulet à tes acajous, des plaintes à la maison...

– Réagis, voyons...

Et comme s'il était sûr, soudain, de me tirer du marasme :

– Si nous faisions avec nos gars la revanche de *bwiti* que je te dois depuis longtemps ?

J'aimerais bien la faire, cette sacrée revanche. Si les gens de son chantier ont gagné, la dernière fois, ce n'est pas faute qu'ils aient fait tomber plusieurs des miens dans le feu. Guère apprécié le procédé. Mais partir ce week-end encore, laisser Alice seule un dimanche de plus...

– Comment, s'insurge Lapébie, c'est bobonne qui fait la loi, chez toi ?

Bien qu'originaire du Sud-Ouest, et apparenté à un ancien coureur du Tour de France, Lapébie raisonne à l'africaine. Le voir si détendu efface mes scrupules. Au diable les récriminations de l'épouse... Ne suis-je pas en train de me tuer, chaque jour que le bon Dieu fait, pour la nourrir, elle et les enfants ? Lapébie a raison : je n'ai aucune perme à poser.

Au *bwiti !*

J'ai hâte d'effacer la honte que les membres de ma secte m'ont infligée face à ceux de mon voisin de forêt.

Seulement... repartir avec les mêmes empotés?

A titre individuel, Lapébie m'est très inférieur. Un amateur tout au plus, un Européen qui a voulu « savoir ce que c'est ». Il n'en dispose pas moins, parmi les travailleurs de son exploitation, d'éléments nombreux et d'un degré élevé.

Que faire?

Doukaga, consulté, finit par me dire :

– Écoute, tu as au village un type nommé Masandi.

– Masandi?

– Tu ne peux pas le connaître, glousse le factotum, c'est un homme qui ne se montre jamais. Et redevenant sérieux – pudique comme s'il trahissait un secret :

– C'est un très vieil homme qui a des dents de rhinocéros. Il a honte, tu comprends? Il ne sort que la nuit. Mais, poursuit Doukaga, c'est un authentique Mitsogho, un des derniers qui connaisse la tradition *disomba.*

– Pas possible! J'avais un gars comme ça et je ne le savais pas?

Je fais chercher ce Masandi sur-le-champ et il m'arrive tout confus. En fait, il avait les dents taillées en pointe, à la mode des anciens. Une mode archaïque, aujourd'hui tournée en dérision jusque chez les peuples du Sud. Cela n'avait pas porté préjudice à la vigueur de sa denture, en tout cas. Malgré ses quatre-vingts ans, Masandi arborait, outre ces « défenses », un ratelier complet.

Je le mets à l'aise :

– Il paraît que tu fais le véritable *disomba?*

Hochement de tête prudent. Je poursuis :

– Voilà, on a un problème, ici. Tu as entendu dire qu'on avait reçu l'équipe Lapébie pour le *bwiti?*

Masandi est au courant.

– Seulement, parmi eux, il y avait des gars de chez toi, d'authentiques Mitsogho. Ils nous ont eus. Aucun des nôtres n'a pu danser correctement. Un de tes compatriotes a réussi à faire bégayer mon meilleur chanteur.

Masandi esquisse un sourire. Il voit ce qui a pu se passer.

Justement, je ne voudrais pas que nous soyons battus de la même manière.

– Je suis vieux, commence le solitaire, mais je suis un ancien du *bwiti*. Si vous tenez à ce que je vienne...

Il m'inquiète avec ses hésitations :

– Combien veux-tu ?

– Non, non, ce n'est pas ce que je voulais dire. Vous savez bien qu'un vrai *bwiti* ne se paie pas. Vous m'invitez, je viens. Il faut simplement que je me prépare.

– Tu as jusqu'à samedi. A partir de maintenant toute l'équipe est à ta disposition. Tu en es le chef.

En signe d'assentiment, le « rhinocéros » me tape sur l'avant-bras, d'une pogne lourde et dure.

A partir de ce moment, je ne sais ce que Masandi va faire absorber à mes hommes. Il a carte blanche. Il m'a dit tout au plus :

– Vous verrez, je vous ferai quelque chose que ceux de Lapébie ne savent pas.

Sur cet augure, nous arrivons au Landais – tel est le nom du chantier de mon voisin – et, après le repas amical, nous voilà au corps de garde, sur le coup de dix heures, dans un branle-bas de tam-tams et de troncs creux.

Ayant perdu la fois précédente, ce sont mes hommes qui passent les premiers. Ils zigzaguent d'un côté – trente lascars vêtus du pagne –, de l'autre... Ils contournent le poteau du crâne. Ils font la volte autour des torches. Puis on entend les cris de ceux de Lapébie, leurs chansons insultantes. Ces derniers sont si sûrs d'eux, si persuadés de leur supériorité qu'ils viennent s'asseoir tout près de nous. A ce moment, je ne donnerais pas cher de nos chances.

Oui, Lapébie a un foudre de guerre à la tête de son *bwiti*. Et moi, mon Masandi ? Je l'ai pris de confiance mais m'a-t-il apporté un commencement de preuve ?

En le voyant arriver, tout à l'heure, j'ai eu un doute. Tapant des pieds avec une application sénile, le torse ridé comme de la peau de tortue, coiffé de son bonnet en poil de singe, le visage badigeonné de kaolin, il m'aurait fait pitié!

Trop tard pour lui retirer le commandement.

Tout le monde est assis. Les gens d'en face entonnent le premier verset. Un des leurs se contorsionne.

– Un point pour toi, ai-je concédé à Lapébie. Ton type a bien dansé, il a sauté dans le feu. C'était parfait.

Au tour des nôtres.

C'est alors que Masandi se lève. Il réclame le passage – pour raviver le feu prétend-il – et, d'un seul coup, alors qu'il passe devant le chef adverse, il fait un geste qui, en quelques instants, va avoir des conséquences inouïes.

Masandi a fait mine d'effleurer son homologue d'une pichenette. Il porte ses doigts à sa bouche et, floc... d'une énorme tape sur son ventre, il fait comprendre qu'il a avalé l'adversaire!

Le type est « avalé »!

Quelle bande de rigolos, aurais-je tendance à penser. Et Lapébie rierait lui aussi de cette pantomime. L'autre insiste, se tapote la panse :

– Ça y est, il est là-dedans...

Après trois tours de gigue, mon Mitsogho est revenu à son banc.

Mais voilà que Lapébie me pousse du coude :

– Dis donc, mon type, qu'est-ce qu'il a?

L'« avalé » de Masandi n'a plus bougé en effet. Pas un trait de son visage, pas un cil ne remue!

En même temps, un flottement s'est fait sentir dans le *bwiti* d'en face. Masandi est revenu dans le feu, les miens ont hurlé leur incantation à un rythme extraordinaire.

– Un point pour toi, a-t-on admis chez l'adversaire en attendant que le chef de file se réveille.

Mi-rieur, mi-convaincu, je fais à Lapébie :

– Ton type? Il est dans le ventre de Masandi.

Et si c'était vrai? Si l'homme avait été réellement neutralisé? La dernière fois, mes chanteurs ont bégayé. Ce soir, ce sont les bwitistes du Landais qui paraissent déroutés. Ils essaient de danser... aucun influx ne les anime. Rien ne vient coordonner leurs pas ni leurs figures. Mes hommes marquent de nouveaux points. Ce sera bientôt le succès.

Sans plus attendre, mon octogénaire, d'une voix que ses « défenses » rendent plus hachée, plus gutturale encore, se lance dans un torrentueux discours en mitsogho. C'est le fameux récit de la vie de Bwiti. Au refrain, les deux équipes à l'unisson – moins l'« avalé » – profèrent l'éructation qui scande chaque tirade et donne à penser que l'on a bien compris.

Je vois Lapébie, franchement agacé maintenant :

– Ce n'est tout de même pas possible, Michonet ! Qu'est-ce que ton type a fait au mien ?

– Il l'a hypnotisé, parbleu !

Car j'ai enfin compris. Sous prétexte de ranimer le feu, tout à l'heure, Masandi a surpris l'instant de relâchement propice, dans la vigilance de l'adversaire; d'un bond, d'un trait il l'a totalement subjugué.

Je ne me trompais pas. Du *bwiti* désorganisé, une voix sort et annonce :

– M'sié Lapébie, c'est malheureux : on est foutus.

– J'aimerais voir ça !

– Bien foutus, M'sié, notre chef est avalé !

Voulant avoir le triomphe modeste, j'ai suggéré à Masandi :

– On le réveille ?

– Non, répond le Mitsogho, je ne le recracherai que demain matin.

L'idée du vieil homme était que nos bwitistes ayant trop souffert, lors de la rencontre précédente, Lapébie leur devait réparation. Il fixait lui-même la rançon : six casiers de vin, autant de bière, « sinon leur chef n'est pas prêt de sortir de mon ventre ».

Sur cette victoire, nos hommes ont continué de danser. Ce n'est qu'à six heures du matin que Lapébie m'a dit :

– Allons, on en finit. J'envoie chercher autant de casiers que ton « rhinocéros » en réclame mais je t'en prie, Michonet, fais en sorte qu'il le réveille.

Masandi a consenti à lever son hypnose. Au bout d'une demi-heure, on entendait les cris du dormeur en train de revenir à lui. N'y tenant plus, Lapébie est allé aussitôt l'enguirlander :

– Espèce de con, que t'est-il arrivé? Tu ne pouvais pas te méfier? Pour un type qui m'a initié, franchement, t'être fait baiser de la sorte!

Et l'autre, d'une voix pâteuse :

– Ah, M'sié... je ne connaissais pas ce coup. Il m'a pris au dépourvu. Je n'avais jamais vu un bwitiste comme ce Masandi!

Si je ramène des garçons aussi fiers que ceux de notre équipe de football vainqueurs d'Omboué en championnat, ma propre joie va être de courte durée.

En mon absence, des amis sont venus de Port-Gentil; ils ont taquiné ma femme :

– Et Jean, toujours à la chasse?

Aucune méchanceté dans ces plaisanteries de week-end, cela a accentué néanmoins la faille qui se creuse depuis des mois entre Alice et moi. Et le soir – ce même soir, citadins partis –, un coup dur s'est produit, aussi grave pour ma femme que l'attaque du naja, naguère, contre notre fils.

Retour de *bwiti*, j'arrive avec la fin du drame. Alice est indemne, on me rassure aussitôt; elle s'est claquemurée dans sa chambre. Au bas de l'escalier, à l'endroit même où on a réussi à le maîtriser, l'agresseur gît dans la boue.

Doukaga :

– C'est ce brave Salibi qui a sauvé Madame. Je regarde le fou – pas si fou que ça, mais drogué –, les tatouages dont il est porteur. Pas de chez nous.

– D'où viens-tu?

Un râle bestial répond à mon coup de pied.

Dans la nuit, ayant guetté le départ de nos hôtes, l'homme s'est élancé vers notre case. Ce soir-là, fort heureusement, Salibi, l'ancien lépreux, ne s'était pas contenté d'emporter la marmite que nous lui donnions d'habitude. Flairait-il quelque chose de louche? Il avait mangé sur la terrasse et, de la sorte, pu voir le sauvage se précipiter chez Alice.

Tel un gorille, le cul-de-jatte bondit. Les deux hommes s'empoignent, dégringolent une à une toutes les marches de l'escalier. Au bruit, Alice accourt. Elle hurle. Doukaga, le cuisinier, quelques travailleurs sont sur les lieux...

Je m'assurai aussitôt qu'Alice n'avait rien. Quitte pour la peur. M'en voulant déjà d'avoir été, par mon absence, la cause indirecte de ce drame. A l'infirmerie, les blessures de Salibi ne paraissaient pas mortelles. J'ai cependant dit à Doukaga :

– Tout de suite à Omboué, le docteur le verra.

– Et cette ordure?

– Amenons-le aussi, le chef de poste en fera ce qu'il voudra.

Pour que cette ordure – l'agresseur – ne s'agite ni ne tente de sauter du bateau, nous l'avons ficelé des pieds à la tête, bien serré, avec de la cordelette.

A peine arrivés, nous avons confirmation que Salibi n'a rien de grave.

– Et le tueur? demande au poste de police le successeur du vieil Orsini.

– Il est dans la pinasse.

– Allez le chercher, lance-t-il à ses deux gardes et vous me le collez au mitard.

Le soir-même, je vais dormir chez Jacques. Le lendemain je repasse au poste :

– Et le coupable, il a dit quelque chose?

– Allons voir, fait le Corse...

C'est tout vu. La veille au soir, les gardes l'ont jeté dans le couloir sans même le déficeler et il en a crevé.

Surprise du petit chef. Mais conclusion pleine de flegme :

– Eh bien, c'est une affaire terminée.

Je sentais en approchant d'Assévé que les jours à venir n'allaient pas être faciles. Peut-être même avais-je le pressentiment que je n'y trouverais plus Alice.

La maison est vide. Vide la grande case où nous avons été si heureux – du moins où j'avais sincèrement cru pouvoir la rendre heureuse.

Partie Alice.

Partie en emmenant les enfants.

Certes, je me doute où ils sont, tous trois. Nous possédons une maison à Port-Gentil où Alice parlait déjà de s'installer. La lettre que je trouve me le confirme. Alice était lasse du chantier, oppressée par la forêt. Elle a failli en mourir : « Trop, c'est trop. » Je m'en doutais depuis longtemps. N'avais-je pas tenu dès le début à ce que ma femme conserve un domicile en France?

Quant aux enfants, Alice ne saurait m'accuser d'avoir cherché à les tirer à moi.

Ce jour-là, pourtant, je vis l'effondrement d'un rêve. J'y suis d'autant plus vulnérable que mes affaires vont mal. Bien sûr, les trois mille hectares d'acajou sont fichus : un fameux trou à prévoir dans la trésorerie. De plus, Alice avait raison de me mettre en garde lorsque j'avais accepté la présidence des Collectivités rurales. Je vais découvrir chaque jour un peu plus combien cette tâche est astreignante. Je dois être à la disposition de tous les personnages qui nous arrivent de Libreville. Lors de l'établissement de la taxe vicinale, j'ai cru devenir fou. Pas question de faire marche arrière, maintenant, impossible de déclarer forfait.

C'est alors que je commence à redouter la nuit. La nuit

équatoriale – celle-là même qui, lors de la remontée du fleuve, enveloppait mon père dans sa noirceur, semblait l'asphyxier. Ah! les crapauds-buffles! Le brame de l'antilope!

Usé, je repense à la déroute de mon père. Ne vais-je pas devoir, comme lui, vendre camions et bateaux? Jusqu'au vieux G.M.C. qui, peut-être, partira à l'encan. Après l'échec de Marcel Michonet, celui de Jean, son digne successeur dans la déveine et le malheur?

La culpabilité s'en mêle. Les souvenirs refluent. Il me semble que je n'ai jamais cru qu'Alice, la femme blanche, me resterait définitivement attachée. N'ai-je pas fait ce que je lui devais? Me serais-je moi-même éloigné d'elle, sans en avoir eu conscience?

La femme européenne ne comprend pas qu'à un moment, sans que la confiance ou le sentiment soient entamés, l'homme s'éloigne un peu. L'Africaine le comprend mieux. Elle sait rester à la maison et davantage lâcher la bride à son mari.

Oui, mais la femme africaine, je savais à quoi m'en tenir. J'avais heurté avec Méli bien d'autres écueils. Alors, échec avec la noire... échec avec la blanche... Ma couleur intermédiaire me condamnerait-elle à échouer perpétuellement?

Les jours se précipitent. Les mois passent. Il y a déjà trois ans que je suis à la tête des Collectivités rurales. Un an encore et je pourrai déposer le fardeau.

Aujourd'hui, le Président, effectuant sa tournée du pays, est l'hôte d'Omboué. Me voici parmi les officiels tandis que retentissent les flonflons et que défilent scouts et jeunes filles gabonaises dans leurs robes à festons blancs.

En d'autres temps, cet honneur ne me laisserait pas indifférent; je serais heureux de recevoir Léon M'Ba, ce père de la nation qui s'intéresse de si près, avec un air si bonhomme, à nos diverses réalisations. Mais ce mouvement, maintenant, me donnerait un malaise; ces têtes qui défilent, j'en ressens un vertige.

Le matin même, le juge coutumier est passé à Assévé. Je lui ai lancé la plaisanterie traditionnelle :

– Alors, Méviane... toujours fidel'?

– Ah oui, je suis Fidel, je resterai fidèle!

Vieille façon de nous saluer qui date de notre collaboration, des premiers palabres que le bon Fang a tranchés à ma place. Plus d'une fois, depuis, nous avons bu un petit coup, ensemble, sous le manguier de la cour.

Méviane a tressauté de son gros rire. Puis, me tendant une fois encore sa cravate pareille à une ficelle :

– Tu me la noues?

Aux côtés du juge local, je vois des têtes, encore des têtes. Cela tourbillonne devant mes yeux emplis de larmes. La fin des cérémonies approche. Je suffoque dans la moiteur du hall où les voix, l'écho des discours bourdonnent et rendent ma tête cotonneuse. Le Président lui-même me félicite du travail accompli au Fernan Vaz. Il m'a déjà décoré, quelques mois plus tôt, de l'Étoile équatoriale. Il s'informe : voudrais-je me présenter à la députation?

Je lui avoue n'y avoir pas pensé. Que ferais-je sans celle qui demeure ma femme à mes côtés? Sur ma dénégation, le bon papa Léon me dit :

– La députation vous paraît peut-être une proposition insuffisante? Que diriez-vous si je vous passais directement ministre?

Me voilà plus affolé encore. Fort heureusement, l'avion du Président est sur la piste et celui-ci va repartir pour la capitale. Des visages... Des voix qui m'assourdissent... Et de ce brouhaha sort une information qui me concerne, en quelque sorte, car c'est au siège des Collectivités rurales que le Président s'est arrêté en dernier lieu... Papa Léon a oublié son chapeau!

J'ai encore assez de présence d'esprit pour envoyer chercher le feutre à larges bords. Roi débonnaire, Léon M'Ba attend au bas de la passerelle qu'on ait rapporté son couvre-chef.

Pour moi, d'un chapeau à l'autre, les souvenirs se télescopent. J'entends le refrain des pagayeurs du père Holt dans mon enfance...

Montre-or en main, le vieux colon chronométrait ses descentes sur Port-Gentil. Il voulait avoir les meilleurs pagayeurs de l'Ogooué. Ses hommes scandaient : « Le père crapaud... A mis son chapeau... »

Tatà Marangué...
Aboré po-co-lo...

Noël.

Seul et sans nouvelles récentes d'Alice et des enfants qui, après avoir vécu à Port-Gentil, se trouvent maintenant en France. Ce n'est pas un divorce. Tout au plus une séparation. En attendant qu'un accord intervienne, et qu'Alice se réinstalle définitivement en ville, j'assiste cette année à la messe de minuit à Sainte-Anne.

Comment ne me rappellerais-je pas la fête qui avait fait suite à l'arrivée de ma femme au Gabon? Pleins d'espérance, nous nous élancions dans la vie – cette même vie qui vient de nous blesser au tournant; dans mon cas, peut-être mortellement.

En cette soirée où l'enfant Jésus s'apprête à naître, je mesure le changement survenu dans nos existences dérisoires. Il fait ici une chaleur suffocante. Il pleut. Noël à Sainte-Anne, ce sont surtout les tornades. L'eau ruisselle sur les bananiers, sur les tôles d'émeri comme de la mitraille.

Frère Mathias n'est plus des nôtres. Quelques mois plus

tôt, pour son quatre-vingt-dixième anniversaire, les forestiers ont constitué une cagnote pour lui offrir un voyage en France. Nous pensions qu'il serait heureux de revoir son Alsace natale avant de finir ses jours sur les lagunes du Fernan Vaz. A notre surprise, le curé-doyen s'est fait prier. Il caressait sa barbe d'un air perplexe. Avait-il un pressentiment? Il avait fini de polir son cercueil et, craignant l'émotion, les fatigues d'un long voyage, il n'aspirait qu'à mourir ici.

Frère Mathias a fini par se laisser convaincre. La curiosité, un attendrissement imprévu ont-ils achevé de le décider? Il est parti. Décidément, il était écrit que le vieux religieux ne reposerait pas sous les cailcèdrats de Sainte-Anne : il devait décéder quelques jours après son arrivée en Alsace.

En ce soir de Noël, cependant, je ne m'arrête guère à la destinée de notre cher curé-doyen. Ma propre santé décline et j'agiterais des projets insensés. Quinze ans d'efforts sur les chantiers, quinze ans de prospection, d'exploitation vont être réduits à néant. D'étranges lubies me traversent. Et si je repartais dans la forêt, comme j'avais su le faire à peine adolescent?

Aurais-je seulement quelqu'un pour me remplacer? quelqu'un qui me permettrait de me reposer six mois... Une fois guéri physiquement, je saurais faire face, je redresserais mon entreprise. Mais qui m'aiderait, dans la situation où je me trouve? Qui me tendrait une main secourable?

Tout à l'heure, quand les forestiers éméchés vont reprendre leurs bateaux, quand les familles vont se rassembler sur le débarcadère, à l'abri des parapluies – ces parapluies semblables au spécimen dont frère Mathias se servait autrefois, dans ses savantes approches du buffle –, quand j'entendrai, comme dans un cauchemar, le klaxon des pinasses, j'aurai l'impression d'être parvenu au bout de ma trajectoire.

Encore ai-je besoin d'un violent effort pour tirer aujourd'hui ces images du néant. Il y a comme un hiatus. Le seul souvenir que je garde est d'avoir basculé au fond d'un trou noir.

XII

Le *Loire*

Ce trou noir? Une dépression caractérisée. Une de ces dépressions nerveuses comme savent si bien les faire les Occidentaux. Mais traitée à l'africaine...

Comment! Après tout ce que Michonet a dit du n'ganga *lors de la mort de Daniel?*

J'ai dit et je maintiens que Moyombé avait tué mon fils. Mais il y a *n'ganga* et *n'ganga*. Moyombé n'était qu'un vulgaire féticheur, borné et sale. En ce domaine, il convient de ne pas condamner en bloc. Là aussi je tenais à faire cette fameuse « part des choses ». Dans certains cas, la médecine gabonaise peut avoir du bon.

Quand j'ai senti que je sombrais, j'ai appelé mon frère. Je lui ai dit :

– Emmène-moi... Préviens le *n'ganga* des fous.

Il y en avait un, justement, qui exerçait dans le quartier de Jacques, à Omboué.

Ce *n'ganga*, je savais, bien sûr, que sa robe blanche, son faciès enfariné étaient de la frime. Il m'était arrivé, sain d'esprit, de m'adresser à lui lors d'un coup de palud. Je lui disais :

– Tes racines d'*ocossa* sont les meilleures du Fernan Vaz. Donne-m'en mais, je t'en prie, fais-moi grâce du reste.

De la même manière, il me semblait maintenant que l'aide qu'il pouvait m'apporter ne tenait ni à ses gestes ni à ses baguettes, mais à son pouvoir de prendre en charge la peur de lui-même qu'éprouve tout malade mental. Il me semblait qu'en cela résidait l'essentiel de la science qu'il avait acquise de ses devanciers.

– Écoute, me dit-il dès notre première entrevue, nous faisons un pacte. Tu cesses de me parler de tes affaires, de ta femme, de ton argent. Si l'on vend tes camions, est-ce que cela touche à ta personne? N'as-tu pas déjà rencontré bwiti? N'as-tu pas vu où conduit le chemin de la vie?

La mise en scène et le tapage de la secte m'auraient nui, dans l'état où je me trouvais; au contraire, ces paroles simples et vraies ont réussi à m'apaiser.

Le *n'ganga* devait me recevoir quelques minutes chaque jour. Imposant personnage assis à sa petite table de bambou, il tenait chaque fois des propos de ce genre. Un matin, pourtant, il allait m'avouer :

– Je me fais du souci pour toi. Tu ne respectes pas suffisamment le pacte. Chez ton frère, tu es encore trop près du bruit, des affaires. Si tu veux bien, je vais t'emmener à mon campement. Là, tu pourras oublier tout ce qui te fait mal.

Ainsi fut fait.

Nous arrivons au campement que le *n'ganga* a établi au cœur d'une clairière. Le soleil joue à cette heure au travers des fougères arborescentes. Oiseaux rieurs et singes piailleurs donnent à penser que ce lieu est tranquille et sûr.

– Tu vas vivre ici, me dit le guérisseur.

Il me montre un réduit de paille – un simple abri de bûcherons.

– Et toi, où iras-tu?

– Moi, je dormirai dans cette autre paillote. Tu vas et tu viens librement. Si tu as envie de pêcher ou de piéger, à ta guise. Si tu veux être seul, tu restes seul. Si tu éprouves le besoin de parler, tu m'appelles et je viens bavarder avec toi.

Dès le premier soir, des hurlements dans le proche sous-bois m'intriguent. C'est un forcené qui rentre au campement. Les yeux exorbités, il profère un discours incompréhensible.

Aussitôt, le *n'ganga* se porte à sa rencontre et voilà qu'ils vocifèrent de concert, comme s'ils étaient parfaitement d'accord.

– Ne t'inquiète pas, me souffle le guérisseur lorsque l'autre a le dos tourné, je ne suis pas devenu fou. Je donne raison à ce malade, c'est la seule façon de le calmer. Je ne le contredis pas quand il dit du mal de sa famille : ainsi a-t-il cessé de vouloir tuer les siens. Je ne lui ai même pas confisqué sa machette. Regarde... Cet homme avait quelque chose qui lui faisait mal et, maintenant, il souffre beaucoup moins.

Éberlué je demande :

– Il va vivre avec nous ?

– S'il le veut. Il occupe une de ces huttes. Maintenant, s'il préfère aller faire des grimaces avec les singes...

Ainsi prévenu, j'ai su de quelle manière je devais parler et me comporter avec le fou – du moins avec celui qui l'était de moins en moins.

– Allons pêcher, proposait parfois notre soignant.

Si l'autre était d'accord, nous nous rendions tous les trois à la rivière. Arrivé au gué, le détraqué mesurait de son index la profondeur de l'eau.

– Il a vu faire ça au chimpanzé...

Je savais, en effet, que ces singes craignent l'eau et que, lorsque la profondeur dépasse un doigt, les chimpanzés ne traversent pas.

Le gars se comportait comme eux. J'ai fait moi-même

comme lui. Puis le *n'ganga* et moi nous sommes mis à rire chaque fois que l'un de nous plantait l'index dans l'eau. Le « fou » s'est mis à rire à son tour et dès lors il nous a paru moins détraqué.

Quant à moi, je n'avais plus mes angoisses. Si cela me prenait encore, dans la nuit, je savais pouvoir compter sur le *n'ganga*. « Ne crains pas de troubler mon sommeil, m'avait-il recommandé, je suis là pour te servir. » Il a fait venir à plusieurs reprises un musicien du village. Le soir, près du feu, l'homme jouait de la harpe à sept cordes. Sa musique ne demandait aucun effort d'attention, elle était bienfaisante et j'ai vu des larmes couler sur les joues de celui qui, hier encore, était un forcené.

Voilà comment, en quelques semaines, éloigné de tous soucis, de toute forme de civilisation, je suis sorti de l'état de prostration où j'étais au début de ma maladie.

Plus tard j'ai pu réunir un peu d'argent et je me suis rendu en France. J'avais entendu parler par mon grand-père Isaac des eaux de Châtelguyon. Là-bas, des gens fréquentent les sources pour soigner leurs intestins. Curieux spectacle... Je me suis dit : « Si l'on fait ça depuis tant d'années, ce ne doit pas être de la blague... » J'ai essayé et, en effet, j'ai réussi à guérir, au bout de deux ou trois saisons, les désordres qui m'épuisaient. Pourtant, rien n'aurait été possible sans la cure du *n'ganga*, sans lui je n'aurais pas eu le courage de me rendre en France.

Alors, ce que je pense du guérisseur traditionnel?

Après avoir oublié ma colère à la mort de Daniel, je crois être arrivé à me faire des idées plus justes de ces choses. Bien sûr, lorsqu'un homme a une maladie du corps, il a tout intérêt à s'adresser à la médecine européenne. Une pneumonie? Une hernie qui s'étrangle? Il faut le conduire à l'hôpital des Français.

Mais lorsqu'une personne perd le contrôle de ses nerfs, lorsqu'elle éprouve un chagrin qui la ronge, il ne faudrait pas hésiter à la confier au médecin gabonais. Aujourd'hui, s'il arrivait un malheur de ce genre à l'un de mes enfants – même fréquentant l'université de Paris – si l'un d'eux faisait une de ces dépressions comme celle qui m'est tombée dessus, au milieu de ma vie, je n'hésiterais pas à le confier au *n'ganga* d'Omboué – exactement comme je m'y suis confié – pour qu'il le soigne à sa façon à lui.

Et retour de France, plus ou moins retapé sur le plan de la santé, je me retrouve à Port-Gentil.

Sans le sou.

Ma femme et mes deux enfants avaient élu domicile dans une maison de bois du Quartier métis. Ils tiraient quelques ressources d'une sorte de caserne, conservée lors du naufrage, et mise en location. C'est alors que j'ai commencé, désœuvré, à errer sur le port, cherchant ce que je pourrais faire.

A Assévé, le chantier était fermé, ce qu'il me restait de matériel pourrissait dans la saison des pluies. Recommencer la vie de forestier ? J'avais encore besoin de ménagements. A tort ou à raison j'attribuais à cette vie la responsabilité de mon échec avec Alice. C'est alors que j'ai aperçu un vieux rafiot qui allait être vendu par adjudication. Un ancien transporteur fluvial : quarante tonnes, le *Loire*.

Je le regarde, mi-désœuvré, mi-connaisseur. Ce bateau avait charrié de l'huile de palme, entre Kuanga et Libreville : il en était encore imprégné, ce qui avait eu l'avantage de protéger la tôle.

– Tu en veux ? me demande de but en blanc un dégourdi européen que je connais un peu.

– Et qu'en ferais-je !

L'idée de me lancer dans le transport fluvial ne m'a jamais effleuré. Je réponds à tout hasard :

– Faudrait le nettoyer, refaire le moteur...

– Il n'ira pas chercher lerche.

– Combien ?

Le type, un garagiste qui a fait de la réparation de bateau, connaît les gens de la société qui vend. On pourrait s'arranger. Si j'envisage de réparer chez lui, il se fait fort de m'obtenir le paquebot – en l'état où il se trouve – pour moins de vingt mille francs C.F.A.

Je n'ai pas cette somme. Qu'à cela ne tienne, les vendeurs accepteront que je ne paye qu'après avoir commencé de tourner.

En quelques jours tout s'est dessiné. J'ai été lancé dans la navigation. Ma troisième aventure africaine après le recrutement et quinze ans de forêt. Une aventure sans laquelle je n'aurais pu m'adonner – quatrième aspect de mes Afriques ! – à l'un des plus gros trafics de l'époque : celui de la peau de croco.

Je ne suis pas revenu de ma surprise que le bateau est en radoub. J'avais sauvé des groupes de soudure autogène en quittant le chantier. L'un de mes soudeurs, Étano, était prêt à se reconvertir pour rester avec moi. Nous avons aussitôt changé un certain nombre de tôles. Il a fallu refaire un plancher, les bordures, la cabine. Au bout de trois mois, le *Loire* était en état de marche – pas assez fignolé cependant pour prétendre au certificat de navigabilité.

Or, j'avais une ardoise déjà longue chez mon garagiste, les premières traites allaient tomber. Seule solution : exploiter sans délai. A mes risques et périls – d'autant plus à mes risques que sans ce satané certificat, aucune compagnie d'assurance ne pouvait m'agréer.

Il avait existé, avant-guerre, un autobus-bateau sur le fleuve Ogooué. Ce service des Chargeurs Réunis, non rentable, avait été supprimé. Sur le Fernan Vaz l'équivalent n'avait jamais été tenté et c'est là que, sans prévenir personne, je décidai d'attaquer.

Un interlocuteur occidental ne peut s'empêcher de sursauter. Habitué à chercher des garanties jusque dans la date de péremption des pots de yaourt, comment ne s'insurgerait-il pas ? « Vous n'étiez même pas assuré ! Supposez que vous ayez fait naufrage... »
Le rire de Michonet fuse :

– Si l'on ne procède pas de la sorte, on ne démarre jamais ! D'ailleurs, en cas de sinistre, avant de mettre qui que ce soit en cause, les gens pensent que c'est le mauvais esprit, que c'est un *imbouiri*. Cette mentalité est, au fond, la meilleure compagnie d'assurances. J'ai donc commencé par desservir le Fernan Vaz.

Au début, je naviguais moi-même, aucun de mes fidèles d'Assévé n'étant capable d'assurer un service régulier. Il fallait créer des habitudes... Au bout d'une dizaine de passages, la nouvelle s'est répandue et j'ai commencé à avoir suffisamment de fret. Six mois plus tard, j'avais presque fini de payer le bateau et je pouvais envisager de le mettre en conformité.

Bien que le Gabon soit devenu indépendant, le certificat était délivré par un mathurin originaire de Rouen qui régnait sur la capitainerie du port. Au jour de l'examen, je vois arriver ce type, le brûle-gueule au bec, le chandail ouvert sur une touffe de poils roux. Il n'avait l'air content ni de son passé ni de sa proche retraite. Il n'avait pas l'air content du tout. Avait-il eu vent de mes avances sur le règlement ?

– Où est votre ancre ?

J'avais cet ustensile inutile en cale.

– Vos chaînes ?

On va voir les chaînes. Puis :

– Vous avez une masse ?

– Voilà.

Il l'empoigne et, courant derrière lui, je n'ose demander :

– Qu'allez-vous en faire ?

Le mathurin est déjà en train de frapper sur les tôles à tour de bras. Les tôles résistent. Il en paraît contrarié et se dirige vers les bordures :

– Et ça, c'est solide ?

– Eh là...

Il avait juré de casser mon bateau, ce cannibale ! Je n'avais pas dépensé mes quatre sous et travaillé d'arrache-pied pour assister à ce massacre ! Enfin je le vois jeter la masse et je serais sur le point de faire « ouf ! » s'il ne manifestait le désir d'accéder à la cabine.

Air dégoûté :

– Mettez en route.

Je pense aussitôt : « D'ici que les batteries soient une fois encore à plat... » Elles n'étaient pas neuves, mes batteries. Plus d'un matin déjà le *Loire* était resté collé au débarcadère, au Fernan Vaz, avec, à bord, sa cargaison de passagers vociférants ou résignés, jusqu'à ce qu'on ait rechargé ou réussi à lancer l'embarcation à la perche.

Coup de chance ! l'allumage se fait, 90 CV se mettent à ronfler. Sur ce succès, je me fais technicien pour signaler au vieux les avantages du refroidissement à air sur celui à eau étant donné la quantité de limon que charrient nos fleuves. Le vieux va-t-il s'en tenir là ? Finir sa visite sur un coup de sifflet ? Je me précipite :

– La corne de brume marche !

Le seul truc, en fait, dont je sois sûr et dont, tout d'un coup, il se fout éperdument. Je n'ai pas fait un geste vers la tirette :

– La corne... la corne...

Il est revenu sur le pont, il a l'air tracassé, on dirait qu'il cherche furieusement le fond de sa pensée – et soudain il trouve :

– C'est pas un bateau, ça... c'est un assemblage!

Pour moi tout s'effondrait. Dans la brousse, rusé comme un singe, je ne serais pas intervenu; j'aurais laissé n'importe quel inspecteur regarder trois accessoires et s'en aller. Mais là, novice et anxieux, j'avais trotté sur ses talons.

Au point où j'en suis, je m'énerve :

– Un assemblage, mon bateau? Regardez l'effort que j'ai consenti sur le minium! Ai-je lésiné sur la peinture?

J'ai dû être assez éloquent car le rouquin, laissant le gros œuvre, passe à la revue de détail :

– Combien de passagers?

– Cinquante.

Cinquante... il paraît en douter. Mais quoi, c'est admis par le règlement; il ne peut pas dire que je n'en ai pas vissé la plaque à la cloison de la cabine. D'ailleurs, de toute façon, le *Loire* n'est jamais parti d'Omboué avec moins de cent bonshommes ou bonnes femmes à bord. A-t-il coulé? On aurait eu bonne mine, à l'embarquement, de résister à la marée humaine. Allez dire à la cinquante et unième personne : « Stop, on monte plus », quand tout un village est là et que ça pousse, prêt à partir, avec les cabris, les volailles, le type qui transporte ses tortues...

– Marchandises?

– Vingt-cinq tonnes.

Le rouquin encaisse avec de plus en plus de flegme. On dirait qu'il ne s'informe plus que par acquit de conscience. Que dois-je conclure? L'« assemblage » ne le satisfait pas. Pour le certif, je suis de la revue...

– Gilets de sauvetage?

– Vingt-cinq.

Me voilà maintenant plus indifférent que désespéré. Il m'avait toujours semblé que je resterais étranger à ce monde des loups de mer. Non qu'il m'ait impressionné, mais c'était ainsi. La brousse et la mer : deux univers qui se complètent et, en même temps, s'excluent.

– Cinquante passagers... vingt-cinq gilets... Pas regardé le cahier des charges, non?

– Je comptais m'en procurer vingt-cinq autres.

Regard dubitatif du mathurin qui achève de me mettre en boule :

– Et puis merde! Le gilet de sauvetage, c'est pour les femmes et les enfants. Les hommes savent très bien nager. Si je coule sur l'Ogooué, vous pensez bien qu'ils vont nager jusqu'au premier banc de sable!

– Et si le naufrage a lieu dans la rade?

– Alors là, Monsieur l'inspecteur, du fait des courants, avec ou sans gilets... Vous savez bien qu'on ne pourrait repêcher les corps qu'au large de Pointe-Noire!

Le capitaine du port est redescendu sans ajouter de commentaire. Ma vocation maritime allait finir avant d'être née. Pourtant, quelques jours plus tard, je reçois un papier... Surprise! Le *Loire* était bon pour la navigation!

Je devais cette faveur au fait que le mathurin, proche de la retraite, ne se bilait plus de rien. Avant l'Indépendance, il m'aurait dit : « Si vos négros tiennent à se noyer... » Aujourd'hui vous receviez le certificat sans un mot. Les temps avaient changé; il suffisait d'en tenir compte pour retomber une fois encore sur ses pieds.

En règle désormais, j'affecte le *Loire* à la desserte de l'Ogooué. Port-Gentil-Lambaréné avec, bientôt, prolongation jusqu'à la limite de navigabilité du fleuve : N'djolé. Personnel aux escales? Des travailleurs d'Assévé qui n'ont pas voulu me quitter. A bord? Le soudeur Étono, devenu mécanicien. Mais pour piloter un aussi gros bateau, je ne pouvais tout de même pas faire appel à un simple pinassier; il me fallait un homme de métier. J'ai eu la main heureuse en engageant un certain Aliwa, dont l'adresse consommée, plusieurs fois par la suite, m'évitera le désastre. Quant à la distribution des billets, j'ai trouvé un loustic : Djali Joseph, capable d'en imposer aux plus coriaces. Il n'a pas son pareil dans la technique du coup de tête – ce qui n'est pas superflu, parfois, devant nos hordes de migrants.

Premier voyage, première surprise.

Aliwa, au point du jour, arrive avec sa femme. Il n'en a qu'une, lui, contrairement à Étono qui a installé ses deux concubines à Port-Gentil et qui ne tardera pas à avoir une maîtresse dans chacun des villages desservis. Il n'en a qu'une, mais il veille sur elle avec une féroce jalousie.

Je m'impatiente en redoutant des adieux éplorés; je donne deux ou trois coups de corne. Rien n'y fait. Aliwa ne paraît pas disposé à laisser la fille au groupe d'amis venus les accompagner. Au contraire. La fille ne grimpe-t-elle pas la passerelle derrière les épaules du garçon?

C'est trop fort! Je me précipite :

– Dis donc, le pilote, qu'est-ce que tu veux que nous fassions de cette dinde?

– Je n'embarque jamais sans elle.

– Et tu l'amenais avec toi, où tu travaillais avant?

– Je l'ai toujours amenée.

Pour si peu expérimenté que je sois des mœurs de la marine, l'attitude d'Aliwa me paraît pour le moins insolite. Mais que faire? Le bateau est bondé, l'heure tourne... J'essaierai de raisonner mon bonhomme avant de nous lancer dans le second voyage. Peine perdue, je m'en doute déjà! Aliwa ne partira jamais sans celle que nos coéquipiers ne vont pas tarder à appeler « la sacoche ». A chaque embarquement, désormais, Étono et Djali, penchés sur le bastingage, diront en les voyant arriver :

– Voilà Aliwa et sa sacoche.

Autre dilemme que je m'efforce de résoudre avec Djali : embarquerons-nous les passagers munis de leur billet ou la distribution aura-t-elle lieu à bord, une fois le bateau parti?

La seconde solution nous évitera d'interminables marchandages avec des clients en position de force. Parqués à bord, ils sont plus malléables. Mais ceux qui, réellement, n'ont pas un sou vaillant? Djali règle seul tous les cas litigieux :

– Tu portes quelque chose avec toi? Tu as du pagne neuf?

Oui, justement, le resquilleur venait d'acheter une pièce à Port-Gentil.

– Donne ça...

Et aussitôt, parmi l'assistance compacte et désœuvrée, Djali met la pièce à l'encan.

– Dix francs, qui dit mieux?

– Onze.

Quand les treize francs sont atteints, Djali arrête la vente. L'entreprise est quitte. Tant pis si le nigaud avait payé son pagne deux fois plus cher. Il saura ce qu'il en coûte, dorénavant, de voyager sans billet. Quant aux insolvables, nous statuons sur leur sort. Le premier de ces fraudeurs sera débarqué au sortir de la rade, dans un campement de pêche, avant que le *Loire* n'entame sa remontée du fleuve. Libre à lui de se faire ramener en pirogue et de se débrouiller ensuite avec un groupe de pêcheurs bien décidés à obtenir le dédommagement convenu.

Il m'est arrivé cependant de transporter des gens gratuitement. Parfois une lampe-tempête s'est agitée en pleine nuit : un homme, victime d'une hernie étranglée, qu'il fallait emmener à l'hôpital de Lambaréné. Même signal une autre fois, entre deux escales, sur la berge :

– Qu'est-ce que c'est?

– Une vieille qui est là avec sa fille... La petite n'arrive pas à faire son bébé... Elle risque de mourir...

Je ne demandais même pas si ces femmes avaient l'argent pour voyager.

– Montez-les, on ne va pas laisser mourir la gamine.

Et en effet, cette gosse de treize ans, paralysée des jambes, n'arrivait pas à accoucher. La tête du bébé pendait audehors mais tout travail était arrêté. Et le plus difficile, là, sur le bateau... calmer la mère – ou la grand'mère, aller savoir! –, rassurer la pauvre vieille qui, montant sur Lambaréné, s'imaginait partie pour le pôle nord et transportait avec elle toutes ses hardes, son poêle, un sac de charbon de bois! La rassurer? C'est moi qui ne le suis guère en voyant ce gros ventre affalé dans les couffins. Les cheveux du fœtus dépassent sous le petit pagne. Jamais le fleuve ne m'a paru aussi long. Jamais aussi inextricables les mêlées et les embrouilles sur le débarcadère quand le bateau accoste et plus encore quand il repart. Arriverons-nous jamais à Lambaréné?

Ces départs!... Il y en aura des centaines, donnant lieu aux mêmes désordres. La planche à peine jetée, les femmes se précipitent pour aller faire leurs besoins. Les voyageurs qui transportent du vin ou de la bière profitent de la halte pour vendre un ou deux casiers aux gens de l'endroit. Un type a acheté une canette et n'a pas la monnaie, il court la chercher et puis, finalement, les vingt centimes tombent à l'eau. Attroupement pour essayer de voir la pièce dans le flot boueux. « Tu peux l'attraper? » Les gamins ont déjà plongé; dix gamins qui rient et se disputent... En tant que patron du *Loire* je vais vivre dans la nervosité, à plus forte raison ce fameux soir où j'ai une gosse avachie sur les sacs d'arachide avec son gros ventre, son petit pagne, la tête crêpelée de son enfant entre les fesses. « Pourvu qu'elle ne meure pas sur le bateau, pourvu que nous arrivions à temps là-haut... »

Mais pendant qu'on aurait dû prendre le large, des arrivants n'ont cessé de se profiler sur la falaise, qui avec un sac, qui avec un chevreau.

J'ai fait donner la corne : un coup à secouer les cocotiers. On pourrait partir si, maintenant, le désordre ne s'était mis à bord. Ce chevreau que l'on va offrir aux *ogou* – les beaux parents – dans un village en amont, il s'est détaché et la poursuite s'organise entre les jambes des passagers. Ses coups de tête soulèvent une vague de jambes et de pieds sur le banc où Djali fait attendre les nouveaux venus; le banc se renverse et, avec lui, tous ces gens aux talons roses.

Avais-je le temps de m'accouder au bastingage, je me prenais la tête dans les mains et je commençais à me poser quelques questions : « Étais-je fait pour ce métier? Ne me serais-je pas lancé dans une fichue galère? »

J'ai donné l'ordre à Aliwa :

– En avant toute!

Quitte à laisser quelque étourdi ou bagarreur sur place. Pourtant, les cris n'ont pas cessé sur la berge : les cris et les sifflets dans la nuit africaine. Tout un village est là, venu encourager ses partants. Le *Loire* vibre de toutes ses bielles, il prend de la vitesse : à trois encâblures, les blablas continuent de la terre au bateau :

– Oui, tu leur diras là-bas qu'ici ça va, que tout va bien...

– Dis-leur que Mina a accouché...

Et un autre qui, dans le tintamarre, poursuit une conversation différente :

– Dis-lui que la plantation a bien brûlé. Dis-lui qu'on voit sortir les feuilles des tarots qu'elle a laissés. Malheureusement, l'antilope passe tous les jours et mange les premières pousses...

Dans la nuit, on distingue l'ombre du parleur qui continue de courir dans le sens de l'avancée. Malgré l'éloignement progressif, les voix continuent de porter à la surface de l'eau.

– Passez bien la danse! crient les villageois.

– Et le deuil? On espère qu'il se passera bien aussi.

Les ombres des terriens suivent et s'estompent, de plus en plus vite au fur et à mesure que le bateau entame sa remontée du cours d'eau. Les ombres suivent jusqu'à l'endroit où s'arrête le village, jusqu'où s'élève, sur la berge, le mur de la forêt.

A bord, des femmes ont déployé les foulards, elles se penchent au risque de tomber. Les dernières recommandations, les derniers souhaits :

– Qu'est-ce qu'il a dit ?

Et puis, sur un dernier cri, là-bas, sur un dernier sifflet, une lueur de briquet et tout s'est éteint. Le bateau et sa cargaison humaine sont seuls sur le fleuve et dans la nuit.

Et la gamine avec son fœtus entre les fesses ? Je crois que celle-là s'en est tirée. Nous l'avons débarquée encore vivante à l'hôpital de Lambaréné.

Nous partions de Port-Gentil vers sept heures du soir. Le lendemain, en fin de journée, le bateau se trouvait du côté d'Essendé. Une nuit encore et l'on arrivait à Lambaréné. J'ai ouvert au bout de quelques mois la prolongation sur N'djolé. Là, on ne mettait que douze heures pour monter beaucoup moins à la descente. Il est vrai qu'il n'y avait pratiquement plus de villages où rester collé. La prolongation se faisait une fois sur deux; encore ai-je dû y renoncer quand la concurrence du transport routier est apparue.

Lors de l'examen de navigabilité, les remarques désobligeantes du vieux Normand m'avaient un peu vexé. Un « assemblage » ? L'expression m'était restée sur le cœur. Aussi, les premiers temps, m'arrive-t-il de regarder mon bateau de la rive...

Il n'a pas vilaine allure, mon *Loire !*

Gris-bleu jusqu'à la ligne de flottaison, la cabine est de couleur verte et les deux plages sont couvertes de bâches que j'ai voulues jaunes en pensant qu'ainsi, en cas d'avarie et de recherche par avion, nous serions plus facilement repérables. Il a même une cheminée à laquelle je tiens, bien qu'elle soit sans aucune utilité technique et qu'il faille toujours aller chercher dans cet accessoire le voyageur sans billet en train de se planquer.

Lorsque le *Loire* remonte le fleuve, on le guette à travers les palmiers. Le frémissement de son moteur, l'écho le long des berges l'annoncent de très loin. Avec l'oreille si éduquée qu'ont les gens au Gabon, il y aura bientôt dans chaque village des spécialistes capables de l'annoncer cinquante kilomètres en amont, capables de dire : « Le *Loire* sera là dans deux heures, dans trois heures... »

En quelques mois, ce modeste bateau est devenu légendaire.

Le blocage des tarifs-passager institué par l'État indépendant avait contraint les Chargeurs Réunis à abandonner. En ce qui me concerne, je devais trouver un biais pour rentabiliser l'exploitation. Comment ne pas jouer sur le fret, tourner la difficulté avec les sociétés commerciales? La S.O.D.A.G.A., l'A.C.E.C.A., le Comptoir franco-africain sont prêts à régler en nature à concurrence de mes factures. Pour ces sociétés, aucune avance d'argent. Pour moi, la possibilité de jouer sur le tonnage, d'acquérir au prix de gros. Restait à écouler le caravansérail : j'allais être amené à ouvrir des boutiques un peu partout dans l'Ogooué.

Grosso modo, les boîtes importantes respectent les chiffres annoncés. Il n'en est pas de même des petits négociants qui, pensant resquiller, apportent beaucoup plus de marchandises, au moment du départ, qu'ils n'en ont déclaré.

Le plus souvent à demeure à Port-Gentil, ne voyageant plus qu'exceptionnellement, je n'en suis que plus inquiet lorsque je vois partir mon bateau enfoncé au-delà de la ligne de flottaison. Un jour, les mercanti ont vraiment exagéré. Un type m'a fait livrer douze tonnes quand je n'en attendais que sept. Ne pouvant refuser, sous peine d'un drame, je vois partir le *Loire* avec le pont à moins de trente centimètres au-dessus de l'eau.

Les passagers? Le rouquin de la capitainerie eût été en peine de les compter! En regardant s'éloigner l'embarcation, je ne peux pas ne pas me dire que celle-ci, au fur et à mesure qu'elle quittera la rade et gagnera les eaux douces du fleuve, s'enfoncera encore un peu plus.

La nuit vient. Je dors mal. Sur le matin, Alice proteste :

– Qu'as-tu à t'agiter?

– Je pense à ce bateau...

– S'il n'a pas déjà coulé, c'est qu'il ne coulera jamais, hasarde l'épouse philosophe.

A ces mots je me lève et je cours au hors-bord devenu mon moyen de locomotion depuis que l'affaire s'étant développée, le *Loire* a été doublé de l'*Infernal.*

Plus rapide que les anciennes pinasses, le hors-bord me permet, sous prétexte d'inspection, de flâner sur les lacs. Grâce à lui, j'ai découvert un autre contact avec la nature gabonaise – ciel et eaux confondus. J'ai à bord un coffre où ranger un peu de linge, une glacière et des rafraîchissements, une pagaie en cas de difficulté, une fusée, mon fusil – cela va de soi. Un boy m'accompagne le plus souvent.

Ce matin-là, je file dans l'air frais. Le *Loire* devrait être plus loin et je l'aperçois avant l'heure escomptée, à peine discernable tant il est bas sur le courant. Une distraction d'Aliwa, un banc de sable pris d'un peu près, ce serait la catastrophe! Fort heureusement, Aliwa trouve sa route, la nuit, dans des passes de vingt mètres. Jamais il ne s'est enlisé. C'est bien ce qui me rend patient avec la « sacoche ».

Cette fois pourtant je frémis. Que les cent passagers se portent du même côté, qu'ils se penchent tous à la fois vers la pirogue d'un poissonnier, c'est l'embarque à coup sûr!

A bord, toujours la même comédie, les transistors à bloc.

– Eh là, et ceux qui veulent dormir?

Concertos et charabias se calment, au moins jusqu'à ce que je reparte. Un type saoul beugle comme s'il était seul. A l'avant et à l'arrière, où l'on tolère les réchauds, le vent de l'aube rabat les premières odeurs de ragoût de phacochère et de soupe de « caïman ». Mais déjà une bagarre au ras des planches, parmi les assoupis et ceux qui ont rabattu leur boubou. Le bruit sourd des coups. Un homme, à la faveur de l'obscurité, a dû passer la jambe par-dessus la femme du voisin...

– Eh là, tu te prends pour qui ?

– Je croyais que c'était la mienne.

– La tienne ? ça m'étonnerait, espèce de sauvage !

A moins que ce ne soit la chichiteuse qui, après avoir fait semblant de dormir, se soit amusée à donner l'alarme.

Les coups pleuvent. Si ça ne dépasse pas les bornes, Djali et Étono laissent faire. C'est l'ordinaire, dont je me suis lassé au fil des mois, préférant le hors-bord et la pratique – fort utile, certes – des contrôles volants.

Le prochain de ces contrôles pourrait avoir lieu à Essendé. Je dis au boy :

– Avançons-nous. Le *Loire* sera là-haut dans quatre à cinq heures. Je ferai, en attendant, l'inventaire du magasin.

Revoici Essendé où mon père a connu jadis ses plus grandes privations, où sa santé s'est altérée à tout jamais ; Essendé et ses myriades de moustiques. Inventaire terminé, le *Loire* n'est pas encore en vue ; il n'est signalé par aucune oreille spécialisée.

Diable !

Je m'efforce de garder le sang-froid dont ferait preuve ma femme si elle était là. J'essaye de ne pas imaginer mes cent clients à l'eau, pour la plupart accrochés à des bancs de sable. Pourtant, n'y tenant plus, je crie au boy :

– On y retourne.

Et nous ne voyons rien, à la descente. Diable, diable ! Si mon bateau avait explosé, s'il avait coulé, nous serions hélé par des groupes en détresse sur les berges, au minimum il surnagerait quelques caisses...

Il faut que nous arrivions au village où nous l'avions

quitté pour revoir le *Loire* collé à son appontement. Que s'est-il passé? Les mêmes hordes sont à bord. Aurait-on attaqué l'équipage? Vais-je trouver mes hommes ligotés ou égorgés? Pas du tout. Aliwa est à son poste, la « sacoche » bouclée dans la cabine.

– Qu'est-ce que vous foutez là?

– On attend Étono, M'sié.

– Que fait donc cet enfant de putain?

– L'est pa'ti et moi je peux quand même pas m'en aller sans mon mécanicien, non?

Mon angoisse se dissipe. Une journée de retard, ce ne sera pas grand-chose en comparaison de ce que je commençais à me représenter. Mais aller retrouver Étono, maintenant... J'ignorais qu'il ait eu une maîtresse dans ce village-là!

Car c'est bien de cela qu'il s'agit. Étono est chez une femme; le premier marchand de limonade m'en indique la case. J'entre... Une femelle dépoitraillée pousse un cri, saute lourdement sur ses pieds et file en glapissant. Reste mon mécano, aucunement gêné de me voir là.

– Bougre de con, on pouvait bien t'attendre!

– C'est pas de ma faute, M'sié; elle voulait pas que je m'en aille!

Étono est hilare. La souillon l'a largement abreuvé. L'apathie faisant suite à l'excitation, c'est à coups de pied au derrière que je dois ramener au bateau celui que j'avais pensé élever à la dignité de capitaine.

Vais-je me priver de ses services, maintenant? Certes, le garçon est coutumier de ces incartades. J'ai cru comprendre que l'habitude de s'enduire le membre de liniment, lorsqu'il va avec une femme, lui a valu, de la part de ses camarades, le sobriquet de « Menthol Lancôme ». Mais Étono, dit « Menthol » est bon mécanicien. Celui que j'embaucherais à sa place n'aurait-il pas d'autres défauts? Serait-il aussi compétent sur le plan technique?

XIII

Chasseur dans l'âme

C'est au cours d'un de ces contrôles volants, sur le lac Anengué je crois, que par désœuvrement ou distraction, pour ainsi dire par hasard, je vais faire le premier geste qui me précipite vers une nouvelle aventure...

Il est fréquent en effet que, parmi les labyrinthes de roseaux, de papyrus, d'ajoncs entremêlés, dans les goulets où sinue le hors-bord lorsque je traverse des zones lacustres, le bruit du moteur réveille un crocodile vautré dans la boue jusqu'à l'orifice des naseaux. Ces crocos – du gavial d'assez petite taille – pullulent également dans les marigots et sur la berge des rivières. « Regarde, un caïman... » me dit souvent le boy lorsque nous longeons de petites plages où l'un de ces animaux semble plus paralysé qu'alarmé par le vrombissement régulier.

Un « caïman », ça? Il n'y en a jamais eu en Afrique; le caïman est un croco américain. Mais tout le monde emploie ce mot, ici, quelles que soient la taille ou l'espèce du reptile. Aucun, en tout cas, ne m'a jamais paru aussi offert que celui que vient de me désigner le boy.

J'épaule d'instinct, je tire à la tête. Le corps tout entier saute comme un ressort. La bête glisse à l'eau et, pendant que je cale le moteur, que je manœuvre dans l'étroit chenal, elle disparaît dans une traînée rouge pour aller crever loin de nous, peut-être à vingt kilomètres de là.

– Pour le caïman, commente mon compagnon, le fusil...

Il a un signe de dénégation. Chez lui, dans son village, les hommes préfèrent le harpon. Ainsi, même si la bête prend le courant, est-on assuré de ramener la prise. Le garçon connaît des paysans qui tuent plus de crocos qu'ils ne cultivent le tarot. Occupation non négligeable. D'abord cela rend service aux pêcheurs car la multiplication des reptiles, au Moyen-Ogooué, détruit le poisson. Et puis un Européen – un Français – passe de temps à autre et leur achète les peaux. Ce trafic vaut à quelques campements des bénéfices substantiels.

Intrigué, je regarde désormais d'un autre œil le gavial qui somnole, et je décide de me renseigner plus avant à la première occasion. Il est vrai qu'à cette époque je suis las de ce métier de transporteur fluvial. Alice, avec qui je vis à nouveau, a pris en main la gestion de l'entreprise. A moi le pittoresque éreintant des arrivées en rade de Port-Gentil. Cela n'a rien des émotions que j'ai connues dans les forêts du Bavongo, moins encore de la vie du forestier. Certes, je me suis attaché à mon premier bateau, à sa fumée emmazoutée sur le profil des rives... Mon seul véritable souci n'est plus que piéger Djali, pourtant. Ce farceur me vole tant et plus. Avec une adresse dans la dissimulation devenue préjudiciable à l'entreprise.

Cette fois, je l'attends à un coude du fleuve, entre Lambaréné et N'djolé. A peine à bord :

– Tout le monde a payé, Djali ?

Du coin de l'œil, j'ai compté nos pèlerins.

– Pas tous, pas tous... Voilà la recette.

Il y a, à ce moment-là, un peu plus de deux cent mille francs C.F.A. Et pour l'encourager :

– Il doit rester encore quelques passagers sans billet, en

effet. Tu devrais ramasser quatre-vingts ou quatre-vingt-dix...

– Non, davantage. Je vais t'apporter encore cent dix mille.

Il avait été assez astucieux pour sentir ma défiance et tourner la difficulté.

Un fin maquereau, ce Djali. Les derniers temps, quand il quittera mon service, il réussira à me voler une pirogue et un moteur pour rentrer à Libreville. Je le ferai mettre en tôle pour marquer le coup. Mais alors, Djali m'écrira du fond de sa prison une lettre si pleine de sa logique à lui, si gentille :

« Si vous me laissez partir, je reconnais avoir volé la pirogue. Mais de toute façon, vous êtes mon patron. La pirogue, je l'ai prise chez mon patron, je ne l'ai pas volée. Je suis tout prêt, à la sortie, de vous la payer... »

Comment faire poursuivre un type comme ça? J'ai écrit au Président du tribunal. Djali m'amusait; ça m'amusait de voir s'il me paierait réellement un jour. Il ne m'a jamais payé, bien sûr. Je suis certain cependant que si j'avais besoin de quelque chose, aujourd'hui, il me recevrait dans son village; il me donnerait sa chambre à coucher; il me ferait asseoir devant sa marmite de « caïman ».

Au cours d'une tournée, le boy a consenti à m'amener à l'un des campements où des Myéné pêchent pour le Français. Cette idée du croco a continué de me trotter.

Dès l'abord, de misérables paillotes, au cœur d'une île de roseaux. Le sol n'est qu'une sanglante mélasse qui colle aux pataugas. Je manque reculer, la première fois, tant l'odeur est désagréable. Ce n'est ni celle du poisson pourri, ni celle de la viande avariée mais un relent de charnier et de pissotière. Les quatre ou cinq garçons qui travaillent au dépeçage rient aussitôt de nos airs dégoûtés. Ils rient de toutes leurs dents de porcelaine. Eux ne font plus cas de cette puanteur.

Accoutumés à notre tour, nous voici penchés, le boy et moi, sur un bac creusé dans un tronc d'arbre où sont entassées les prises de la nuit. Les pêcheurs les ont égorgées et ce ne sont maintenant que cadavres flasques, pareils à de gros têtards dont on se demanderait s'ils ont jamais pu être dangereux.

Aucun de ces crocos n'atteint un mètre, mais l'appendice caudal prolonge d'un bon tiers la longueur du corps. Lorsqu'un paysan en soulève un et le hisse à bout de bras, les quatre membres se déploient; quatre pattes aux doigts dérisoires. Qu'un assistant tire sur une de ces pattes : la cuissette révèle une peau d'une tendreté inattendue. Le paysan effectue un mouvement de balancier pour reposer le spécimen à plat sur les autres têtards et une onde se propage, à la surface du tas de chairs, avec un bruit mou.

Autour du bac, un bazar de crocs et de harpons, des sacs de sel. Les peaux doivent être abondamment salées et j'apprends que le Français fournit lui-même cette précieuse denrée. Quel âge peut avoir le négociant? Vingt ans selon un pêcheur, soixante d'après l'autre – la moyenne fait donc la quarantaine. Il s'appellerait Henriot : un nom qui me dit quelque chose bien que je ne l'aie jamais rencontré à Libreville.

Prendre contact avec lui à la première occasion? Parvenir à nous entendre? Il est vrai que je passe en des endroits dont il n'a certainement pas la moindre idée.

En attendant, nous déjeunons à une table enduite de graisse de caïman; les bouteilles de plastique sont devenues opaques à force de traces de doigts. Il va falloir que je rattrape mon bateau avant la nuit... Par suite d'une rupture d'embrayage, le *Loire* vogue depuis plusieurs semaines sans marche arrière. Au début de l'exploitation, je n'aurais pas cru cela possible : un fleuve aussi encombré de bancs de sable que l'Ogooué, un bateau obligé d'accoster aussi souvent à des débarcadères, qui plus est, d'accoster en douceur, du fait de la surcharge... Eh bien, Aliwa se débrouille! Dès mon arrivée, j'admire la manœuvre : un petit coup de ralenti pour tenir le bateau, une accélération brusquée en braquant... L'avant s'écarte et le courant aidant, notre *Loire* est parti. Traîne-t-il un chaland? Aliwa n'en fait pas une affaire; il se livre à la même acrobatie.

Personne n'aurait pu se douter que nous étions si lourdement grevés si Étono n'avait parlé – et Dieu sait si les nouvelles vont vite à Port-Gentil. Maintenant, sur les chantiers, quand un type a des ennuis avec son camion, il s'écrie :

– Faites gaffe! je suis comme le *Loire*, j'ai plus de marche arrière!

Le plus drôle est que nous n'avons eu notre premier accident – fort heureusement sans victimes – que bien après. La pièce était arrivée de La Ciotat, l'embrayage réparé. Le mauvais coup s'est produit à cause du brouillard. On ne distinguait pas à un mètre sur la rade, ce jour-là. Pour une fois, Aliwa n'a rien vu. Il est passé à travers le wharf de Texaco. Carrément au milieu. Toute la ville est venue voir.

Avec Texaco, l'affaire s'est arrangée : je prenais mon carburant chez eux. Un type de l'assurance est bien venu prétendre que le bateau de Michonet était réputé sans marche arrière...

– Comment? J'en avais une depuis huit jours!

On a fait monter l'expert à bord; tout a parfaitement fonctionné et la compagnie a fini par payer.

Si je pouvais ne plus avoir ce genre de soucis!

En marge des équipées fluviales, je m'intéresse de plus en plus à ce qui touche aux crocodiles. Ce qui m'attire, au début, ce sont des considérations techniques : l'habitat du reptile, ce que j'ai appris de ses mœurs. Ce que j'ai vu au campement myéné me laisse deviner une chasse sportive où la ruse, la surprise, le renouvellement des situations doivent jouer un rôle prépondérant.

Je voudrais m'y éprouver avant de chercher à rencontrer Henriot.

J'ai trouvé à me procurer harpons et filins à Lambaréné; suprême luxe : une lampe frontale car le croco ne se chasse bien que la nuit. Et me voici lancé dans ma première expédition, autour de savanes flottantes, dans un concert de crapauds-buffles auquel je ne prête même plus attention.

L'ombre est épaisse; elle enveloppe et rend plus mystérieuses ces îles séparées par un labyrinthe de canaux. La savane aquatique s'étend sur des dizaines de kilomètres et j'ai toujours ressenti comme un cauchemar l'idée qu'un chasseur maudit pourrait s'y égarer, s'y enfermer, tourner des jours et des jours avant d'assister, impuissant et horrifié, à sa propre décomposition.

La présence d'herbes et de racines sous la surface de l'eau m'a incité à préférer la pirogue au hors-bord. Je me tiens à l'avant tandis que le boy pagaye derrière mon dos. Touffeur atroce sur ces espaces pourrissants. Fort heureusement, avec le soir, les moustiques se sont évanouis. Ils ont cessé de nous pomper le sang.

La pirogue glisse sur les eaux noires. Je fouille les recoins à la torche. Le croco doit être là, dans les papyrus, sur les banquettes de branches mortes, repu de poisson, de silures, parfois d'une antilope égarée, trompée dans son sens de l'orientation par le déplacement des îles.

Le croco est dissimulé mais, si le faisceau lumineux rencontre ses yeux, les deux grosses billes vont luire et le trahir. Deux billes incandescentes, justement. Indifférentes. Pas si éloignées de la portée de mon bras.

Le pagayeur, tout doucement, m'en rapproche. Soudain, le bras part sans que j'aie eu l'impression de l'avoir commandé. J'ai lancé le trait entre ces deux billes et une masse sombre en a semblé court-circuitée. Elle disparaît dans l'eau glauque. Le filin la ramène. C'est un corps qui gigote de ses appendices ridicules et qu'il faut arracher aux roseaux. Le boy le maintient à flanc de pirogue et, comme s'il se livrait à un jeu d'enfant, il ficelle le museau aux dents si redoutables. En quelques heures, c'est une demi-douzaine de gavials qui iront échouer de la sorte, gueule bouclée et gorge tranchée, au fond de notre embarcation.

Et voici, avec les premières rosées, un client plus malaisé. Jusque-là, j'ai frappé à trois mètres, parfois de plus près. Le croco que nous venons de découvrir est posé sur une litière inaccessible, à une dizaine de mètres à l'intérieur de la prairie flottante. Les deux boules rouges, par leur écartement, indiquent un plus gros animal que le vulgaire gavial éperonné jusqu'à maintenant. S'agirait-il d'un niloticus ?

Bien que plus épaisse, la peau de ces crocodiles n'est pas négligeable pour autant. Mais faire sortir un tel spécimen de son repaire, l'attirer au point qu'il vienne se mettre de lui-même à portée de mon engin de mort... Cet engin, improprement appelé « sagaie », ne comporte qu'une pointe de métal. Le coup porté, le manche de bois peut en être dissocié et le filin, fixé à la pointe, se déroule librement.

Très vite, j'acquerrai le tour de bras capable de clouer à cinq mètres, à six mètres. Mais là, dans l'immédiat, face à ce gros adversaire dont les deux boules rouges, à force d'indifférence, ont l'air de me narguer, je n'ai d'autre ressource que de me rappeler ce que des paysans m'ont appris. Il y a une façon de faire avancer un croco trop appesanti, trop éloigné...

Pour l'intriguer, pour l'allécher à la perspective d'une bagarre de congénères, il suffit d'éteindre la lampe et, dans une obscurité complète, d'imiter le défi d'un autre mâle : « N'*ionn... N'ionn...* » Cette onomatopée, reproduite à un rythme précis, mon boy l'accompagne d'un petit claquement de main, sur le plat de la pagaie, qui rappelle à s'y méprendre le coup de patte coléreux d'un reptile dans la gadoue.

« N'ionn... »

Presque aussitôt, les deux boules flambantes se rapprochent. Le premier bond a été si brusque que j'ai entendu des paquets de roseaux se fracasser. Encore un cri et le croco part en avant, si soudain que j'ai dû me jeter à genoux pour frapper. Serait-il arrivé au contact? Sa violence était telle qu'il me jetait à l'eau.

En un clin d'œil, j'ai cru entrevoir la tête dressée, la gueule ouverte, la quadruple rangée de dents de scie. C'est inconsciemment que je suis allé chercher le point d'impact au-delà des yeux, derrière la bosse de l'occiput. Je saurai plus tard que c'est le seul endroit où tuer un niloticus proprement. Et surtout, ne pas manquer son coup. Pour avoir vu un museau dépasser le rebord de la pirogue, je devrai un jour en finir à la hache!

C'est bien un niloticus que j'ai ferré cette première nuit de chasse. Lampe rallumée, j'en reconnais les caractères. Un museau court, un peu tassé comme un groin. Les globes oculaires plus écartés que ceux du gavial. Ce crocodile de couleur vert sombre peut atteindre plusieurs mètres de long. C'est véritablement celui que mes hommes appellent le « mangeur d'hommes ». Une chance que j'en aie rencontré un pour mes débuts : le niloticus est beaucoup plus rare que le gavial, la proportion en est de un à deux pour cent.

La liberté à laquelle j'ai goûté sur les savanes flottantes me fait paraître plus assommante encore la vie à bord du *Loire*. Les nuits y deviennent infernales. Qui pourrait fermer l'œil? Quelques mois plus tôt, les transistors s'arrêtaient à minuit. Maintenant, radio-Libreville, radio-Kinshasa diffusent beaucoup plus tard. Jusqu'à cet idiot de Mobutu qui a trouvé la formule « vingt-quatre heures sur vingt-quatre »! Et nous entrons dans l'ère de la cassette!

Aucun doute, je me sentirais beaucoup plus attiré par la chasse que par ce métier de corsaire. Mais pour rentabiliser la distraction, pour faire du croco un commerce prospère, je sens bien que je devrai me mettre du côté d'Henriot...

Je m'étais fait toute une histoire avant d'oser rencontrer cet homme. A ma surprise, le trafiquant est d'un abord facile. A peine lui ai-je téléphoné, il me donne rendez-vous au Cercle des métis. Et d'entrée :

– Alors, c'est toi qui as pris goût au croco?

Le tutoiement n'a rien de condescendant. Il y met le clin d'œil : presque de la camaraderie. Je ne m'en demande pas moins ce que ce fils de famille est venu faire sur nos marigots. Car, même si un réseau de paysans travaille pour lui, maintenant, Henriot ne s'est pas toujours contenté du rôle de « boss ». Il a mis la main à la pâte. Cela a établi à Port-Gentil – je viens de m'en rendre compte – la légende d'un personnage énigmatique, un peu suspect.

– Quand avez-vous... quand as-tu commencé?

– Il y a sept ou huit ans...

Henriot en est déjà à son second whisky. Il poursuit :

– Avant moi, il y avait un nommé Fabre qui faisait ce métier. Seulement, ce type a eu des ennuis de santé, des ennuis avec sa bonne femme, tu vois ce que je veux dire?

Fabre : un des premiers enragés du croco au Gabon. En écoutant mon interlocuteur, j'entends la chronique habituelle de nos petites villes coloniales. Lui, l'aventurier. Elle, la garce n'aimant que la capitale. Lui, moins démoli par le fait qu'elle ait levé le pied avec le premier quincaillier venu que par l'incendie de sa pinasse, brûlant avec toutes ses peaux et l'acculant à la ruine.

Fabre avait cédé son affaire à Daniel Henriot – enfin, si l'on peut dire car, depuis deux ou trois ans...

Je crois comprendre alors pourquoi celui-ci m'a accordé si rapidement sa confiance. Il a dû lâcher récemment certaines zones d'influence. Et comme si une ombre l'obsédait :

– As-tu entendu parler d'un certain Diawara ?

– A peine.

– Tu écumes pourtant avec le *Loire* la région de Lambaréné.

– Bien sûr...

En cherchant bien, j'aurais pu me souvenir d'avoir embarqué des futailles à ce nom : Diawara. Un nom d'ailleurs. Mais je n'avais guère soupçonné ce qui devait être l'univers souterrain du croco.

– Eh bien, conclut Henriot, tu n'as rien perdu. Si tu entres dans le circuit, tu ne tarderas pas à te frotter à ce Diawara et, crois-moi, le sauvage ne te fera pas de cadeaux.

Cet avertissement lâché, il ne restait qu'à revenir à l'intendance :

– Apporte-moi tes peaux, je les prends...

Henriot allait prononcer aussi les mots que j'attendais :

– Pourquoi ne visiterais-tu pas les paysans à ma place ? J'en ai des quantités. Si tu veux, je pourrais t'indiquer les campements sur la carte...

Ainsi commençait ma collaboration avec ce garçon de blanc vêtu, soigneusement coiffé, chaussé de tennis impeccables, dont j'ignorais à peu près tout et, en premier lieu, pour quelles raisons il avait quitté la France, dans l'immédiat après-guerre.

Des gens m'ont dit par la suite qu'il aurait été le fils d'un avocat parisien. Mais on colporte tellement de choses, au Cercle des métis !

Pour l'heure, j'aurais préféré deviner ce qui le poussait à m'introduire si rapidement dans ses affaires. La quarantaine passée, était-il las de courir les fleuves et entendait-il se cantonner à Port-Gentil où il disposait d'ateliers, de tanneries, de toute une organisation pour l'export de ses peaux?

A moins qu'il ne se soit plus senti le mordant pour défier Diawara et qu'il ait pensé, lorsqu'on lui avait signalé mon apparition, que j'avais les origines et les qualités requises pour m'opposer avec plus de succès que lui au concurrent malien?

Je ne tarderai pas à découvrir, surtout, qu'Henriot, las du croco, poursuivait sa chimère et rêvait d'autre chose, déjà, lors de notre première entrevue au Cercle des métis.

J'allais me rendre au Moyen-Ogooué avec le blanc-seing de mon commanditaire; moins désireux cette fois de piéger Djali que de recenser et, le cas échéant, de réorganiser le réseau de paysans-chasseurs.

Les campements se ressemblent tous. Henriot m'en a pointé une cinquantaine sur la carte. J'en susciterai d'autres. Arrivé en hors-bord, je troque celui-ci pour la pirogue sur des canaux où les herbages constituent un double fond stagnant ou échevelé. Je trouve les paillotes signalées de loin par la puanteur des chairs. Il est vrai qu'aussitôt rentrés avec leurs prises, les honorables correspondants ont commencé de dépecer. La peau enlevée, reste la viande qu'ils mettent au fumoir avec l'idée de la vendre au marché de Port-Gentil.

Chaque campement est tenu par quatre ou cinq Myéné occupant les lieux avec femmes et enfants. Il est arrivé que je chasse avec eux. Un vrai plaisir pour moi. Trop pressé le plus souvent, je trouvais les pirogues déjà pleines. D'autres fois, s'étant affairés au salage jusqu'au dernier moment, les types n'avaient pas eu le temps d'enlever les écorchés. Bien sûr, des canards étaient là pour se repaître. Les types amenaient ces volatiles exprès. Ils les nourrissaient puis, canards devenus gras, ils les bouffaient à leur tour.

Je n'avais guère eu à me faire connaître à ma première tournée :

– Je suis M. Michonet...

– M. Michonet, le patron du *Loire*, avait commenté le boy.

– Ah, le *Loire*...

Sur les savanes flottantes, tout le monde en avait entendu parler. Seulement les peaux...

– Vous pouvez me les vendre, je suis d'accord avec M. Henriot.

A ma surprise, on s'était concerté. M. Henriot, je croyais deviner qu'on ne l'avait pas vu depuis longtemps. Un conciliabule tendait à décider si l'on me céderait quelques peaux. Je me récriai :

– Comment, « quelques peaux » ?

L'hésitation des chasseurs allait me mettre la puce à l'oreille, bien que le nom de Diawara n'ait pas été prononcé.

Je jouai le tout pour le tout :

– Je vous avais apporté du sel, beaucoup de sel.

A ce mot magique, changement d'attitude : on voulait bien me fournir la marchandise. Serais-je large sur le sel ? Connaissant mes Myéné, leurs fascinations ataviques, je n'hésitai pas à leur assurer que je pourrais en faire livrer des fûts en divers points de mes itinéraires.

Ainsi, ma première tournée se soldait par un relatif succès. J'avais cru deviner jusqu'où s'étendait l'influence du concurrent mais je ramenais près de deux cents peaux. Qu'allait dire Henriot ? Non seulement, me semblait-il, les chasseurs avaient fait leur travail mais j'avais insisté pour qu'ils rebrossent l'intérieur des peaux. Celles-ci étaient propres; il n'y subsistait ni bribes de chair ni résidus de sang. Mieux, un orage s'étant abattu sur ma cargaison, j'avais procédé à un second salage en cours de route. Mon commanditaire ne pourrait manquer d'être satisfait.

En effet, lorsque je lui annonce le chiffre, Henriot paraît content. Il vient se rendre compte à quai. Et tout de suite.

– Tu as payé au centimètre ?

– Oui, pourquoi ?

Un doute me prend devant son air peu enthousiaste. N'aurais-je pas mesuré correctement ?

– Si, bien sûr. Mais les types t'ont étiré les peaux !

Et d'un seul coup je comprends ! Lors de l'inventaire, nous étendions les pièces pour en mesurer la largeur. Bord à bord. De la grosse écaille à la dernière. Cinquante-cinq. Bon, je payais sur cinquante-cinq. Mais je n'avais pas pensé à regarder entre les écailles – ni Henriot à me prévenir.

Et maintenant, mi-goguenard, mi-accusateur, il me montre la distension des rainures. Pour gagner trois centimètres, avant de me livrer, les types ont passé les peaux sur des tendeurs de bois. Avaient-ils seulement conscience du préjudice qu'ils leur faisaient subir ? Ils ont bousillé la marchandise !

Fort de cette expérience, je devais payer à la pièce, par la suite. D'autant mieux que la peau était belle et avait été correctement traitée. Je devais découvrir aussi des techniques de chasse fort diversifiées. Bien sûr, le gros de la production venait de la chasse au harpon. Certains groupes avaient l'habitude de pêcher avec un hameçon ou savaient même prendre le « caïman » au filet. Curieux comme ces terribles bêtes savent être innocentes et vulnérables. Sans que j'aie jamais compris pourquoi, un croco pris à la ligne tire toujours du côté droit. Il tire et tourne jusqu'à ce qu'enroulé et vaincu il s'immobilise. Pris au filet, à la décrue des eaux, il peut rester deux ou trois semaines immobile. Il tient parfois par un rien : une dent, une griffe... L'idée ne lui viendrait pas d'arracher la maille. Non. Il attend sagement qu'on vienne le tuer.

Inutile de dire que ces pêches, avec des animaux encore vivants quelques instants avant qu'on les écorche, fournissaient les meilleures peaux, celles qu'aucun chimisme nocif n'était venu échauffer. Quant à mes fournisseurs myéné, il me semblait progressivement les avoir pris en main. C'est avec le sel qu'on appâte ces braves gens. Hier, nos ancêtres ne piégeaient-ils pas l'homme avec cette denrée? Grand'mère Ésonguérigo me l'avait suffisamment raconté, avec un rire espiègle qui, tout à la fois, me ravissait et me terrifiait. Pièges à sel et beaux jours de la traite. A des fins moins scabreuses, je réagissais de la même manière : le sel, l'attrait du sel...

Plusieurs fois je verrai disparaître des familles à qui j'avais fait un important dépôt. Étaient-elles allées le négocier plus loin? S'étaient-elles planquées avec leurs sacs d'or blanc? Le plus souvent mes paysans ont reparu. Ils m'ont livré des peaux, parfois des mois plus tard. J'avais de la sorte un avantage non négligeable sur les menées du Malien.

Le Malien... justement! Comment procédait celui-ci? Comment tentait-il de gagner les correspondants de mon associé? N'allait-il pas se manifester, devant mon entrée en jeu? Si oui, de quelle manière?

Je serai en mesure d'apporter un commencement de réponse en arrivant un jour à Essendé. Le gérant d'une de mes boutiques devait m'apprendre ce soir-là que le dépôt de sel avait été pillé quelques jours plus tôt. Des inconnus étaient venus de nuit. Profitant du vacarme d'une « nuit blanche », ils avaient empoisonné le chien-loup avant d'achever la pauvre bête à coups de pieux.

Fallait-il mettre ce délit au compte de rivalités ethniques? Il est vrai que la « nuit blanche » commémorait une ridicule tentative d'appropriation de l'*Okoui* – danse rituelle myéné s'il en est! – par un autre clan. Un épisode qui, depuis des années, et bien qu'une demi-douzaine de faussaires se soient noyés, faisait mourir de rire les connaisseurs jusqu'à Lambaréné.

Je me doutai pourtant que le mauvais coup n'avait rien d'improvisé. Poursuivre les pillards? Le successeur de M'Bourou Benoît n'y avait pas songé. Où aurait conduit la piste? Et au bout, qui aurait-on trouvé?

Il me semblait de plus en plus que Diawara était présent dans la pensée de mes gens. Personne n'en aurait parlé. On eût juré que nul ne l'avait jamais vu. Il devait bien exister, pourtant. N'était-il pas l'inspirateur de l'affront qui m'avait été fait? De quel bois se chauffait-il et de quoi serait-il capable? Irait-il jusqu'à tuer!

N'ayant pas été attaqué directement mais volé par des hommes de seconde main, je réfléchis à la façon de répliquer. Quels risques si je fais rendre coup pour coup! De braves garçons vont épouser une querelle qu'ils ne soupçonnent pas. Ils seront exposés aux représailles du Malien. On les trouvera égorgés sur quelque marigot. Je finis donc par me ranger à une décision que je crois sage : faire « donner la bouche » à la ronde. Laisser entendre qu'on m'a volé bien peu de choses. Vingt sacs de sel, qu'est-ce en définitive pour quelqu'un comme Michonet? Si la concurrence avait avoué sa pénurie, j'eusse été capable, par courtoisie, de lui faire cadeau du double.

Ainsi claironnée, ma supériorité se traduisait également dans les faits. Je venais de collecter un millier de peaux lors d'une nouvelle tournée. Irréprochables celles-ci. Je m'étais assuré le concours d'un garçon qui, demain, allait devenir mon meilleur pourvoyeur. M'Boutsou. Un Bavarama perdu chez les Myéné. Un Bavarama enlevé à l'influence du Malien.

Cette fois, Daniel Henriot est satisfait de notre collaboration. Il prend livraison du contenu de mes pirogues. Puis, comme nous nous attablons au Cercle des métis :

– A dire vrai, Michonet, le croco, j'en ai un peu ma claque. Je souhaiterais arrêter.

Ahuri, je regardai celui qui était toujours pour moi un gosse de bonne famille, rêveur et réaliste, capable de réciter des vers sans perdre de vue les réalités de son « biseness ». Un garçon pétri de qualités et dont l'aisance, la gentillesse, aussi, ne cessaient de m'épater.

– Pour ne rien te cacher, je n'ai que trop tué ces bêtes. La nuit, j'en rêve. Il me semble que leur troupe m'encercle. Mais ce qui est plus grave, Michonet, c'est que je n'en supporte plus l'odeur.

Encore incrédule, je plaisante :

– Grave, en effet!

Henriot poursuit :

– Il me semble que cette odeur m'imprègne. Quand je couche avec ma femme, j'ai l'impression qu'elle va me demander de quel abattoir je sors.

Là, je n'osai souffler mot et ne m'étonnai plus d'entendre ce trafiquant distingué reprendre sa chimère :

– Si seulement je pouvais avoir une réserve à moi... du buffle... de l'antilope.

– Et avec tout l'argent que tu gagnes, tu ne peux te l'offrir?

– Non, plus depuis l'Indépendance.

Henriot poursuit avec une légère intonation d'espoir :

– Il y aurait bien la réserve de Niongo dont l'adjudication n'est pas encore faite. Seulement...

Je pensai aussitôt à des relations que j'avais nouées au temps des Collectivités rurales, au ministre des Eaux et Forêts.

– Veux-tu que je lui dise qu'il te pistonne?

Henriot n'attendait que cela. Il l'attendait avec la même anxiété que j'avais eue lorsque j'étais allé lui demander de collaborer. Et, jouant aussitôt franc-jeu :

– Si tu me fais obtenir cette réserve, je te propose un marché. Tu récoltes seul les peaux. Je te loue ou te vends mes ateliers de Port-Gentil. Moyennant commission, tu traites directement avec mes clients du Sentier.

Un mois plus tard, Henriot obtenait l'adjudication. De mon côté, je devenais le fournisseur des Tanneries de Grenoble, des Tanneries d'Indochine, de plusieurs entreprises familiales, en France, dont une certaine maison Theodor. Le fichier d'Henriot comptait aussi des acheteurs allemands – ces derniers réclamant surtout du cabinda, une variété de petits crocos noirs dont on fait les ceintures et dont la peau se commercialise à un prix à peine inférieur à celui du gavial.

Il était entendu que nous ferions nos comptes une fois l'an. Bientôt, je n'ai plus trouvé en face de moi qu'un vague fondé de pouvoirs, Henriot étant parti pour le Centrafrique. J'ignore s'il y est aujourd'hui encore ou s'il est rentré en France.

Au moment où je succède au jeune aventurier, enfin, rien ne laisse prévoir une interdiction de l'abattage au Gabon. Les ravages causés par l'élément envahissant qu'est le croco font que les autorités, non seulement en tolèrent la chasse, mais voient l'activité de mes paysans d'un bon œil. Au cours de ces années, mon plus gros score sera de vingt mille peaux. Lors de ma dernière entrevue avec Henriot, nous étions conscients que j'allais partager avec Diawara le monopole du croco au Gabon. Une seule ombre au tableau, cependant, mais de taille. Ce monopole était-il partageable ?

XIV

Dans la peau de croco

Impossible, par nuits claires, d'approcher le croco. Je mets à profit un retour périodique à mes activités de navigateur pour me renseigner à Lambaréné sur ce fameux Malien.

Diawara ne serait ni homme-tigre ni *n'déa.* Terroriserait-il ses pêcheurs? Pas de façon systématique. A quoi attribuer alors son influence – et même la maîtrise absolue qu'il exerce sur la région des lacs?

Difficile, aussi, de préciser le signalement de l'individu. Les appréciations divergent. Il serait de grande taille pour les uns, petit et même malingre pour d'autres; moins foncé de peau que de teint cuivré et couvert des incisions du fétiche.

Ai-je voulu m'aventurer sur le lac Gomé? J'ai compris aussitôt que je ne ferais rien dans ces parages, ni au nord de l'Ogooué. Sur le théâtre de carnages évidents, personne n'a de peaux. Je renonce provisoirement à cette zone et je décide d'affirmer ma présence sur les régions qui m'ont été régulièrement cédées.

Au départ de Port-Gentil, j'accroche au hors-bord deux pirogues de grande taille chargées de fûts de carburant.

En cours de route, les rouleaux de peaux viendront remplacer le lest de benzine consommé. J'ai l'Ogooué maritime à écumer, des lagunes que je ferais les yeux fermés, la possibilité de descendre à Sette-Cama et dans son arrière-pays marécageux.

Sur l'une de nos colonies, en pays bavarama, une surprise m'attend. Les gens m'accueillent en fournisseurs habituels; on va me chercher des peaux, nombreuses et bien traitées, mais je ne vois ni filins ni harpons.

– Avec quoi pêchent donc tes hommes?

– Au hameçon quelquefois, répond le chef.

Et, souriant comme s'il avouait une coutume répréhensible mais à laquelle on ne serait pas près de renoncer :

– Chez nous, on a toujours préféré aller chercher le croco dans son trou.

– Dans son trou?

– Avec un bâton...

Je n'en croyais mes oreilles malgré quelques récits que m'avait faits M'Boutsou sur ses anciens compatriotes. M'Boutsou qui pour sa part, gagné aux procédés modernes, était capable de rentrer en forêt inondée et de ramener en une nuit jusqu'à quarante « caïmans ».

Le chef appelle quelques jeunes à qui il fait part de mes étonnements. Fou rire devant mon ignorance : chez eux on n'a jamais pêché que comme ça. Ils vont me le montrer. Déjà deux ou trois pirogues glissent à l'eau. De rivières en goulets nous gagnons des marais. Troncs d'arbres immergés. Bouchons d'herbages. Les Bavarama se mettraient-ils à l'eau dans de pareils cloaques?

Ayant repéré ce qui doit être un trou avec son siphon, sa cheminée, un des garçons fait sauter sa chemise, il enlève son short. Je ne peux m'empêcher de protester :

– Tu ne vas pas descendre là-dedans?

Ses camarades rient une fois encore. Suis-je timoré! Ils ont déployé une corde, attaché celle-ci aux deux pieds du plongeur; on lui tend un bâton – en fait un épais gourdin.

Le garçon est déjà à l'eau et, d'une forte brasse, il descend vers le trou.

Quelle horreur!

Il ne peut voir goutte, là-dedans. Je crois comprendre qu'il descend les deux bras écartés, tendant son bâton devant lui. Ainsi, au moment crucial, son rôle sera-t-il entièrement passif; au croco éventuel de mordre et de ne plus lâcher.

Pauvres Bavarama! Ils sont fous! Se jeter à l'aveuglette au-devant d'un croco – fût-ce du cabinda... Et dans un trou visqueux encombré de charognes!

L'inconscient descend toujours. Ses deux pieds ligotés ont disparu. J'ai compris la « technique » aux gestes des assistants demeurés hors de l'eau, plus encore à ce que je devine être un choc là dessous, le déclic rageur d'une mâchoire dans la bouillasse : le croco assailli dans son antre a dû mordre entre les mains du gamin et dès lors, comme tout croco ayant mordu, il ne desserrera plus les dents.

Le jeune pêcheur ne remonte pas. Ce sont ses camarades qui le tirent. Lorsqu'il réapparaît, on lui tend un nœud coulant dont il va ficeler le mufle au fond du trou. Une secousse du pied, besogne terminée. Les assistants halent à nouveau. Expulsion laborieuse. Enfin revoici le plongeur, tout entier cramponné au gourdin, tirant après lui le croco muselé.

Ainsi chassent encore les Bavarama. Ainsi vont-ils cueillir le cabinda au fond des trous. Un groupe de garnements comme celui que je viens de voir à l'œuvre ramène couramment dix à douze prises en une seule sortie. Il n'est pas rare, bien sûr, qu'une bête délaisse l'avancée du bâton; il arrive qu'une mâchoire se referme sur une main, sur une tête, que les assistants ne ramènent au bout de la corde que les pieds et le tronc de celui qui, plein d'insouciance, s'était jeté à l'eau.

J'ai essayé de m'opposer à cette coutume stupide comme

le jeu de la roulette russe. J'ai donné à mes paysans ce qu'il leur fallait pour abandonner cette chasse archaïque. Au fil des ans, le niveau de vie de ces collectivités s'est amélioré. Je suis sûr, pourtant, qu'il se trouve encore là-bas des jeunes qui continuent à se livrer à ce sport particulièrement risqué.

A nouveau le bruit de succion des bottes de caoutchouc, le bourdonnement des moustiques sur la pestilence des eaux.

Accompagné d'un boy, je parviens au lac Anengué, le plus vaste des lacs de la région sud de Lambaréné, où je croirais voir, dans l'air du soir, juché sur un radeau, le fantôme de mon père.

Ici, les intempéries jouent sur le niveau des eaux avec une intensité inouïe. En quelques jours, parfois en quelques heures, des modifications géographiques importantes peuvent se produire. Saison où les îles, sous la poussée de la crue, arrachent leurs racines et partent à la dérive.... Tel arbre, hier visible, a disparu. Tel autre se trouve à deux ou trois kilomètres du point de l'horizon où l'on pensait le trouver.

Aurait-on la berlue?

Ce phénomène des îles flottantes sera responsable d'un drame dont je vais être témoin mais, pour l'instant, je cherche à entrer dans le lac qui, à certaines heures, s'obstrue sous la poussée du flux. Que faire lorsqu'on arrive trop tard?

Admirer les oiseaux? C'est un spectacle féerique que ces compagnies d'ibis, d'aigrettes cendrées qui se repaissent d'une profusion de batraciens. Les effraie-t-on? Ils obscurcissent le ciel de leurs battements d'ailes.

Il y a même, sur le lac, des prairies inattendues où des

troupeaux de tortues ont élu domicile. Cette population broute avec un tel entrain qu'on l'entend de fort loin.

Piètre consolation, pourtant. Mieux vaut ne perdre aucun temps. Ne pas manquer l'arbre fossile où perche un canard-aiguille – seul arbre immobile dans le paysage –, et nous faufiler dans le déversoir qu'il signale si nous voulons coucher ce soir au village lacustre de M. Esongué.

M. Esongué est un homme sérieux. Il obtient des gens de l'endroit des peaux irréprochables. Lui-même sale abondamment. Il fait venir son sel de Port-Gentil, avec la marchandise de son épicerie, et me livre un produit que je lui paie plus cher que je ne le ferais à un paysan ordinaire.

C'est un métis évolué. La preuve? Il dispose d'un compte en banque et je le règle par chèques. Il a un fusil et aime beaucoup la chasse. Enfin, côté africain, il a longtemps été chef de canton et, veuf, il vient de se remarier avec une Noire qui avait déjà un fils.

Lorsque je passe par le lac Anengué, je descends chez M. Esongué. Ne le ferais-je pas, il serait ulcéré. Un écriteau désigne une chambre dans la nouvelle case qu'il a fait construire : « Chambre de M. Michonet. »

La dernière fois que je me suis arrêté chez lui, je n'ai pu m'empêcher de remarquer un téléphone tel qu'on en vend chez les marchands de jouets. Bricolé pour fonctionner sur le groupe électrogène, cet accessoire est la fierté de mon hôte. A peine suis-je seul dans « ma » chambre, la sonnette grelotte :

– Allô, M. Michonet? Est-ce que ça va?

– Tout va, merci.

Il aurait suffi à M. Esongué d'élever la voix : je l'entends aller et venir sous mes pieds dans son magasin. Mais non. Trop content de son jouet, important comme un directeur de la Shell, il renouvelle la communication quelques instants plus tard :

– Vous pouvez m'appeler, hein, si quelque chose ne va pas.

Malgré l'heure tardive, ce soir-là, mon fournisseur n'a pu résister au plaisir de me montrer, séance tenante, ce qu'il a collecté pour moi. Cent cinquante peaux. La plupart du gavial et quelques niloticus.

Le lendemain, une chasse dans les îles avoisinantes est prétexte à exhiber avec une joie enfantine le 22 long rifle dont mon hôte a fait l'acquisition. M. Esongué a repéré, quelques jours plus tôt, une antilope prisonnière d'une savane en dérive.

Où se trouve l'île, maintenant ?

– Tu ne bouges pas, dit mon hôte à l'enfant de sa femme, un gosse de douze ans qui nous a pagayés.

Nous sautons sur une première banquette où nous retrouvons l'antilope. Surprise en train de boire, celle-ci nous échappe. D'une banquette à l'autre, que s'est-il passé ensuite ? Quelle idée est venue au gamin ?

Dans la direction opposée à celle de la pirogue, dans un décor modifié par la montée des eaux – l'île aurait-elle tout simplement tourné sur ses amarres ? –, M. Esongué entend des branches se froisser. Il tire.

Hurlement.

Hurlement de doute et d'épouvante : c'est le gosse qui a été mortellement touché.

J'ai cru que le pauvre homme allait devenir fou. Nous l'avons empêché à grand-peine de retourner l'arme contre lui. Il a fallu s'occuper de cette dépouille d'enfant – jamais rien vu d'aussi triste ! Une fois au village, c'est la colère de la belle famille qui éclate et manque produire un nouveau drame.

J'ai dû enfermer M. Esongué dans « ma » chambre et j'ai le cœur serré devant le sort qui attend désormais cet homme naïf et tout à fait respectable.

La case neuve, le petit téléphone : comme tout cela paraissait dérisoire, maintenant, devant l'enfer qu'allait devenir sa vie!

Une fois réglé le problème administratif, j'ai pu confier le malheureux au *n'ganga* d'Omboué qui, progressivement, lui a rendu des jours supportables.

Sortant du lac Anengué, je visite mes correspondants du lac Oguémoué, puis je quitte le lac Ezanga en remontant la rivière des Pélicans.

J'arrive ainsi à Lambaréné où je me débarrasse de mon stock en le chargeant sur le *Loire*. L'étape me permet de visiter mes comptoirs; surtout de reprendre quelques forces chez mon oncle Isaac qui, vieillissant et continuant d'exploiter l'okoumé avec des moyens dérisoires, fait figure maintenant de patriarche pauvre mais dévoué à tous.

Reprendre forces et courage : ce ne serait pas superflu. Le malheur de M. Esongué m'a longtemps affecté.

Je suis confronté au projet de transformations des lignes fluviales du pays en service public : de proches décisions m'attendent. Dans l'immédiat je redescends le fleuve quand va se produire un événement d'apparence banale mais qui ne manquera pas de peser d'un poids décisif sur mes relations encore occultes avec le rival Diawara.

Large paysage d'eaux tournantes. Je dois me trouver au-dessus de N'Goumbi quand je repère en aval une pirogue à moteur. Bizarre. La pirogue flotte sans bruit. Une embarcation qui a rompu ses amarres et que le courant emporte?

Je m'en approche et il me semble voir quelqu'un dans les flancs de l'esquif, allongé, tête appuyée à la bordure. Un jeune Noir, saoul ou sans connaissance. Flairant quelque chose de louche, je me dis : « Qu'est-ce que ce type fait là? Comment peut-il avoir un moteur de ce prix? »

Ayant abordé, je m'aperçois que le type roupille.

– Hé là... Qu'est-ce qu'il t'arrive ? Tu ne vois pas que ton bateau fout le camp ?

Sursaut du dormeur :

– Pardon M'sié ! Donnez-moi deux litres d'essence, il faut que j'arrive à N'Goumbi, j'ai plus de carburant.

– Qui es-tu ?

Embarras du garçon. Je me rends compte alors qu'il a des peaux de croco roulées au fond de la pirogue.

– Pour qui travailles-tu ?

– Je suis l'homme de Diawara.

– Et tu descends, maintenant, au lieu de remonter le fleuve ? As-tu de l'argent de ton maître ?

– Non, je n'ai pas d'argent.

– As-tu une pièce d'identité ?

Le garçon n'en avait pas non plus.

– Tu n'as pas de papiers ; tu ne peux me dire pourquoi ton patron t'a confié cette pirogue et ces peaux. Dans ce cas, je ne te donne pas d'essence ; je vais te prendre en remorque jusqu'à N'Goumbi.

Et à N'Goumbi se produit ce que j'avais prévu. Sitôt le pied sur le quai, le voleur s'esquive. L'envie ne me serait pas venue de le faire rattraper : le livrer à son maître eût probablement équivalu à le faire égorger. Mais j'avais réfléchi en cours de route à mon attitude envers le Malien. J'ai remis le bateau et sa cargaison au garde, à charge pour lui de prévenir le propriétaire et de les lui restituer de ma part.

Je repars de Port-Gentil.

La préparation d'une nouvelle tournée est toujours délicate. Elle me permet d'être moins sensible à la désapprobation d'Alice qui, malgré l'important rapport de ce négoce, ne le voit pas d'un bon œil. L'entreprise de transport lui paraîtrait plus respectable.

L'essentiel n'est-il pas qu'elle soit revenue en Afrique? Qu'après réflexion, au loin, elle en ait ressenti la nostalgie? Elle aussi, devant les perspectives de service public, éprouve un certain désarroi. Ce n'est pas de gaieté de cœur qu'elle sacrifiera le *Loire* et les divers bateaux dont elle assume la gestion.

Le souci des enfants a prévalu dans nos arrangements. Lorsque nous les confiions à leurs grands'parents, nous sentions bien qu'ils comptaient les jours et ne rêvaient que de revenir au Gabon. Jean-Marcel surtout. Jean-Marcel que j'emmène parfois et qui, vêtu à la mode yéyé, coiffé d'un chapeau de shérif, m'aide comme un adulte. Il compte les cantines, tire sa pirogue, discute la qualité des peaux. Plusieurs paysans m'ont dit :

– M. Michonet, il est encore plus exigeant que vous.

Au fil des mois, les tournées sont devenues plus longues, plus productives. La seule région de Sette-Cama demande une bonne quinzaine de jours. Trois semaines par la lagune Gové. Presque autant pour les cours d'eau des Eshira.

J'ai constitué des stocks de sel, de carburant, en des points précis de mes itinéraires. Je traite avec un millier de paysans et si, au début, je ramenais quelques centaines de peaux à Henriot, ce sont trois tonnes de marchandises que je tire maintenant sur les fins de parcours.

Un premier campement. Arrivé tôt le matin, je commence le tri de ce qu'on m'apporte. L'un a tué dix crocos, l'autre vingt. Les plus soigneux ont placé leurs peaux sur des claies de bambous, à l'abri du soleil. D'autres les ont en vrac jusque sous leur lit.

Les hommes chassent mais ce sont les femmes qui négocient le produit et qui tiennent les cordons de la bourse. Il n'est pas rare qu'un loustic me rattrape lorsque je suis sur le départ :

– On m'a confié cette peau.

Et précipitamment :

– Elle n'est pas à moi, elle est à quelqu'un.

– Ah !... Il n'en voudrait pas une bouteille de rhum, par hasard, le quelqu'un ?

– Si, c'est exactement ce qu'il m'a dit.

Je donne la bouteille et prends une dernière peau hors-sac. En voilà une que l'épouse n'aura pas vue passer et dont le prix, une fois n'est pas coutume, ne sera pas transformé en pagne ou en couverture pour le dernier-né.

Je n'ai jamais compris que, sur ces campements, les gens ne soient pas écœurés de la viande de « caïman ». Ils en mangent, tout comme Jean-Marcel qui, lorsqu'il m'accompagne, va se servir directement au fumoir de nos hôtes. Il découpe un morceau avec son petit canif et grignote du cuissot comme une friandise.

Hantise qui me vient de l'enfance – et de mon père –, je préférerais qu'il ait plus d'appétit lorsque, avec M'Boutsou ou les meilleurs de nos hommes, nous nous attablons dans l'ombre relativement fraîche des cannisses.

Un des plus grands amateurs de viande de croco que j'aie vus était sous-directeur de la banque où je traitais mes affaires à Port-Gentil. Cet intellectuel vivant à l'occidentale a fini par me dire, pince-sans-rire :

– Moi, les crocos, je n'en vois passer que les chèques...

Je ne me le suis pas fait répéter. Il a eu son petit baril à chacun de mes retours. En Afrique comme ailleurs, les bonnes manières ne sont pas à négliger entre clients et banquiers.

On me dit parfois dans un village :

– J'ai vu un croco terrible.

– Ah ? Pour quelle raison ?

– Il n'a pas de queue.

Inutile d'expliquer que cet appendice a dû rester dans quelque bagarre de mâles. Ce ne peut être qu'un *imbouiri*. Et que penser de la faculté qu'ont certains sorciers de téléguider les animaux contre les humains qu'ils ont maudits ?

Un administrateur fort impopulaire a été mangé par un

croco dans des circonstances troubles, cela ne fait aucun doute. Ce qui est plus délicat, c'est le crédit à accorder au bruit qui avait couru. Le féticheur aurait dit : « Un crocodile ira manger Poncel demain. »

Coïncidence? Après redoublement de tam-tams, le croco affamé se présente devant la case de l'administrateur. Il mange le chien-loup. Poncel, accouru, vide un chargeur sur lui mais ne peut éviter d'être happé à la jambe. Saignant abondamment, il meurt au cours de son transfert.

Pour les Gabonais, il ne faisait aucun doute que le féticheur avait dit : « On va tuer Poncel mais ce ne sera pas nous qui porterons le coup, un animal le fera à notre place. » Pour eux, il était indubitable qu'on peut arriver à diriger un animal.

Autre fait troublant : j'ai connu à mes débuts de forestier un vieux chef voisin dont les pêcheurs se plaignaient. Ils ne lui payaient tribut qu'à contrecœur.

– Alors, lui ai-je dit, tu fais dévaster les filets de tes administrés, maintenant?

– Ils ne veulent pas payer ma contribution.

Pour se venger, le chef fétichait un croco. Sa seule crainte était que, par assainissement des abords, j'abatte l'animal.

– Toi qui aimes la chasse, mon fils, ne tire pas un caïman qui te regardera différemment des autres.

Je n'ai pas dû le rencontrer. L'aurais-je tué par inadvertance, je fichais par terre ce qu'on appelle, dans les pays développés, l' « assiette de l'impôt ».

Cette fois, les vieux d'un village ont fait mille mystères sur un *imbouiri* plus redoutable que les autres. Ils l'ont fait comme je leur demandais des renseignements sur une forêt où, de loin, le concert forcené des cigales laissait supposer une forte proportion d'okoumé.

Les vieux sont formels : ne pas s'y aventurer; la richesse de la forêt n'est qu'un piège.

– Quand vous a-t-on dit ça?

Hochements de tête; les sages sont bien d'accord : l'interdit se perd dans la nuit des temps.

Je suis accompagné de Doukaga, cette fois. J'interroge mon compagnon :

– On prend le fusil et on y va?

Il n'ose se dérober.

Imbouiri, ont dit les vieux? J'hésite entre divers animaux possibles. A moins que des prospecteurs alléchés ne soient tombés dans une faille ou n'aient été noyés?

Sur le coup de midi, nous sommes en forêt claire, sous d'exceptionnels okoumés. On n'aurait pu rêver mieux, pour une exploitation rationnelle. Ni trop mince ni trop gros : chaque arbre pouvait donner trois billes. Et de prendre Doukaga à témoin :

– On pose un petit permis de cinq cents hectares, un bon petit permis qui nous permet d'en ratisser le double...

Je jubilais tandis que la lumière, au travers des feuilles, dessinait des colonnes, des nefs d'église.

A un moment, nous arrivons sur un marigot aux eaux basses – c'est la pleine saison sèche. Le pourtour est craquelé à souhait; une petite prairie a poussé là-dessus. L'herbe en est tendre, apparemment soignée comme le gazon d'une pelouse. Nous approchons d'un tronc d'arbre couché partie dans ce qu'il reste d'eau, partie dans la clairière. Il est si boueux que l'herbe a également poussé dessus.

Nous approchons, nos gens derrière nous et, tout à coup... l'arbre bouge! L'arbre se soulève!

Ah!... non! Un crocodile?

Un croco, en un instant retourné vers nous, gueule ouverte comme un animal préhistorique! Et qu'est-ce que ce niloticus de la plus grande dimension sinon un vestige demeuré pendant des mois dans une immobilité si absolue que du gazon a poussé sur son dos!

Quel coup aux tripes, soudain! Voir un « arbre » pareil s'exhausser d'un mètre cinquante, avec ses quatre pieds. Le voir gueule béante, prêt à nous courir dessus!...

Qu'aurions-nous fait de nos armes, Doukaga et moi? J'ai pris mes jambes à mon cou, imité en cela par mon acolyte. Une course folle. Ne parlons pas des porteurs qui, plus avisés que nous, avaient déjà lâché le coupe-coupe et battu les records de Mimoun.

Un chasseur sait être à l'occasion le plus trouillard des hommes; il l'est pour une raison simple : il connaît le danger.

A quoi avons-nous dû de revenir vivants? A un détail imprévu, pour ainsi dire comique. Au bout de quelques secondes, je bute sur une racine et tombe. Je crois mon dernier instant arrivé et, jetant un regard d'épouvante en arrière, je vois le croco à plus de vingt-cinq mètres.

Incroyable! Avions-nous couru plus vite que lui?

C'était bien ce qui s'était passé. Ramant dans un épais tapis de feuilles, l'animal n'avait aucune prise. Il patinait là-dedans, projetant un tourbillon à chaque coup d'aviron. Les feuilles mortes, abondantes, retombaient sur son dos : il en était pratiquement couvert. Saison sèche... Un désastre pour le reptile. La Providence pour nous, qui avons continué de courir jusqu'à tomber de fatigue.

Sous le diaphragme des uns et des autres, les cœurs bondissaient à grands bruits de tambours. Lorsque j'ai eu un peu moins goût de fer rouillé dans la bouche, j'ai demandé aux garçons qui nous accompagnaient :

– Qui est le courageux qui va voir où en est le croco?

Un seul a eu assez de présence d'esprit pour répondre :

– M'sié, si je retourne, je ne reviens plus.

J'ai tout de même posé un permis dans le coin – permis aussitôt revendu. Je n'allais pas recommencer une carrière de forestier.

J'ai prévenu l'acquéreur du sujet dont il se chargeait. Chaque fois qu'il envoyait ses gars sur le territoire de l'*imbouiri*, tout le monde était armé jusqu'aux dents.

Qu'est devenu le croco « historique »?

A ma connaissance, la bête n'a jamais été tuée. On l'a revue à plusieurs reprises. J'ai projeté une battue avec un chasseur de Libreville – un Niçois, aujourd'hui armurier en France – qui me parlait toujours de ses coups de fusil.

– Toi qui aimes la bagarre, j'ai un croco de dix mètres à te proposer.

– D'accord, je prépare du 458 Magnum et j'arrive.

Ce Sadoul, je l'attends encore. Quant à moi, il était exclu que je me lance sans lui dans l'aventure. Seul, on peut redouter qu'une carabine s'enraye. Tirer d'un arbre? Un croco de cette longueur, dressé sur ses pattes postérieures, vous cueille comme une mangue à sept mètres de hauteur.

Le seul amateur qui aurait pu m'accompagner était M'Boutsou. Mais qu'aurions-nous fait de cette pièce? Plus un croco est long, plus la peau est épaisse. Celle-ci eût pesé un quintal; aucun maroquinier n'en eût voulu. Il aurait fallu une commande tout à fait exceptionnelle : celle d'un décorateur, par exemple, pour le salon d'un palais présidentiel.

Le jour où le tronc d'« arbre » a sursauté, transformant mes porteurs en Mimoun, il était couvert de boue, l'herbe avait poussé sur les écailles de son dos. Il n'avait peut-être pas bougé depuis deux mois, tout à la digestion d'un buffle. Nul doute que ce croco vivait depuis des siècles, ses ravages au même endroit ayant ancré dans l'inconscient villageois sa réputation souveraine.

Combien d'années vivent certains crocodiles? Mille ans? C'est à se demander comment ces organismes arrivent à mourir. Froid ou chaud, le cœur ne se fatigue guère. A partir d'une certaine taille, la sélection ne joue plus qu'en leur faveur. Ceci m'amène à parler des mœurs des crocodiles et à chercher ce qui m'attirait dans cette chasse, ce qui a pu faire qu'en cinq années pleines, j'ai tué moi-même – ou fait massacrer – un si grand nombre de ces bêtes. Ne m'a-t-on pas accusé d'avoir menacé, en compagnie de Diawara, l'équilibre de l'espèce sur le territoire du Gabon tout entier?

Bien sûr, je savais que la situation changerait un jour. D'utile au début, et même souhaitable pour les pêcheurs, je comprenais que le moment viendrait où l'abattage serait réglementé. Peut-être même interdit. D'avance j'acceptais l'idée d'avoir, une fois encore, à me reconvertir.

Toutefois, supprimer jusqu'à vingt mille reptiles n'allait pas sans poser le problème d'étranges rapports avec cette engeance : Haine ou fascination?

C'est surtout la technique de la chasse qui m'a passionné, son aspect sportif, la similitude du geste avec les vieux réflexes de l'Africain qui sommeillait en moi.

Pour le reste, le croco n'est pas une bête estimable. Plus j'ai vécu dans son intimité, plus il m'a écœuré. Ceux que je n'aurais pas tués ne se seraient-ils pas éliminés entre eux? Nulle société animale n'est aussi vorace de ses propres membres. Affaire de taille. A dix centimètres près, le plus long bouffe son voisin et le niloticus est une des rares espèces où, sans la moindre vergogne, les parents dévorent leurs enfants.

Là réside probablement la cause de leur rareté. Si l'on ouvre les entrailles d'un croco, on y trouve presque toujours le squelette d'un de ses semblables. Cadet malchanceux, plus ou moins fracturé; petit sujet intact dont l'affection du père n'a fait qu'une bouchée.

De mai à juin, les femelles sortent de l'eau pour aller pondre à sec. Ce devoir accompli, elles enterrent cent cinquante à deux cents œufs dans des trous où ils restent jusqu'au mois de septembre – du moins si les indigènes qui en sont friands ne les découvrent ou si une autre femelle n'engloutit la ponte de sa voisine d'une seule lampée.

La légende veut, chez les Myéné, que ce soit le premier coup de tonnerre de la saison des pluies qui fasse peur au petit croco et, en le réveillant en sursaut, l'amène à casser sa coquille. Il est certain que lorsque la foudre semble électriser les arbres et dessine des chevaux de frise à la lisière des forêts, on voit de petits crocodiles descendre vers l'eau. Tous vont dans la même direction. L'humidité les attire. Au bord de l'eau, ils commencent à se nourrir d'insectes, de crapauds. A ce moment, un petit croco est tout à fait inoffensif et peut être attrapé à la main.

Dans quelques mois, il choisira son coin de marigot et, si rien ne lui arrive, si le diable lui prête vie pendant un nombre suffisant d'années – mais le cas est rarissime : un survivant pour une dizaine de milliers –, il aura quelques chances de devenir un monstre de dix mètres pareil à celui qui m'avait mis en fuite, certain après-midi de saison sèche, en forêt interdite – un *imbouiri* promis à une quasi-immortalité.

Comme l'eau attire les petits crocos, une nouvelle incursion vers les lacs du nord me tente. Vaincre le Malien sur son territoire ou, simplement, provoquer la rencontre? Depuis que rien ne se passe, je commencerais à le croire moins redoutable que je ne me l'étais figuré ou qu'Henriot ne me l'avait annoncé.

Peut-être ai-je besoin de diversion, aussi. A Lambaréné, l'atmosphère n'est pas bonne. Le bruit s'est répandu que j'allais cesser bientôt l'exploitation du *Loire*. Et il est exact que je ne tiens pas à devenir directeur appointé de la compagnie qui reprendra ma ligne. A la perspective de ce qui nous attend, Alice a réagi comme moi :

– Je préfère voir ce bateau à la casse.

Ce n'est pas faute que nous l'aimions, ce rafiot dont chaque tôle a été rafistolée de mes mains. Nos enfants y sont attachés : le bateau de leurs vacances. Combien de fois ont-ils monté et descendu le fleuve à son bord comme s'ils partaient sur un bateau corsaire? Quand le *Loire* s'arrêtera, ce sera un morceau de la poésie de l'Afrique qui disparaîtra avec lui.

Pour le reste : facilités consenties, blocages des tarifs, augmentations des coûts de fonctionnement – sans parler de ce que les uns et les autres me font passer à l'as : il y a beau temps que naviguer n'est plus rentable; ce sont les crocos qui renflouent l'entreprise.

Je n'en cherche que plus l'expansion. Mais puisque personne ne veut chasser pour moi ni ne me vend des peaux, sur les lacs nord, puisque aucun campement n'ose déroger à la loi de Diawara, je partirai seul. Seul avec ma pirogue dans l'immensité de savanes flottantes où, la nuit, on entend crier des crocos qui n'attendent apparemment que le coup de harpon.

Nuit tombante. Je gagne des zones où les surfaces aquatiques sont encloses dans la végétation comme autant d'antichambres successives. Pour me guider dans ce labyrinthe d'herbages, de bois mort, sous un ciel plus noir que la marmite d'une sorcière, j'ai un procédé éprouvé par des dizaines de nuits semblables. Je compte le nombre de canaux. Lorsqu'il risquerait d'y avoir hésitation, au retour, il m'arrive de nouer au passage un bout de laine rouge. Plus souvent il est vrai je me fie à mon flair. Combien de fois ai-je poussé ma pirogue pleine à ras-bord, au petit jour, sans m'être soucié de compter ni de tresser quoi que ce soit...

Mais il y a labyrinthes et labyrinthes. Ceux sur lesquels je m'engage sont inextricables – qui plus est cette région m'est beaucoup moins familière que celle du lac Anengué par exemple. Aussi, dès le départ, ai-je pris un certain nombre de repères.

Dans le concert des crapauds, sous chaque touffe flottante et dans les berges en mouvement, l'eau fait parfois d'étranges clapotis. Tout en pesant sur la perche, je découvre mes premiers clients : de petits crocos enfouis, de petits crocos de moins d'un mètre que je me fais un jeu de crocheter. Le harpon part en souplesse, transperce un occiput presque tendre et c'est un coup d'adresse de ramener la bête gigoteuse, de l'achever d'un tour de tranchet, d'en jeter le cadavre soudain gélatineux au fond de la remorque où d'autres spécimens sont agités de petits soubresauts.

Je suis curieux et redoute à la fois ce que révèle la lampe frontale lorsque je me penche sur l'orifice de gîtes supposés.

A la moiteur de la journée équatoriale a succédé une fraîcheur relative. Alors que des vapeurs traînent au ras de l'eau, s'accrochent aux hampes des roseaux, vient le froid – un froid humide. C'est l'heure où il arrive que le chasseur grelotte.

J'ai tué aux premières heures de la nuit une vingtaine de crocos. Chiffre suffisant pour impressionner les gens de Diawara. Reste à revenir sur les chenaux enveloppés de ouate.

La pirogue vire de bord et je compte les demi-voltes. Ici un collecteur plus spacieux, que je me remémore. Là un fil de laine rouge, le premier – donc le dernier que j'aurai déposé. Puis plus rien. Aurais-je été présomptueux? C'est égal, on parcourt des kilomètres, quand on chasse. Quelle monotonie, ces retours sur les eaux blêmes!

Dans le jour qui se lève, mon doute est tout d'abord une supposition amusée. Ayant couru tant de marécages, tant de forêts inondées, j'hésiterais sur ces lacs du nord comme un novice? Allons, Diawara, tu me brouilles les idées. M'aurais-tu jeté quelque sort à distance? Tant par jeu que pour me rassurer, j'éclate de rire – un grand rire qu'absorbe rapidement le premier écran de roseaux.

J'avance pendant une heure, reproduisant à l'inverse les manœuvres qui, à l'aller, avaient dû me paraître plausibles; décidant au bout de ce laps de temps de revenir au carrefour où m'avait saisi l'incertitude et m'apercevant que j'ai perdu l'exacte notion du site.

Toutes ces croisées d'eaux se ressemblent, à plus forte raison dans le jour revenu, avec ce soleil sourd, cette haleine malsaine que la chaleur ne va pas tarder à rendre insoutenable.

Mon sang-froid ne me quitte pas pour autant. Si la première tactique a échoué, j'en essaye une seconde : chercher les courants. Mais force m'est bientôt de constater que ceux-ci sont vite contradictoires. Alors, espérer que je finirai par tomber à nouveau, à force de tourner, sur un de ces fils de laine que je me reprocherais maintenant de n'avoir semés que trop parcimonieusement?

Je crache dans mes paumes écorchées et m'arc-boute à la perche. Quand les fonds se dérobent, je reprends la pagaie. La boussole? Certes. Mais il s'agit moins de s'orienter que de trouver l'orifice d'une souricière sur des paluds d'enfer.

Oui, j'aurais pu être plus prévoyant en matière de repères. A quoi bon regretter, pourtant?

Midi passé. Soleil pernicieux. Tragique. Puanteur que je traîne avec la barque comme une odeur de massacre. Fameuse compagnie que ces « caïmans » égorgés dont il arrive que les globes obscurcis me fixent! Incapable de retrouver mon chemin, je flotte avec eux par le travers d'un chenal pareil à dix, à cent autres, sur le réseau faussement immobile d'une région lacustre étendue sur des dizaines de kilomètres!

Un instant je rêve qu'un avion, se glissant sous la croûte de condensation, va pouvoir me repérer. Souhait stupide. Le ciel est aussi vide d'avion que d'oiseaux. Décidément, c'est bien le bout du monde, ici. Le commencement et la fin du monde.

Lorsque des chasseurs se perdent, en forêt inondée, ils tirent des coups de feu en l'air. D'autres coups de feu leur répondent et les guident. Bien sûr, pour certains, le salut a pu venir de là. Mais il s'agissait de gens égarés à proximité d'un bivouac, ayant tourné dans un rayon réduit. Et puis, à supposer que je sois assez proche d'un campement, à vol d'oiseau, à quelle vitesse se répandrait la nouvelle? Michonet tirant désespérément en l'air! Michonet appelant au secours! Michonet sauvé des eaux, comme un vulgaire chien égaré, par les hommes de Diawara!

La fin de la journée me surprend dans une situation inchangée. J'ai contourné de véritables îles. Je me suis bercé des heures au glouglou des eaux sous le ventre de la pirogue, au choc de la pagaie sur la coque lorsque la fatigue déréglait le mouvement. J'ai subi les myriades de moustiques. La perspective d'une seconde nuit m'inquiète. Ce n'est pas l'épouvante toutefois, mais une appréciation calme des dangers qui me guettent. Et plus forte que tout, maintenant, m'isolant de tout, une certitude : je suis bel et bien perdu.

Il a fallu y arriver. Avant que la nuit s'épaississe, je vide dans le ciel, vers les quatre points cardinaux, le contenu d'un chargeur. Tant pis pour la réputation du chasseur. Chaque fois, la détonation a volé d'île en île avant que l'écho ne se soit perdu sourdement. Le cœur battant, j'ai guetté une éventuelle réponse, j'ai tendu l'oreille au coup de feu qu'engendrerait ma propre décharge.

Rien.

Je suis seul à des kilomètres à la ronde; seul dans la nuit d'une noirceur de four, avec la faune qui la peuple et qu'à tant de cris, de hululements, je pourrais localiser. Aurais-je encore le cœur à chasser, le gavial ne manquerait pas! L'odeur de ce que je traîne suscite des approches. Plus qu'il n'en faudrait. Vais-je devoir larguer ma cargaison de cadavres?

Un instinct me dit de n'en rien faire. Larguer, ce serait accepter ma défaite. Je ne suis tout de même pas affamé au point de tomber d'inanition. Avec un fusil et des munitions, rien n'est entièrement perdu. Mais les ombres qui volètent, les frôlements que je ne saurais à quoi attribuer? Je ne crois tout de même pas au vampire. Je n'y crois pas encore... mais plus avant dans la nuit? Aux heures cotonneuses où, dans les forêts de ma jeunesse, l'*ogouri* faisait, à gueule fermée, son meuglement d'agonie? Je sais combien l'homme le moins suspect de superstition devient vulnérable s'il n'a personne à qui parler et n'entend plus que son propre éclat de rire dans le délire commençant.

Ainsi donc ce n'est pas de la mort que j'ai peur, ce n'est pas d'elle que je sens pour l'instant la menace, ce serait plutôt ce qui entame la raison, ce qui peut y entrer, comme un coin dans le bois, et la fissurer, la faire éclater. J'ai peur, si je reste longtemps encore prisonnier, dans la confusion où je me trouve, que la déraison ne s'empare de mon cerveau affaibli. La déraison, autrement dit... la folie?

Cette fois, sans même peser le pour et le contre, j'ai sauté sur le fusil. Un second chargeur y passe. Rageusement. Le fouillis végétal encaisse. A l'issue de la rafale je bloque ma respiration. Une détonation va-t-elle éclore à quelque distance que ce soit?

Rien. Toujours rien.

Je me suis allongé au fond de la pirogue le temps de reconstituer mes forces en déroute. Si je veux sortir de l'épreuve, cela risque de devenir une affaire d'endurance. Premier travail : un inventaire de mes ressources. Elles sont maigres. Quelques biscuits mouillés. Quelques canettes de bière aigre. Si la faim me tenaille, je pourrais pêcher il est vrai. Les eaux sont poissonneuses. J'ai des hameçons, du fil au fond de l'embarcation. De quoi faire du feu, aussi. Du feu... ce ne serait pas l'envie qui m'en manquerait et j'envisage aussitôt de débarquer. Mais où?

J'ai posé le pied sur une plage de vase. La peur et les

lubies ne m'ont pas privé d'esprit critique au point de sauter carrément de la pirogue. Bien m'en a pris. A peine suis-je en appui, une succion se fait sous ma semelle. Y résister ne demande qu'un appel de reins. Mais si j'avais planté les deux bottes? A coup sûr je devenais l'otage d'un python ou j'étais déchiqueté par un croco avant que l'enlisement ait pu être complet.

Inutile, tant que je serai dans cette zone, d'espérer prendre pied et de rêver à un feu réparateur. C'est au fond de la pirogue que va se passer ma seconde nuit.

J'ai largué la remorque aux charognes. Il faudrait chercher à nouveau un passage. « Michonet, te voilà bien parti », c'est tout ce que je trouve à me dire avant d'accéder à un chenal plus spacieux, relativement protégé d'une attaque, où je parviens à somnoler quelques heures.

Le lendemain, le cauchemar recommence. Il est dix heures quand je reprends conscience de tout ce qui risque, sur ces eaux chaudes, de tourner à la torture. Aux frissons de la nuit ont succédé d'autres frissons que je crois reconnaître. L'accès paludéen? Il ne manque plus que ça, dans la situation où je me trouve!

Quinine. J'aurais préféré, en ces circonstances, une tasse de cacia-lata. C'est à demi liquéfié par les suées que je tente de pagayer de passes en déversoirs. C'est au bord de l'évanouissement que j'ai cru reconnaître une voie d'eau. Mais non. Sauf hallucination, la ligne noire que je découvre au revers d'un massif en dérive n'est autre que la forêt. Piètre résultat. J'ai fini par sortir des zones lacustres pour entrer en forêt inondée.

Maintenant, les frissons sont tels que j'ai dû m'allonger. Mes soubresauts font rouler la pirogue. Comique, ces pythons suspendus aux branches. Existent-ils vraiment? Les ai-je déjà rencontrés au cours de mes prospections? Je crois voir la tête de l'un se mouvoir au-dessus des eaux. Je ne sais sur qui j'ai tiré. Mais j'ai tiré. Python ou illusion d'optique? L'ébranlement a mis plusieurs secondes à se cogner à tant d'obstacles. Aucune tête n'a éclaté, aucun serpent n'est tombé. Hallucinations aussi, cette prolongation du coup, cette reprise de l'écho à travers la forêt?

Je pars d'un éclat de rire qui se fortifie de ma propre pétarade. Va-t-on me répondre?

On me répond. Ce n'est pas moi qui ai tiré une troisième salve. Je suis fou, décidément. Fou à lier. Et mort de fièvre.

Pourtant, un coup de feu distinct, volontairement détaché... Drôle d'apparition entre les troncs que cette silhouette humaine dans une pirogue!...

Je l'invective. Aurait-elle seulement le geste persuasif de ma mère lorsque celle-ci m'était apparue, sous l'empire de l'*iboga?* Que n'est-elle celle d'une de ces sœurs de Sainte-Anne, messagères de la Providence, qui venaient jadis assister le voyageur dans son agonie!

Enfin, trêve de farce. Je ne délire pas au point de ne pas discerner un homme – et un solide Noir – debout dans sa pirogue.

– Qui es-tu?

Le Noir, fusil en bandoulière, pousse deux ou trois fois sur sa godille. Il ne croit pas ses yeux, lui non plus. Je reçois sa réponse comme un coup :

– Diawara!

Voilà donc l'adversaire dont j'attendais – et redoutais – depuis si longtemps la rencontre!

Diawara!

Instinctivement je me mettrais en mesure de parer à ce que je pressens comme un inévitable, un impitoyable règlement de comptes. Aucun témoin. Autour de nous la nature vierge et démesurée où nul n'aurait jamais l'idée d'aller chercher un squelette. Et comment ne serais-je pas forcément la victime, dans l'état de détresse morale et physique où je me trouve? Qui, homme ou administration, pourrait jamais savoir sur quel crime se serait dénouée la rivalité des deux magnats du croco au Gabon?

Ai-je eu un geste précipité? Le Noir s'écrie aussitôt:

– Ne tire pas!

Et j'ai honte de ma réaction. Pourtant je tiens à m'assurer qu'il n'y a aucune méprise, que Diawara n'ignore pas l'identité du naufragé qu'il secourt:

– Sais-tu qui je suis?

– Je sais, répond-il calmement.

Le Malien a rangé sa pirogue contre la mienne et, me tendant une gourde d'alcool:

– Je voulais t'écrire quand tu as arrêté le voleur de mon bateau. Je t'ai trouvé régulier.

Ainsi était-ce ce geste qui avait déterminé le dénouement favorable de mon équipée sur le lac Gomé.

Diawara vient-il de voir mon hésitation devant la gourde? Réalise-t-il l'accès pernicieux dont je souffre?

– Tu as raison, pas d'alcool. Je vais te faire soigner sur l'un de mes campements.

A la remorque du Malien, j'arrive au bout de quelques heures sur un îlot où des dépeceurs sont à l'œuvre. Relents et sanies bien connus. Va-et-vient d'une population misérable. Les fournisseurs de mon nouvel ami ont l'air moins choyés que les miens. Séance tenante on me fait allonger dans une paillote et des femmes apportent force quinquélibats.

J'ai sué. J'ai déliré.

– Tu aurais pu claquer, dit Diawara qui a vu plus d'un Européen succomber à la malaria.

J'acquiesce – premier intéressé et connaisseur. Je suis encore faible mais comment me dérober à la curiosité de celui à qui je dois la vie? Diawara a tant de questions à me poser.

J'ai du reste hâte de l'observer, moi aussi, ce diable d'homme. Un Noir un peu inquiet, agité, moustache finement taillée à la Clark Gable – si tant est que le moricaud ait jamais été au cinéma.

Manifestement, il est ravi de notre rencontre. En moins de dix minutes nous allons répartir de façon claire nos zones d'influence. A moi le sud. A lui ce qui est au nord de l'Ogooué et qui le rapproche, en cas de nécessité, des frontières de son pays.

Car Diawara a peu de relations au Gabon. Peu de contacts avec les autorités administratives. Ce qui l'inquiète? Ne jamais savoir jusqu'où sa présence est ou n'est pas tolérée. Et qu'en est-il des bruits qui circulent sur une réglementation prochaine à un mètre soixante-dix?

– Une idée si tordue qu'elle a des chances d'aboutir.

Diawara se frappe la tête :

– Comment pourrions-nous savoir si un croco fait 1,70 ou pas, avant d'avoir lancé le harpon!

– C'est bien ce que je te dis : des idées tordues.

– Et qui mijote ça, des Blancs?

– Des Noirs qui se croient obligés de raisonner comme des Blancs.

Il n'est pas impossible, en effet, qu'une réglementation frappe nos activités et interdise, sous peu, de tuer les spécimens qui n'auraient pas atteint cette fameuse dimension. Ce serait, *ipso facto*, une limitation de 50 % sur le gavial, l'abandon pur et simple du cabinda.

Cette conversation confiante allait être le prélude à plusieurs rencontres au cours de notre dernière année de chasse en liberté. A peine me sait-il chez Pierre Isaac, à Lambaréné, Diawara vient me voir.

– Alors, à Port-Gentil?

J'ai beaucoup de choses à lui répéter, de ce qui se dit en haut lieu. Je le conseille sur la conservation de ses peaux. Il est vrai que le Malien n'exporte que de la pacotille par le canal de ses compatriotes et de trafiquants de Guinée ou de Mauritanie. Rien de commun avec la clientèle du Sentier que je tiens de Daniel Henriot.

Inversement, Diawara a un certain nombre d'amateurs, en ce qui concerne le niloticus, dont j'ignore les exigences, mais dont il semble retirer des sommes non négligeables. De quelle façon ?

... En fouillant systématiquement les entrailles des « mangeurs d'hommes ».

Justement, peu après le sauvetage, lors de mon séjour chez les gens de Diawara, plusieurs pêcheurs sont venus en délégation jeter aux pieds de leur « boss » deux anneaux – ce qu'ils avaient trouvé dans l'appendice digestif d'un gros croco.

Diawara examine ces objets, alliage de cuivre et d'argent assez sommairement ouvragés, et a ce commentaire :

– La fille ne devait pas être bien riche.

Le ton est indéfinissable et le silence des humbles garçons respectueux. L'un d'eux finit par murmurer : *« M'pago... »* et ce seul mot soudain éveille en moi le souvenir de vieilles histoires. Si vieilles ? Comment avais-je négligé jusqu'alors de faire sonder, moi aussi, les entrailles de mes prises centenaires ?

Un sacrifice humain, le *m'pago ?* Certes. Une manière pour des villageois de s'assurer la modération d'un *imbouiri*, d'apaiser sa férocité lorsqu'il s'était établi trop près des lieux d'habitation et avait franchi sans gêne une modeste barrière de rondins ou de bambous.

Un fusil n'eût servi à rien. Qui possédait un fusil, d'ailleurs ? Les cabris offerts avaient beau se succéder, l'appétit du vieux mâle demeurait considérable. Venait le moment où les hommes se lamentaient en chœur : plus personne ne pouvait aller pêcher. On disait au chef : « Tu devrais donner ta fille... » Et le chef savait de quoi il retournait.

D'ailleurs, chez certains peuples, pour être plus efficace, le *m'pago* devait avoir une périodicité. Encore fallait-il que le chef, ou à défaut les gens des paillotes proches, aient une fille à sacrifier chaque année. De l'aveu d'anciens, certains chefs de village étaient prodigues de la chair des princesses; d'autres, plus économes, auraient tergiversé :

– Vous êtes sûrs que le moment est bien choisi? Vous pensez vraiment que ce croco en vaut la peine?

Confirmation de la sentence par la bouche du féticheur :

– Oui, oui, c'est bien l'époque...

Certaines jeunes filles étaient préparées dès l'enfance à ce qui les attendait : la cisaille vorace d'un croco plus qu'à demi apprivoisé, quémandeur comme les vieilles carpes ou comme l'otarie qui saute à la surface d'un bassin dans l'attente du repas.

J'ai souvent pensé par la suite à ce cérémonial si répandu chez les Vili, chez les Mayoumba, dans certaines régions du Tchad et jusque chez le Malien – d'où la connaissance que Diawara devait avoir de ce rite par la voix du sang.

Voilà d'où provenaient les bracelets de cheville que j'avais pu examiner, pour la première fois, avec un mélange de fascination et d'effroi. Offrait-on les jeunes filles vivantes au croco? Ceux qui, en leur jeunesse, ont assisté à ces cérémonies – et ils ne sont pas encore des ancêtres – prétendent que oui. La jeune fille était vivante, spécialement parée. Consentante? On ose à peine se le demander. Et pourtant... Elle l'était, en principe. Mais à force d'incantations, de drogues – si usée et détruite, psychologiquement, qu'elle ne devait plus être, au grand soir, qu'un paquet de chair inerte.

Comment ne pas imaginer l'enfant choisie, sa préparation. Il la fallait vierge. Pour que l'*imbouiri* soit satisfait du sacrifice, pour qu'il digère en paix, la victime devait être vêtue d'une camisole de lin, parée aux bras et aux chevilles de ses plus beaux bijoux.

Ses compagnes sont venues. Elles ont tressé ses cheveux fin – de plus en plus fin; elles ont mélangé à ces petites queues les perles qui disent son innocence. Le moment venu, c'est l'explosion au village. Le cœur d'un vieux croco bondirait à moins. Sur l'étang de l'interdit, l'enfant assommée et saoule est portée en grande pompe à ses épousailles d'horreur.

Je me familiarise avec le contact de ces anneaux : la matière en est lissée par les sucs. Je ne m'étonne plus de l'intérêt que porte Diawara à ces objets. Moins pour leur poids en or ou en argent que du fait que des collectionneurs les recherchent. Drôle de goût... Pourtant, je ne tarderai pas à y céder moi-même, me refusant à faire commerce de ce genre de reliques.

Tout récemment, j'ai été consulté par la direction de Shell-Gabon. Des prospecteurs pétroliers avaient été attaqués par un niloticus de douze mètres et, contraints de s'en débarrasser à la balle explosive, ils souhaitaient récupérer la peau.

Mais comment procéder ?

Je me suis rendu à Gamba. Sur place, la seule solution était de faire macérer dans l'écorce de palétuvier. Le dépeçage fait, je demande au gestionnaire du mess :

– Avez-vous pensé à faire vider les entrailles ?

– Pourquoi ?

– Un aussi vieux croco a dû manger des êtres humains, au fil des siècles.

On fait aussitôt ouvrir. Parbleu !... Il y avait deux douzaines de bracelets au fond du gros intestin.

Ces anneaux sont conservés dans une vitrine. Au mur du mess de la Shell on peut voir la peau de ce crocodile à qui a été fourni, d'un *m'pago* à l'autre, un véritable pensionnat de princesses.

Maintenant que nous avons pactisé, Diawara m'attend sur les débarcadères. Moustache bien taillée, il tire sur le cigarillo de l'homme qui réussit :

– Alors Michonet, bon voyage ?

Les civilités terminées, nous nous attablons dans un estaminet où des gosses font cercle. Combien, parmi eux, rêvent de travailler pour nous et d'imiter M'Boutsou, le funambule des marigots ?

M'Boutsou est un cas. Tout ce qu'il gagne part en disques de musique congolaise – il en raffole et possède obligatoirement les derniers « tubes » –, en cadeaux aux *ogou*. C'est une vedette locale.

Mais les préoccupations de Diawara reviennent à ce projet de loi qui nous menace :

– Enfin, 1,70 c'est exactement ce que demande la clientèle. Du 35 en grande largeur. Tu te rends compte Michonet ? Si l'on n'a plus que de la grosse écaille à proposer, avec quoi fera-t-on les sacs pour les dames ?

La sollicitude du tueur envers les élégantes me touche. Je sais bien, néanmoins, que nous allons entrer dans des temps difficiles. N'avons-nous pas eu cinq ans de liberté ? De liberté complète ? Le simple bon sens me disait que le massacre ne pourrait indéfiniment durer. Déjà on ne trouve presque plus de niloticus. Le cabinda se raréfie. Le taux de gavial est tombé de façon significative.

Fallait-il considérer alors que cette chasse n'était que momentanée, qu'elle était appelée à prendre fin un jour ?

Point de vue difficile à faire partager au Malien. Mais j'ai prévenu M'Boutsou :

– Je te donne cinq cent mille francs C.F.A. tous les mois. Un jour, pourtant, le pactole s'arrêtera.

M'Boutsou me regarde, incrédule. Une belle nature, ce garçon. Les mains trouées avec les femmes. Je ne voudrais pas l'assombrir :

– Mais si, M'Boutsou, le croco va finir. Avec tout l'argent que tu gagnes, tu devrais acheter un commerce. Tu devrais commencer à penser à ton après-croco.

Oui, oui, M'Boutsou va y penser. En attendant il a commandé un *bwiti* pour cent personnes et il danse d'aise, déjà, sur la place du village, sans musique – mais n'a-t-il pas la musique dans la tête? –, à la seule idée de la nuit qui va suivre.

L'inquiétude de Diawara, d'une fois à l'autre, réussirait à me rendre nostalgique avant l'heure.

Ce n'est pas sans soulagement que je retrouve la maison de Port-Gentil. Annexe indispensable, l'« atelier aux crocos ». On sale en cours de route, mais c'est là seulement que s'élaborent les alchimies. L'« atelier »? Une sorte d'enclos bétonné. Au centre une longue table où l'on repasse les peaux pour la mensuration définitive. Autour, des rayonnages pour le stock, comme les casiers d'un cimetière parfaitement rationalisé.

Cette fois, Alice m'annonce une visite insolite. Des hôtes de marque. Je ne vois pas? Les représentants et le patron de la maison Théodor.

Leur ai-je envoyé des peaux sans les avoir jamais vus, ceux-là! La maison Théodor est l'un des plus gros acheteurs de l'ancien fonds Henriot.

De passage à Paris, je me suis rendu au siège, rue Pelletier. La fille de M. Théodor, véritable dirigeante de l'affaire, était absente ce jour-là. Le gendre aussi. Comme je reprenais l'avion le soir-même, ç'avait été un rendez-vous manqué. Peu importe, nous étions depuis longtemps convenus de nos manières de traiter. Tout d'agrément verbal.

Le minimum de traces. Avais-je besoin de dix millions? Je passais un télex. En contrepartie, chaque trimestre, j'expédiais cinq mille peaux. Cinq mille peaux en sacs plombés.

Sans avoir vu mes correspondants, un parfait accord s'était établi et je n'avais jamais eu le moindre déboire. Henriot lui-même m'avait prévenu :

– Avec ces gens, tu peux jouer en confiance, ils ne m'ont jamais refait.

Donc, papa Théodor, sa fille P.-D.G. et le gendre étaient au Nigeria et, de là, nous annonçaient leur proche arrivée.

Je vais les chercher à l'aéroport. Entouré de la sollicitude de ses enfants, le père souffle et transpire. C'est un pot à tabac au sourire aurifié, tout chapeauté de noir.

La famille visite l'atelier. Papa Théodor patauge dans la saumure. Tout le temps qu'il a passé à Port-Gentil, il n'a pas enlevé son feutre. Il le soulevait de temps à autre pour s'éponger le crâne.

Mes trois pèlerins avaient l'air content. Je leur propose de goûter du « caïman » : là ils se récrient.

J'ai fait part de difficultés à la fille, des nouvelles normes que l'on nous prépare pour la longueur des peaux. Elle ne paraît pas surprise :

– Les affaires se compliquent partout. Nous avons annulé notre passage au Centrafrique où le fondé de pouvoir a été arrêté sans le moindre motif...

Rien d'étonnant pour le Centrafrique, étant donné ce qui s'y passait. Dieu merci, au Gabon, la situation était stable. Je pensais obtenir des dérogations, lutter encore un an ou deux...

Mais il a bientôt fallu se rendre à l'évidence : la dérogation à 1,50 ne suffirait pas.

J'avais essayé de plaider la cause de nos paysans aux Eaux et Forêts : « Si je n'achète plus de peaux, qui sera le plus touché? Nos frères de l'intérieur. Ce n'est pas le pétrole qui les fait vivre, eux. C'est le commerce du croco. » On s'en rendait compte, mais ces arguments n'ont pas empêché un décret de fermeture de la chasse à partir du mois de juillet. Décret qu'à tout prendre, j'aurais préféré plus strict : C'est en mai et juin que les femelles pondent.

Restait, comme dernier baroud, les accommodements avec le ciel ou – à défaut – avec l'administration des douanes. Que n'avons-nous fait, à l'époque!

J'ai plié des peaux de cabinda – qui est adulte à 1,20 – à l'intérieur de peaux de gavial. J'ai joué sur le contenu des sacs, opération relativement facile lorsqu'on retient sept à huit tonnes de fret deux mois à l'avance. J'ai mis au point le « coup du père Justin » : sous prétexte de la forte chaleur à l'aérogare, de la bousculade les jours de départ, le *hic* était d'obtenir la vérification à domicile.

C'est toujours le même agent qui rapplique. Justin, demi Myéné qui se fout du croco comme de l'an quarante et qui, sitôt arrivé, lorgne vers le whisky.

Me l'a-t-on affecté d'office? Est-ce lui qui, chaque fois, redemande à venir? J'ai peine à imaginer qu'Henriot ait eu tant de déboires avec les douanes. S'était-il braqué à la première tracasserie?

Dès que mon vérificateur frappe à la porte :

– Je vous ai fait votre petite place à l'ombre...

Rien ne manque : ni pot à glace ni ce qu'il faut de Johnny Walker.

– C'est bien Michonet, j'ai l'habitude.

Discret, je laisse l'honnête fonctionnaire à ses bordereaux. Lorsque je vois du coin de l'œil qu'il est sur la fin de la seconde fiole :

– Et ces peaux, si nous les sortions des sacs?

– Ça va, Michonet, j'ai déjà pondu mon rapport. Regardez un peu ce que j'ai mis... Est-ce que ça vous convient?

Un an. Presque un an – oui –, la chasse a pu continuer. Légalement ou avec le coup de pouce du père Justin.

Je sentais bien malgré tout qu'il s'agissait d'un combat d'arrière-garde et n'ai pas été surpris lorsque la loi est tombée. Interdiction de tout abattage du crocodile, quelle qu'en soit la longueur, sur tout le territoire gabonais pour une durée de cinq ans.

Il fallait, disait-on, laisser se reconstituer ces espèces maintenant que fleuves et lagunes redevenaient poissonneux. La veille encore, des personnes bien placées m'avaient affirmé que les mesures seraient progressives. Cette fois, la décision était venue de très haut et n'avait souffert aucune discussion.

J'aimais autant cela, bien que ma situation matérielle soit à la veille de beaucoup changer. N'étant pas à un coup dur près, dans ma chienne de vie, l'effondrement du croco avait au moins le mérite de la netteté. J'allais pouvoir passer sans hésitation – sinon sans regrets – à une autre activité.

Laquelle? Je n'en avais encore aucune idée. Une chose était sûre : j'avais fait l'avance de cinq mille peaux – mon dernier envoi – à la maison Théodor. Trente millions allaient tomber. Une somme sur laquelle, une fois déduits mes propres débours et frais, je pourrais compter, dans mon désarroi provisoire, pour me refaire une nouvelle fois.

Quelques semaines passent. L'argent n'est pas encore à la banque. Je ne me fais guère de souci : dès que je télexais, précédemment, les sommes dues ou avancées arrivaient sans faute.

Au bout d'un certain temps, tout de même, je me résouds à téléphoner chez Théodor. Surprise et inquiétude de mes acheteurs. Les cinq mille peaux ne sont pas à Orly! Ils s'attendaient d'un jour à l'autre à les retirer mais l'envoi n'était toujours pas arrivé. Entre l'aéroport de Port-Gentil et celui d'Orly, sept tonnes de marchandise avaient tout simplement disparu!

La nouvelle m'a tranché les jarrets.

Je passe aussitôt à U.T.A. :

– M. Michonet, nous pouvons vous certifier que vos connaissements ont été signés par le destinataire.

Qui croire ? Le transporteur, pièces à l'appui ? Mes acheteurs étaient-ils en train de mentir ? Avaient-ils réceptionné l'envoi et, sachant notre collaboration sur le point de se terminer, avaient-ils prémédité cette conclusion, quitte à m'achever moralement et matériellement ?

Je repensai aux cinq années où nous avions marché de parole, aux bonnes relations que j'avais toujours eues avec papa Théodor comme avec sa fille. Je ne pouvais croire qu'ils m'aient délibérément porté ce coup.

J'ai fini par penser qu'ils se débattaient eux-mêmes dans de graves difficultés. Un fondé de pouvoir m'avait dit, avant de me lancer dans une campagne de chasse, qu'ils contractaient parfois des emprunts. Je me rappelai ce que la fille Théodor me confiait au sujet d'un de leurs employés arrêté au Centrafrique. Avaient-ils été contraints de payer une rançon exorbitante ? Il n'est pas impossible qu'écœurés par le procédé, ces gens-là n'aient cherché à rattraper par divers expédients les sommes qu'on leur avait extorquées. « Puisque nous sommes coincés par des Africains, récupérons sur d'autres Africains... »

Nouvelle déception, les assurances ne s'articulaient pas entre la France et le Gabon. Aurais-je été volé sur l'aéroport de Port-Gentil, j'étais indemnisé. Mais la marchandise était normalement partie, le coup s'était passé en France. J'aurais pu attaquer la maison puisque mes connaissements avaient été signés. Démasquer d'éventuels pirates. Mais il aurait fallu que je possède les ficelles de la loi. Devant des conseils mal assurés, je n'osais me lancer sur ce terrain et je persiste à penser qu'on ne peut être à la fois tueur de crocodiles et familier des avocats.

Ayant dissipé jusqu'à l'illusion de récupérer cette somme, je me trouvais une fois de plus sans le sou, exactement comme lorsque j'avais repris le *Loire*. Plus fort qu'à cette époque, cependant, plus résistant et confiant dans la vie, probablement au bénéfice de l'âge.

Alice, qui était et sera toujours officiellement ma femme, avait préféré habiter Libreville. Nous continuons à nous voir, bien sûr, ne serait-ce que parce qu'il y a entre nous Françoise et Jean-Marcel.

Sur le plan professionnel, j'aurais pu faire le bilan de ces années exceptionnelles. Mais à quoi bon? Il suffisait que je me dise : « J'ai gagné beaucoup d'argent et j'ai tout reperdu. Au fond, je n'ai fait guère mieux que M'Boutsou... » Comme lui, j'estimais que j'avais passé du bon temps, dans un travail qui me plaisait et, finalement, c'était là l'essentiel.

J'étais en train de démonter les éléments de l'« atelier aux crocos » et je lavais les rigoles à grande eau quand, tout à coup, je me trouvai en face d'un dernier visiteur.

Un Noir que j'hésitai à reconnaître tant il était rare qu'il se hasarde en ville.

Diawara!

Un Diawara qui n'avait même pas pensé à se composer le personnage du « boss » à cigarillo ni à se déguiser en dandy occidental. Il portait, comme lorsqu'il m'était apparu dans la forêt inondée, un simple short de laine délavé.

– Cette fois c'est la fin?

A son interrogation douloureuse, plus encore au fait qu'il ait vaincu ses préventions pour venir s'en assurer, je réalisai le changement de nos existences.

Il n'y avait plus de rivalité entre nous. Il n'y aurait plus de fraternité au danger. Risquer nos vies n'aurait plus de raison en des contrées où, du jour au lendemain, les richesses de la nature semblaient s'être raréfiées. Nous avions cru le continent inépuisable et nous nous étions trompés.

J'ai fait asseoir mon ex-rival à la table de bois que je réservais ces derniers temps au père Justin. Diawara se posait une question – sans trop y croire. Serait-il possible de passer outre ?

– Tu veux dire, braconner...

Le seul mot paraissait dérisoire. A supposer possible la filière congolaise, je savais le peu de valeur de peaux qui auraient longtemps transité et souffert. Les rares clandestins qui ont essayé n'ont pu tenir. Le croco, c'était bel et bien fini et, du reste, l'autorisation, au terme des cinq ans, n'a plus jamais été donnée.

Diawara comprenait tout cela. Pour lui aussi cette période avait représenté autre chose que de petites combines. Dans ces conditions, sa décision était prise. Il n'avait plus rien à faire ici et il se proposait de retourner au Mali.

– Adieu, Diawara... A moins que ce ne soit qu'un au revoir.

Au revoir ? On sent bien, en Afrique, quels sont les gens qu'on croisera à nouveau et ceux qui vont s'enfoncer aux profondeurs du pays pour ne plus revenir.

J'ai saisi la pogne qu'il me tendait. De cette main soudain tremblante il avait lancé le harpon plusieurs milliers de fois. Avions-nous été, l'un comme l'autre, de vulgaires tueurs ? Je ne le pense pas. C'était notre vie, nous aussi, que nous mettions en jeu. Nous avions été des aventuriers. Les derniers, peut-être. Des aventuriers à peine tolérés et, maintenant, c'était sur l'Aventure qu'on nous demandait de tirer un trait.

– Adieu, Diawara.

Nous nous sommes longtemps serré la main. En le voyant s'éloigner il m'a semblé que nous venions de tourner une page dans l'album du temps. La page d'une Afrique que nous avions passionnément aimée et qui ne reviendrait plus.

XV

Et encore...

C'est un peu avant ce dénouement – le lecteur l'aura compris – que j'avais fait la connaissance de Michonet.

J'allais voir en quelques années l'ex-chasseur de crocos se transformer en entrepreneur, en marchand de meubles à l'occidentale jusqu'à une énième dégringolade : celle dont Jean-Marcel, son fils aîné, étudiant à Paris, me faisait part au printemps dernier dans un bistro de la Rive gauche :

– Mon père vient de liquider son dernier magasin.

Inquiet, je demandai :

– La crise, là-bas aussi?

– La crise, qui frappe plus durement les économies de pays en voie de développement. Mais le cas Jean Michonet, aussi. Vous connaissez le broussard aussi bien que moi...

Je connaissais Jean, en effet. Il me semblait même – sans aucune forfanterie – que les retours en arrière, les précisions exigés par notre travail l'avaient aidé à reconnaître un lien entre les épisodes de sa vie, à en cerner l'exception, à accorder à cette vie elle-même une signification plus générale.

Je repris :

– Qu'envisage-t-il donc maintenant?
– Il est déjà reparti.
– Pour où?
– Du côté de Franceville.
– Diable... Que va-t-il faire si loin?
– De l'okoumé. Il a repris vingt mille hectares et...
– Michonet à nouveau forestier? A son âge?

Je n'osai ajouter : c'est de la folie!
Son fils paraissait sceptique lui aussi :

– Que pouvais-je dire? Vous savez bien qu'on ne peut retenir mon père?

Jean Michonet venait donc de s'établir où il l'avait pu, où les grandes compagnies laissaient encore à ce jour des espaces à défricher : au terminal du train de brousse. Et, pressé par les événements, une fois de plus contraint à la lutte pour la vie, il avait voulu reprendre le fil de la jeunesse – de sa jeunesse –, « sortir » de l'okoumé, redevenir forestier.

Ainsi mon ami venait d'accepter les conditions des banques. Conditions draconiennes, on s'en doute. Il s'apprêtait à reprendre la vie de pionnier qui avait eu la peau de ses devanciers.

Jean-Marcel a dessiné une carte du Gabon sur la nappe en papier :

– Il doit être par là... Je n'ai pas eu l'occasion d'y aller encore mais il a Philippe, sur place, pour l'aider.
– Philippe?
– Un de mes demi-frères. Il ne vous en a jamais parlé?

Je connaissais l'existence des deux fillettes que Jean avait eues récemment d'une métisse. Pas celle du demi-frère...
Devant mon air surpris, Jean-Marcel a ri :

– Mon père a toujours été discret sur certains aspects de sa vie, mais il a tellement voyagé à travers le pays...

Bref, un jeune Franco-Myéné-Batéké de vingt ans l'aidait à réceptionner ses Caterpillars.

– Si je comprends bien, il n'aura plus aucune raison de venir à Paris en février pour le salon du meuble?

Jean-Marcel ne le pensait pas. Il rapportait cependant quelque chose pour moi dans ses affaires : trois ou quatre cassettes que son père lui avait remises. Lorsque j'avais téléphoné à ce dernier, à Libreville, ne lui avais-je pas demandé d'enregistrer ce qu'il avait à ajouter? De le faire à sa guise, de façon non directive?
Voici ce que la voix de Jean Michonet, avant de s'éteindre dans la brousse, précisait.

Port-Gentil?
Non, quand Isaac est arrivé, Port-Gentil n'existait pas. Le site s'appelait Mandji – du nom myéné de l'arbre à teck. Sur la presqu'île, les paillotes de campements de pêche des Myéné Oroungo.
Il y avait les terrains Rousselot, le lieu-dit Ocossa où Isaac s'est établi après son mariage avec la femme Noire, deux ou trois comptoirs, déjà : Hatton & Cookson, John Holt, C.F.A.O. Une quinzaine d'Européens en tout.
Émile Gentil, l'administrateur, n'avait pas encore créé le port.
Au commencement, il n'y avait que les eaux.

Avant d'être donnée à Isaac par le chef Rebella, ma future grand'mère a reçu l'*ampoungina,* ou « souffle de vie ». C'est-à-dire qu'au cours de la cérémonie de mariage coutumier, la fille qui va quitter sa famille doit se mettre à genoux et passer trois fois entre les jambes de la grand'mère – ou du grand'père – dont elle vient de recevoir la bénédiction. Ceci pour signifier que l'on sait d'où l'on vient; on n'est pas sorti de rien.

Un port est devenu indispensable à partir du moment où l'on a commencé à exploiter le bois de l'Ogooué.

A l'arrivée, les grumes étaient roulées sur les plages de la presqu'île pour y être équarries, les courtiers n'achetant pas l'aubier.

Les mauvaises langues ont prétendu que si l'on avait pris l'habitude de désaubiérer sur place, c'était par la faute d'Isaac qui, ne sachant calculer le volume du cylindre, avait commencé de mettre ses grumes en parallélépipède.

J'ai longtemps vu, encadré dans le bureau de mon grand'père, le diplôme n° 1 d'exploitant forestier du Gabon – le Gabon que l'on rattachait alors au Congo dans l'ensemble équatorial français.

C'est après la mort de nos parents que Grand'père Isaac a cherché à se rapprocher de nous. Il est vrai qu'il avait été fort déçu par son rejeton blanc – ce qui serait une tout autre histoire.

Je l'ai beaucoup vu, plus tard, et lorsqu'il est allé finir ses jours à Bordeaux, il a continué de m'écrire des lettres que j'ai conservées.

N'étant jamais allé à l'école, il tenait assez difficilement la plume, aussi préférait-il taper à la machine. Ces lettres étaient pleines de sagesse, de drôlerie, mélangées de mots, parfois de phrases entières en myéné; on aurait dit qu'il pensait en gabonais.

Au cours de sa vie, Grand'père a eu plusieurs surnoms. Les vieux Gabonais l'appelaient *Acacaïvangui :* homme de bonne présentation, dont la démarche est élégante. D'autres, *Wanganimanga. Wanga,* c'est battre et *manga,* le caillou.

Essayer de le contredire? Autant taper sur un caillou.

Il était dur avec lui-même, très considéré. Toute sa vie, Isaac a été passionné d'astrologie et il possédait beaucoup de livres sur ce sujet. Le premier cadeau qu'il m'ait fait a été les deux tomes du memento Larousse. Comme tous ceux qui ont appris par eux-mêmes, il était sans cesse plongé dans le dictionnaire.

Jusqu'au bout, Isaac aura eu le souci de son équilibre. Il savait par exemple ce qu'il faut manger et comment on se conserve en bonne santé, en brousse. Il appliquait toutes les règles d'hygiène propres à l'Afrique et aux climats tropicaux. Il ne buvait que du bon vin – mais peu. En vieillissant il ne consommait ni corps gras ni vinaigre. Au contraire, l'huile d'olive était un de ses médicaments. Selon lui, elle était nécessaire pour « graisser les rotules ».

Il avait ainsi toujours le mot pour rire.

Imberbe.

Imberbe toute sa vie. Il avait dû être très brun bien qu'à l'époque tardive où j'ai été proche de lui – il devait avoir soixante-quinze ans, alors – il soit devenu un beau vieillard tout blanc. Même à sa mort, à quatre-vingt-huit ans, il avait tous ses cheveux.

D'autres notes « parlées » de Jean, sur les cassettes que m'apportait son fils, achevaient de boucler le retour aux origines. Certaines évoquaient le souvenir du village – délice et effroi mêlés d'un enfant :

Ce devait être l'initiation *mouiri* de ma grand'mère. Je pense que c'était cela : son entrée dans le *mouiri amamgi.* Je devais avoir quatre ans.

Un soir, on me couche – ou on m'oublie? – sur une

sorte de bat-flanc où masques et danseurs entreposent leurs costumes. C'est poussiéreux et ça sent le raphia, la résine d'okoumé. Je suis enfoncé jusqu'aux yeux dans cette odeur. Les feux sont à faire peur; on reçoit l'ébranlement du tam-tam comme une pluie de coups.

Je tiens à regarder. Les femmes sont peintes en blanc et rouge; elles ont des points noirs sur le visage. Toutes celles qui s'agitent, devant et derrière le feu, sont vêtues de drap blanc des seins à la cheville.

Ma grand'mère est allongée au milieu de ces femmes, vêtue comme elles, cheveux tressés, peinte au kaolin avec, en plus, une parure de plumes de perroquet.

Je me suis endormi malgré le vacarme; je me suis réveillé plusieurs fois dans la nuit. J'avais peur. J'aurais voulu me rendre compte si Esonguérigo était encore vivante.

On m'a dit le lendemain :

– Ta grand'mère s'appelle maintenant *Oguéguéni* – Étoile.

Oguéguéni est devenu son nom de bataille. Mais on ne l'appelait pas ainsi dans la vie de tous les jours; c'était seulement lors des « nuits blanches » ou pour les nuits de grand dédeuillement.

D'autres signes lumineux, à Essendé, donnaient à penser qu'ils avaient marqué les premiers souvenirs du fils de forestier :

Je revois le mouvement des lampes-tempête au bord des arroyos, les soirs où l'on cassait les barrages.

Les femmes étaient chargées de les agiter pour baliser le cours d'eau. Une bille arrive si vite. Il fallait que les hommes postés la dévie, même si elle tournoyait. Une maladresse, une mauvaise appréciation dans l'obscurité... Les lanternes s'agitaient sans que l'on voie la silhouette porteuse et les cris, les avertissements sous la pluie battante, m'impressionnaient beaucoup.

Radeaux.

On les assemblait à la limite du grand Ogooué, derrière un câble de retenue monté sur des flotteurs. Cinq ou six radeaux faisaient une rame, plusieurs rames un véritable train.

Autre indice auquel j'aurais pu soupçonner le dénouement que me réservait Michonet : son retour obsessionnel aux pionniers, à des figures de légende qu'on ne reverrait plus :

Les gens de l'âge d'Isaac n'ont pas « vu » construire Port-Gentil; ils l'ont entendu. Car la ville a été l'œuvre des charpentiers – des *capindi.* Ceux-ci travaillaient uniquement au marteau et à la scie. Et quelle frénésie pour clouer! Le Myéné avait trouvé là un succédané du tam-tam.

Deux ou trois petits coups, pour assurer la pointe... Le battage commençait.

Le plus célèbre *capindi* s'est appelé Georges Oguélé. On sortait exprès pour écouter ce charpentier-musicien. Quand j'étais enfant, on lui disait encore :

– Ça va, Oguélé?

– Ça va, je ronfle le marteau.

Quand des femmes passaient avec leur linge et leurs seaux, Georges Oguélé « ronflait le marteau » plus fort. Il poussait de petits cris, faisait le beau. Tout lui était prétexte à inventer de nouveaux rythmes.

Port-Gentil s'est construit en musique.

Une fois leurs radeaux vendus, les forestiers se défoulaient au Gentil-Hôtel. Certains plastronnaient et se battaient. Je me demande si Vinet ne s'était pas attiré là les ennuis qui l'avaient conduit par la suite sur le tas de fourmis.

Une femme réputée de l'endroit : L'Antilope. Il y avait aussi la Môme cent-sous – devait-elle ce sobriquet au tarif? –, quelques Noires assez appréciées : une certaine Azizé, qui avait pour nom de guerre « Z'yeux d'Amour ».

J'ai toujours connu le café du Wharf, où régnait La Quique. Originaire de Marseille, La Quique était l'épouse d'un capitaine de remorqueur, Noël David, mais elle préférait naviguer à son compte. Son nom lui était venu du refrain d'une de ses chansons.

L'Antilope s'est mariée avec un gros commerçant. Beaucoup de forestiers sont morts à la tâche mais ces dames, au contraire, ont eu des vieillesses extrêmement prospères.

Le Gentil-Hôtel a disparu dans un incendie, jetant la panique chez tous les fêtards qui se trouvaient là.

A une époque, les commandants achetaient eux-mêmes le bois qu'ils transportaient. Les forestiers se procuraient à bord toutes sortes de marchandises et, pendant plusieurs jours, la vie se concentrait à bord des bateaux. C'était là qu'avaient lieu les bamboulas mémorables.

Un jour où l'on avait bu plus que de raison, les forestiers de l'Ogooué ont voulu acheter le piano.

– Cet instrument nous manque au Gentil-Hôtel...

– Il est à la compagnie, je ne peux pas le vendre, objecte le commandant.

Les forestiers s'entêtent :

– Vous vous en procurerez un autre à Nantes.

Personne ne savait jouer du piano, à Port-Gentil, mais ça ne faisait rien. Sur le coup de quatre heures du matin, les broussards se saisissent de l'instrument et le font osciller par-dessus le bastingage.

Le piano à queue a fini par se poser sur deux pirogues et on l'a débarqué sur le wharf non sans qu'en fin de parcours il ne soit tombé deux ou trois fois à l'eau.

Comment ne pas comprendre l'excitation des forestiers lorsqu'ils touchaient leur argent? Plus que la souffrance en forêt, c'était l'incertitude du dernier épisode – la descente du fleuve – qui avait mis leurs nerfs à rude épreuve.

Seule distraction, sur les chantiers : la « ménagère », au mieux la pupille des curés.

J'ai connu un Européen qui poussait l'originalité jusqu'à appeler ses contractuelles Blanche. Lui aussi était partisan du roulement. Il frappait dans ses mains :

– Blanche!

Accourait aussitôt une femme à la peau noire comme une nuit sans lune.

Évidemment, il y avait toujours la possibilité de se faire plomber. Lorsqu'un forestier avait des doutes, il allait voir le docteur à Omboué :

– Je crois que j'ai un commencement d'otite.

L'homme de l'art comprenait tout de suite; il le mettait à la pénicilline.

Pour ce qui est de Lapasse, c'était beaucoup plus grave... Cet homme avait commis l'imprudence, au retour d'un voyage à Port-Gentil, de ramener une Myéné du cap Lopez quand il avait une première femme dans l'Ogooué. Il la ramène sans préavis ni palabre.

Les deux filles pensent s'empoisonner. Mais la première animosité passée, elles se parlent. La plus ancienne, Évonga, était grosse des œuvres de Lapasse. L'enfant a été un garçon, que je connais bien et qui a été longtemps député au Parlement.

La seconde femme a dû se dire : « Si j'empoisonne Évonga, il y aura revanche de la famille. Qui me protégera? »

Les deux rivales se sont si bien parlé qu'en fin de compte, c'est Lapasse qu'on a trouvé raide mort.

On ne voit plus de vrais forestiers, aujourd'hui; il n'y a plus que des employés de compagnies forestières. Les pionniers, c'était une autre trempe.

Huvelin par exemple.

Huvelin part seul, défriche, fait fortune dans le bois; une fortune considérable.

Un jour il décide de rentrer en France et de se donner du bon temps. Sur le bateau, il rencontre une femme, une aventurière comme il y en avait sur les paquebots, dans les Années Trente.

– J'aimerais que nous allions à Madère, dit la dame.

Huvelin aussitôt :

– Cap sur Madère, Capitaine!

– Mais monsieur... ma route... ma compagnie...

– Je dédommage tout le monde.

Une fois à Bordeaux, le train de Paris était parti. Qu'à cela ne tienne, Huvelin va voir le chef de gare :

– Je veux un train spécial.

Châteaux. Palaces. Six mois plus tard, c'est le retour du forestier à Libreville; il n'a plus le sou et décharge des bateaux.

Me Vannoni, bâtonnier des avocats, l'aperçoit :

– Huvelin!... Que vous arrive-t-il?

– Je repars à zéro.

Et effectivement, Huvelin est reparti. Il a pris de nouveaux permis. Il a défriché, refait fortune. Il est retourné à Paris où, cette fois, c'est une nouvelle Mistinguett qui l'a séché avant qu'il recommence.

A quatre-vingts ans, on pouvait encore le voir, aussi à l'aise dans la forêt que sur son yacht.

Le casque de liège, symbole colonial? Oui et non. On croyait sincèrement que le soleil peut rendre fou.

Schweitzer ne serait jamais sorti nu-tête.

En ce qui concerne les enlèvements de malades par les Fang, à l'ancien hôpital, ce n'était fort heureusement pas toujours pour les manger. Il arrivait simplement qu'une famille veuille récupérer l'un des siens dans la crainte, s'il venait à mourir, qu'on le mette à la fosse commune.

C'est le seul reproche que j'ai entendu formuler contre Schweitzer par des Africains. Le coup de la fosse commune, si contraire aux usages et à la mentalité locale.

Maintenant, qu'on accuse Schweitzer d'avoir fait du

paternalisme, qu'on dise qu'il considérait moins les gens pour ce qu'ils étaient que par rapport à lui-même et à sa religion, c'est une autre affaire. Il est certain que Schweitzer était un homme d'une autre époque. Les infirmiers qu'il formait avaient, eux aussi, un esprit très différent de l'esprit actuel. J'en ai connu une vingtaine, comme Niama aujourd'hui fort âgé et qui fait visiter l'ancien hôpital : tous d'anciens malades qui avaient demandé à rester en se disant, dans leur philosophie : « De toute façon, j'étais mort. Il m'a guéri et, maintenant, je dois aider à sauver la vie des autres. »

Enfin, dans ces réflexions, Michonet se montrait à cru comme jamais dans les contradictions qui, plus d'une fois, m'avaient déconcerté. Épouvanté et respectueux face à l'Afrique tribale, soumis aux disciplines greffées sur le corps africain par ce qu'il persiste, comme beaucoup de gens sur place, à appeler les « curés » – quand bien même il aurait pu s'en considérer la victime... Artisan et néanmoins critique d'une Afrique nouvelle : il me donnait l'impression de ne s'être trouvé qu'à force de courage, seule vertu capable – avec la poussée de la vie – d'engendrer l'hybride réussi.

Ce qui m'étonne lorsque je repense à Assévé, c'est que la coexistence de gens d'ethnies si différentes n'ait pas donné lieu à davantage de frictions.

Je savais que certains Myéné se livraient au « commerce de l'adultère ». Si nous étions très stricts sur la ration de vin, si nous ne prenions pas parti, nous n'avions à déplorer aucune bataille rangée. Une seule fois, une « nuit blanche » a mal tourné :

Les Myéné s'étaient commandé un bal d'« évolués » – un de ces bals utilisant l'accordéon des premiers colons. Bavongo et Bapounou se sont sentis frustrés. Ils ont mis de grosses papayes mûres sous la cendre. La provision chauffée à blanc, ils ont bombardé les « évolués ». Un nombre impressionnant de brûlés a fini la nuit au poste d'infirmerie.

Mis à part cet épisode, il régnait parmi mes travailleurs un respect mutuel que j'appréciais beaucoup. Pour la chasse, par exemple... Si un garçon voyait quelque chose dans le piège d'un voisin, l'idée ne lui serait pas venue de s'approprier la prise. Il débarrassait le piège, nettoyait le sang, remettait le dispositif. Une fois rentré de brousse :

– J'ai trouvé cette antilope. A qui était le piège ?

Très vite, j'ai cessé de chasser l'éléphant, l'animal le plus doux, le plus prévenant quand on ne le provoque pas. J'avais si peur que M'Boutsou ne m'en fasse un massacre, par la suite que, pour cette raison, je l'ai convaincu de me rendre son fusil.

Longtemps avant que je lance le *Loire*, le premier bateau fluvial avait été le *Mandji*, des Chargeurs Réunis. Un bateau à roue. Puis il y a eu le *Fadji*, suivi du *Dimboko :* premières avec couchettes, secondes à rocking-chair. C'est par le *Mandji* que Schweitzer a gagné Lambaréné en 1909, que des factoreries comme Hatton & Cookson, John Holt ont pu s'installer. Grâce à ces bateaux, les forestiers ont commencé à respirer.

Quand l'accordéon est arrivé, il fallait entendre « ronfler » sur les bateaux qui remontaient le fleuve. Oguélé Georges ne « ronflait » pas mieux le marteau. Comme il n'y avait plus de machine à vapeur, mais des moteurs deux temps, le « poum... poum... » est devenu l'accompagnement. L'accordéoniste faisait ses entrées sur cette basse continue.

Le système des chefferies traditionnelles et le paternalisme des anciens colons étaient finalement deux choses qui coexistaient assez bien.

Dans le temps, il y avait un autre respect.

Chez les Myéné, par exemple : un jeune homme n'avait pas le droit de se mettre à table avec des personnes mariées.

De quel droit se serait-il fait servir par les femmes ? Il ne savait pas la valeur d'une femme, ce qu'il faut faire pour la soigner, pour la garder. Il devait attendre et apprendre.

Quand le ticket-impôt était trop lourd pour une femme célibataire ou stérile, dans les villages, celles qui avaient plus de quatre enfants – et qui étaient donc exemptées – leur passaient des marmots en sous-main. L'administrateur n'y voyait que du feu.

Aux hommes le *bwiti.*

Aux femmes le *n'djembé.*

Cette société avait un rôle éducatif. Éducation sexuelle, certes – d'où les danses que les premiers voyageurs avaient décrites comme lascives, voire lubriques ; éducation ménagère. La jeune fille apprenait à garder les secrets.

Mais c'était un organisme de protection où une femme était défendue par le groupe, si besoin était.

Enfin, comme les femmes savent tout, dans les familles, le *n'djembé* pouvait aider la justice de façon anonyme, rétablir la vérité ou contribuer, indirectement, à faire démasquer un coupable. Le chef de village se concertait fréquemment avec la responsable du *n'djembé.*

Au fond, les villages s'autodisciplinaient fort bien et, à côté de ce qui pouvait paraître injuste, souvent même atroce, se trouvaient des institutions ou de simples pratiques qui permettaient de rendre la vie plus supportable, d'en atténuer les rigueurs.

Les curés sont toujours entrés dans le jeu de la superstition avec une aisance extraordinaire. Ils le faisaient tant par utilité – et pour le bien de tous – que par cynisme inconscient. Je les ai vus bénir de l'eau pour des fidèles qui venaient s'approvisionner avec la dame-jeanne.

On n'avait jamais assez d'eau bénite.

Craignait-on un esprit ? On aspergeait la paillote ou le coin de brousse. C'était moins une concurrence qu'une complémentarité avec le féticheur.

Tout enfant avait son marabout : un scapulaire fabriqué

par les sœurs. Était-il malade ? Vite, le scapulaire – ni plus ni moins un gri-gri. Et si l'enfant mourait, il est bien évident que c'était parce qu'on n'avait pas mis le scapulaire assez rapidement.

Superstition du curé pour lui-même.

Mgr Walker – un métis – était si adulé qu'on ne cessait de lui dérober ses tennis. Non pour les lui voler. Par dévotion. Chaque fois qu'il venait à Assévé, le bon prélat pouvait être sûr de repartir pieds nus – ce dont il s'accommodait de bonne grâce.

Les curés refusaient de baptiser les « mulâtres », autrefois, car enfants du péché. Mais ils donnaient des filles au Blanc. Alors, où était le péché ?

Les curés ont fait énormément au Gabon. Ils ont fait et défait. Ils ont formé et déformé.

Je crois que les Africains ont eu beaucoup de mérite de vivre sur deux tableaux. Combien de Blancs ne seraient-ils pas devenus schizophrènes si on les avait contraints à ce dédoublement perpétuel ?

Pourtant, le christianisme prenait bien dans ces populations. Parmi les sujets d'élite qui dépassaient le cours moyen deuxième année, la plupart étaient dirigés sur le séminaire. Au début, le jeune se disait : « Les curés nous font marcher »; ils faisaient semblant d'accepter. « Je prendrai l'instruction et je dirai que je suis malade, que je ne peux pas devenir prêtre. »

Mais sur place, le jeune se trouvait pris. La vocation lui venait réellement. Mgr Anguilé, archevêque du Gabon, m'a raconté comment cela s'était passé, pour lui :

– Dieu m'a pris au piège.

Il est vrai qu'au départ, les curés savaient qui ils choisissaient. Les curés n'étaient pas sots, loin de là !

Certains pionniers s'efforçaient à la vie africaine mais la plupart d'entre eux la vivaient mal. Enfin, ce que j'appelle mal : ils la prenaient dans le sens de la facilité, dans le sens mariage « à la coutume », dans le sens femmes à tire-larigot. Ou alors, ils profitaient de leur supériorité pour tyranniser les gens. Ils croyaient être dans la réalité de l'Afrique et ils n'y étaient pas.

A l'attitude de bien des colons, je préfère celle de mon père qui n'affectait pas de vivre à l'africaine, lui, qui était resté ce qu'il était : un Français au Gabon.

Il s'était dit simplement : « Puisque je vais vivre en Afrique, je me marierai avec une fille qui est déjà métissée, qui a déjà été en France, qui aura donc en elle un peu de la France et un peu du Gabon. » Il n'aurait jamais admis que l'un de nous, enfant, insulte le boy ou prononce le mot « nègre ».

Lorsqu'on m'a baptisé, j'ai eu pour parrain un vieux catéchiste bapounou. Cet homme s'était présenté à ma mère en disant :

– Je veux être le parrain de cet enfant.

Normalement, ç'aurait dû être l'Oncle Pierre. Celui-ci a accepté de s'incliner. On a répondu au catéchiste :

– Puisque ta conviction est forte, c'est d'accord, tu seras le parrain.

Ainsi suis-je devenu le filleul d'Ignace Mousavou à qui je n'ai cessé de rendre visite, par la suite. Plus tard je lui ai présenté ma femme et mes enfants.

Ignace Mousavou n'avait pu être ordonné prêtre, faute d'instruction. Mais il faisait le catéchisme de mémoire. Il en rajoutait un peu. Il avait sa Bethléem et sa Nazareth à lui. Saint Joseph et l'archange Gabriel n'avaient peut-être pas dit ce qu'il leur faisait dire. Pourtant, ce qui sortait de sa bouche ressemblait bien à l'Évangile.

Cet homme est mort en chrétien alors que deux énergumènes se battaient pour une histoire d'adultère. Ils allaient s'entre-tuer. Ignace Mousavou a voulu les séparer mais, dans la bagarre, c'est lui qui a reçu le coup de couteau.

A ma naissance, mon père n'avait vu aucune objection à ce que je sois le filleul d'un Noir. Il respectait la civilisation africaine. Il ne cherchait ni à l'adopter ni à pénétrer ce qu'il ne connaissait pas; jamais il ne serait entré dans le *bwiti*, contrairement à son beau-père Jean-Marie Isaac qui avait été un des premiers, sinon le premier Européen initié. Il respectait pourtant profondément ces choses.

Pour moi, ce fut toujours très différent. J'étais métis. J'étais des deux côtés. Quand on me demandait :

– Qu'êtes-vous ?

Je répondais :

– Le fils de ma mère et le fils de mon père.

J'aurais pu ajouter :

– Le petit-fils de ma grand'mère.

Aujourd'hui, je sens que mon propre fils est comme moi. Il réagit de la même manière. Il ne renie aucune de ses deux origines.

Destins.

Et Doukaga ? Qu'est devenu Doukaga Valentin ?

Il se porte bien. Le fidèle compagnon de mes voyages au Bavongo n'est plus très jeune mais il vit en notable dans un village du lac Anengué. Il est conseiller administratif. C'est un homme bien considéré. Il m'arrive de le revoir, une ou deux fois par an.

Léon M'Ba se voulait le père de tous les Gabonais. Bien que Fang, il veillait à ce que les autres ethnies ne soient pas écartées de l'administration et des rouages du pouvoir. C'est ce que des ultras, parmi les siens, ne lui pardonnaient pas. C'est en cela que l'on trouverait les causes du coup d'État – un coup de main, plutôt – qui devait provisoirement le renverser et qui aurait pu entraîner sa perte en 1964.

Les ennemis du Président avaient projeté de le conduire à N'djolé, chez les plus acharnés de ses adversaires, pour qu'il y soit tué. Fort heureusement, ses ravisseurs n'ont pas exécuté les ordres et ont préféré s'arrêter à Lambaréné où le prisonnier a été logé dans une chambre de l'hôpital en attendant la réaction de Libreville.

De Gaulle ayant pris parti sans délai, les troupes françaises basées au Tchad sont immédiatement intervenues. Le surlendemain, les auteurs du putsch se rendaient. C'est alors qu'on est allé reprendre Papa Léon à Lambaréné où il avait été traité avec dignité – et même avec beaucoup d'égards – par ses geôliers. A l'aller, comme il était éprouvé par la fatigue et la chaleur, ceux-ci avaient arrêté la jeep et un soldat était allé lui chercher de l'eau dans une feuille de kongo repliée en cornet.

– Merci, mon fils, avait dit Léon M'Ba avec plus de bonté que d'ironie.

Léon M'Ba était un très brave homme. Je l'ai vu trancher des litiges avec une patience à toute épreuve. Il s'était formé sur le tas, naguère, comme gestionnaire d'un comptoir européen avant de devenir chef de canton puis maire de Libreville. Un homme de bon sens. Il était initié dans le *bwiti* mais, bien que Fang, il ne pratiquait pas celui des siens mais le *bwiti disomba* – le rite authentique des Mitsogho.

Après son retour au pouvoir, il a ressenti une grande fatigue, du découragement. Il n'avait jamais cru que les Gabonais – ses enfants – pourraient lui infliger l'affront qu'il venait de subir. Il oubliait d'autant moins qu'il était déjà alourdi par la maladie qui devait l'emporter, à l'âge de cinquante-six ans – si du moins on pouvait être sûr de l'âge de Léon M'Ba. Savait-il lui-même la date réelle de sa naissance ?

Les rivalités d'ethnies ont toujours été la plaie, chez nous. Lorsque après l'indépendance, les gens demandaient : « Ce *Pendanç'*, il va durer combien de temps ? » c'est parce qu'embrouillés dans leurs histoires de famille, ils auraient encore préféré le Blanc, réputé juste et se plaçant au-dessus de ces sortes de querelles.

Au temps de l'ancienne A.E.F., le seul gouverneur qui ait fait l'unanimité était un homme de couleur, originaire des Antilles : Félix Éboué. Les Blancs manifestaient du dépit; ils le surnommaient « Chikaïa ». Mais j'ai toujours entendu mon père vanter sa largeur de vue, son impartialité. « Un homme comme ça, c'est très rare. » Quant aux Africains, lorsque Éboué venait de Brazzaville, ils étaient au comble de l'admiration : « Un Noir qui commande les Blancs! »

Le petit Blanc, c'est le type mesquin en tout, qui ne voit pas plus loin que le bout de son nez.

J'ai eu un agent commercial, quand je suis devenu Maison Évolutive, qui était sans cesse après un de mes manutentionnaires. Celui-ci a fini par me donner son point de vue :

– M'sié, je peux vous dire quelque chose?

– Bien sûr Joseph.

– Je vais vous parler dans mon dialecte parce que j'ai peur de ne pas savoir en français. Voilà, quand vous voyez des militaires, ils se croient forts parce qu'ils écrasent le gravier. Ils font bien craquer avec le brodequin. Votre adjoint, c'est le brodequin. Seulement il ne sait pas qu'il s'use et qu'un jour on le jettera. Votre adjoint partira tandis que moi, je serai comme le gravier, je serai toujours là.

Ce n'est pas parce qu'ils le croyaient particulièrement bon médecin que les Africains appelaient Schweitzer le « Grand docteur ». Ils se doutaient qu'il y en avait de plus savants, par le monde. Ce surnom venait d'une autre estime : les gens comprenaient le sens de sa vie.

J'ai toujours considéré, en brousse, que la vie était belle, qu'elle était pleine de bonnes choses; en particulier, j'ai longtemps pensé que l'homme était le frère de l'homme.

Plus tard, je me suis aperçu qu'il y avait autant de gens malhonnêtes ici qu'ailleurs; mais ce qui est sûr, c'est que si une canaille africaine vous joue un tour, sur le moment, le type aura honte par la suite. Si vous le revoyez plus tard, il baissera la tête. Il a commis un mauvais coup parce qu'il en avait besoin.

En Occident, au contraire, vous avez des gens qui n'ont

besoin de rien, qui ne manquent de rien, mais qui cherchent à vous voler quand même. Par habitude. Parce que le vice est plus fort. Ceux-là vous diront : « Les affaires sont les affaires. »

Au début, on aurait envie de leur flanquer un coup de fusil; puis on se dit qu'ils n'en valent pas la peine, qu'ils ne seraient même pas bons pour les chiens.

Le monde d'aujourd'hui tue la civilisation africaine. Il la tue mais c'est en partie normal. La civilisation africaine ne pouvait pas ne pas se rattacher à celle du monde entier, qui est celle du monde occidental. De toute façon, si les Gabonais n'avaient pas été aidés de l'extérieur dans la lutte contre les grandes endémies, resterait-il encore un seul habitant au Gabon?

Ce que je reprocherais à ceux qui viennent chez nous, c'est de trancher de leur point de vue au lieu de regarder ce qui existe et d'essayer de l'utiliser.

Les curés avaient le mérite de parler de la loi divine. Qui en parle maintenant? Voler, tuer : cela devient normal. Il n'y a plus aucun respect.

Au temps des curés, lorsqu'on soupçonnait un enfant d'avoir menti, il pouvait se défendre :

– Ce que je vous dis est vrai : la Croix!

« La Croix! » Aussi sûr que si le gosse avait accepté qu'on lui coupe la tête. Il y avait l'équivalent dans le *bwiti.* Chez les Myéné on tapait sur les entailles de l'avant-bras en criant : *« Tébouété. »* Chez les Eshira : *« Quivi! »* Chez d'autres *« Malongo! »* ou *« Miasi! »*.

Tous juraient en touchant leurs cicatrices d'initiation; c'était parole donnée.

Aujourd'hui, les enfants africains disent encore « La Croix! » Mais en Occident?

Il arrive que ce soit le pauvre Noir sans éducation qui, dans sa logique, dise maintenant au Blanc :

– Il ne faut pas faire comme ça. Ce n'est pas bien. Ce n'est pas pour toi.

Les Gabonais de l'intérieur ne sont pas étonnés lorsqu'ils arrivent à la ville. Certains peuvent prendre le DC-10, débarquer à Orly : s'ils sont bwitistes, rien ne les surprendra. Ils ont vu tellement de choses sous l'influence de l'*iboga!*

Mais je comprends que des initiés interdisent à leurs enfants d'entrer à leur tour dans la secte. On y voit l'inutilité de toute chose en ce monde : le danger est de ne plus réagir. S'il ne surmonte pas le choc, l'adepte n'aura plus aucune ambition. Le patron lui dit : « Demain tu es à la porte? » Il répond : « D'accord. » Pour lui, qu'est-ce que le patron? Un type qui ne connaît même pas la vie.

Il faut dépasser cette attitude. En faire sa force. Grâce au *bwiti*, il me semble que rien ne peut m'arriver. C'est dur mais c'est rassurant d'avoir vu par avance le commencement et la fin.

Une chose m'a beaucoup aidé aussi, dans les épreuves que j'ai traversées : la vie dans la forêt.

La forêt ne supporte pas le mensonge.

Aurais-je dû me montrer plus occidental? Vivre complètement à l'africaine? Je serais toujours tenté de demander à l'une des deux créatures qui sont en moi qu'elle pardonne à l'autre. Finalement, je n'ai rien à retirer, rien à regretter.

A Assévé, j'ai surpris un python qui – chose rare – avait réussi à attraper un crocodile. L'un et l'autre d'assez belle taille, ce qui promettait une explication trapue.

La bagarre a duré plus d'une semaine. Sans mouvements. Sans aucun bruit. Je passais chaque matin, en me rendant à la lagune et, par curiosité, je faisais quelques pas pour voir où en étaient les hostilités.

Python enroulé, croco ceinturé : rien n'avait bougé. Les deux lutteurs semblaient pétrifiés.

Au huitième jour, il m'a semblé que la tête du croco se dégageait un peu, elle pourrait peut-être se retourner et l'extrémité des mâchoires parviendrait à atteindre le serpent. Mais n'était-ce pas au prix d'un broiement de la colonne vertébrale?

Enfin, le surlendemain, j'ai trouvé le python cisaillé. Mais le croco ne valait guère mieux. Reins brisés, il avait l'air d'attendre qu'on vienne l'achever.

Métis?

Il me semble que si l'une de mes deux origines avait cherché à étouffer l'autre, je serais mort deux fois. Comme le crocodile. Et comme le python.

Sur ces mots s'achevaient les réflexions de Michonet. Elles me paraissaient résumer l'expérience d'une vie au point que, s'il ne venait plus à Paris, désormais, je ne me sentais nullement obligé, dans l'immédiat, de retourner au Gabon. Quand bien même je m'y serais rendu, où aurais-je trouvé mon interlocuteur? Au fond de quelle forêt?

J'en arrivais à me demander s'il n'avait pas voulu s'éloigner à mille années-lumière, comme sa grand'mère Oguégéni, *s'il n'avait pas souhaité transformer l'échec imposé par la dépression économique en une sorte de disparition rituelle. De façon inconsciente, bien sûr, mais ne tenait-il pas du féticheur, de l'ancien chef coutumier, de l'homme des origines qu'il ne cessait d'être – se fût-il métamorphosé en P.-D.G. occasionnel, ces derniers temps – l'art de se ménager une porte de sortie et le sens inné de la transposition symbolique?*

Il ne me restait qu'à régler quelques affaires avec son fils, si du moins je parvenais à ressaisir celui-ci entre ses inscriptions à la Fac, ses déplacements et déménagements du Bourget à la Halle aux Vins, ses ennuis de carter sur l'autoroute... A chaque génération ses traversées du Bavongo!

Jusqu'au jour où, m'en étant remis au hasard, Jean-Marcel est spontanément réapparu chez moi :

– Je rentre du Gabon.

Inquiet, devant un visage que je ne lui connaissais pas :

– Rien de grave?
– Mon père est mort.
– Lui?

Je n'avais pas émis ce doute que je réalisai en un éclair. Toute protestation n'était-elle pas déplacée? Cette nouvelle ne collait que trop avec les peurs que je n'avais osé m'avouer au sujet d'un homme qui avait si souvent posé la tête dans la gueule de la bête. La maladie. Les accidents. L'hostilité de la nature. La stupidité ou la fureur des hommes. Le miracle n'était-il pas que Jean Michonet, vivant si dangereusement, soit si longtemps passé au travers?

Dérision supplémentaire que l'apparente douceur du tableau final. Une réunion de famille. Un après-midi à la plage.

Avant que Jean-Marcel, brusquement durci, m'explique comment les banques et la fuite en avant vont l'obliger à retourner là-bas, à abandonner ses études et continuer – soudain adulte – l'œuvre de son père, je l'entends m'expliquer les circonstances du drame :

Jean est revenu pour quelques jours à Port-Gentil. Il est au cap Lopez avec la compagne métisse dont il a deux filles : Marielle et Larissa. Une plage dangereuse. Les petites, qui jouaient dans un canot, sont emportées. Il plonge dans les rouleaux mais ne réussit pas à rattraper les enfants. Marielle est morte. Larissa est morte. Il s'est noyé lui aussi. Il a fallu vingt-quatre heures pour ramener son corps et celui d'une seule des deux fillettes.

Jean était-il épuisé par sa vie de brousse? Avait-il inexplicablement oublié les violences de l'Océan qu'il savait si bien prévoir, d'habitude? Se doutait-il, en bon bwitiste, qu'il ne tiendrait jamais entre ses mains le livre dont il suivait l'élaboration?

A moi seul, désormais, d'écrire le dernier mot.

Ainsi venait de disparaître l'homme dont je pouvais encore écouter la voix. Mort l'enfant de pionniers qui avait connu tous les déchirements. Mort le jeune aventurier qui voulait échapper à l'orphelinat de Brazzaville. Mort le recruteur du Bavongo, l'infirmier des lépreux, l'initié, le chasseur, le forestier, l'homme de deux mondes.

Je pense que Jean Michonet va reposer prochainement auprès des siens, dans l'enclos de Saint François-Xavier, à Lambaréné, face au fleuve Ogooué. Pour ce qui est de la dureté impitoyable du destin, j'entends encore un mot qu'il accompagnait d'un éclat de rire – un de ces rires qui disaient sa force et son humilité : « C'est l'Afrique! »

Post-scriptum

Un an après la fin tragique de celui dont on vient de lire l'histoire, et avant que j'aie donné le bon à tirer de cet ouvrage, un fait divers allait survenir, si curieux qu'il me paraît devoir être relaté ici.

Coup de fil, un soir, d'un jeune ethnologue, M. François Gaulme, auteur d'une thèse sur les N'Komi : *Le Pays de Cama* (Karthala éditeur, 1981), qui rentre du Gabon. Il a bien connu les Michonet, dix ans plus tôt, lors d'un séjour de coopérant technique, et il me donne les dernières nouvelles de la famille. Au moment de raccrocher, il ajoute :

– Je fais dire une messe à la mémoire de Jean, mardi prochain à Paris. Souhaiteriez-vous y assister ?

Rendez-vous est aussitôt pris pour onze heures, le 6 mars 1984, à la chapelle des pères du Saint-Esprit, 30 rue Lhomond, dans le Vᵉ arrondissement.

Mardi-gras. Les escarmouches entre enfarineurs et C.R.S. ont perturbé la circulation. Venus en voiture, ma femme et moi sommes bloqués sur les Quais. Tandis que nous attendons, à l'arrêt, un groupe de badauds, penchés vers le fleuve, attire notre attention. Ma femme descend de l'auto et va voir. Un noyé ? Pas le temps d'attendre le résultat des recherches. Elle remarque seulement la vedette des pompiers et des hommes-grenouilles dans la Seine.

Enfin la rue Saint-Jacques à vive allure. Onze heures pile : nous voici chez les pères du Saint-Esprit.

Là, un prêtre Noir, un Fang, trouve les mots les plus émouvants, les plus justes, pour évoquer le disparu et les deux petites filles mortes. En une brève homélie, il parle des Mages, de ceux qui, venus d'ailleurs, étaient plus que tout autres à même de déceler les signes.

En fait de signe, j'allais avoir un sursaut, le soir même, en écoutant les informations à la radio. On avait repêché un crocodile dans la Seine! Renseignements pris, c'était bel et bien aux préparatifs de la capture que nous avions assisté!

Un article, paru dans le n° 12.307 de « France-Soir » du 9 mars, relate l'épisode – daté avec un jour d'approximation (voir p. 447).

Un crocodile dans la Seine, cela n'est pas si fréquent depuis que Lutèce est Paris! N'est-il pas étrange que l'événement se soit produit alors qu'on célébrait une messe anniversaire à la mémoire de notre *bandji* et ex-magnat du croco?

Simple coïncidence, diront les uns. Prodige de bwitiste, penseront quelques envoûtés de l'Afrique. « Cela montre une chose, devait conclure très simplement une amie malienne à qui je racontais cet épisode : l'esprit de cet homme demeure fort. »

Décidément, on ne lâche pas si facilement le continent africain!

Avant d'être capturé par un commando d'égoutiers

Le crocodile des égouts de Paris s'est bien défendu

« SUR les bords du Nil ils sont partis, n'en parlons plus. » Mais non, les crocodiles sont revenus. L'un d'entre eux hantait récemment les égouts parisiens. Mercredi après-midi, au-dessous du quai de la Mégisserie (Ier), les égoutiers se sont trouvés nez à nez avec un jeune crocodile à l'allure noble et fière : il faisait tranquillement sa promenade quotidienne.

Amateur de liberté et familier de ces espaces souterrains, le saurien ne s'est pas laissé impressionner par les intrus, égoutiers et pompiers venus à la rescousse. Il leur a opposé une résistance farouche. Mais l'ennemi fut le plus fort. Bâillonné, ligoté, il a été conduit au vivarium du Jardin des Plantes. Adieu la liberté.

Ce crocodile (si ce n'est lui, c'est donc son frère) était bien connu des égoutiers et de la police parisienne. On l'avait déjà aperçu à plusieurs reprises il y a quelques mois, sans doute après qu'il eut été lâchement abandonné par ses maîtres. On avait essayé sans succès de le capturer.

Il y a quelques années, à New York sévissait la mode des petits sauriens domestiques. Effrayés par la croissance aussi rapide qu'inquiétante de leur animal familier, les maîtres indignes les jetaient avec l'eau du bain... Résultat, quelques mois plus tard, les égouts de Manhattan grouillaient de crocodiles...

Index

ACACAÏVANGUI : *En myéné :* « Homme de bonne tournure, élégant. » Un des sobriquets donnés par les Africains au pionnier Jean-Marie Isaac.

AMPOUNGINA : *En myéné :* le souffle de vie. Ce souffle est concédé par la famille à la jeune fille que l'on marie.

ASSOLÉ : Mot myéné qui désigne une danse pour enfants, ne nécessite pas d'initiation et est imitée de l'Okoui (voir ce mot) des adultes.

BANDJI : initié.

BOUDIGOU : *En bapounou :* fer, est « boudigou » tout objet en fer.

BWITI : La société secrète masculine la plus spécifique du Gabon. A la fois danse, prestidigitation, ordonnancement de fête et, pour les initiés : épreuve vitale, enseignement ésotérique et même véritable « religion ». A l'origine, le bwiti est le propre des gens du Sud, les Mitsogho, réduits en esclavage par les ethnies de la côte. La pratique passe ensuite du dominé au dominant et le bwiti est finalement récupéré et adapté à leur usage par tous les peuples du Gabon. Il existe même un bwiti fang, au syncrétisme chrétien souvent inattendu.

BWITI BAKOWA : Une tradition dissidente du bwiti. Le bwiti dansé par les Pygmées. Se distingue par toutes sortes d'acrobaties et est dansé surtout lors des dédeuillements.

BWITI DISOMBA : Le bwiti classique des Mitsogho. Tradition à laquelle tous les puristes et les plus grands initiés se réfèrent. La Mecque du bwiti.

CAMBA : *En eshira :* frustré.

CAPINDI : *En myéné :* menuisier, charpentier.

COMBO-GOMBO : *En myéné :* essence tropicale, le parasolier.

DIBETOU : *En myéné :* sorte de noyer du Gabon.

DIDAÏ : Mot eshira : médaille-contribution, jeton d'impôt.

DJABI : Plante oléagineuse.

EKEKEK : Masque blanc, de monstre ou de « croquemitaine », en usage dans certaines cérémonies rituelles. Bapounou. Mitsogho.

ELOMBO : Société initiatique et rite concurrent du bwiti, créé et répandu au Gabon à partir de 1935 par les Myéné N'Komi. Ouvert aux femmes. C'est une transe à but thérapeutique, pratiquée dans de magnifiques costumes, qui repose sur la croyance aux esprits, les *imbouiri* (voir ce mot). Comme dans le bwiti, on assiste à des « miracles » : le don des langues en particulier. Une « nuit blanche » d'Elombo peut convenir à une cérémonie de levée de deuil. En de nombreux cas, l'Elombo est une réponse à une situation « moderne » : compensation à la destruction par la colonisation des structures sociales pour tout ce qui concerne les âmes des ancêtres et les imbouiri du lieu.

EQUEWA : *En myéné :* Pitié.

FOUBOU : *En eshira :* Hippopotame.

HOMBRÉ : Sorte de harpe à sept cordes particulièrement sonore.

IBOGA : Racine amère dont la décoction fournit l'hallucinogène utilisé dans le bwiti. Alcaloïde particulièrement violent. L'iboga est appelée « la plante de l'intelligence ». Mais il lui arrive de tuer. Curieuse similitude avec l'arbre de la science de la Genèse...

IGNANÉRÉ : Sabir myéno-colonial : « Au nom du Père et du Fils. »

IMBOUIRI : Les Esprits. L'âme des Ancêtres. Forces de l'au-delà qu'il s'agit de concilier.

IRONDA : *En myéné :* petit(e) ami(e). Désigne le concubinage officieux et sans conséquence sociale.

IROKO : Essence tropicale, bois dur.

KEVAZINGO : Essence tropicale. Arbre de grande dimension donnant un bois dur très prisé dans la construction et les ouvrages d'art.

LAN (ou LANG) : Mot myéné : cul. *E'Lang! :* « Espèce de cul! » Plus affectueux que méprisant.

LIAMBA : Sorte de chanvre pour le narguilé.

MABOULATONGO : *En myéné,* fam. : sorte de macreuse au ronflement assourdissant. Par extension : personnage de contes, équivalent de notre marchand de sable.

MALONGO : Interjection, pour jurer ses grands dieux.

MAYOUMBA (FAIRE) : Argot de la coloniale. Quitter l'Administration coloniale, pour un fonctionnaire, et se lancer dans les affaires à son propre compte.

MIASI (ou YASI) : Interjection : « Juré! ». Vient de la secte secrète masculine du *Yasi,* en vogue chez les Galoa au XIXe siècle.

MOABI ou (BAILLONELLA TOXISPERMA) : Essence tropicale. Arbre géant de la forêt primaire.

MOUIRI : Secte secrète chez les Bapounou. Du Chaillu en fut le premier observateur en 1864. Initiation donnant lieu à des épreuves assez cruelles. Danse d'origine guerrière se terminant dans les villages en indescriptibles tohu-bohu. Concert de cris pouvant servir, accessoirement, à impressionner les femmes.

MOUIRI AMAMGI : Rites du mouiri.

MUTETI : *En myéné :* le commerce, un commerçant.

M'BANDJA : Le corps de garde dans les villages gabonais. Case principale, sorte de temple où se tiennent les réunions collectives, séances publiques du bwiti, etc.

M'BIRA : L'aigle royal.

M'BOLO : *En fang, myéné et autres langues bantoues :* « Bonjour ». Nom de supermarché d'alimentation, à Port-Gentil et à Lambaréné : « Supermarché M'Bolo », où l'on vend des poulets plumés et cuisses en l'air. Par extension, « Poulet M'Bolo » : toute femme africaine à la sexualité un peu exubérante. Femme myéné pour les Fang et femme fang pour les Myéné.

M'BOLOKO : Siège du chef à l'intérieur du corps de garde.

M'BONGO : Le lion.

M'BOUMBA : *En myéné :* mot ambivalent, signifiant selon le contexte : « serpent », « talisman » du féticheur, ou « arc-en-ciel ».

M'PAGO : Offrande aux imbouiri. Aux temps anciens, il s'agissait d'un sacrifice humain.

M'POUNGA : Vent violent.

NIAQUOUÉ : Argot de la coloniale, d'origine probablement indochinoise. Quelque chose comme « rastaquouère ».

N'CONDÉ : *En myéné, eshira,* etc. : femme de confiance du mari parmi ses co-épouses. Celle qui dirige sa maison.

N'DÉA : Perversion du bwiti par une véritable secte d'assassins, la secte des « mangeurs d'hommes ».

N'DJEMBÉ : Société secrète féminine répandue chez tous les peuples du Gabon. Appartenance après cooptation et initiation. Rôle d'intégration sociale, de protection féminine et de services à la collectivité.

N'GANGA : Homme de l'art dans la médecine traditionnelle gabonaise. Certains sont aussi malfaisants que le féticheur. Beaucoup ont à leur actif des succès au moins aussi nets que ceux de nos psychiatres occidentaux.

N'GOMBI : Sorte de cithare utilisée dans le bwiti.

N'KENDO : Gong.

OCOSSA : Écorce dont la décoction est antipyrétique. Antipaludéen en médecine traditionnelle.

OGOU : Les beaux-parents, à qui l'on doit cadeaux et vénération.

OGOURI : L'antilope de nuit.

OKOUI : Danse acrobatique répandue chez les Myéné, donnée aux populations de l'Ogooué par un génie des eaux. D'où la tradition qui fait sortir le danseur-vedette, le matin de la fête, de la berge du fleuve. Les spécialistes sont des initiés particulièrement jaloux de leurs masques, de leurs secrets. L'Okoui est dansé lors des levées de deuil. Il existe un Okoui des Pygmées, dansé sur des échasses. Grands imitateurs, les Fang ont voulu avoir le leur, mais en 1935, leur danseur, à force de cabrioles, est tombé de la pirogue et s'est noyé dans l'Ogooué. Inépuisable sujet de plaisanterie pour les Galoa de Lambaréné. Si quelqu'un a l'air désemparé, on lui demande : « Tu cherches l'Okoui des Fang ? »

OTAMBO DIONGA ELIWA Z'ACOUCOU : Transcription phonétique du myéné : « Notre lagune ressemble à une voile. »

OTANDO : Sabir franco-africain, pour : « Oh ! Tant d'eau ! » Exclamation poussée lors de la montée de la lagune et, par extension, nom donné à un quartier de Port-Gentil où les habitants se retrouvent souvent les pieds dans l'eau.

OTANIE : Les cinq jours de deuil rituel précédant l'enterrement chez les peuples gabonais. Veillées, pleurs, palabres et danses rituels.

QUIVI : « Juré ! » Équivalent de « La Croix ! » en eshira.

SCHTRASSE : Argot de la coloniale. Surnom de l'Administration coloniale chez les anciens pionniers européens.

TÉBOUÉTÉ : « Juré ! » Équivalent de « La Croix ! » en myéné.

TIBA : *Fam.* Jeu d'enfants.

VONOWANGA : Antipaludéen. Feuille de quinquélibat.

WANGANI MANGA : Expression myéné : « Autant taper sur un caillou. » Autre sobriquet donné par les Africains au pionnier Jean-Marie Isaac, en hommage à sa ténacité.

Appendice

1. D'après les spécialistes, l'anaconda, serpent de l'Amérique équatoriale, ne se trouverait pas en Afrique. Pour les Africains, au contraire, la présence dans leurs fleuves de « monstres » apparentés à ce serpent d'eau géant ne fait aucun doute. Il est permis de penser, preuves à l'appui, à l'existence de plusieurs variétés voisines de cet animal. Quant aux dimensions réelles... une notion de merveilleux se glisse dans toute appréciation des serpents, sur le plan local. Bien que semi-occidentalisé, et même parfois très occidentalisé, Jean Michonet n'était pas exempt de ces résurgences de la pensée mythique. En myéné, le mot *m'boumba* veut dire à la fois « serpent », « talisman » et « arc-en-ciel ».

2. En ce qui concerne les crocodiliens et leur dénomination, le zoologiste ferait remarquer que la variété gavial est propre à l'Inde et aux îles de la Sonde. Quoi qu'il en soit, le type le plus répandu de crocodile africain est appelé « gavial » par tous les trafiquants et, en cela, Jean Michonet ne dérogeait pas à la règle.

3. Dans le livre *Rites et croyances des peuples du Gabon*, A. R. Walker et R. Sillans émettent des doutes sur l'authenticité de l'initiation de Jean-Marie Isaac, grand-père de Michonet et premier Européen à être entré dans le *bwiti*. Cette authenticité

a été récemment confirmée. F. Gaulme écrit dans le *Journal des Africanistes* (n° 49, 2/79) : « La qualité d'Européen n'est pas un empêchement à l'initiation : " Le Bwiti est fait partout, pour toutes les races ", nous disait-on; on nous citait des noms d'Européens initiés à la secte. Le plus célèbre de ceux-ci, et ce n'est nullement un secret, fut Jean-Marie Isaac, le fondateur de la famille Isaac de Lambaréné. » Et l'auteur d'infirmer la position de Walker et Sillans, ajoutant à propos de Jean-Marie Isaac : « Il est à noter que son fils [Pierre Isaac, oncle de Jean Michonet], catholique pratiquant, ne s'intéresse nullement au Bwiti, contrairement à ce que l'on a prétendu. »

Table

Achevé d'imprimer
le 4-12-1985
par Mohndruck Gütersloh
pour France Loisirs
N° d'éditeur 11077
Dépôt légal: Decembre 1985
Imprimé en R.F.A.